Linda Howard

Abenteuer Liebe

MIRA®

MIRA® TASCHENBUCH
Band 25020
1. Auflage: September 2002

MIRA® TASCHENBÜCHER
erscheinen in der Cora Verlag GmbH & Co. KG,
Axel-Springer-Platz 1, 20350 Hamburg
Deutsche Taschenbucherstausgabe

Titel der nordamerikanischen Originalausgabe:
Midnight Rainbow
Against The Rules

erschienen bei: Mira Books / Silhouette Books, Toronto
Published by arrangement with
Harlequin Enterprises II B.V., Amsterdam

Redaktion/Lektorat: Ilse Bröhl
Konzeption/Reihengestaltung: fredeboldpartner.network, Köln
Umschlaggestaltung: pecher und soiron, Köln
Titelabbildung: by GettyImages, München
und f1online, Frankfurt
Autorenfoto: © by Harlequin Enterprise S.A., Schweiz
Satz: Berger Grafikpartner, Köln
Druck und Bindearbeiten: Elsnerdruck, Berlin
Printed in Germany
ISBN 3-89941-020-3

Liebesnächte in Mexiko

Jane weiß, dass ihre Zeit unaufhaltsam abläuft: Sie muss aus der Dschungelfestung des Geheimdienstchefs Manuel Turego fliehen, der von ihr geheime Informationen verlangt! Doch bevor sie entkommen kann, wird sie eines Nachts von einem hünenhaften Mann in ihrem Zimmer überfallen und in den Urwald verschleppt. Ihre Angst weicht grenzenloser Erleichterung, als sie erfährt, dass der breitschultrige Grant Sullivan sie im Auftrag ihres Vaters vor Turego retten soll. Doch Grants Plan, Jane per Hubschrauber auszufliegen, scheitert. Ihnen bleibt keine Wahl: Zu Fuß müssen sie sich durch die grüne Hölle schlagen ...

Gegen alle Regeln

Endlich wieder in Texas – wenn auch die Umstände, die Claudia auf die heimatliche Ranch zurückbringen, traurig sind: Ihr Vater ist verstorben, und sie selbst ist nach nur dreijähriger Ehe Witwe geworden. Doch weinen hat sie sich verboten, und deshalb bleibt Claudia nichts anderes übrig, als optimistisch in die Zukunft zu blicken. Dabei hilft sehr, dass noch immer Roland Jackson auf der „Bar D“ ist. Denn er war ihre erste große Liebe, und so ganz konnte sie ihn nie aus ihrem Herzen verbannen. Jetzt ist Roland allerdings unnahbar. Claudia ahnt nicht, dass er sie noch immer begehrt, aber insgeheim befürchtet, sie könnte die Ranch verkaufen und die vielen Jahre seiner harten Arbeit zunichte machen.

MIRA®

Linda Howard

Liebesnächte in Mexiko

Roman

Aus dem Amerikanischen von
Emma Luxx

MIRA®

1. KAPITEL

Du bist wirklich zu alt für so einen Blödsinn, dachte Grant Sullivan verärgert. Warum zum Teufel kroch er hier herum, wo er sich doch geschworen hatte, nie mehr im Leben einen Dschungel zu betreten? Er war beauftragt worden, eine Tochter aus reichem Hause zu retten, aber jetzt, nach zwei Tagen, wurde er den Eindruck nicht los, dass die junge Dame gar nicht gerettet werden wollte. Im Gegenteil, sie schien ihr derzeitiges Leben, das aus Lachen, Flirten und am Swimmingpool in der Sonne brutzeln bestand, in vollen Zügen zu genießen. Morgens schlief sie lange, dann stand sie auf und setzte sich zum Frühstück in den mit Steinplatten belegten Patio, wo sie den neuen Tag mit einem Glas Champagner begrüßte, während ihr Vater mittlerweile fast von Sinnen war vor Sorge um seine Tochter, weil er die Befürchtung hegte, ihre Entführer könnten sie schlimmsten Folterqualen unterziehen.

Der einzige, der hier gefoltert wird, bist du, dachte Grant mit wachsender Verärgerung und schlug um sich, um sich der Moskitos, die ein williges Opfer gefunden zu haben glaubten, zu erwehren. Der Schweiß lief ihm in Strömen über den Rücken, und seine Beine schmerzten vom langen Sitzen. Eben, als er seine Marschverpflegung heruntergewürgt hatte, war ihm wieder einmal aufgegangen, wie sehr er Marschverpflegung hasste. Die Schwüle bewirkte, dass sich seine Narben bemerkbar machten, und er hatte nicht wenige davon. Nein, es gab keinen Zweifel, er war definitiv zu alt für so einen Job.

Er war jetzt achtunddreißig und hatte gut die Hälfte seines Lebens irgendwo, in irgendeinem Krieg, verbracht. Mit der Zeit war er müde geworden, so müde, dass er sich schließlich nur noch gewünscht hatte, jeden Morgen in demselben Bett aufzuwachen. Er war ausgebrannt und sehnte sich nach nichts weiter als nach Ruhe.

Nicht, dass er sich nun in die Berge in eine Höhle zurückgezogen hätte, aber immerhin hatte er daran gedacht. Statt dessen hatte er sich eine heruntergewirtschaftete Farm in Tennessee gekauft und sie wieder auf Vordermann gebracht. Er war ausgestiegen und hatte sein altes Leben hinter sich gelassen, doch offensichtlich nicht weit genug, um nicht ab und zu aufgestöbert zu werden. Immer wenn bei einem Fall Dschungelerfahrung gefragt war, erinnerten sich seine ehemaligen Vorgesetzten beim Geheimdienst an Grant Sullivan.

Ein Geräusch auf dem Patio riss ihn aus seinen Gedanken, und er schob vorsichtig ein großes Blatt beiseite, um sein Gesichtsfeld zu erweitern. Da kam sie, leicht bekleidet wie stets, mit Sandaletten an den nackten Füßen, in der einen Hand einen kühlen Drink und in der anderen ein Buch. Ihr Gesicht war fast zur Hälfte von einer überdimensionalen Sonnenbrille verdeckt, doch als sie jetzt den Wachen lächelnd zuwinkte, während sie sich in den Liegestuhl am Pool gleiten ließ, sah er ihre Grübchen.

Verdammt noch mal, warum hatte sie unbedingt umherreisen und aller Welt ihre „Unabhängigkeit“ beweisen müssen, anstatt schön brav zu Hause unter Daddys Fittichen zu bleiben? Dann wäre das alles nicht passiert, und er, Grant, säße jetzt nicht hier, sondern könnte in aller Gemütsruhe auf seiner Farm herumwerkeln. Aber anscheinend hatte sie ein bemerkenswertes Talent, sich in gefährliche Situationen zu bringen.

Verdammt noch mal, ihr schien gar nicht klar zu sein, dass sie eine zentrale Rolle in einer hässlichen Spionagegeschichte spielte, in die mindestens drei Regierungen und verschiedene revolutionäre Splittergruppen verwickelt waren. Sie alle waren auf der Suche nach einem verschwundenen Mikrofilm. Das einzige, was ihr bisher das Leben gerettet hatte, war der Umstand, dass sich niemand so genau darüber im klaren war, wie viel sie wusste. War sie in George Persalls Spionageaktivitäten verwickelt, oder war sie einfach nur seine Geliebte gewesen? Wusste sie, wo sich der Mikrofilm jetzt befand, oder hatte ihn Luis Marcel an sich gebracht? Sicher war nur, dass sich der Film noch kurz vor

George Persalls Tod in dessen Besitz befunden hatte. Doch nachdem Persall einer Herzattacke erlegen war – und zwar in *ihrem* Schlafzimmer – war der Film nicht mehr auffindbar gewesen. Hatte Persall ihn bereits vorher an Luis Marcel weitergegeben? Marcel war zwei Tage vor Persalls Tod untergetaucht, ob mit oder ohne den Film war ungeklärt. Die Amerikaner waren hinter besagtem Film nicht weniger her als die Russen und die Sandinisten sowie alle möglichen Rebellengrüppchen in Zentral- und Südamerika. Teufel noch mal, dachte Sullivan jetzt, wahrscheinlich sind sogar die Eskimos scharf auf das Ding.

Und wer hätte jemals gedacht, dass George Persall, ein honoriger Geschäftsmann, der vorwiegend in Costa Rica seine Geschäfte tätigte, in Spionageaktivitäten verwickelt war? Das einzige, was an ihm von jeher auffällig gewesen war, war seine Schwäche für auffallend attraktive, langbeinige „Sekretärinnen“, doch das war weiß Gott nichts Außergewöhnliches. Und dann war George, der zwar nicht mehr der Jüngste war, vor Gesundheit aber nur so strotzte, plötzlich einer Herzattacke erlegen ... und der Mikrofilm war verschwunden. Jetzt herrschte bei den Amerikanern Alarmstufe eins, weil sie befürchteten, dass die Informationen über eine neu entwickelte Laserwaffe, die sich auf dem Film befand, in unbefugte Hände fallen könnten.

Manuel Turego, der Geheimdienstchef von Costa Rica, hatte am schnellsten geschaltet, indem er sich, ohne lange herumzufackeln, Priscilla Jane Hamilton Greer geschnappt und sie auf seine schwer bewachte Plantage in Costa Rica verschleppt hatte. Vielleicht hatte er ihr ja weisgemacht, er würde sie in „Sicherheitsverwahrung“ nehmen, und sie war möglicherweise naiv genug gewesen, ihm das abzukaufen und ihm dafür auch noch dankbar zu sein. Sicher war Turego schlau genug, um die Sache mit viel Fingerspitzengefühl anzugehen, denn zweifellos war ihm bekannt, dass Priscilla Jane Hamilton Greers Vater ein reicher Mann war, der zudem über eine Menge Einfluss verfügte. Turego hatte sich offensichtlich entschlossen abzuwarten, bis entweder

Luis Marcel wieder auftauchte oder irgendeine Spur von dem Mikrofilm, und währenddessen hatte er Priscilla sozusagen als Unterpfand.

Nachdem James Hamilton erfahren hatte, dass sich seine Tochter in Turegos Gewalt befand, hatte er alle Hebel in Bewegung gesetzt, um sie freizubekommen, doch die amerikanische Regierung war wild entschlossen, ihre diplomatischen Beziehungen erst dann spielen zu lassen, wenn sich von Luis Marcel eine Spur gefunden hatte.

Da sich die Sache immer mehr in die Länge gezogen hatte, war James Hamilton schließlich verzweifelt genug gewesen, um die Angelegenheit selbst in die Hand zu nehmen, und so war er, Grant, ins Spiel gekommen. Hamilton hatte seine Verbindungen zum Geheimdienst genutzt, wo Grants ehemalige Kollegen ihm unter der Hand den Tipp gaben, sich an ihn zu wenden. Und er hatte sich idiotischerweise breitschlagen lassen, Priscilla Jane Hamilton Greer aus den Fängen ihrer Entführer zu befreien.

Sie hier auf der Plantage aufzuspüren, war geradezu lächerlich einfach gewesen, und Kell Sabin, dem Eiswasser statt Blut durch die Adern rann und den er noch aus alten Zeiten kannte, hatte ihm dabei gute Dienste geleistet.

So war er also jetzt hier im tiefsten Regenwald von Costa Rica. Dass die Grenze zu Nicaragua verdammt nah war, war nicht gerade ein Trost, weil umherschweifende Rebellentrupps, Revolutionäre oder auch einfach nur Terroristen die Gegend unsicher machten und man immer darauf gefasst sein musste, sich plötzlich einer Gruppe schwer bewaffneter Männer – oder auch Frauen – gegenüberzusehen. Priscilla jedoch schien diese Tatsache nicht im mindesten zu berühren. Sie nippte Tag für Tag ungeachtet aller Gefahren, die im Dschungel lauerten, an ihren Eisdrinks und aalte sich in der Sonne.

Nun, er hatte genug gesehen. Heute Nacht würde er zuschlagen. Mittlerweile kannte er sowohl ihren Tagesablauf als auch den der Wachen bis ins letzte Detail und hatte sich seinen Plan genauestens zurechtgelegt. Das einzige, was ihn störte, war, dass ihm nichts anderes übrig blieb, als ihn in der Nacht auszuführen, denn die Aussicht, hinterher mit ihr in der Finsternis durch den Dschungel zu stolpern, fand er nicht sonderlich erheiternd, aber eine andere Möglichkeit gab es nicht. Da sie morgens lange zu schlafen pflegte, würde sich niemand etwas dabei denken, wenn sie bis elf Uhr vormittags noch nicht aufgetaucht war. Bis dahin würden sie über alle Berge sein, weil Pablo sie mit seinem Helikopter kurz nach Sonnenaufgang an einer bestimmten Stelle, die sie genau abgesprochen hatten, einsammeln würde.

Grant rutschte vorsichtig auf Knien rückwärts tiefer in den Dschungel hinein, bis ihn ein dichter grüner Blättervorhang von dem Haus abschirmte. Erst dann richtete er sich auf und begann, aufmerksam nach Tretminen Ausschau haltend, um das Anwesen herumzuschleichen, um sich die örtlichen Gegebenheiten noch ein letztes Mal bei Tageslicht genau einzuprägen. Er wusste, wo Priscilla schlief, und er wusste auch, wie er in ihr Zimmer gelangen konnte. Der Zeitpunkt für die geplante „Entführung" hätte nicht günstiger sein können, denn Turego war gestern weggefahren und bis jetzt noch nicht wieder zurückgekehrt, und Grant hoffte inständig, dass sich das auch bis nach Einbruch der Dunkelheit nicht geändert haben würde.

Stunden später fand er sich an derselben Stelle wieder, an der er am Nachmittag gekniet und Priscilla beobachtet hatte. Mittlerweile war die Dunkelheit hereingebrochen, und der Dschungel spielte zu seinem nächtlichen Konzert auf, das Grant bestens vertraut war: Affen schnatterten, Nachttiere, die sich auf die Wanderschaft machten, zirpten und raschelten im Unterholz, und irgendwo, nah beim Fluss, schrie ein Jaguar, doch Grant schenkte ihm kaum Aufmerksamkeit, so zu Hause fühlte er sich hier.

Gegen Mitternacht erhob er sich und schlich die Route, die er im Kopf wieder und wieder zurückgelegt hatte, entlang. Er bewegte sich so geschickt im Dschungel, dass ihn die Tiere nicht als einen Eindringling in ihrem Reich wahrzunehmen schienen, was ihm die Möglichkeit gab, sich voll und ganz auf eventuell vorhandene Tretminen zu konzentrieren. Zu diesem Zweck hatte er einen langen Stock in der Hand, mit dem er den Boden vor sich behutsam abtastete. Als er die ersten Ausläufer der Plantage erreicht hatte, blieb er stehen, legte den Stock beiseite und kniete sich hin, um durch das Blätterwerk in die Richtung zu spähen, die er einzuschlagen gedachte. Aus dem Haus fiel ein schwacher Lichtschein auf die Wachen, die zwar auf ihrem Posten waren, aber vor sich hindösten – bis auf einen Mann, der am Zaun langsam auf- und abging. Sie schienen in dieser gottverlassenen Gegend nicht mit unerwünschten Besuchern zu rechnen, was sie zu einer Unachtsamkeit in hohem Maße verführte, wie Grant die vergangenen drei Tage bereits beobachten konnte. Und dennoch waren sie da, und die Gewehre, die sie bei sich trugen, waren zweifellos mit scharfer Munition geladen. Einer der wichtigsten Gründe, weshalb Grant die vergangenen achtunddreißig Jahre lebend überstanden hatte, war der, dass er einen Heidenrespekt hatte vor Schusswaffen. Leichtsinn und Tollkühnheit zahlten sich niemals aus, sondern konnten einen das Leben kosten. Er wartete. Die Nacht war sternenklar, deshalb blieb ihm keine Bewegung der Männer verborgen. Ihn störte die Helligkeit nicht, es gab noch immer genug Schatten, in dessen Schutz er sich bewegen konnte.

Der Wachposten an der linken Seite des Hauses hatte sich in der ganzen Zeit, in der Grant ihm beobachtet hatte, noch keinen Millimeter von der Stelle gerührt; offensichtlich schlief er den Schlaf des Gerechten. Der andere Wachmann, der bis jetzt auf- und abgegangen war, ließ sich nun auf den Boden nieder und lehnte sich mit dem Rücken gegen eine der Säulen am Vordereingang des Hauses. Der kleine rot glühende Punkt in Nähe seiner rechten Hand sagte Grant, dass er rauchte. Seinen Gewohnheiten zufolge konnte es nun nicht mehr lange dauern, bis er sich, nachdem er seine Zigarette ausgemacht hatte, seine Baseballkappe tief in die Stirn ziehen und sanft entschlummern würde.

Leise wie ein Geist verließ Grant das schützende Dickicht und huschte, von Busch zu Busch springend, auf das Haus zu. Einen Augenblick später hatte er, ohne das geringste Geräusch zu verursachen, die Veranda erklommen und drückte sich eng gegen die Hauswand, während er mit Blicken die Gegend absuchte. Alles blieb ruhig.

Priscillas Zimmer lag nach hinten hinaus. Es hatte eine große, doppelt verglaste Verandatür, die möglicherweise abgeschlossen sein würde, doch diese Tatsache bereitete ihm wenig Kopfzerbrechen. Mit Schlössern kannte er sich aus. Er schlich auf die Tür zu und drückte die Klinke herunter. Sie ließ sich anstandslos öffnen. Ausgesprochen entgegenkommend von Priscilla.

Leise, leise schob er die Tür Zentimeter für Zentimeter auf und schlüpfte lautlos durch den Spalt. Dann blieb er einen Moment stehen und wartete, bis sich seine Augen an die Dunkelheit gewöhnt hatten. Nach der mondhellen Nacht draußen erschien es ihm in dem Raum plötzlich so dunkel wie im tiefsten Dschungel.

Wenig später vermochte er bereits die ersten Umrisse zu erkennen. Das Zimmer war groß und geräumig eingerichtet, den Holzfußboden bedeckten Strohmatten. Das Bett, um das ein Moskitonetz gespannt war, befand sich an der Wand zu seiner Rechten. Durch das dünne Netz hindurch konnte Grant die Bettdecke sehen, unter der sich ein sanfter Hügel abzeichnete. Zu seiner Linken wurden die Schatten tiefer, aber er konnte eine Tür erkennen, bei der es sich wahrscheinlich um die Badezimmertür handelte, und an der Wand einen großen Kleiderschrank. Langsam und lautlos wie ein Panther tauchte er in den Schatten neben dem Kleiderschrank ein. Jetzt sah er neben dem Bett, in dem sie schlief, einen Stuhl, über dessen Lehne ein langes weißes Kleidungsstück hing, ein Nachthemd oder ein Morgenrock. Der Gedanke, dass Priscilla womöglich nackt schlafen könnte, entlockte ihm ein kleines, schiefes Grinsen, das jedoch keine wirkliche Belustigung enthielt. Angenommen, sie schlief tatsächlich nackt, würde sie sich wehren wie eine Wildkatze, wenn er Hand an sie legte, und ganz genau das konnte er im Moment gar nicht gebrauchen. Deshalb hoffte er zu ihrer beider Bestem, dass sie zumindest irgendetwas auf dem Leibe trug.

Er trat vorsichtig näher an das Bett heran, die Augen unablässig auf die schmale Gestalt unter der Bettdecke gerichtet. Sie lag so unnatürlich still da ... Plötzlich stellten sich ihm die Nackenhaare auf, und bereits eine Sekunde später warf er sich zur Seite, so dass ihn der Handkantenschlag an der Schulter traf und nicht im Nacken. Er rollte über den Fußboden, und als er wieder auf die Füße kam, erwartete er, seinem Angreifer von Angesicht zu Angesicht gegenüberzustehen, doch er konnte niemanden entdecken. Nichts bewegte sich, nicht einmal die Frau im Bett. Grant versuchte irgendwelche Geräusche auszumachen, ein Atmen, Kleiderrascheln oder sonst etwas, aber da war nichts. Die Stille im Raum wirkte betäubend. Wo war der Angreifer? Wie Grant hatte er sich in den Schutz der Dunkelheit zurückgezogen.

Wer war er? Und was hatte er in dem Schlafzimmer der Frau zu suchen?

Vielleicht stand er ja neben dem Kleiderschrank. Dort war es so dunkel, dass man kaum die Hand vor Augen sehen konnte. Grant zog das Buschmesser an seinem Gürtel aus der Scheide, schob es jedoch gleich darauf wieder zurück. Seine Hände waren genug.

Da ... es war nur eine winzige Bewegung, sie genügte jedoch, um den Mann in der Dunkelheit auszumachen. Grant duckte sich zum Sprung. Einen Moment später machte er einen Satz und riss die schlanke Gestalt, deren Schatten sich dunkel neben dem Moskitonetz abzeichnete, zu Boden. Diesmal traf ihn der Handkantenschlag am Kinn, doch es gelang ihm, seinen Widersacher zu überwältigen, ein Knie auf dem Fußboden, das andere auf seiner Brust. Gerade als er zum entscheidenden Schlag ausholen wollte, um den Kampf zu beenden, spürte er unter seinem Knie etwas seltsam Weiches. Plötzlich ging ihm ein Licht auf. Der so merkwürdig ruhig daliegende Körper unter der Bettdecke war gar kein menschlicher Körper, sondern nur ein Haufen Decken. Die Frau war aufgestanden, als sie ihn hatte hereinschleichen sehen. Aber warum hatte sie nicht geschrien? Warum hatte sie ihn angegriffen, obwohl ihr doch hätte klar sein müssen, dass er sie überwältigen würde? Er nahm sein Knie von ihrer Brust und legte eine Hand auf die weichen Hügel, um sich davon zu überzeugen, dass sie noch atmete. Er spürte, wie sich ihr Brustkorb hob und senkte, gleich darauf hörte er sie leise keuchen.

„Es ist alles in Ordnung“, flüsterte er, doch plötzlich begann sie sich unter ihm zu winden, und eine Sekunde später schoss ihr Knie blitzschnell hoch und krachte so schmerzhaft in seine Magengrube, dass ihm für einen Moment die Luft wegblieb. Rote Spiralnebel tanzten vor seinen Augen, und seine Hand zuckte zu seinem Bauch, während er langsam zur Seite kippte.

Sie rappelte sich keuchend auf, und er erkannte undeutlich, wie sie nach einem dunklen, ausgebeulten Gegenstand griff und damit zur Verandatür hastete. Eine Sekunde später hatte die Dunkelheit sie geschluckt.

Der panische Schreck, der ihn durchfuhr, ließ ihn seinen Schmerz vergessen. Verdammt, sie versuchte auf eigene Faust zu entkommen. Sie war dabei, alles zu ruinieren! Hastig rappelte er sich auf und sprintete hinter ihr her.

2. *KAPITEL*

Jane versuchte mit den Augen die Dunkelheit zu durchdringen. Dort drüben musste sie hin. Jetzt floh sie weniger vor Turego, als vor dem schwarzen Dämon, der versucht hatte, sie zu überwältigen. Sie rannte um ihr Leben. Seit Wochen hatte sie Pläne geschmiedet, wie sie Turego entkommen könnte, und nun war ihr Vorhaben auf eine ganz andere Art Wirklichkeit geworden, als sie erwartet hatte. Ihr Herz klopfte wie ein Presslufthammer, das Blut rauschte in ihren Ohren, und ihre Lungen schmerzten. Plötzlich fiel ihr auf, dass sie den Atem anhielt. Sie holte tief Luft und rannte weiter. In dem Moment, in dem sie ins schützende Buschwerk eintauchen wollte, stolperte sie über eine Wurzel und schlug lang hin. Nackte Panik ergriff von ihr Besitz. Oh, Gott, jetzt würde sie der Angreifer überwältigen. Das Blut gefror ihr vor Schreck in den Adern, doch noch bevor sie die Kraft fand, einen Schrei auszustoßen, fühlte sie eine Hand auf ihrem Rücken. Gleich darauf fiel sie in ein tiefes schwarzes Loch.

Als ihr Bewusstsein nach und nach zurückkehrte, war es ihr im ersten Moment unmöglich, sich zu orientieren. Was war mit ihr? Wo befand sie sich? Stand sie wirklich kopf, oder bildete sie sich das nur ein? Sie fühlte sich durchgeschüttelt, als säße sie auf dem Rücken eines Pferdes, und seltsame Laute drangen an ihr Ohr, Laute, die sie nicht einordnen konnte. Selbst wenn sie die Augen öffnete, sah sie nichts als rabenschwarze Finsternis. Es musste ein Alptraum sein, und zwar der schrecklichste Alptraum ihres Lebens. Sie versuchte, ihre Arme und Beine zu bewegen, um den Traum zu beenden, doch es wollte ihr nicht gelingen. Als sie ein paar Mal hilflos hin und herzappelte wie ein Fisch im Netz, versetzte ihr jemand einen harten Klaps auf den Po.

„Beruhigen Sie sich", drang eine schlechtgelaunte Stimme an ihr Ohr. Jane kannte die Stimme nicht, aber aus irgendeinem Grund gehorchte sie und hielt still.

Nach und nach gelang es ihr, die Dinge einzuordnen. Sie erkannte die Geräusche um sich herum wieder, und ihr wurde auch klar, dass sie nicht auf dem Rücken eines Pferdes saß, sondern über der Schulter eines Mannes lag, der sie durch den Dschungel schleppte. An Händen und Füßen war sie gefesselt, und in ihrem Mund steckte ein Knebel, so dass sie nur entweder summen oder grunzen konnte, wenn sie sich bemerkbar machen wollte. Da ihr nicht nach Summen zumute war, nutzte sie ihre eingeschränkte

Stimmkraft zu einem hässlichen Grunzen, das ihre vornehme Mutter zum Erblassen gebracht hätte, um ihrer Meinung über den Mann, über dessen Schulter sie lag, Ausdruck zu verleihen. Wieder machte ihr Po Bekanntschaft mit der Handfläche des Mannes. „Seien Sie still", grollte die Stimme. „Sie klingen wie ein grunzendes Schwein am Trog."

Ein Amerikaner, dachte sie verblüfft. Er war Amerikaner. Bestimmt war er gekommen, um sie zu retten. Andererseits, wenn er die Absicht gehabt hätte, sie zu retten, wäre er dann wirklich so hart mit ihr umgesprungen, wie er es getan hatte? Wohl kaum. Als sie daran dachte, wie viele Gruppierungen hinter dem Mikrofilm her waren, überlief sie ein eisiger Schauer. Es hatte gar nichts zu sagen, dass er Amerikaner war, denn jedermann konnte sich schließlich einen Amerikaner für seine finsteren Zwecke anheuern.

Traue niemandem, nahm sie sich vor. Niemandem. Sie war in dieser Sache ganz auf sich allein gestellt.

Der Mann blieb stehen, ließ sie wie ein Paket von seiner Schulter rutschen und stellte sie auf den Boden. Jane zwinkerte, dann riss sie die Augen auf in der Anstrengung etwas zu sehen, doch es war so dunkel, dass sie nicht einmal die Hand vor Augen erkennen konnte. Wo war er? Was führte er im Schilde? Beabsichtigte er, sie mitten im Dschungel auszusetzen, damit die Jaguare sie zum Frühstück verspeisen konnten? Instinktiv nahm sie eine Bewegung wahr, konnte sie jedoch mit nichts in Zusammenhang bringen. Ein Wimmern stieg in ihrer Kehle auf, und sie versuchte sich zu bewegen, doch als sie ins Taumeln geriet, fiel ihr ein, dass sie ja an Händen und Füßen gefesselt war.

„Bleiben Sie stehen, verdammt noch mal!"

Also war er noch da. Und er konnte sie sehen. Wieso konnte er sie sehen, wenn sie ihn doch nicht sah? Egal, was er tat oder auch nicht tat, Jane war im Moment dankbar allein für seine Anwesenheit. Es gelang ihr nicht, ihre Panik vor der Dunkelheit zu überwinden, aber die bloße Tatsache, dass er bei ihr war, hielt sie zumindest in Grenzen. Sie gab ein leises Keuchen von sich, als er sie wieder hochhob, um sie sich erneut ohne das geringste Anzeichen von Anstrengung wie eine Gliederpuppe über die Schulter zu werfen.

Er bewegte sich mit traumwandlerisch anmutender Sicherheit durch die Finsternis. Ihr Kopf schlug rhythmisch gegen seinen Rücken. Vor und zurück. Vor und zurück. Als sie Übelkeit in sich aufsteigen fühlte, begann sie wie wild zu zappeln in dem verzweifelten Wunsch sich aufzurichten.

„Immer mit der Ruhe." Anscheinend war ihm nicht entgangen, wie sie sich fühlte, denn er blieb stehen und ließ sie sich langsam von der Schulter gleiten. Als sie schließlich auf ihren eigenen zwei Beinen stand, gelang es ihr nicht, ein Wimmern zu unterdrücken, weil ihr die Fesseln schmerzhaft in Arm- und Beingelenke schnitten. „Okay", sagte der Mann. „Ich nehme Ihnen die Fesseln ab. Aber wenn Sie Ärger machen, schnüre ich Sie zusammen wie einen gefüllten Weihnachtstruthahn und lasse Sie hier liegen, ist das klar?"

Sie nickte, wobei sie sich ein weiteres Mal fragte, wie er sie in der Dunkelheit sehen konnte. Denn offensichtlich konnte er das wirklich, weil er jetzt die Hand nach ihr ausstreckte und sie umdrehte, um ihr mit etwas, von dem sie vermutete, dass es ein Messer war, die Fesseln an den Handgelenken aufzuschneiden. Als er ihr anschließend die Arme zu massieren begann, schossen ihr vor Schmerz die Tränen in die Augen.

„Ihr Vater hat mich geschickt, um Sie hier rauszuholen", sagte der Mann, während er sie nun behutsam von dem Knebel befreite.

Ehe Jane den Versuch zu sprechen unternahm, bewegte sie erst einmal ihre schmerzenden Kiefer einige Male mühsam vor und zurück. „Mein Vater?" stieß sie schließlich heiser hervor.

„Ja. So, Pris, jetzt mache ich Ihnen die Fesseln an den Beinen auch noch ab, aber kommen Sie bitte nicht wieder auf die Idee, mir einen Fußtritt zu versetzen. Es würde Ihnen nicht gut bekommen." Obwohl sich seine Worte nur so dahingesagt anhörten, entging ihr doch nicht der drohende Unterton in seiner Stimme.

„Wenn Sie mich nicht betatscht hätten, hätte ich Ihnen auch keinen Fußtritt versetzen müssen."

„Ich habe Sie nicht betatscht, ich wollte nur sehen, ob Sie noch atmen."

„Davon haben Sie sich ziemlich gründlich überzeugt."

„Sie zu knebeln war eine verdammt gute Idee", gab er gelassen zurück, und Jane beschloss, zumindest fürs erste, besser den Mund zu halten. Sie konnte von ihm noch immer nicht mehr erkennen als einen vagen Umriss, aber seine Stimme klang entschlossen genug, um ihr zu verdeutlichen, dass er keine Hemmungen haben würde, sie erneut zu fesseln und zu knebeln, wenn er es für angebracht hielt.

Er schnitt nun auch ihre Fußfesseln auf und begann ziemlich unsanft ihre Fußgelenke zu massieren. Als er sie schließlich losließ, taumelte sie, und es dauerte einen Moment, ehe sich ihr Gleichgewichtssinn eingependelt hatte, da ihre Augen wegen der Dunkelheit nichts hatten, woran sie sich orientieren konnten.

„Wir haben es nicht mehr weit; bleiben Sie dicht hinter mir und verhalten Sie sich ruhig."

„Halt! Warten Sie!" flüsterte Jane verängstigt. „Wie kann ich Ihnen folgen, wenn ich Sie nicht sehe?"

Er nahm ihre Hand und legte sie an seine Taille. „Hier. Halten Sie sich an meinem Gürtel fest."

Sie tat, was er sagte, und krallte sich so fest in seinen Gürtel, dass er ein verärgertes Brummen von sich gab, doch sie dachte gar nicht daran, locker zu lassen. Nicht auszudenken, was ihr zustoßen könnte, wenn sie ihn hier mitten im stockfinsteren Dschungel verlieren würde.

Ihm mochte der Weg nicht weit erscheinen, Jane jedoch, die ständig über Wurzeln und Äste stolperte, kam er endlos vor. Endlich blieb er stehen. „Wir warten jetzt hier. Ein Stück weiter vorn ist eine Lichtung, aber wir gehen erst rüber, wenn ich den Helikopter höre."

„Den Helikopter?"

„Ja. Irgendwie müssen wir schließlich hier rauskommen."

„Und wann wird das sein?"

„Kurz nach Sonnenaufgang."

„Und wann ist das?"

„In einer halben Stunde."

Sich noch immer an seinen Gürtel klammernd, stand sie die nächste halbe Stunde hinter ihm und wartete darauf, dass die Sonne aufging. Die Minuten dehnten sich ins Endlose, doch so bekam sie Gelegenheit, sich zum ersten Mal darüber klar zu werden, dass sie Turego wirklich entkommen war. Sie war in Sicherheit und frei ... nun, fast zumindest. Auf jeden Fall war sie Turegos Zugriff entronnen, und was diesen Mann hier vor ihr anbetraf, so wusste sie nicht recht, was sie von ihm halten sollte. Es konnte natürlich sein, dass ihr Vater ihn geschickt hatte, aber einen Beweis dafür gab es nicht. Alles, was sie hatte, war sein Wort, aber so naiv, sich auf das Wort eines Fremden zu verlassen, war sie nicht. Dazu war sie zu wachsam.

Da sie sich noch immer an seinem Gürtel festhielt, spürte sie, wie der Mann vor ihr begann, unruhig von einem Fuß auf den anderen zu treten. „Hören Sie, Honey, meinen Sie nicht, dass Sie meinen Gürtel jetzt langsam mal loslassen könnten?"

Jane spürte, wie sie errötete, und ließ hastig los. „Oh, entschuldigen Sie", flüsterte sie. „Ich war mir gar nicht bewusst, dass ich mich noch immer an Ihnen festhalte." Sie stand einen Moment wie erstarrt mit hängenden Armen da, dann fühlte sie Panik in sich aufsteigen. Sie konnte ihn in der Dunkelheit nicht sehen, sie hörte ihn nicht einmal atmen, und nun, da sie sich durch die Berührung nicht länger vergewissern konnte, dass er da war, war sie sich seiner Anwesenheit plötzlich nicht mehr sicher. Was war, wenn er sie allein gelassen hatte? Die Luft kam ihr auf einmal so stickig vor, dass sie Mühe hatte zu atmen. Sie war sich darüber im klaren, dass ihre Reaktion irrational war, doch sie kam nicht dagegen an. Auch wenn sie die Quelle ihrer Angst kannte, half ihr das doch nicht, sie zu überwinden. Sie hatte Finsternis noch nie ertragen können, sie konnte im Dunkeln nicht einschlafen und betrat niemals ein Zimmer, ohne vorher das Licht einzuschalten, und wenn sie abends ausging und wusste, dass sie spät nach Hause kommen würde, ließ sie stets eine Lampe brennen. Und ausgerechnet sie, die immer ängstlich Vorsorge traf, sich niemals der Dunkelheit auszusetzen, stand nun hier inmitten einer so tiefschwarzen Finsternis, die es ihr nicht einmal erlaubte, die Hand vor Augen zu sehen, ganz so, als wäre sie blind.

Plötzlich spürte sie, wie ihre mühsam aufrecht erhaltene Selbstkontrolle zersplitterte, und sie streckte in panischer Angst die Hand nach dem Mann aus in dem Verlangen, sich an ihn zu klammern, um sich zu versichern, dass er noch da war. Ihre Finger tasteten Stoff, und im nächsten Moment hing sie von hinten an seinem Hals, schwer atmend in einer Mischung aus Angst und Erleichterung. Im selben Augenblick fühlte sie sich gepackt und durch die Luft gewirbelt, und gleich darauf fand sie sich auf dem Rücken liegend auf dem weichen Erdboden zwischen üppigen Farnen, die ihr übers Gesicht streichelten, wieder. Noch ehe sie eine Bewegung machen konnte, ja noch bevor sie überhaupt dazu kam Atem zu holen, fühlte sie, wie ihr Kopf an den Haaren zurückgezerrt wurde, dann senkte sich ein Gewicht auf ihre Brust, das sie Sekundenbruchteile später als sein Knie erkannte. Sie hörte ihn über sich atmen, und seine Stimme war nicht viel mehr als ein leises Schnarren, als er jetzt sagte: „Fassen Sie mich nie – *nie* – wieder von hinten an."

Jane wand sich unter ihm und versuchte, sein Knie wegzuschieben. Einen Moment später nahm er es weg und stand auf. Selbst über seiner Schulter liegend hatte sie sich besser gefühlt als eben, wo sie sich in der Dunkelheit allein gelassen glaubte. Deshalb streckte sie jetzt erneut die Hand nach ihm aus und umklammerte seine Knie, was ihn automatisch dazu veranlasste, ihr auszuweichen, doch sie hielt ihn mit Bärenkräften, die ihr die Angst verliehen, fest. Er stieß einen Fluch aus und versuchte sein Gleichgewicht zu halten, schaffte es jedoch nicht und stürzte einen Augenblick später zu Boden.

Er lag so still, dass Jane Angst bekam. Was war, wenn er sich verletzt hatte? Wenn er so unglücklich mit dem Kopf auf dem Boden aufgeschlagen war, dass er ohnmächtig geworden oder – nicht auszudenken – vielleicht sogar tot war? So etwas war bereits vorgekommen. Sie hatte von derart unglücklichen Stürzen schon oft in der Zeitung gelesen. Mit zitternden Händen betastete sie seine Arme und Schultern und flüsterte schließlich verängstigt: „Mister, ist mit Ihnen alles in Ordnung?“ Ihre Hände waren jetzt in seinem Gesicht und an seinem Kopf, um sich durch behutsames Tasten davon zu überzeugen, dass er nirgendwo eine Beule oder womöglich sogar eine offene Wunde davongetragen hatte. An seinem Hinterkopf spürte sie ein Gummiband, und als sie dessen Verlauf nach vorn verfolgte, ertastete sie über seinen Augen etwas, das sie für eine Brille hielt. „Sind Sie verletzt?“ wiederholte sie mit gepresster Stimme, nachdem er ihr noch immer nicht geantwortet hatte. Mittlerweile schlug ihr das Herz vor Angst bis zum Hals. „Verdammt noch mal, antworten Sie mir!“

„Lady“, kam es jetzt wütend zurück, „Sie sind wirklich total übergeschnappt. Wenn ich Ihr Daddy wäre, würde ich Turego noch Geld dafür zahlen, damit er sie nur ja behält.“

Er war ein Wildfremder für sie, deshalb berührte es sie seltsam, dass seine Worte ihr einen kleinen Stich versetzten. Sie saß einen Moment ganz still da, erschrocken darüber, dass ein Mann, den sie gar nicht kannte, imstande war, ihre Gefühle zu verletzen.

Da sie ganz nah bei ihm saß, spürte sie, wie er sich jetzt aufsetzte, und da sie keine Anstalten machte, auf seine Bemerkung einzugehen, seufzte er. „Warum zum Teufel sind Sie denn vorhin auf mich drauf gesprungen?" fragte er, mittlerweile etwas besänftigt.

„Weil ich Angst vor der Dunkelheit habe", sagte sie mit ruhiger Würde. „Ich hörte Sie nicht mehr atmen, und konnte nicht mal die Hand vor Augen sehen. Ich bin in Panik geraten. Es tut mir Leid."

Er hüllte sich einen Augenblick lang in Schweigen, dann erwiderte er kurz angebunden: „In Ordnung." Damit sprang er auf, beugte sich zu ihr herab und zog sie an den Handgelenken hoch. Jane trat noch einen kleinen Schritt näher an ihn heran.

„Sie können nur deshalb etwas sehen, weil Sie diese Brille aufhaben, stimmt's?"

„Ja. Es ist eine Infrarotbrille."

Als plötzlich ein Affe über ihren Köpfen zu kreischen begann, zuckte Jane erschrocken zusammen. „Haben Sie noch eine dabei?" fragte sie.

Sie spürte, wie er zögerte, und einen Moment später legte er ihr den Arm um die Schultern. „Nein, nur die eine. Machen Sie sich keine Sorgen, Pris, ich werde Sie ab jetzt nicht mehr loslassen. Und in ein paar Minuten wird es sowieso hell."

„Es geht schon wieder", versicherte sie ihm, und das stimmte wirklich. Jetzt, wo sie spürte, dass er da war, und wusste, dass sie nicht allein war, hatte sich ihre Panik verflüchtigt. Jahrelang hatte sie versucht, gegen ihre Angst anzukämpfen, doch ohne Erfolg. Es hatte begonnen, als sie neun Jahre alt war, und mittlerweile hatte sie gelernt damit zu leben, doch heute, in dieser Ausnahmesituation, in der sie keinen der Tricks, mit denen sie sich sonst über Wasser hielt, anwenden konnte, hatte sie die Nerven verloren. Es würde nicht wieder vorkommen. Der Mann, dessen Namen sie nicht einmal wusste, hatte ihr versprochen, sie festzuhalten, bis es hell war. Und dann würde auch gleich der Helikopter kommen, der sie zurück in die sichere Heimat brachte.

Ein paar Minuten später hatte sie tatsächlich das Gefühl, etwas mehr sehen zu können. So tief im Regenwald, wie sie im

Moment waren, ging die Sonne nicht strahlend auf, weil das dichte Blätterdach das Eindringen der Sonnenstrahlen verhinderte. Jane wusste, dass es im Dschungel selbst um die Mittagszeit, wenn die Sonne am höchsten stand, düster war, doch mittlerweile konnte sie zumindest die Umrisse der üppigen Vegetation, von der sie umgeben waren, erkennen. Sie starrte verblüfft ein riesiges Gewächs an, das ihr eine Kreuzung zu sein schien aus einem Farm und einem Baum. Es hatte einen dicken knorrigen Stamm, über dem sich in mehr als acht Fuß Höhe eine dichte Krone aus Farnblättern wölbte. So etwas hatte sie noch nie in ihrem Leben gesehen.

„Offensichtlich können Sie jetzt wieder sehen", murmelte der Mann neben ihr, der sie anscheinend beobachtet hatte, nahm den Arm von ihrer Schulter und setzte seine Brille ab, um sie anschließend sorgfältig in seinem Marschgepäck zu verstauen.

Jane starrte ihn mit unverhüllter Neugier an, wobei sie sich noch mehr Licht wünschte. Das wenige, was sie von ihm sah, reichte jedoch aus. Er sieht gefährlich aus, durchfuhr es sie, wobei ihr ein wohliger Schauer den Rücken hinabrann. Sie konnte die Farbe seiner Augen nicht erkennen, doch das Glitzern, das in ihnen lag, entging ihr nicht. Sein Gesicht war braun gebrannt, was die Augen noch leuchtender erscheinen ließ. Das volle dunkelblonde Haar war entschieden zu lang, und um zu verhindern, dass es ihm in die Augen fiel, hatte er sich ein Stirnband umgebunden. Bekleidet war er mit einen schwarz getigerten olivgrünen Tarnanzug, dessen Hosenbeine er in seine kniehohen schwarzen Stiefel gesteckt hatte. Er bot das Bild eines Kriegers, das noch unterstrichen wurde von dem Buschmesser und der Pistole an seinem Gürtel sowie dem Gewehr, das er über der rechten Schulter trug. Ihr überraschter Blick wanderte hinauf zu seinem Gesicht, dessen stark ausgeprägte Züge keinerlei Gefühlsregung erkennen ließen, obwohl er sich ihrer ausführlichen Musterung zweifelsohne bewusst war.

„Sie sind ja bestens ausgerüstet", bemerkte sie.

„Mein Motto heißt allzeit bereit."

Nun, er sah wirklich so aus, als sei er für alle Eventualitäten gerüstet. Sie ließ ihren Blick erneut über ihn hinwegwandern, aufmerksamer diesmal; er war bestimmt weit über einsachtzig groß und sah aus wie ... wie ... sie kramte einen Augenblick nach einem passenden Vergleich und hatte ihn gleich darauf gefunden. Sie fand ihn zwar schief, aber treffend. Er sah aus wie eine gut geölte, hervorragend funktionierende Kampfmaschine, kein Gramm Fett, nur stahlharte Muskeln und straffe, glänzende Haut über den Knochen. Seine Schultern waren ungeheuer breit, weshalb es sie jetzt auch nicht länger verwunderte, dass er sie den ganzen Weg durch den Dschungel hatte tragen können, ohne auch nur den Hauch einer Anstrengung zu zeigen. Er hatte sie zweimal zu Boden geschickt, und der einzige Grund dafür, dass er sie nicht ernsthaft verletzt hatte, war wohl der, dass er seine Körperkraft wohldosiert einzusetzen wusste.

Einen Augenblick später entzog er sich abrupt ihrem Blick und hob den Kopf. Seine Augen verengten sich, während er lauschte. „Der Helikopter ist im Anflug. Lassen Sie uns gehen."

Jane lauschte ebenfalls, doch sie hörte nichts. „Sind Sie sicher?" fragte sie zweifelnd.

„Ich sagte, wir sollen gehen." Seine Stimme klang ungeduldig, er wandte sich zum Gehen. Jane brauchte ein paar Sekunden, ehe ihr klar wurde, dass er gleich hinter der üppigen Vegetation verschwunden sein würde, wenn sie sich nicht beeilte.

„He, warten Sie!" rief sie erschrocken aus und hielt ihn am Gürtel fest.

„Dann bewegen Sie sich endlich", befahl er mitleidlos. „Der Helikopter wird nicht ewig warten; Pablo pflegt es eilig zu haben."

„Wer ist Pablo?"

„Der Pilot."

Jetzt drang ein leises, fast unhörbares Brummen an ihr Ohr, und es dauerte noch immer einen Moment, ehe sie es mit dem

Motor eines Hubschraubers in Verbindung bringen konnte. Wie war es ihm möglich gewesen, es schon so viel früher zu hören? Er schien extrem geschärfte Sinne zu haben.

Er bewegte sich geschmeidig und sicher. Da Jane sich auf den Weg konzentrierte, schenkte sie ihrer Umgebung keine Beachtung, so dass sie, als sie aufschaute, überrascht war, dass sie auf einer kleinen Anhöhe standen, von der aus sie auf eine Lichtung schauen konnten. Dort stand mit langsam kreisenden Propellern der Helikopter.

„Besser als ein Taxi", murmelte Jane erleichtert und ging schneller.

Seine Hand legte sich schwer auf ihre Schulter und riss sie zurück.

„Still!" befahl er, während er mit zusammengekniffenen Augen die Umgebung absuchte.

„Stimmt irgendwas nicht?"

„Halten Sie den Mund!"

Jane starrte ihn an, verärgert über seine unangemessene Grobheit, während seine Hand ihre Schulter noch immer so fest umklammerte, dass es fast schon an Schmerz grenzte. Der Griff erschien ihr wie eine Warnung, dass er sie, falls sie Anstalten machen sollte, die Sicherheit des Dschungels ohne seine ausdrückliche Genehmigung zu verlassen, entschlossen war, sie notfalls auch mit Gewalt zurückzuhalten.

Die Minuten zerrannen zäh. Der Pilot begann unruhig zu werden, er verrenkte sich fast den Hals in dem Versuch, mit Blicken das Dickicht des Dschungels zu durchdringen. Gleich darauf schaute er auf seine Armbanduhr, um anschließend seine Aufmerksamkeit wieder dem Regenwald zuzuwenden, wobei er von Sekunde zu Sekunde sichtlich nervöser wurde.

Jane fühlte die Spannung, die von dem Mann neben ihr ausging. Was stimmte nicht? Wonach hielt er Ausschau, worauf wartete er? Er stand bewegungslos da, wie ein Jaguar, der seine Beute nicht aus den Augen lässt.

„Verfluchter Mist", murmelte er plötzlich und zog sie wieder in den Dschungel zurück.

„Was ist denn?"

„Warten Sie hier und rühren Sie sich nicht von der Stelle." Er befahl ihr, sich hinter einen großen Baum zu ducken, und gleich darauf war er weg. Plötzlich war er mit dem Dschungel verschmolzen, so rasch und unmerklich, dass es ihr zuerst entgangen war. Sie fuhr herum, konnte jedoch nichts sehen, nicht einmal schwankende Blätter.

Sie ließ sich auf dem Boden nieder, schlang die Arme um ihre Knie und starrte gedankenverloren vor sich hin. Ein grünes Stöckchen mit Beinen schleppte eine große Spinne ab. Was war, wenn der Mann nicht mehr zurückkam? Warum hatte sie ihn nicht nach seinem Namen gefragt? Und wenn ihm nun etwas passierte? Würde sie je wieder aus diesem Dschungel herauskommen?

Warten Sie hier, hatte er gesagt. Wie lange? Bis zum Lunch? Bis Sonnenuntergang? Oder bis zu ihrem nächsten Geburtstag? Männer drückten sich immer so ungenau aus. Und dieser spezielle Mann hier schien, was Konversation anbelangte, sowieso nicht besonders begabt zu sein. Still, Mund halten, stehen bleiben, aufstehen waren offenbar die einzigen Highlights in seinem Repertoire.

Was für ein riesiger Baum, unter dem er sie da abgestellt hatte. Der Stamm lief in ein gewaltiges Wurzelwerk aus, das sich über den Boden breitete wie Arme.

Die Riemen ihres Rucksacks schnitten in ihre Schultern ein, deshalb nahm sie ihn ab und streckte sich. Dann zog sie sich den Rucksack heran und begann, nach ihrer Haarbürste zu kramen. Dass sie diesen Rucksack zufälligerweise in dem großen Schrank in ihrem Zimmer gefunden hatte, war ein großes Glück gewesen. Ansonsten hätte sie die Dinge, die sie sich im Lauf der Wochen für ihre Flucht vom Mund abgespart und heimlich gehamstert hatte, in eine Decke einwickeln müssen.

Als sie den Kopf hob, sah sie über sich in den Zweigen einen kleinen Affen schaukeln, der mit beleidigtem Gesicht auf sie herabschaute. Wahrscheinlich war er böse, dass sie in sein Territorium eingedrungen war. Sie winkte ihm freundlich zu.

Sich zu ihrem Weitblick gratulierend, steckte sie das Haar hoch und kramte eine schwarze Baseballkappe aus dem Rucksack, die sie sich nun aufsetzte. Sie zog den Schirm tief über die Augen herunter, gleich darauf schob sie ihn wieder zurück. Es gab keine Sonne hier drin. Wenn sie nach oben schaute, sah sie zwar helle leuchtende Pünktchen in dem dichten Blätterdach, doch unten am Boden herrschte nur ein diffuses, gefiltertes Licht.

Wie lange mochte sie nun schon hier sitzen? War er in Schwierigkeiten?

Weil ihre Beine einzuschlafen drohten, erhob sie sich und stampfte ein paar Mal auf dem Boden auf, um ihre Blutzirkulation anzuregen. Die Warterei verunsicherte sie, und plötzlich hatte sie das Gefühl, dass gleich etwas passieren würde. Jane war ein sensibler Mensch, der die Atmosphäre um sich herum wie ein Barometer erspürte. Sie bückte sich nach ihrem Rucksack und hängte ihn sich um.

Als eine Maschinengewehrsalve die Stille zerriss, wirbelte sie herum. Das Herz klopfte ihr in der Kehle. Zu Tode erschrocken lauschte sie dem Stakkato der Schüsse. O Gott, auf wen mochte da geschossen worden sein? Etwa auf ihren Retter? Es wäre nicht auszudenken.

Plötzlich wurde ihr kalt, und als sie auf ihre Hände schaute, bemerkte sie, dass sie zitterten. Und nun? Sollte sie warten oder wegrennen? Aber wegrennen wohin? Und was war, wenn er Hilfe brauchte? Rasch wurde ihr klar, dass sie ihm natürlich keine große Hilfe sein würde, da sie unbewaffnet war, und dennoch konnte sie ihn nicht einfach im Stich lassen. Er war zwar nicht unbedingt der liebenswürdigste Mann, den sie in ihrem Leben kennen gelernt hatte, und im Grunde genommen traute sie ihm nicht einmal richtig über den Weg, aber immerhin war er im Moment der beste und einzige Freund, den sie hatte.

Obwohl ihr ihre Füße nicht recht gehorchen wollten und ihr Magen ihr vorkam, als sei er verknotet, verließ Jane den Schutz des Baumriesen und bahnte sich vorsichtig ihren Weg durch den Dschungel. Jetzt hörte sie nur noch sporadische Schüsse, die alle aus derselben Richtung kamen.

Plötzlich drangen weit entfernt Stimmen an ihr Ohr. Von Panik erfüllt, huschte sie hinter den nächsten Baum. Die raue Rinde bohrte sich in ihre Handflächen, als sie sich gegen den Stamm lehnte und vorsichtig dahinter hervorspähte.

Da legte sich eine harte Hand über ihren Mund. Ihr Schrei wurde in der Kehle erstickt. „Verdammt noch mal, ich habe gesagt, Sie sollen sich nicht von der Stelle rühren."

3. KAPITEL

Jane, die noch immer seine Hand über dem Mund hatte, starrte ihn mit aufgerissenen Augen an, und nach und nach verwandelte sich ihr Schreck in Erleichterung vermischt mit Ärger. Dieser Mann missfiel ihr. Er missfiel ihr ganz entschieden, und das würde sie ihm, sobald dieses Chaos hier vorbei war, auch sehr deutlich zu verstehen geben.

Schließlich nahm er seine Hand weg und drückte Jane wortlos an den Schultern nach unten, bis sie auf Ellbogen und Knien war. „Kriechen!" befahl er heiser flüsternd und deutete nach links.

Jane tat, was er sagte, und bemühte sich nach Kräften, das stachlige Unterholz zu ignorieren, und selbst als sie auf irgend etwas widerlich Glitschiges stieß, fühlte sie sich nicht sonderlich beunruhigt. Jetzt, wo er wieder da war, hatte sie das Gefühl, dass ihr nichts zustoßen konnte. Was er auch sonst für Fehler haben mochte, zumindest kannte er sich hier aus.

Er klebte ihr buchstäblich an den Fersen und scheuchte sie erbarmungslos vorwärts, wenn er der Meinung war, dass sie sich zu langsam bewegte. Als sie sich nach einiger Zeit an den Fußknöcheln gepackt und zurückgezerrt fühlte, verharrte sie und wandte den Kopf. Da sah sie in einiger Entfernung zu ihrer Rechten den Soldat mit einem Maschinengewehr im Anschlag stehen. Er war, seinem Aussehen nach zu urteilen, lateinamerikanischer Abstammung, trug einen Tarnanzug und auf dem Kopf eine Baseballkappe. Offensichtlich versuchten sie, einen Bogen um ihn zu schlagen.

Einen Moment lang bewegten sie sich nicht. Dann spürte Jane, wie ihre Fußknöchel wieder freigegeben wurden, und die Hand, die an ihrer Hüfte lag, drängte sie erneut vorwärts. Schritt für Schritt ging es weiter.

Es dauerte nicht lange, dann lichtete sich der Regenwald, und das Sonnenlicht malte in einiger Entfernung helle Kringel auf den Boden. Er ergriff sie am Arm und zog sie hoch. „Rennen Sie, aber bewegen Sie sich so leise wie möglich", zischte er ihr ins Ohr und deutete nach vorn.

Na toll. Renn, aber renn leise. Sie schleuderte ihm einen bösen Blick zu, und dann rannte sie wie ein aufgescheuchtes Reh in die angegebene Richtung. Das, was sie an der ganzen Angelegenheit am meisten ärgerte, war, dass er nicht das geringste Geräusch verursachte, während ihre eigenen Füße sich in Schlagstöcke verwandelt zu haben schienen. Ihr Körper begrüßte freudig erregt das bisschen Sonnenlicht, und sie fühlte, wie sie trotz der schlaflosen Nacht neue Energie durchströmte. Das Adrenalin schien ihr das Gewicht von den Schultern zu nehmen, und ihre Schritte wurden schneller und sicherer.

Nach einiger Zeit jedoch wurde der Busch wieder dichter, und sie mussten langsamer laufen. Nach fünfzehn Minuten veranlasste er sie zum Stehenbleiben, indem er ihr eine Hand auf die Schulter legte und sie hinter den dicken Stamm eines Dschungelriesen zog. „Ruhen Sie sich einen Moment aus", flüsterte er. „Die

Schwüle wird Ihnen zusetzen, weil Sie nicht daran gewöhnt sind."

Bis zu diesem Moment war es Jane nicht aufgefallen, dass sie schweißüberströmt war, weil sie mehr damit beschäftigt gewesen war, ihre Haut zu retten, als sich über deren Feuchtigkeitszustand Gedanken zu machen. Erst jetzt bemerkte sie die unerträgliche Schwüle, die hier im Regenwald herrschte und die ihr das Atmen schwer machte. Sie wischte sich den Schweiß von der Stirn, der in den kleinen Kratzern, die sie sich zugezogen hatte, brannte.

Der Mann kramte eine Feldflasche aus seinem Marschgepäck. „Hier, nehmen Sie einen Schluck, Sie sehen aus, als könnten Sie ihn vertragen."

Die Vorstellung, wie sie wahrscheinlich aussah, entlockte ihr ein kleines Grinsen. Sie nahm die Feldflasche entgegen und nippte kurz, dann gab sie sie ihm wieder zurück. „Danke."

Er schaute sie verblüfft an. „Sie können ruhig mehr trinken."

„Danke. Mehr will ich nicht." Als sie ihn jetzt anschaute, stellte sie fest, dass seine Augen von einem eigenartigen Goldbraun waren, wie Bernstein. Sein Gesicht war ebenfalls schweißüberströmt, aber er rang nicht nach Atem. Wer und was auch immer er sein mochte, er machte seine Sache verdammt gut. „Verraten Sie mir Ihren Namen?" fragte sie ihn in der Hoffnung, dass ihn ein Name zumindest ein klein wenig greifbarer machen würde.

Er warf ihr einen argwöhnischen Blick zu, und sie spürte, dass es ihm nicht passte, etwas von sich preisgeben zu müssen. „Sullivan", gab er widerstrebend zurück.

„Ist das Ihr Vor- oder Ihr Nachname?"

„Mein Nachname."

„Und Ihr Vorname?"

„Grant."

Grant Sullivan. Der Name gefiel ihr. Er war nicht ausgefallen, nein, das bestimmt nicht. Nichts Modisches. Er klang hart und gefährlich, und das erregte sie sonderbarerweise irgendwie. Hart und gefährlich, aber nicht hinterhältig. Der Name sprach eine klare Sprache.

„Lassen Sie uns weitergehen“, sagte er. „Wir müssen noch ein bisschen mehr Abstand zwischen die Hunde und die Füchse legen.“

Gehorsam folgte Jane seiner Aufforderung, doch bereits nach wenigen Schritten musste sie feststellen, dass die Wirkung des Adrenalinschubs deutlich nachgelassen hatte. Sie fühlte sich plötzlich wie ausgelaugt. Deshalb stolperte sie, weil sich ihr Fuß in einer Liane verhakt hatte, aber Grant rettete sie geistesgegenwärtig vor dem Sturz. Sie dankte ihm mit einem kleinen Lächeln und versuchte, sich seinem Griff zu entziehen und weiterzugehen, doch er hielt sie fest. Er stand wie angewurzelt da und starrte mit unbewegtem Gesichtsausdruck auf einen Punkt über ihrer Schulter. Als sie den Kopf wandte, schaute sie in einen Gewehrlauf.

Sie fühlte, wie ihr der Schweiß zwischen den Schulterblättern hinabrann. Einen schrecklichen Augenblick lang wartete sie auf den Schuss, doch der Moment ging vorbei, und sie war noch immer am Leben. Jetzt gelang es ihr, ihren Blick von dem Gewehrlauf zu lösen und ihn weiter nach oben wandern zu lassen. Sie starrte in das harte, dunkle Gesicht des Soldaten, der das Gewehr hielt und Sullivan mit zusammengekniffenen Augen fixierte. Jetzt sagte er etwas auf Spanisch, doch Jane war zu aufgeregt, um es zu verstehen.

Sullivan ließ Jane langsam und überlegt los und forderte sie, die Hände hebend, ruhig auf: „Gehen Sie einen Schritt zur Seite.“

Der Soldat bellte ihm einen Befehl zu. Janes Augen weiteten sich vor Schreck. Sie war überzeugt davon, dass dieser Verrückte schießen würde, sobald sie auch nur mit der Wimper zuckte. Aber Sullivan hatte ihr befohlen zur Seite zu gehen, also ging sie zur Seite. Ihr Gesicht war so weiß, dass die kleinen Sommersprossen auf ihrer Nase hervortraten. Der Gewehrlauf zeigte jetzt auf sie, und der Soldat sagte wieder irgend etwas. Er ist nervös, erkannte Jane plötzlich. Seine Stimme klang angespannt, und seine Bewegungen waren fahrig. Großer Gott, wenn er nun aus Versehen an den Abzugshahn kam ...! Einen Augenblick später schwenkte er die Waffe herum, so dass der Lauf wieder auf Sullivan zielte.

Sullivan führte etwas im Schilde. Jane spürte es deutlich. War er verrückt geworden? Der Soldat würde ihn beim geringsten Versuch der Gegenwehr kaltblütig erschießen. Sie starrte auf die Hand des Guerilleros, die das Gewehr hielt, und plötzlich fiel ihr etwas auf. Die Waffe stand nicht auf Automatik. Es dauerte noch einen Moment, bis ihr klar wurde, was das bedeutete, dann reagierte sie ohne nachzudenken. Ihr Körper, vom Ballett und unzähligen Selbstverteidigungskursen bestens durchtrainiert, neigte sich in einer fließenden Bewegung zur Seite, dann schoss ihr linkes Bein hoch und kickte den Gewehrlauf nach oben, so dass sich der Schuss, der jetzt losging, irgendwo, weit über ihnen in dem dichten Blätterdach des Regenwalds, verfing.

Eine zweite Gelegenheit bekam der Guerillero nicht, denn Grant war bereits bei ihm und entwand ihm mit der einen Hand das Gewehr, während er ihm mit der anderen einen Handkantenschlag ins Genick versetzte. Die Augen des Mannes wurden glasig, und einen Moment später sackte er lautlos zu Boden.

Grant schnappte sich Janes Arm. „Nichts wie weg hier! Schnell! Dieser Schuss ruft mit Sicherheit seine Gefährten auf den Plan."

Die Dringlichkeit in seinem Ton veranlasste sie zu umgehendem Handeln, obwohl sie sich fragte, ob sie überhaupt noch die nötige Kraft zum Wegrennen hätte. Ihre Beine waren schwer wie Blei, und ihre Stiefel schienen mehr als fünfzig Pfund zu wiegen, doch sie zwang sich, darüber hinwegzusehen; müde Muskeln hatten längst nichts so Unabänderliches an sich wie der Tod. Angetrieben von seiner Hand, die auf ihrem Rücken lag, stolperte sie über Wurzeln und Sträucher. Dornen zerkratzten ihre Haut, und ihre Lungen brannten, aber sie war so erschöpft, dass sie die Schmerzen nicht spürte.

Nachdem sie mit letzter Kraft eine Hügelkuppe erklommen hatte und den steilen, steinigen Abhang auf der anderen Seite hinunterschaute, fühlte sie sich plötzlich, als hätte ihr jemand den Boden unter den Füßen weggezogen. Ihr Kopf wurde leer, und sie schwankte. Grant streckte geistesgegenwärtig die Hand nach ihr aus in der Absicht sie aufzufangen, doch es war zu spät, sie stürzte bereits und zog ihn mit. Die Welt drehte sich vor ihren Augen, und als sie den Fluss, aus dem zerklüftete Felsen ragten, am Fuße des Abhangs sah, entrang sich ihrer Kehle ein heiserer Schrei. War es ihr Schicksal, an einem dieser Felsen zu zerschellen?

Grant, der instinktiv den Arm um sie gelegt hatte und dem die Gefahr nicht weniger deutlich vor Augen stand, versuchte fluchend den Fall abzubremsen, und gleich darauf rutschten Jane und er in halb sitzender Position abwärts. Grant grub seine Stiefelabsätze in das Erdreich, und ihr Sturz verlangsamte sich weiter, einen Augenblick später blieben sie sitzen. Einen Moment waren sie wie gelähmt.

„Pris?“ fragte er dann heiser, legte ihr die Hand unters Kinn und sah sie an. „Sind Sie verletzt?“

„Nein, nein“, versicherte sie ihm eilig, ihre Schmerzen ignorierend. Gebrochen war ihr rechter Arm bestimmt nicht, auch wenn er schrecklich weh tat; sie zuckte zusammen, als sie versuchte, ihn zu bewegen. Von ihrem Rucksack war ein Träger abgerissen, so dass er ihr jetzt einseitig über der rechten Schulter hing. Ihre Mütze war weg.

Er rückte das Gewehr an seiner Schulter gerade, und Jane fragte sich, wie er es angestellt hatte, es nicht zu verlieren. Ließ er nie etwas fallen oder verlor etwas, war er nie müde oder hungrig? Als sie daran dachte, dass sie bisher noch nicht einmal gesehen hatte, dass er aus seiner Feldflasche getrunken hatte, fiel ihr ihr

Vergleich wieder ein. Natürlich, eine Kampfmaschine war weder hungrig noch durstig und ermüdete auch nicht.

„Meine Mütze ist weg", verkündete sie, während sie sich umdrehte und ihren Blick den steilen Abhang hinaufwandern ließ. Zwischen der Spitze und ihnen lagen mindestens dreißig Meter, und es grenzte an ein Wunder, dass sie den Felsen im Flussbett entgangen waren.

„Ich seh' sie." Er rappelte sich auf und kletterte behände wie eine Bergziege den Abhang ein Stück hinauf, um ihre Baseballkappe zu holen, die sich, wie Jane jetzt erst bemerkte, in den Zweigen eines Buschs verfangen hatte. Einen Moment später saß er wieder neben ihr und stülpte ihr die Mütze über den Kopf. „Meinen Sie, Sie schaffen's noch bis rüber auf die andere Seite?" Er deutete auf den Fluss. „Er ist nicht tief, wir können durchwaten."

Im Leben nicht, dachte sie. Ihr Körper weigerte sich, noch länger zu funktionieren. Sie schaute ihn an und hob das Kinn. „Selbstverständlich."

Er lächelte nicht, aber auf seinem Gesicht lag ein Ausdruck von Anerkennung.

„Wir müssen in Bewegung bleiben, sonst klappen wir zusammen", sagte er, nahm ihren Arm, zog sie hoch und drängte sie in Richtung Fluss. Sie kletterten die Böschung hinunter, und einen Moment später standen sie knietief im Wasser und wateten flussabwärts, während er bereits mit Blicken das gegenüberliegende Ufer nach einer zum Herausklettern geeigneten Stelle absuchte.

„Okay, lassen Sie uns dort raufgehen", sagte er schließlich und deutete nach vorn, doch so sehr sich Jane auch bemühte, sie konnte beim besten Willen keine Schneise entdecken, die ihnen ein Durchkommen ermöglichen würde.

„Also wirklich, ich weiß nicht ..." erwiderte sie zweifelnd.

Er stieß einen Seufzer aus. „Hören Sie, Pris. Ich weiß ja, dass Sie müde sind, aber ..."

Ob es die Übermüdung war oder die Anspannung, wusste sie

nicht, auf jeden Fall rastete irgend etwas in Jane aus. Sie wirbelte herum und packte Grant vorn an seinem Hemd und schüttelte ihn. „Wenn Sie mich nur noch ein einziges Mal ‚Pris' nennen, mach ich Hackfleisch aus Ihnen, kapiert?" Ihre Augen schossen Blitze. Niemand, nicht ein einziger Mensch auf dieser Welt, hatte es jemals gewagt, sie Priscilla, Pris oder auch Cilla zu rufen, und dass er es tat, ging ihr schon von Anfang an auf die Nerven. Bisher hatte sie dazu geschwiegen, aber jetzt war sie müde und hungrig und verängstigt, und genug war genug!

Er reagierte so rasch, dass sie nicht einmal die Zeit hatte zu zwinkern. Seine Hand schoss vor und legte sich um ihre Faust, die noch immer sein Hemd umklammerte. „Sind Sie noch bei Trost? *Ich* habe Ihnen diesen Namen doch nicht gegeben. Wenn er Ihnen nicht passt, müssen Sie sich schon bei Ihren Eltern beschweren, bei mir sind Sie an der falschen Adresse. Aber bis dahin gehen Sie weiter, bitte!"

Und Jane schleppte sich weiter, obwohl sie überzeugt war, dass sie jeden Moment zusammenbrechen würde. Wie in Trance kletterte sie auf der anderen Flussseite ans Ufer, und jetzt, da sie das schier undurchdringliche Dickicht aus der Nähe sah, jagte es ihr einen unsäglichen Schrecken ein. Was konnte sich darin nicht alles verbergen! Angenommen, ein Jaguar hielt sich darin versteckt, würde sie ihn erst bemerken, wenn ihre Hand in seinem Maul steckte. Plötzlich erinnerte sie sich, dass Jaguare das Wasser liebten und sich die meiste Zeit in der Nähe eines Flusses oder eines Baches aufhielten, und sie schwor sich, sich an Grant Sullivan zu rächen für die Ängste, die sie seinetwegen ausstehen musste.

Nachdem sie schließlich unter unsäglichen Mühen die Böschung erklommen hatten, lichtete sich der Dschungel, und sie kamen besser voran. Jane hängte sich ihren Rucksack über die andere Schulter und zuckte zusammen, als sie versehentlich einen frischen Kratzer auf ihrem Arm streifte. „Wohin gehen wir eigentlich? Zum Helikopter?"

„Nein", erwiderte er kurz angebunden. „Der Helikopter wird beobachtet."

„Was waren das denn für Männer?"

Er zuckte die Schultern. „Keine Ahnung. Vielleicht Sandinisten. Wir sind hier nur einen Steinwurf weit von der nicaraguanischen Grenze entfernt. Dieser verdammte Pablo hat uns verkauft."

Jane machte sich nicht die Mühe nachzufragen, was das heißen sollte; sie war viel zu müde, als dass es sie besonders interessiert hätte. „Wenn wir nicht zu dem Helikopter gehen, wohin gehen wir dann?"

„Nach Süden."

Sie presste die Kiefer aufeinander. Diesem Mann eine brauchbare Information zu entlocken war schwieriger als Zähneziehen. „Wohin nach Süden?"

„Nach Limon vielleicht. Im Moment gehen wir aber noch in Richtung Osten."

Jane kannte Costa Rica gut genug, um zu wissen, was im Osten lag, und dieser Gedanke behagte ihr gar nicht. Im Osten befand sich die Karibikküste, wo der Regenwald in ein trügerisches Sumpfgebiet überging. Wenn sie wirklich nur ein paar Kilometer von der nicaraguanischen Grenze entfernt waren, müssten es bis Limon, grob geschätzt, noch etwa hundert Meilen sein. Wie, um alles in der Welt, sollte sie in ihrem derzeitigen Zustand einen Fußmarsch von hundert Meilen hinter sich bringen? Und wie lange würden sie dafür benötigen? Vier oder fünf Tage? Und wie, bitte schön, sollte sie noch vier oder fünf weitere Tage mit Mr. Sunshine durchstehen? Sie kannte ihn noch nicht einmal zwölf Stunden und taumelte schon jetzt am Abgrund des Todes entlang.

„Warum können wir nicht einfach geradewegs nach Süden gehen?"

Er deutete mit dem Kopf in die Richtung, aus der sie gekommen waren. „Weil *sie* dort sind. Es sind zwar nicht Turegos Leute, aber es steht zu befürchten, dass er dennoch erfahren wird, welche Richtung wir eingeschlagen haben. Wir müssen vorsichtig sein."

Das leuchtete ihr ein, auch wenn es ihr nicht gefiel. Sie war bisher niemals in der karibischen Küstenregion von Costa Rica gewesen, deshalb wusste sie nicht, was sie erwartete, aber giftige Schlangen, Alligatoren und Treibsand erschienen ihr immer noch besser als Turego. Und wegen der Sümpfe konnte sie sich Gedanken zu machen, wenn sie erst einmal dort waren. Mit diesem Vorsatz im Kopf wandte sie sich nun ihrem brennendsten Problem zu.

„Wann machen wir endlich Rast? Ich bin schon am Verhungern. Ganz zu schweigen davon, dass ich langsam wirklich dringend mal verschwinden müsste."

Um seine Mundwinkel zuckte es verräterisch. „Eine Pause können wir uns im Moment nicht leisten. Wenn Sie Hunger haben, müssen Sie schon im Laufen etwas essen. Und was Ihr zweites Problem anbelangt, gibt es dafür jede Menge geeigneter Bäume."

Nachdem sie einen Gewaltmarsch von mehreren Stunden hinter sich gelegt hatten, drohten Jane endgültig alle ihre Kräfte zu verlassen. Sie spürte ihre Beine nicht mehr, und der Schweiß rann ihr in Strömen über den ganzen Körper, ein Flüssigkeitsverlust, den auch der Inhalt von Grants Feldflasche nicht ausgleichen konnte.

Gerade als sie ihm sagen wollte, dass sie keinen einzigen Schritt mehr weitergehen konnte, blieb er stehen.

„Bleiben Sie hier, ich suche uns einen Unterschlupf. Es wird in Kürze anfangen zu regnen."

Jane zog sich ihre Mütze vom Kopf und wischte sich mit dem Unterarm den Schweiß von der Stirn. Woher wusste er, dass es demnächst anfangen würde zu regnen? Natürlich, im Regenwald regnete es fast jeden Tag, um das zu wissen, brauchte man kein

Hellseher zu sein, aber sie hatte bis jetzt noch keinen Donner gehört.

Er kehrte nach kurzer Zeit zurück, nahm sie am Arm und führte sie zu einem Abhang, in dem sich eine kleine Höhle befand. Er schob sie hinein und begann dann in Windeseile mit großem Geschick, das Buschwerk über der Öffnung so zu arrangieren, dass es einen Moment später so gut wie regenundurchlässig war.

„Machen Sie es sich bequem", forderte er sie auf, während er sich neben ihr ausstreckte. Jetzt hörte sie in der Ferne ein leises Donnergrollen. Gleichviel, womit sich der Mann neben ihr auch seinen Lebensunterhalt verdienen mochte, auf jeden Fall kannte er sich im Dschungel aus, als wäre er hier geboren.

Grant zog jetzt seinen Rucksack zu sich heran. Anscheinend hatte er entschieden, die Wartezeit mit Essen zu überbrücken, denn nach einem Moment des Herumkramens förderte er zwei Büchsen zutage.

Jane beäugte sie misstrauisch. „Was ist denn das?"

„Essen."

„Was für Essen?"

Er zuckte die Schultern. „Keine Ahnung. Ich habe es mir noch nie näher angeschaut, und kann Ihnen nur den guten Rat geben, es genauso zu machen. Essen Sie es einfach."

Als er Anstalten machte, die Dose zu öffnen, legte sie ihm eine Hand auf den Arm. „Moment. Warum warten wir damit nicht, bis es unbedingt sein muss?"

„Es muss jetzt unbedingt sein", knurrte er ungehalten. „Wir *müssen* etwas essen."

„Ja, aber nicht unbedingt *das.*"

Sein Gesicht nahm einen verzweifelten Ausdruck an. „Honey, entweder geben Sie sich mit dem hier zufrieden, und wenn nicht, kann ich Ihnen gern noch zwei weitere Büchsen gleichen Inhalts servieren."

„Wie ich sehe, mangelt es Ihnen an Gottvertrauen", gab sie

zurück, während sie ihren Rucksack zu sich heranzog. Einen Moment später förderte sie ein kleines Paket, das in ein Geschirrtuch eingewickelt war, zutage. Triumphierend packte sie es aus und legte zwei zwar leicht zerdrückte, aber durchaus noch essbare Sandwiches auf das Geschirrtuch. Dann wandte sie sich erneut ihrem Rucksack zu und begann wieder darin herumzukramen. Errötend vor Freude und Stolz präsentierte sie Grant gleich darauf zwei Dosen Orangensaft. „Hier, nehmen Sie." Mit vergnügtem Gesicht reichte sie ihm eine Dose. „Ein Erdnussbutter-Marmeladensandwich und Orangensaft. Eine erstklassige Zusammenstellung: Proteine, Kohlehydrate und Vitamin C. Was wollen Sie mehr?"

Grant nahm ihr die Sachen ab und beäugte sie missmutig. Gleich darauf blinzelte er verblüfft, denn es geschah etwas für ihn völlig Überraschendes: er lachte. Eigentlich war es gar kein richtiges Lachen, sondern eher ein rostiges Scheppern, aber es enthüllte seine gesunden weißen Zähne und ließ in seinen Augenwinkeln winzige Lachfältchen entstehen. Jane wurde es angesichts dieses Lachens ganz warm. Es war offensichtlich, dass er selten lachte; anscheinend hielt das Leben selten etwas für ihn zum Lachen bereit, und sie fühlte sich plötzlich glücklich, dass sie ihm einen Grund zum Lachen gegeben hatte, und traurig zugleich, dass er ansonsten so wenig zum Lachen hatte.

Während Grant auf seinem Sandwich herumkaute, spürte er, wie er sich zum ersten Mal seit dem Morgen entspannte.

Den letzten Bissen spülte er mit dem Rest seines Orangensaftes herunter, dann warf er Jane einen Blick zu, die sich gerade mit Hingabe die mit Marmelade beschmierten Finger ableckte. Anscheinend spürte sie, dass er sie anschaute, denn sie sah auf und schenkte ihm ein fröhliches Lächeln, bei dem ihre Grübchen zum Vorschein kamen, und wandte sich dann wieder ihren Fingern zu.

Ungehalten registrierte Grant, dass sein Körper begann sich vor Verlangen anzuspannen. Vor Verlangen nach ihr. Okay, sie hatte tatsächlich eine gehörige Portion Charme, das war eindeutig und nicht von der Hand zu weisen, und das überraschte ihn. Er hatte eine hilflose, verwöhnte, ständig herumnörgelnde junge Frau erwartet, doch sie hatte einen sprühenden Geist und viel Witz und dazu auch ausgesprochen gute Nerven. Auch angezogen war sie absolut vernünftig: Sie trug feste Stiefel und eine khakifarbene Hose sowie eine schwarze kurzärmlige Bluse. Und obwohl sie nicht unbedingt so aussah, als sei sie einem Modemagazin entsprungen, konnte er es nicht leugnen, dass es ein paar Momente gegeben hatte, als er hinter ihr hergegangen war, bei denen er sich von ihren runden festen Pobacken unter dem khakifarbenen Stoff abgelenkt gefühlt hatte.

Sie vereinigte eine Menge Widersprüche in sich. Obwohl zum Jet-Set gehörend, lebte sie doch so wild, dass ihr Vater sie Grants Wissen nach enterbt hatte, und außerdem war sie George Persalls Geliebte gewesen. Irgendwelche Anzeichen eines ausschweifenden Lebens konnte er allerdings in ihrem Gesicht nicht entdecken. Im Gegenteil, es war offen und unschuldig wie das eines jungen Mädchens, und die kindliche Freude am Leben leuchtete ihr aus den dunklen, leicht mandelförmig geschnittenen Augen. Ihr langes Haar war von einem so dunklen Braun, dass es fast schwarz wirkte, und fiel ihr in einer wirren Lockenpracht über die Schultern. Auf ihrer Nase tanzten ein paar Sommersprossen, und ihre Wangenknochen waren stark ausgeprägt. Man hätte glauben können, sie hätte einen winzigen Schuss indianisches Blut in sich. Ihr Mund war weich und voll, die Oberlippe etwas voller als die Unterlippe. Alles in allem war sie zwar keine klassische Schönheit, aber sie strahlte eine Frische und Lebendigkeit aus, neben der alle anderen Frauen, die er je kennen gelernt hatte, verblassten.

Ganz sicher jedoch war er mit dem Knie einer ihm im Grunde genommen fremden Frau noch nie so intim gewesen wie im Moment mit ihrem.

Dieser Gedanke verärgerte ihn plötzlich. Konnte sie nicht ein bisschen aufpassen, dass sich ihre Knie nicht berührten? Woher nahm sie diese Unbefangenheit? Oder war es Berechnung?

Auf einmal war ihm die ganze Operation, auf die er sich eingelassen hatte, zuwider. Sicher, er hatte die Verantwortung übernommen, sie ihrem Vater wieder heil zurückzubringen. Das Unangenehme war nur, dass sich die Dinge nun nicht mehr ganz so einfach darstellten. In dem Moment, in dem er Pablo bei dem Helikopter gesehen hatte, war ihm klar gewesen, dass irgend etwas schief gelaufen war. Pablos Anspannung war an seiner Körperhaltung deutlich ablesbar gewesen. Hatte er gemeinsame Sache mit Turegos Leuten gemacht, oder hatte er ihn, Grant, warnen wollen? Er würde es wahrscheinlich nie erfahren.

Plötzlich erinnerte er sich daran, mit welcher Selbstverständlichkeit sie den Guerillero entwaffnet hatte. Die Tatsache, dass sie mit einer solchen Leichtigkeit agiert hatte, sagte ihm, dass sie gut durchtrainiert sein musste. Woher hatte ein verwöhntes Mädchen aus reichem Hause Kenntnisse in Selbstverteidigung? Ein weiteres Puzzleteil, das nicht passte. Er konnte ihr nicht trauen. Sie war nicht das, was sie zu sein schien, und das machte sie zu einer potenziellen Gefahr.

Er war ihr gegenüber wachsam, konnte jedoch seine Blicke nicht von ihr losreißen. Sie war so verdammt sexy, so üppig und exotisch wie eine Dschungelorchidee. Wie mochte es wohl sein, neben ihr zu liegen? Setzte sie die weichen Kurven ihres Körper ein, um einen Mann vergessen zu lassen, wer er war? Mit wie vielen Männern mochte sie wohl schon zusammengewesen sein? Hatte Turego ihretwegen womöglich auch den Kopf verloren? Hatte sie gar etwas mit ihm gehabt?

Nun, er würde sich auf jeden Fall nicht die Finger an ihr verbrennen. Warum sollte er auch? Das war sie nicht wert, auch wenn sie noch so schöne Augen hatte.

Sie gähnte und blinzelte ein paar Mal wie eine schläfrige Katze. „Ich glaube, ich werde versuchen, ein bisschen zu schlafen", kündigte sie an und streckte sich lang auf dem Boden aus, wobei sie ihren Arm als Kopfkissen benutzte. Sie schloss die Augen und gähnte erneut. Grant beobachtete sie mit zusammengekniffenen Augen. Ihre offensichtliche Anpassungsfähigkeit war ein weiteres Teil in dem Puzzle, das nicht zu passen schien. Eigentlich müsste sie jammern und stöhnen, wie unkomfortabel dieser erzwungene Ausflug sei, statt dessen rollte sie sich einfach wie ein Kätzchen auf dem Erdboden zusammen und machte ein Nickerchen. Okay, die Idee war nicht schlecht, ihm konnte ein bisschen Schlaf auch nichts schaden.

Grant schaute hinaus. Der Regen war in einen Wolkenbruch übergegangen, der auf das Blätterdach prasselte und den Boden des Dschungels wahrscheinlich bereits jetzt in einen reißenden Fluss verwandelt hatte.

Er streckte die Hand aus und berührte Jane an der Schulter, woraufhin sie sich aufrichtete und ihn mit schlafschweren Augen anschaute. „Rücken Sie ein bisschen, ich möchte mich auch hinlegen."

Sie machte ihm Platz, er schob die Rucksäcke beiseite und streckte sich neben ihr aus. Er lag auf dem Rücken, einen Arm unter dem Kopf, schloss die Augen und versuchte einzuschlafen. Jane drehte sich zu ihm um und warf ihm unter halbgeschlossenen Augenlidern einen schläfrigen Blick zu. Sie sah sein scharf geschnittenes Profil mit der ganz leicht gebogenen Nase und registrierte die dünne Narbe an seiner linken Wange. Woher er sie wohl hatte? Wangen und Kinn waren von Bartstoppeln bedeckt, weil er sich einige Tage nicht rasiert hatte. Sein Bart war um einiges dunkler als sein Haar, ebenso wie seine Wimpern und seine Augenbrauen.

Der Regen hatte kühlere Luft mit sich gebracht, und Jane begann plötzlich zu frösteln. Instinktiv rutschte sie näher an Grant heran, dessen Körper noch immer eine Menge Hitze abstrahlte. Er war so warm, und sie fühlte sich so sicher ... so sicher hatte sie sich in ihrem Leben nur als kleines Mädchen gefühlt. Sie stieß einen wohligen Seufzer aus und entschlummerte.

Als das Trommeln des Regens nachließ, erwachte Grant. Es war, als würde man einen Lichtschalter anknipsen. Er war auf einen Schlag hellwach und wollte aufspringen, da bemerkte er, dass Jane halb auf ihm ruhte, ihr Kopf lag auf seinem Arm und eine Hand auf seiner Brust. Missmutig starrte er auf sie herab. Wie zum Teufel hatte sie es bewerkstelligt, sich ihm so weit zu nähern, ohne dass er aufgewacht war? Er hatte einen Schlaf wie eine Wildkatze, stets gefasst auf das kleinste Geräusch und die kleinste Bewegung – aber diese verdammte Frau hatte es doch tatsächlich geschafft, fast in ihn hineinzukriechen, ohne dass er es bemerkte. Sicher war sie enttäuscht, dachte er verärgert. Sein Ärger galt sowohl sich selbst als auch ihr, weil der Vorfall ihn mit der Nase darauf stieß, wie nachlässig er im vergangenen Jahr geworden war. Diese Nachlässigkeit konnte sie beide das Leben kosten.

Er lag bewegungslos da und war sich ihrer vollen Brüste, die sich in seine Seite drückten, nur allzu gut bewusst. Ihr Körper war weich und üppig, ihr rechtes Bein lag angewinkelt über seiner Hüfte. Alles, was er tun musste, war sich umzudrehen. Dann würde er sich zwischen ihren Schenkeln wieder finden. O Gott! Die bloße Vorstellung trieb ihm den Schweiß auf die Stirn. Heiß würde sie sein, heiß und eng. Zähne knirschend registrierte er das Begehren, das nun mit Macht in seine Lenden schoss. Ja, er wollte sie. Er wollte sie nackt und sich unter ihm windend mit einer Leidenschaft, die sein Inneres nach außen stülpte.

Er musste sich bewegen, sofort, anderenfalls würde er Gefahr laufen, sie jetzt auf der Stelle, hier, auf diesem steinigen Boden, zu nehmen. Angewidert von sich selbst zog er den Arm unter seinem Kopf hervor, dann gab er ihr einen leichten Klaps auf die Schulter. „Wir müssen weiter“, brummte er kurz angebunden.

4. KAPITEL

Jane fuhr erschreckt aus dem Schlaf hoch und starrte ihn an. „Machen Sie das nie wieder!“ fauchte sie fuchsteufelswütend.

„Was?“ fragte er desinteressiert zurück und machte sich an seinem Rucksack zu schaffen.

„Mich schlagen. Ein einfaches ‚Aufwachen‘ genügt vollkommen.“

Jetzt warf Grant ihr einen missbilligenden Blick zu. „Oh, ich bitte tausendmal um Verzeihung“, gab er mit Hohn triefender Stimme zurück. „Lassen Sie mich noch mal von vorn anfangen. Also: Entschuldigen Sie bitte, Priscilla, aber die Ruhepause ist beendet, und wir müssen jetzt wirklich ... he! Verdammt!“ Er duckte sich gerade noch rechtzeitig, um ihrer Faust, die durch die Luft sauste, ausweichen zu können. Seine Hand schoss vor, und er fing ihr Handgelenk ein. „Was zum Teufel ist los mit Ihnen?“ Sie hatte mit einer solchen Wucht ausgeholt, dass sie ihm mit Leichtigkeit das Nasenbein hätte brechen können.

„Ich habe Ihnen gesagt, dass Sie mich nicht so nennen sollen“, wütete Jane und versuchte aufgebracht, sich aus seinem Griff herauszuwinden in der Absicht, erneut auszuholen.

Einen Moment lang rangen sie verbissen miteinander, dann gelang es Grant, sie zu Boden zu zwingen. Er nagelte sie mit den Handgelenken auf dem Boden fest und achtete diesmal tunlichst darauf, dass sie ihr Knie nicht zum Einsatz bringen konnte. Sie wand sich wie ein Aal unter ihm und versuchte mit aller Kraft ihn wegzustoßen, doch es gelang ihr nicht.

Er starrte wütend auf sie herunter und sagte: „Sie haben mir gesagt, dass ich Sie nicht Pris nennen soll.“

„Nun, und jetzt sage ich Ihnen, dass ich auch nicht Priscilla genannt werden will“, schäumte sie.

„Hören Sie, ich kann schließlich keine Gedanken lesen. Wie darf ich Sie also nennen?“

„Jane!“ schrie sie ihn an. „Ich heiße Jane! Niemand hat mich *jemals* Priscilla genannt!“

„In Ordnung. Jetzt weiß ich Bescheid. Wenn Sie mich früher aufgeklärt hätten, wäre es zu diesem Missverständnis erst gar nicht gekommen. Aber hören Sie bitte auf, nach mir zu schlagen, ja? Ich könnte Ihnen sonst verdammt weh tun, und das wollen Sie doch nicht, oder? Also was ist, werden Sie sich anständig benehmen, wenn ich Sie jetzt loslasse?“

Jane fixierte ihn in stiller Wut, doch als das Gewicht seiner Knie auf ihren Armen unerträglich zu werden begann, sah sie sich veranlasst, klein beizugeben. „Meinetwegen“, brummte sie verdrossen. Er stand auf und streckte ihr die Hand entgegen, um ihr ebenfalls aufzuhelfen; ein Umstand, der sie überraschte. Noch überraschender allerdings fand sie die Tatsache, dass sie die Hand, die er ihr darbot, auch tatsächlich annahm.

In seinen dunklen Augen tanzten plötzlich Fünkchen. „Jane, hm?“ fragte er in vergnügtem Ton und schaute durch die Öffnung der Höhle, die er von dem Blätterschutz befreit hatte, hinaus in den Dschungel.

Sie warf ihm einen drohenden Blick zu. „Kommen Sie mir jetzt bloß nicht mit diesem ‚Ich-Tarzan-du-Jane-Blödsinn‘“, warnte sie ihn. „Damit haben sie mich in der Grundschule schon immer veräppelt.“ Sie machte eine kleine Pause, dann fuhr sie grollend fort: „Aber Jane ist immer noch besser als Priscilla.“

Er gab ein Brummen von sich, das sie als Zustimmung deutete, und wandte sich dann wieder seinem Marschgepäck zu. Auch Jane begann, ihre Sachen zusammenzupacken. Er warf ihr einen Blick zu, sagte aber nichts. Besonders gesprächig scheint er ja nicht zu sein, dachte Jane. Und daran, dass sie sich näher kennen lernten, schien er auch nicht interessiert. Aber er riskierte schließlich sein Leben, nur um ihr zu helfen, und Rücksicht auf sie nahm er auch. Das war ihm hoch anzurechnen. In seinen Augen jedoch lag ein Ausdruck von Müdigkeit und Zynismus und Leere, der in Jane den Wunsch weckte, ihn in den Arm zu nehmen und zu beschützen. Als sie sich ihrer Gefühle bewusst wurde, schalt sie sich einen Dummkopf. Was für eine idiotische Vorstellung zu glauben, einen Mann beschützen zu müssen, der ganz offensichtlich sehr gut allein auf sich aufpassen konnte. Und dennoch, irgend etwas war da, dieses Misstrauen, das sich in seinen Augen spiegelte, kam ihr nur allzu bekannt vor, und plötzlich erinnerte sie sich wieder an die Zeit, als sie ein kleines Mädchen gewesen war und es nicht gewagt hatte, irgend jemandem zu vertrauen. Sie war schrecklich einsam gewesen damals, und sie wusste, was Einsamkeit war. Deshalb fühlte sie mit ihm. Weil sie die Einsamkeit in seinen Augen entdeckt hatte.

Nachdem sie zusammengeräumt hatten, schulterte er sein Marschgepäck und sah sie an. „Fertig?" Jane war gerade dabei, sich ihr Haar unter ihre Mütze zu stopfen, deshalb beugte er sich nach unten und griff nach ihrem Rucksack. Als er ihn hochhob, malte sich Überraschung auf seinem Gesicht. „Was zum Teufel haben Sie denn da alles drin?" brummte er verblüfft. „Der wiegt ja ein paar Pfund mehr als meiner."

„Alles, was ich brauche", gab Jane kurz angebunden zurück und nahm ihm den Rucksack aus der Hand, um ihn zu schultern.

„Zum Beispiel?"

„Alles eben", wiederholte sie stur. Plötzlich begann sie zu befürchten, dass er verlangen würde, sie solle ihren Rucksack auspacken, damit er die Dinge durchgehen und das aussortieren könnte, von dem er meinte, dass sie es nicht unbedingt brauchte. Deshalb presste sie jetzt die Kiefer hart aufeinander und starrte ihn trotzig an.

„Nehmen Sie den Rucksack ab", befahl er nach einem kurzen Schweigen und begann, sich sein Marschgepäck ebenfalls wieder abzuschnallen. „Wir tauschen. Ich trage Ihren und Sie meinen."

Sie hob das Kinn. „Ich kann meine Sachen selbst tragen."

„Hören Sie auf, mit dieser Herumstreiterei unsere kostbare Zeit zu verschwenden. Der Rucksack ist zu schwer für Sie. Sie werden dadurch zu schnell müde. Der Marsch durch den

Dschungel ist ohnehin eine Ochsentour, auch ohne dass Sie sich so abschleppen. Geben Sie ihn mir, ich will nur rasch noch den Tragegurt annähen."

Sie sah ein, dass Widerspruch zwecklos war, deshalb schnallte sie sich den Rucksack jetzt widerstrebend wieder ab und reichte ihn ihm. Er hatte mittlerweile aus seinem Marschgepäck Nähzeug herausgeholt und begann nun, den abgerissenen Schulterriemen an ihrem Rucksack zu reparieren. Jane sah ihm ehrfürchtig zu. Das einzige, was sie konnte, war einen Knopf anzunähen. „Lernt man bei der Army mittlerweile das Nähen?" fragte sie und trat einen Schritt näher an ihn heran, um ihn besser beobachten zu können.

Er warf ihr einen seiner abweisenden Blicke zu. „Ich bin nicht bei der Army."

„Vielleicht jetzt nicht mehr, aber Sie waren es, da möchte ich wetten."

„Das ist lange her."

„Und wo haben Sie dann nähen gelernt?"

„Einfach so nebenbei. Ist doch keine großartige Sache." Er biss den Faden ab, dann packte er Nadel und Garnrolle wieder weg und stand auf. „Also los, lassen Sie uns aufbrechen. Wir haben schon genug Zeit verschwendet."

Nachdem sie einige Stunden gewandert waren, gelangten sie wieder an einen Fluss, der nicht breiter war als der erste, aber tiefer. Das Wasser würde ihr an manchen Stellen wahrscheinlich bis zu den Hüften reichen. Sehnsüchtig auf das glitzernde Nass starrend, stolperte Jane über eine Wurzel und konnte sich gerade noch rechtzeitig abfangen, indem sie sich an einen Baum klammerte.

„Oh, igittigitt", stöhnte sie auf, als sie spürte, wie etwas Glitschiges unter ihrer Hand zerplatzte. Sie nahm die Hand von dem Baumstamm und sah, dass ihre Handfläche blutbeschmiert war.

Grant blieb stehen. „Was ist denn?"

„Ich hab irgendein Vieh zerquetscht." Jane versuchte, sich

ihre Hand mit einem Blatt abzuwischen, aber das Blut ging nicht ganz ab. Angewidert starrte sie von ihrer Hand zu Grant. „Meinen Sie, ich kann mir meine Hand in dem Fluss abwaschen?"

Er schaute sich um, und seine bernsteinfarbenen Augen suchten rasch und sorgfältig die Umgebung diesseits und jenseits des Flusses ab. „Okay. Kommen Sie zu mir rüber."

„Ich kann hier runtergehen", gab sie zurück. Die Böschung war nicht besonders steil, und das Unterholz nicht dichter als anderswo. Sie bahnte sich vorsichtig ihren Weg über die Wurzeln eines Baumriesen mit ausladender Krone und lehnte sich für einen Moment gegen den Stamm, um sich den Schweiß von der Stirn zu wischen.

„Passen Sie auf!" Grants Stimme klang so scharf, dass Jane herumfuhr.

In diesem Moment stürzte etwas unglaublich Schweres wie ein Fallbeil auf ihre Schultern herab, etwas Langes, Glattes, Lebendiges, das ihr in Sekundenschnelle die Luft abdrückte. Sie stieß einen erstickten Schrei aus, und ihre Hand zuckte panisch zu ihrem Hals. „Grant!" kreischte sie in Todesangst. „Grant! Hilfe!"

Sie kam ins Taumeln, und ihre Hände krallten sich in dem verzweifelten Versuch, sich von dem Würgegriff zu befreien, in den Körper der Schlange, deren Muskeln sich anspannten. Gleich würde das Tier ihren Brustkorb zerquetschen. Janes Beine gaben unter dem Ansturm des ungeheuren Gewichts und vor Todesangst nach, und sie stürzte zu Boden. Wie durch einen dichten Nebelvorhang, der die Geräusche schluckte, hörte sie Grants Fluchen und ihre eigenen Schreie. Grüne Blätter, braune Baumstämme und knorriges Wurzelwerk, alles tanzte kaleidoskopartig vor ihren Augen, bis Grants Gesicht, seltsam verzerrt, über ihr auftauchte. Er schrie ihr etwas zu, aber sie konnte nicht verstehen, was er sagte; ihr ganzes Sinnen und Trachten war einzig darauf gerichtet, sich aus der tödlichen Umklammerung dieses Ungeheuers zu befreien. Indem sie sich über den Boden gewälzt hatte, war es ihr gelungen, einen Arm und eine Schulter freizubekommen, aber die Boa verstärkte jetzt ihren Würgegriff um Janes Brustkasten, der Kopf mit dem weit aufgerissenen Maul, aus dem die gespaltene Zunge blitzschnell hervorschoss und sich wieder zurückzog, war direkt vor ihrem Gesicht. Jane schrie und schrie und versuchte, den Kopf des Tieres mit ihrer freien Hand wegzuschieben, aber die Schlange drückte ihr die Luft ab, so dass ihre Schreie nicht mehr als ein raues Keuchen waren. Jetzt schoss eine große Hand vor und umklammerte den Kopf der Boa, und dann sah sie ein silbernes Aufblitzen.

Einen Augenblick später lockerte sich der Würgegriff etwas, fast so, als wende sich die Boa ihrem neuen Opfer zu in der Absicht, es in seine tödliche Umarmung mit einzubeziehen. Jetzt sah Jane erneut ein silbernes Aufblitzen, dann spritzte ihr irgend etwas ins Gesicht. Vage registrierte sie, dass es Grants Buschmesser gewesen sein musste, das sie gesehen hatte. Grant stieß einen hässlichen Fluch aus, während er mit der Schlange kämpfte, und Jane wälzte sich über den Boden in dem Versuch, sich selbst aus der Umklammerung der Boa zu befreien. „Verdammt noch mal, halten Sie still!" keuchte er. „Sonst verletze ich Sie noch."

Es war ihr jedoch unmöglich still zu halten; die Schlange zuckte noch immer über ihren Körper, und Jane war zu sehr in Panik, um zu registrieren, dass die Zuckungen des Tieres Todeszuckungen waren, und nicht einmal dann, als sie sah, dass Grant etwas beiseite warf und begann, die Boa von ihr abzuwickeln, war ihr klar, dass sie gerettet war. Erst als er sie ganz und gar von dem schauerlichen Ungeheuer befreit hatte, hörte sie auf, sich herumzuwälzen, blieb zu Tode erschöpft liegen und starrte schweigend mit kreidebleichem Gesicht zu ihm auf. Es war vorbei. Grant hatte die Schlange getötet.

„Es ist vorbei", sagte er heiser und fuhr mit den Händen über ihre Arme und ihren Oberkörper. „Wie fühlen Sie sich? Glauben Sie, Sie haben sich irgend etwas gebrochen?"

Jane brachte kein Wort heraus, ihre Kehle war wie zugeschnürt. Alles, was sie tun konnte, war einfach nur still dazuliegen und mit bebenden Lippen und noch immer weit aufgerissenen Augen zu ihm emporzustarren. Als sie schließlich doch sprach, war ihr anzumerken, dass es sie eine schier übermenschliche Kraft kostete, die Worte zu artikulieren.

„Mir ... geht ... es ... gut." Ihre Stimme bebte, aber indem sie die Worte aussprach, schaffte sie es, auch selbst daran zu glauben. Jetzt setzte sie sich langsam auf und strich sich das Haar aus dem Gesicht. „Ich fühle mich zwar ein bisschen schwach, aber es ist nichts Ern..."

Sie hielt abrupt inne und starrte entsetzt auf ihre blutige Hand. „Ich blute ja", sagte sie vollkommen verwirrt. Sie warf Grant einen verunsicherten Blick zu, als müsste sie sich ihre Entdeckung von ihm bestätigen lassen. „Ich bin ja überall voller Blut", stieß sie gleich darauf mit bebender Stimme hervor und streckte ihm voller Entsetzen ihre zitternde Hand entgegen. „Hier, Grant, sehen Sie, lauter Blut."

„Es ist nicht Ihr Blut, sondern das der Schlange", gab er zurück in der Absicht, sie zu beruhigen, allerdings bewirkte er damit das Gegenteil.

„Oh, mein Gott", schrie sie in heillosem Grauen, rappelte sich eilig auf und starrte, erneut von Panik ergriffen, an sich herunter. Ihre schwarze Bluse war durchtränkt von Blut, und auf ihrer Khakihose fanden sich ebenfalls große Blutflecken. Auch ihre Arme waren über und über blutverschmiert. Unsäglicher Ekel stieg in ihr auf, als sie sich daran erinnerte, wie ihr vorhin etwas ins Gesicht gespritzt war, begannen ihre Finger nun, ihr Gesicht abzutasten und fühlten die klebrige Nässe auf der Haut und in den Haaren.

Sie fing an, noch heftiger zu zittern, und gleich darauf strömten ihr die Tränen über die Wangen. „Ich muss es abwaschen", schluchzte sie vollkommen außer sich. „Ich muss es sofort abwaschen. Ich bin überall voller Blut, o Gott o Gott, lauter Blut, soviel Blut, und es ist nicht meines. Es ist überall ... überall ... sogar in meinen Haaren!“ Damit drehte sie sich um und raste wie von Sinnen zum Fluss hinunter.

Grant fluchte und setzte ihr nach. In dem Moment, in dem sie ihren Fuß in das Wasser setzen wollte, hatte er sie erreicht und hielt sie fest, aber ihr unstillbarer Drang, sich sofort das Blut abzuwaschen, veranlasste sie, wie eine Wahnsinnige um sich zu schlagen. Sie verlor für einen Moment das Gleichgewicht, so dass sie anfing zu taumeln, und stürzte gleich darauf zu Boden. Bevor sie sich wieder aufrappeln konnte, war Grant fluchend über ihr und hielt sie fest.

„Jane, beruhigen Sie sich!“ befahl er ihr in scharfem Ton. „Ich wasche Ihnen das Blut ab, aber Sie müssen stillhalten, damit ich Ihnen wenigstens die Stiefel ausziehen kann, okay?“

Er musste sie mit einer Hand ruhig stellen, während er ihr mit der anderen die Schuhe auszog, aber als er sich daranmachte, sich seiner eigenen Stiefel zu entledigen, begann sie wie eine Irre zu kreischen. Er betrachtete sie finster. Da hatte sie den ganzen Tag lang die Strapazen über sich ergehen lassen, ohne mit der Wimper zu zucken, und jetzt drehte sie durch. Das Blut an ihrer Kleidung war offensichtlich mehr, als sie ertragen konnte. Er riss sich eilig die Stiefel von den Füßen, dann wandte er sich ihr zu, machte ihr die Hose auf und zog sie ihr aus. Dann nahm er sie wie ein Kind auf den Arm und watete mit ihr durchs Wasser, ohne einen Gedanken darauf zu verschwenden, dass seine eigene Hose durchnässt wurde.

Als ihm das Wasser bis zum Knie reichte, ließ er sie runter, bückte sich und schöpfte mit den Händen Wasser, mit dem er sie bespritzte. Dann wusch er ihr sorgfältig die Blutflecken von Armen und Beinen. Die ganze Zeit über stand sie vollkommen bewegungslos, während ihr die Tränen in Strömen über die ebenfalls blutverschmierten Wangen rannen.

„Es ist alles in Ordnung, Honey“, flüsterte er sanft und versuchte sie dann mit einschmeichelnder Stimme davon zu überzeugen, dass sie sich hinsetzen sollte, um sich das Blut aus dem

Haar zu waschen, doch ohne Erfolg. Sie rührte sich nicht. Ganz offensichtlich stand sie noch immer unter Schock. Also schüttete er ihr Wasser über den Kopf, und die einzige Regung, die sie zeigte, war, dass sie sich das Nass aus den Augen blinzelte. Jetzt zog er ein Taschentuch aus seiner Gesäßtasche und wischte ihr vorsichtig das Gesicht ab. Langsam schien sie sich zu beruhigen, ihre Tränen waren versiegt.

„Sehen Sie, jetzt sind Sie wieder sauber", begann er, doch dann sah er mit Schrecken, dass blutrotes Wasser ihre Oberschenkel hinabrann. Ihre Bluse war so blutdurchtränkt, dass er sie ihr ausziehen musste, um sie sauber zu bekommen. Ohne zu zögern begann er die Knöpfe zu öffnen. „Wir müssen das ausziehen, damit wir es waschen können", sagte er wie zu einem Kind, wobei er darauf achtete, seine Stimme so ruhig wie möglich zu halten. Sie schaute nicht einmal auf seine Hände, die die Bluse aufknöpften und sie ihr dann über die Schulter schoben, um sie anschließend ans Ufer zu werfen. Jane heftete ihre Blicke auf sein Gesicht, als sei es ein Rettungsanker, der die Garantie dafür bot, nicht den Verstand zu verlieren.

Grant schaute zu ihr herunter, und sein Mund wurde trocken, als sein Blick auf ihre nackten Brüste fiel. Er hatte sich bereits vorzustellen versucht, wie sie wohl aussehen mochten, und nun wusste er es. Es war, als hätte ihm jemand einen Schlag in den Magen versetzt. Ihre Brüste waren rund und ein bisschen schwerer als erwartet, und die Knospen klein und braun und so verführerisch, dass er sich am liebsten heruntergebeugt und sie in den Mund genommen hätte, um von ihnen zu kosten. Jetzt war sie so gut wie nackt; alles, was sie noch auf dem Leib trug, war ein Slip, der durch die Nässe transparent geworden war. Als Grant das dunkle Dreieck sah, das sich zwischen ihren Schenkeln abzeichnete, erwachte das Feuer in seinen Lenden. Sie hatte einen atemberaubenden Körper, langbeinig, schmalhüftig und muskulös wie der einer Tänzerin. Ihre Schultern waren kräftig, die Arme schlank, die Brüste voll; er lechzte plötzlich danach, sie direkt hier zu nehmen, tief in sie einzudringen und sich mit ihr im Rhythmus der Liebe zu wiegen, bis er den Verstand verlor.

Nur mit Mühe riss er den Blick von ihr los und beugte sich nach unten, um das Taschentuch im Wasser auszuspülen. Doch das war ein schlimmer Fehler, weil jetzt sein Blick direkt auf das dunkle Dreieck zwischen ihren Schenkeln fiel, deshalb fuhr er schon einen Moment später wie von der Tarantel gestochen wieder hoch. Er musste sich zwingen, sich ihren Brüsten zuzuwenden, weil er die Tantalusqualen schon im voraus erahnen konnte. Qualen, die sich auch prompt einstellten, als er ihr mit dem nassen Taschentuch sanft die zarte Haut abrieb.

„Jetzt sind Sie aber wirklich sauber", sagte er heiser und warf das Taschentuch ans Ufer, wo es neben ihrer Bluse liegen blieb.

„Danke", flüsterte sie, erneut mit Tränen in den Augen, und warf sich mit einem leisen Wimmern an seine Brust. Sie klammerte sich an ihn und barg den Kopf an seinem Hals. Jetzt fühlte sie sich sicher und geborgen, seine Gegenwart nahm ihr die Angst, und sie wünschte sich, für immer in seinen Armen verweilen zu können.

Seine Hände bewegten sich über ihren nackten Rücken und streichelten sanft ihre zarte Haut, wie um sich deren Struktur für alle Ewigkeit einzuprägen. Als Jane seinen männlichen Duft einatmete, fühlte sie sich plötzlich seltsam trunken, fast so, als würde sie schweben. Ihr Körper, an den starken Körper des fremden Mannes gepresst, wurde von eigenartigen, nie gekannten Empfindungen heimgesucht, während ihr das kühle Wasser um die Beine spülte und eine leichte Brise ihre nackte Haut umfächelte. Grants Hände hinterließen eine heiße Spur, als sie sich von ihren Schultern über ihren Rücken bewegten und wieder zurück. Dann streichelte eine Hand ihren Hals und legte sich um ihr Kinn.

Grant hob sich ihr Gesicht entgegen, beugte sich zu ihr herab und küsste sie. Seine Zunge schlüpfte zwischen ihre Zähne und suchte die ihre. Und Jane erwiderte seinen Kuss. Noch nie zuvor in ihrem Leben hatte sie einen Mann so leidenschaftlich geküsst wie ihn, und noch nie war sie von einem Mann so geküsst worden. Es hatte etwas höchst Beunruhigendes an sich. Alarmiert versuchte sie einen Moment später den Kuss zu beenden, doch Grant gab sie nicht frei, und Jane öffnete ihm erneut ihren Mund und vergaß sofort, warum sie sich gegen ihn gewehrt hatte. Seit ihrer Scheidung hatten sie eine Menge Männer geküsst, aber sie hatten sie alle kaltgelassen. Warum also machte sie dieser raue .. Söldner oder was auch immer er sein mochte erschauern, wenn selbst die weltgewandtesten Männer nicht in der Lage waren, ihre Leidenschaften zu wecken? Sein Mund war warm und hart, seine Zunge kühn in ihrem Forschungsdrang, und sein Kuss rief ein unbekanntes Sehnen in ihr hervor.

Sie schlang ihm die Arme um den Nacken und drängte sich eng an ihn. Sie konnte ihm gar nicht nah genug sein, obwohl er sie fast erdrückte. Die Knöpfe seines Hemdes gruben sich in ihre Brüste, aber sie bemerkte den Schmerz nicht. Seine Küsse waren wild, hungrig und von einer Gier, die außer Kontrolle zu geraten drohte.

Kühn legte er jetzt eine Hand auf ihre Brust und begann, ihre Knospe zu streicheln, und Jane hätte fast laut aufgeschrien angesichts des heißen Verlangens, das über sie hinwegschwappte. So etwas hatte sie noch nie zuvor erlebt, und die Reaktion ihres Körpers überraschte sie. Vor langer Zeit schon hatte sie sich damit abgefunden, kein besonders sinnlicher Mensch zu sein, und damit war das Thema für sie erledigt. Sex war eine Sache gewesen, die sie niemals besonders interessiert hatte, doch die Gefühle, die Grant jetzt in ihr erweckte, brachten ihr Theoriegebäude zum Einsturz. In seinen Armen verwandelte sie sich in ein wildes Tier, das nur danach trachtete, seine Instinkte zu befriedigen.

Die Zeit verstrich, während sie eng umschlungen im Wasser standen und sich küssten. Jetzt glitten seine Hände abwärts zwischen ihre Schenkel und streichelten das geheimste Versteck ihres Begehrens. Die Kühnheit dieser Berührung riss sie aus ihrer

Verzückung; augenblicklich versteifte sie sich und löste sich von ihm. Er gab einen tiefen, gutturalen Laut von sich, und für einen kurzen Moment befürchtete sie, ihn nicht von sich fernhalten zu können, doch dann stieß er sie mit einem Fluch von sich weg.

Jane taumelte leicht, und seine Hand schoss vor. Er bekam sie am Arm zu fassen und zog sie zu sich heran. „Verdammt noch mal, verschaffst du dir so deine Kicks?“ fuhr er sie wütend an. „Macht es dir Spaß zu beobachten, wie du einen Mann um den Verstand bringen kannst?“

Sie hob das Kinn und schluckte. „Nein, ganz bestimmt nicht. Es tut mir Leid. Ich hätte mich dir nicht an den Hals werfen dürfen ...“

„Da hast du verdammt recht, das hättest du wirklich nicht tun müssen“, unterbrach er sie wild. Und er sah auch aus wie ein Wilder, die Augen lodernd und schwarz vor Zorn, die Nasenflügel bebend und der Mund nur ein schmaler Strich. „Das nächste Mal solltest du dir besser vorher überlegen, worauf du hinausmöchtest, verstanden?“

Damit ließ er sie einfach stehen und watete ans Ufer. Jane, die sich plötzlich ihrer Nacktheit bewusst wurde, verschränkte die Arme über der Brust und starrte ihm schuldbewusst nach. Was für ein schreckliches Missverständnis! Sie hatte nicht mit ihm spielen wollen, aber sie war so von Panik erfüllt gewesen, und er wirkte so ruhig und stark, dass es ihr als die selbstverständlichste Sache der Welt erschienen war, sich an ihm festzuhalten. Diese leidenschaftlichen Küsse und Zärtlichkeiten hatten sie überrascht und aus dem Gleichgewicht gebracht, sie zitterte sogar jetzt noch. Aber natürlich wäre es ihr nie in den Sinn gekommen, mit einem Mann, den sie kaum kannte, intim zu werden, und erst recht nicht, wo sie nicht einmal wusste, ob sie das wenige, was sie von ihm kannte, überhaupt mochte.

Nachdem er das Ufer erreicht hatte, drehte er sich nach ihr um. „Kommst du jetzt oder kommst du nicht?“ Seine Stimme klang jetzt plötzlich rau und unwirsch. Jane gab sich einen Ruck und watete dann, ihre Brüste noch immer mit den Armen bedeckend, ebenfalls langsam aus dem Wasser.

„Mach dir keine Mühe, ich hab sowieso schon gesehen, was es zu sehen gibt, und angefasst hab ich's auch", fuhr er sie in barschem Ton an. „Warum also so schamhaft?" Er deutete auf die Bluse auf dem Boden. „Du solltest wohl besser das restliche Blut rauswaschen, wo du doch so zart besaitet bist."

Jane warf einen Blick auf die blutdurchtränkte Bluse und erblasste leicht, aber sie hatte sich jetzt wieder unter Kontrolle. „Ja, das sollte ich wohl", erwiderte sie leise. „Holst du mir ... holst du mir bitte meine Hose und meine Stiefel?"

Er schnaubte widerwillig, kletterte aber dann doch die Böschung hinauf und warf ihr die Sachen hinunter. Ihm den Rücken zuwendend, stieg Jane in ihre Hose und erschauerte, als sie die Blutflecken sah, aber zumindest war die Hose nicht so völlig durchweicht wie ihre Bluse. Ihr Slip war nass, doch dagegen ließ sich nichts tun, sie würde sich in Geduld üben müssen, bis er am Körper getrocknet war. Nachdem sie sich soweit angezogen hatte, ging sie barfuß ins Wasser zurück und begann, ihre Bluse auszuwaschen. Das Blut färbte das Wasser rot, und sie schrubbte sich fast die Finger wund, ehe sie mit dem Ergebnis ihrer Bemühungen zufrieden war. Dann wrang sie die Bluse aus und schüttelte sie anschließend aus. Als sie Anstalten machte, das Kleidungsstück überzuziehen, hörte sie Grants mürrische Stimme. „Hier", sagte er, und als sie sich umdrehte, sah sie, dass er ihr sein Hemd hinhielt. „Du kannst es haben, bis deine Bluse trocken ist."

Sie erwog einen Moment, sein Angebot zurückzuweisen, doch dann sagte sie sich, dass mit falschem Stolz nichts gewonnen war. Deshalb nahm sie das Hemd schweigend entgegen und schlüpfte hinein. Natürlich war es ihr viel zu groß, aber wenigstens war es trocken und nicht allzu schmutzig. Es roch nach Schweiß, vermischt mit dem Moschusduft, den seine Haut ausströmte, und sie empfand diesen Geruch als tröstlich. Als ihr

Blick auf die rostroten Flecken fiel, erinnerte sie sich daran, dass er ihr das Leben gerettet hatte. Sie knotete die Enden über ihrem Bauch zusammen und ließ sich dann auf dem Boden nieder, um sich die Stiefel anzuziehen.

Als sie sich wieder nach ihm umdrehte, sah sie, dass er mit finsterem Gesicht direkt hinter ihr stand. Sie gingen gemeinsam zu der Stelle zurück, an der ihr Gepäck lag, wobei Jane sich bemühte, die geköpfte Boa zu übersehen. Nachdem sie ihre Rucksäcke geschultert hatten, sagte er: „Wir gehen nicht mehr weit, lauf einfach hinter mir her, aber fass um Gottes willen nichts an und bleib genau in meiner Spur. Die nächste Boa gedenke ich nämlich nicht daran zu hindern, dich zum Abendessen zu verschlingen, also fordere dein Unglück nicht heraus."

5. KAPITEL

Sie schlugen um den Fluss einen Bogen von fünfundvierzig Grad, und es dauerte nicht lange, bis Grant sich nach Jane umschaute. „Hier rasten wir."

Jane blieb neben ihm stehen und fühlte sich schrecklich nutzlos, während sie zusah, wie er aus seinem Marschgepäck ein zusammengerolltes Päckchen zutage förderte, das sich unter seinen geschickten Händen in Kürze in ein kleines Zelt verwandelte. Nachdem es stand, begann er es mit Laubwerk zu tarnen, so dass man es zum Schluss kaum noch sehen konnte. Während der ganzen Zeit gönnte er ihr kaum einen Blick.

„Wir können es nicht riskieren, Feuer zu machen, also schlage ich vor, dass wir jetzt etwas essen und uns anschließend gleich schlafen legen. Es wird uns nichts schaden, der Tag war schließlich anstrengend genug. Ich bin hundemüde."

Jane ging es nicht anders, aber sie fürchtete sich vor der kommenden Nacht. Das Licht ließ bereits sichtlich nach, und sie wusste, dass es in Kürze stockfinster sein würde. Als sie sich die undurchdringliche Schwärze der Nacht ins Gedächtnis zurückrief, rieselte ihr ein eiskalter Schauer den Rücken hinab. Nun, das war nicht zu ändern, ihr würde nichts anderes übrig bleiben, als sich irgendwie damit abzufinden.

Sie kramte in ihrem Rucksack und brachte gleich darauf zwei weitere Dosen Orangensaft zum Vorschein, von denen sie Grant eine zuwarf; er fing sie geschickt auf und starrte mit wachsender Verärgerung auf ihren Rucksack. „Wie viele von den Dingern hast du eigentlich noch in deinem Reisesupermarkt?“ erkundigte er sich sarkastisch.

„Das sind die letzten. Ab jetzt müssen wir Wasser trinken. Willst du einen Knusperriegel?“ Sie reichte ihn ihm, fest entschlossen, seine Verärgerung zu ignorieren. Sie war müde, alle Knochen taten ihr weh, und sie sah einer langen, stockfinsteren Nacht entgegen. All dies ließ ihr seinen Ärger sehr unwichtig erscheinen. Er würde darüber hinwegkommen.

Nachdem sie ihren Schokoriegel aufgegessen hatte, war sie noch immer hungrig, deshalb begann sie erneut in ihrem Rucksack nach etwas Essbarem zu kramen. „Willst du ein Stück Käse und ein paar Kräcker?“

Als sie fragend zu ihm aufschaute, begegnete sie seinem ungläubigen Blick. Auf sein Nicken hin teilte sie den Käse und die Kräcker zwischen ihnen auf und reichte ihm seinen Anteil. Er nahm ihn kopfschüttelnd entgegen und vertilgte ihn anschließend schweigend.

Jane sparte sich einen Schluck von ihrem Orangensaft auf, und nach Beendigung ihrer Mahlzeit kramte sie aus ihrem Rucksack ein kleines Fläschchen heraus. Sie schraubte es auf, schüttete sich eine Pille auf die Hand, warf Grant einen raschen Blick zu und fügte dann der ersten Pille eine zweite hinzu. „Hier“, sagte sie und hielt ihm die Hand hin.

Er warf einen Blick darauf, machte jedoch keinerlei Anstalten, sich zu bedienen. „Was zum Teufel ist das?“

„Hefepillen.“

„Warum sollte ich eine Hefepille einnehmen?"

„Damit dich die Moskitos nicht zerstechen."

„Das werden sie schon nicht."

„Natürlich werden sie es. Schau mich an. Ich habe keinen einzigen Insektenstich, und das kommt nur davon, weil ich Hefepillen schlucke. Also los, mach schon, nimm dir eine."

Widerstrebend nahm er eine der Pillen und sah Jane mit gepeinigtem Gesichtsausdruck zu, wie sie die ihre mit einem Teil des Orangensafts, den sie sich aufgehoben hatte, hinunterspülte. Dann reichte sie ihm die Dose, und er zerquetschte einen obszönen Fluch zwischen den Zähnen, ehe er sich schließlich dazu aufraffte, die Pille zu schlucken.

„Okay, Zeit zum Schlafengehen", sagte er dann, erhob sich und machte eine Kopfbewegung zu einem großen Baum hin. „Dort drüben ist unser Badezimmer, falls du die Absicht haben solltest es aufzusuchen, bevor wir uns zur Ruhe begeben."

Jane verschwand hinter dem Baum. Dieser Grant! Er war grob, er war rüde, er war sogar manchmal ein bisschen grausam – aber er hatte ihr das Leben gerettet. Sie wusste gar nicht, was sie eigentlich von ihm erwartete, sie wusste nur, dass er völlig unberechenbar war. Im einen Moment erschien er ihr wie ein ungehobelter Klotz, nur um sie im nächsten mit irgendeiner Freundlichkeit zu entwaffnen, auf die sie nicht gefasst war. Und wenn die Dinge allzu glatt zwischen ihnen liefen, konnte sie sich schon im voraus darauf gefasst machen, dass er wieder einen Streit vom Zaun brechen würde.

Er wartete vor dem Zelt auf sie. „Kriech rein. Ich hab die Decke schon hingelegt."

Sie kniete sich nieder und kroch durch die Öffnung in das kleine Zelt. Er hatte eine Decke über den Boden gebreitet, die die gesamte innere Fläche bedeckte. Nachdem sie sich hingesetzt hatte, schob er die Rucksäcke hinein. „Stell sie irgendwo in die Ecke", wies er sie an. „Ich werfe nur noch einen schnellen Blick in die Runde."

Sie schob das Gepäck in die entlegenste Ecke, legte sich dann auf den Rücken und starrte angespannt die dünnen Zeltwände an. Es war jetzt fast dunkel, und das Licht schimmerte nur noch schwach durch den transparenten Stoff. Draußen war es noch nicht ganz so dunkel, doch das Laub, mit dem Grant das Zelt getarnt hatte, hielt die letzte Helligkeit ab. Es dauerte nicht lange, dann teilte sich der Eingang, und Grant kroch, den Reissverschluss hinter sich zuziehend, ins Zelt.

„Zieh deine Stiefel aus und wirf sie zu den Sachen in die Ecke."

Sie tat, was er sagte, und legte sich anschließend wieder hin Mit vor Anspannung weit aufgerissenen Augen lauschte sie seinem Gähnen und seinen Bemühungen, es sich bequem zu machen. Einen Moment später wurde ihr die Stille ebenso unerträglich wie die Dunkelheit. „Ein praktisches Zelt hast du da", sagte sie, einfach um etwas zu sagen. „Woraus ist es?"

„Aus Nylon", gab er zurück und gähnte erneut. „Es ist fast unzerstörbar."

„Wie viel wiegt es?"

„Drei Pfund und achthundert Gramm."

„Ist es wasserdicht?"

„Ja."

„Und auch insektendicht?"

„Ja, auch das", brummte er.

„Glaubst du, ein Jaguar könnte ..."

„Hör zu, es ist jaguar- und schlangendicht, zudem feuerfest, und verschimmeln kann es auch nicht. Ich gebe dir die Garantie darauf, dass dir darin nichts passieren kann, es sei denn, eine Horde Elefanten trampelt darüber hinweg, aber bisher habe ich noch nicht gehört, dass es in Costa Rica Elefanten gibt. Gibt es nicht irgendeinen anderen Quatsch, über den du dir Sorgen machen kannst?" explodierte er. „Und wenn nicht, dann sei jetzt still und schlaf endlich."

Jane lag angespannt da und erwiderte nichts. Sie ballte ihre

Hände zu Fäusten in der Hoffnung, so ihre Nervosität besser unter Kontrolle zu bringen, und lauschte nach draußen. Affen kreischten und schnatterten, Insekten zirpten und Laubwerk raschelte. Trotz ihrer Erschöpfung war sie überzeugt davon, dass sie nicht würde einschlafen können, zumindest nicht vor Sonnenaufgang, und dann würde dieser Satan neben ihr schon wieder putzmunter sein und darauf bestehen, dass sie ihren Gewaltmarsch fortsetzten.

Er lag vollkommen still neben ihr, sie hörte ihn nicht einmal atmen. Die alte Furcht stieg wieder in ihr auf und machte ihr das eigene Atmen schwer. Sie fühlte sich plötzlich vollkommen allein, und das war etwas, was sie einfach nicht ertragen konnte.

„Woher kommst du eigentlich?"

Er seufzte schwer. „Aus Georgia."

Das erklärte seinen schleppenden Akzent. Sie versuchte den Kloß, der ihr im Hals saß, hinunterzuschlucken. Solange sie ihn dazu bewegen konnte, mit ihr zu reden, fühlte sie sich wenigstens nicht so allein. Sie würde zumindest wissen, dass er da war.

„Aus welchem Teil Georgias?"

„Aus dem Süden. Schon mal was von Okefenokee gehört?"

„Ja, es liegt in einem Sumpfgebiet."

„Dort bin ich aufgewachsen. Meine Familie hat dort eine Farm." Er hatte eine ganz normale Kindheit gehabt bis auf die Tatsache, dass man als Sumpfbewohner gezwungen war, Fertigkeiten zu erlernen, von denen die meisten anderen Menschen noch nicht einmal wussten, dass sie existierten. Möglicherweise hatte das sein ganzes späteres Leben beeinflusst und ihn zu dem Menschen gemacht, der er heute war. Aber er wollte nicht weiter darüber nachdenken, und einen Grund darüber zu reden gab es schon gar nicht.

„Warst du ein Einzelkind?"

„Was soll denn diese Fragerei", schnappte er. „Ist das ein Verhör?"

„Es interessiert mich nur, das ist alles."

Er horchte, plötzlich wachsam geworden, auf. In ihrer Stimme lang ein Unterton, den er nicht einordnen konnte. Es war dunkel, und er konnte ihr Gesicht nicht sehen; er musste sich voll und ganz auf sein Gehör verlassen.

„Ich habe noch eine Schwester“, gab er schließlich widerstrebend zurück.

„Ich wette, sie ist jünger als du. Du bist so aufbrausend, sicher hast du sie immer rumkommandiert.“

Er überhörte den Seitenhieb und erwiderte lediglich: „Sie ist vier Jahre jünger.“

„Ich bin ein Einzelkind“, sagte sie.

„Ist mir bekannt.“

Sie suchte verzweifelt nach weiterem Gesprächsstoff, doch die Angst vor der Dunkelheit bewirkte eine seltsame Leere in ihrem Kopf.

Sie wollte die Hand nach ihm ausstrecken, doch dann erinnerte sie sich daran, dass er sie gewarnt hatte, ihm Angebote zu unterbreiten, die sie nicht einzuhalten gedachte. Zähne knirschend zog sie die Hand wieder zurück, was ihr jedoch so schwer fiel, dass ihr die Tränen in die Augen stiegen. Sie blinzelte sie weg. „Grant“, brachte sie schließlich mit bebender Stimme heraus.

„Was ist?“ brummte er.

„Ich will nicht, dass du glaubst, ich würde mich dir wieder an den Hals werfen, weil ich das wirklich nicht beabsichtige, aber ... aber würde es dir sehr viel ausmachen ... meine Hand zu halten?“ flüsterte sie. „Es tut mir leid, doch ich habe so schreckliche Angst vor der Dunkelheit, dass ich gleich durchdrehe.“

Er hüllte sich einen Moment lang in Schweigen, dann hörte sie, wie er sich zu ihr herumrollte. „Du hast wirklich Angst vor der Dunkelheit?“

Jane versuchte zu lachen, aber es hörte sich eher an wie ein Schluchzen. „Angst ist stark untertrieben. Ich kann in der Dunkelheit nicht einschlafen, ich bekomme entsetzliche Panik.“

„Wenn du so Angst hast vor der Dunkelheit, wie kommt es dann, dass du dich entschlossen hast, vor Turego zu fliehen?“

Vor ihrem geistigen Auge tauchte ein dunkles, gut geschnittenes, aber sehr grausames Gesicht auf. „Weil mir die Alternative, im Dschungel zu sterben, immer noch besser erschien, als bei Turego zu bleiben“, erwiderte sie leise.

Grant gab ein Schnauben von sich. Ob Turego sich ihr sexuell genähert oder es zumindest versucht hatte? „Hattest du Sex mit ihm?“

Die freimütige Frage ließ sie erschauern. „Nein. Bisher habe ich es geschafft, ihn mir vom Leibe zu halten, aber mir war klar, dass das nicht mehr lange zu bewerkstelligen sein würde. Meine Schonzeit war abgelaufen, deshalb musste ich unbedingt weg.“

Er schnaubte wieder, womit er wohl ausdrücken wollte, dass er das Gespräch als beendet betrachtete. Jane biss die Zähne zusammen, weil sie plötzlich anfingen zu klappern. Obwohl es heiß war und stickig in dem Zelt, rannen ihr Kälteschauer den Rücken hinunter. Warum sagte er nicht etwas, einfach nur irgend etwas, das sie zumindest wissen ließe, dass er da war?

„Wie geht's Dad?“

„Warum?“

„Ach, einfach nur so.“ Wich er absichtlich aus? Warum wollte er nicht über ihren Vater sprechen? Womöglich war es gar nicht ihr Vater gewesen, der ihn angeheuert hatte? Was war, wenn er nur, ebenso wie die anderen, hinter dem Mikrofilm her war?

Nachdem er sich einige Zeit in Schweigen gehüllt hatte, sagte er: „Er war ganz krank vor Sorge um dich. Überrascht?“

„Nein, natürlich nicht“, gab sie verblüfft zurück. „Im Gegenteil, es würde mich überraschen, wenn es nicht so wäre.“

„Es überrascht dich nicht, dass er ein kleines Vermögen ausgibt, um dich aus Turegos Händen zu befreien, wo ihr doch nicht das beste Verhältnis habt?“

Wovon redete er eigentlich? „Was soll das heißen? Mein Vater und ich verstehen uns bestens, und das war noch niemals anders."

Sie konnte ihn nicht sehen und hörte ihn auch nicht, aber plötzlich spürte sie, dass sich etwas verändert hatte, so als ob sich die Atmosphäre plötzlich mit Elektrizität aufgeladen hätte. Ihre feinen Nackenhärchen stellten sich auf. Die Gefahr ging eindeutig von ihm aus.

Ohne zu wissen, warum, zog sie sich so weit wie möglich von ihm zurück, aber es gab kein Entrinnen. Er rollte sich lautlos über sie, schnappte sich ihre Handgelenke und nagelte sie mit seinen Händen über ihrem Kopf am Boden fest. „In Ordnung, Jane oder Priscilla oder wie immer du heißen magst, dann lass uns reden. Aber jetzt werde ich dir ein paar Fragen stellen. Du tust allerdings gut daran, mir auch wirklich ehrlich zu antworten, sonst handelst du dir Ärger ein, ist das klar, Honey? Also, wer bist du?"

Hatte er jetzt den Verstand verloren? Jane versuchte, sich aus seiner Umklammerung zu befreien, doch sie merkte rasch, dass sie nicht die geringste Chance gegen ihn hatte. Er lag mit seinem ganzen Gewicht schwer auf ihr und kontrollierte jede ihrer Bewegungen. „W...was?" stammelte sie entgeistert. „Du tust mir weh, Grant."

„Antworte mir, verdammt noch mal. Wer bist du?"

„Jane Greer!" Verzweifelt versuchte sie, ein Quäntchen Humor in ihre Stimme zu legen, doch ohne großen Erfolg.

„Ich mag es nicht, wenn man mich anlügt, Herzchen." Sein samtiger Ton jagte ihr eine Gänsehaut über den Rücken.

„Ich lüge nicht!" protestierte sie verzweifelt. „Mein Name ist Priscilla Jane Hamilton Greer."

„Wenn das so wäre, wüsstest du, dass dich James Hamilton bereits vor Jahren enterbt hat. Also was ist, kommst du wirklich so gut mit ihm klar, wie du behauptest?"

„Aber ja!" Wieder versuchte sie, sich gegen ihn zur Wehr zu setzen, was allerdings lediglich dazu führte, dass er sich noch ein bisschen schwerer auf sie legte und ihr dadurch die Luft zum Atmen nahm. „Er hat mich enterbt, um mich zu schützen."

Eine lange Zeit war es mucksmäuschenstill, und sie hörte nur das Rauschen ihres eigenen Blutes in ihren Ohren, während sie auf seine Reaktion wartete. Das Schweigen zerrte an ihren Nerven. Warum sagte er nichts? Sein warmer Atem streichelte ihren Hals, was ihr sagte, wie nah er ihr war, aber sie konnte ihn dennoch in der Finsternis nicht sehen. „Ein guter Witz, wirklich", gab er schließlich zurück, und der eisige Sarkasmus, der in seiner Stimme lag, ließ sie zusammenzucken. „Zu schade nur, dass ich ihn dir nicht abkaufe. Nächster Versuch."

„Ich sage die Wahrheit! Er hat mich enterbt, damit ich für Kidnapper weniger interessant bin. Damit jeder denken sollte, er wäre sowieso nicht bereit, für mich Lösegeld zu zahlen. Es war meine Idee, verdammt noch mal !"

„Ganz bestimmt." Seine Stimme triefte vor Hohn. „Also los, ein kleines bisschen mehr musst du dich schon anstrengen."

Jane schloss die Augen und kramte verzweifelt in ihrem Kopf nach einem Beweis für ihre Identität, doch ihr fiel nichts ein. Sie hatte nicht einmal einen Pass, weil ihr den Turego abgenommen hatte. Das einzige, was ihr jetzt noch blieb, war, ihrerseits zum Angriff überzugehen. „Ach ja, muss ich das? Dann sag mir doch mal, was eigentlich mit dir ist? Wer bist du? Woher weiß ich eigentlich, dass Dad dich wirklich angeheuert hat? Und wenn er es getan hat, warum weißt du dann nicht, dass mich niemals irgend jemand Priscilla nennt? Du hast deine Hausaufgaben nicht gemacht."

„Nur für den Fall, dass du es noch nicht gemerkt haben solltest, Herzchen: Im Moment bin ich derjenige, der die Fragen stellt, verstanden?"

„Ich habe dir deine Fragen beantwortet, aber du hast mir nicht geglaubt", schnappte sie. „Entschuldige, dass ich meine American Express Card nicht bei mir habe, um mich auszuweisen. Um Himmels willen, sehe ich vielleicht aus wie eine Terroristin? Durchsuch mich doch, dann kannst du vielleicht besser schlafen heute Nacht. Wer weiß, womöglich habe ich mir ja eine Bazooka ums Bein geschnallt!“ Ihre Stimme drohte vor Wut und Empörung fast umzukippen.

„Nein, du bist unbewaffnet. Ich habe dich bereits ausgezogen, erinnerst du dich?“ Trotz der Dunkelheit errötete Jane bei diesem Gedanken, und ihr stockte der Atem, als sie sich seine Küsse und Zärtlichkeiten wieder ins Gedächtnis zurückrief. Er bewegte sich langsam auf ihr, und sein Atem verfing sich in ihrem Haar, als er sich tiefer zu ihr herunterbeugte. „Aber ich enttäusche eine Lady nur höchst ungern. Wenn du also unbedingt durchsucht werden willst, werde ich dir den Gefallen tun. Ich selbst allerdings wäre niemals auf so etwas gekommen.“

Rasend vor Zorn unternahm Jane einen erneuten Anlauf, sich aus seinem Griff zu befreien, musste jedoch gleich darauf frustriert wieder zurückstecken. Plötzlich kam ihr eine neue Idee „Warst du in Dads Haus, als er dich angeheuert hat?“

Er lag vollkommen still da, aber sie spürte sein wachsendes Interesse. „Ja.“

„Warst du im Arbeitszimmer?“

„Ja.“

„Dann hast du ja sicher das Porträt über dem Kamin gesehen. Du bist doch darauf trainiert, genau zu beobachten, stimmt's? Das Bild zeigt meine Großmutter. Sag mir doch mal, was für eine Farbe ihr Kleid hatte.“ In ihrer Stimme lag Herausforderung.

„Schwarz“, erwiderte er gedehnt. „Das Kleid war schwarz, und die Rose war blutrot.“

Schweigen senkte sich auf sie herab; einen Augenblick später ließ er ihre Handgelenke los und rollte sich zur Hälfte von ihr herunter. „Also gut“, brummte er schließlich, „ich will dir deine Zweifel nicht krumm nehmen …“

„Oh – vielen Dank!“ Beleidigt rieb sie sich ihre Handgelenke, bemühte sich jedoch trotz ihrer übergroßen Erleichterung, ihren Ärger wach zu halten. Anscheinend hatte ihr Vater ihn tatsächlich angeheuert, denn woher sonst würde er wohl das Porträt kennen? Wie ungehobelt er auch immer sein mochte, im Moment war sie froh, ihn an seiner Seite zu haben.

„Jetzt hör schon auf, mir dauernd zu danken", gab er erschöpft zurück. „Sei einfach nur still und schlaf, okay?"

Schlafen! Wenn das nur so einfach wäre! Natürlich wusste sie, dass sie nicht allein war, aber ihr Unterbewusstsein sperrte sich gegen diese Erkenntnis. Sie musste ihn entweder sehen oder hören oder ihn zumindest berühren. Ihn zu sehen kam nicht in Frage, sie bezweifelte, dass er es zulassen würde, die ganze Nacht eine Taschenlampe brennen zu lassen, vorausgesetzt natürlich, er hatte überhaupt eine. Genauso wenig würde er sich damit einverstanden erklären, sich noch weiter mit ihr zu unterhalten. Vielleicht aber konnte sie wenigstens ganz unauffällig ein bisschen Körperkontakt mit ihm suchen. Vorsichtig tastete sie nach seiner Hand – und fand umgehend ihr Handgelenk erneut von seinem eisernen Griff umschlossen.

„Huch!" schrie sie auf, und er gab sie frei.

„Was ist denn nun schon wieder?" Sein Ton ließ erkennen, dass seine Geduldsgrenze erreicht war.

„Ich wollte dich nur ein bisschen spüren", gestand Jane, mittlerweile zu müde, um sich den Kopf darüber zu zerbrechen, was er wohl über sie denken mochte. „Nur damit ich weiß, dass ich nicht allein bin."

„Wenn es denn unbedingt sein muss. Hauptsache, ich kann jetzt endlich schlafen. Ich bin nämlich wirklich hundemüde." Er nahm ihre Hand. „Ist es so besser? Glaubst du, du kannst so schlafen?"

„Ja", flüsterte sie erleichtert. „Danke."

Sie lag ganz still da und fühlte sich unaussprechlich getröstet von der Berührung dieser starken Hand.

Gleich darauf schloss sie die Augen und begann nach und nach, sich zu entspannen. Die Schrecken der Nacht waren gebannt. Endlich.

Als die ersten Strahlen des Tageslichts durch die Zeltwände schimmerten, berührte Grant Jane, die wieder halb auf ihm lag, so dass er es nicht wagte, sich zu rühren, behutsam an der Schulter. „Jane, wach auf."

Sie murmelte irgend etwas Unverständliches vor sich hin und schmiegte sich an seinen Nacken. Grant rutschte ein kleines Stück von ihr ab. „Bleib hier, geh nicht weg!" bat sie drängend, dann wurde sie vom Klang ihrer eigenen Stimme wach. Sie öffnete die Augen und blinzelte ihn verschlafen an. „Oh. Ist es schon Morgen?"

„Ja. Glaubst du, du könntest mich jetzt vielleicht loslassen?"

Verwirrt starrte sie ihn an, und es dauerte einen Moment, ehe ihr zu Bewusstsein kam, dass sie die Arme eng um ihn geschlungen hatte. Peinlich berührt, zog sie sich augenblicklich von ihm zurück, und obwohl im Zelt ein schummriges Zwielicht herrschte, sah er die feine Röte, die ihr in die Wangen kroch. „Entschuldige bitte", sagte sie hastig.

Jetzt war er frei, das Zelt zu verlassen, doch seltsamerweise hatte er es plötzlich gar nicht mehr so eilig. Sein linker Arm lag noch immer unter ihrem Kopf und diente ihr so als Kissen. Der Drang, sie zu berühren, zwang seine Hand unter ihr Hemd, das in Wirklichkeit ihm gehörte, zu schlüpfen und sich auf ihren flachen Bauch zu legen. Wie herrlich weich ihre Haut war.

Jane spürte, wie sich ihr Atem beschleunigte und ihr Herz rascher zu klopfen begann. „Grant?" tastete sie sich zögernd vor. Seine Hand lag reglos auf ihrem Bauch, aber sie fühlte ein Ziehen in den Brüsten und wie ihre Knospen vor Erwartung hart wurden. Ihr Begehren erwachte. Es war dasselbe unverstellte Begehren, das sie gestern, als sie fast nackt in seinen Armen lag, verspürt hatte. Es machte ihr angst, ebenso wie der Mann, der es in ihr zu erwecken verstand, ihr aus irgendeinem unerfindlichen Grund Angst einflößte.

„Du brauchst keine Angst zu haben", sagte er, als hätte er ihre Gedanken erraten. „Ich bin kein Vergewaltiger."

„Ich weiß." Ein Killer vielleicht, aber kein Vergewaltiger. „Ich vertraue dir", flüsterte sie und legte ihre Hand an seine mit Bartstoppeln bedeckte Wange.

Er lachte ein kleines, zynisches Lachen. „Vertrau mir nur nicht zu sehr, Honey. Ich bin nämlich ziemlich scharf auf dich, und ich bin mir gar nicht sicher, ob durch die Tatsache, dich beim Aufwachen in meinen Armen zu spüren, meine guten Vorsätze nicht verpufft sind."

Damit wandte er den Kopf und presste schnell einen kurzen atemlosen Kuss auf die Handfläche, die eben noch seine Wange gestreichelt hatte.

„Also los, lass uns aufbrechen. Jetzt, wo es draußen hell ist, komme ich mir vor wie eine brütende Ente in diesem Zelt."

Er hievte sich in eine sitzende Position hoch und angelte sich seine Stiefel. Jane hatte mehr Mühe sich aufzusetzen, ihr ganzer Körper protestierte. Gähnend schüttelte sie sich ihr zerzaustes Haar aus dem Gesicht und schlüpfte in ihre Schuhe.

Als sie fertig war, hatte Grant das Zelt bereits verlassen, und sie kroch hinter ihm her. Als sie schließlich auf ihren Füßen stand, reckte und streckte sie sich ausgiebig und berührte ein paar Mal mit den Händen ihre Fußspitzen. Währenddessen hatte sich Grant bereits darangemacht, das Zelt abzubauen. In Windeseile war er fertig.

„Hast du noch irgendwelche Köstlichkeiten in deinem Rucksack?" erkundigte er sich. „Wenn nicht, müssen wir uns mit der Marschverpflegung begnügen."

„Mit diesem widerlichen Zeug, das du dabei hast?"

„Ganz recht."

„Mal sehen, was noch da ist. Orangensaft gibt's keinen mehr, soviel steht fest ..." Sie schnürte ihren Rucksack auf und spähte hinein, dann begann sie, darin herumzukramen. „Ah! Hier sind noch zwei Knabberriegel. Hast du etwas dagegen, wenn ich den Kokosriegel esse? Auf Rosinen bin ich nämlich nicht so besonders scharf."

„Tu dir keinen Zwang an", stimmte er großzügig zu. „Es sind schließlich immer noch deine."

Sie warf ihm einen irritierten Blick zu. „Es sind *unsere.* Warte ... hier ist eine Dose ..." Sie kramte eine Büchse aus dem Rucksack und studierte das Etikett. Einen Moment später grinste sie triumphierend. „Räucherlachs! Na, was sagst du jetzt? Und ein paar Cracker haben wir auch noch. Bitte nehmen Sie Platz, Sir, das Frühstück ist angerichtet."

Er folgte ihrer Aufforderung, dann zog er sein Buschmesser aus dem Gürtel und streckte die Hand nach der Lachsdose aus. Jane fiel ihm in den Arm und versteckte die Dose hinter ihrem Rücken. „Moment, Sir, Sie befinden sich in einem erstklassigen Restaurant, hier macht man die Dosen nicht mit dem Messer auf."

„So? Wie denn dann? Etwa mit den Zähnen?"

Sie hob das Kinn und begann erneut in ihrem Rucksack zu kramen. Schließlich förderte sie einen Büchsenöffner zutage, den sie ihm reichte. „Wenn ich flüchte, dann tue ich es mit Stil."

Er machte sich daran, die Dose zu öffnen. „Wie man sieht. Wie bist du bloß an all dieses Zeug rangekommen? Ich glaube kaum, dass du den ganzen Kram auf Turegos Befehl hin gesammelt hast."

Ihr dunkles, heiseres Lachen hielt ihn für einen Moment von seinem Tun ab und veranlasste ihn, den Kopf zu heben und sie anzuschauen.

Ihre Augen blitzten schelmisch. „Ich habe mich mit dem Koch gut gestellt, und nach einiger Zeit hat er mir jeden Wunsch von den Augen abgelesen."

„Und dabei fiel zum Beispiel das hier ab?"

Stolz beäugte sie die Dose. „Zum Beispiel. Ist doch nicht übel, oder?"

Er erwiderte nichts, aber um seine Mundwinkel zuckte es verräterisch. Anschließend verspeisten sie in kameradschaftlichem Schweigen mit Genuss den Lachs und die Kräcker und spülten das Ganze mit dem Wasser aus Grants Feldflasche hinunter.

Nach dem Essen bürstete Jane sich ihre schwarze zerzauste Mähne und reinigte sich anschließend mit einem angefeuchteten Tuch Gesicht und Hände. „Willst du auch eins?" fragte sie und hielt Grant eins der Erfrischungstücher hin.

Er hatte sie die ganze Zeit über mit einem Ausdruck erstaunter Belustigung beobachtet und streckte jetzt die Hand aus, um das kleine Päckchen entgegenzunehmen. Nachdem er es mit den Zähnen aufgerissen hatte, rieb er sich das Gesicht ab und fühlte sich wenig später angenehm erfrischt.

Als ein bekanntes Geräusch an seine Ohren drang, drehte er sich nach Jane um. Auf dem Boden neben ihr lag eine Tube Zahnpasta, während sie dabei war, sich intensiv die Zähne zu bürsten. Jetzt spuckte sie die Zahnpasta aus, dann griff sie nach einer kleinen Flasche und nahm einen Schluck, spülte ihren Mund aus. Als Grants Blick erneut auf die Flasche fiel, wollte er seinen Augen kaum trauen. Er setzte sich wieder hin und begann schallend zu lachen. Es war nicht zu fassen! Da spülte sich diese Frau doch tatsächlich mitten im Dschungel den Mund mit Mineralwasser von Perrier aus.

6. KAPITEL

Jane war einen winzigen Moment lang verärgert, dass er sich über sie lustig machte, doch dann freute sie sich plötzlich, ihn lachen zu hören, hockte sich auf ihre Fersen und lachte mit. Wenn er lachte, sah er richtig jung aus und fast schön, weil die dunklen Schatten, die sonst stets in seinen Augen lauerten, verschwunden waren. Plötzlich wurde ihr ganz warm ums Herz, und sie verspürte den Wunsch, ihn in den Arm zu nehmen, um so die schwarzen Schatten für immer zu bannen. Als ihr ihre Gedanken bewusst wurden, schüttelte sie über sich selbst den Kopf. Was für eine absurde Vorstellung. Wenn irgend jemand allein auf sich aufpassen konnte, so war es Grant Sullivan.

In dem Versuch, ihre Gefühle zu verbergen, packte sie rasch ihre Sachen zusammen, dann sah sie ihn fragend an. „Möchtest du vielleicht ein bisschen Zahnpasta?"

Er lachte noch immer. „Danke, Honey, mir reicht mein Zahnsalz, und anschließend spüle ich mir den Mund mit dem Wasser aus der Feldflasche aus. Großer Gott! Perrier!"

Gegen Mittag machten sie Rast, um zu essen, und diesmal blieb ihnen nichts anderes übrig, als auf Grants Marschverpflegung zurückzugreifen. Nach einem kurzen Blick auf den Inhalt der Dose beschloss Jane, ab sofort keinen Gedanken mehr daran zu verschwenden, was sie da aß, sondern sich auf Kauen und Schlucken zu beschränken. Und so grässlich, wie sie es sich vorgestellt hatte, schmeckte es gar nicht, es war einfach nur entsetzlich fad. Sie tranken zu ihrem Essen jeder eine Flasche Perrier, und nach der Mahlzeit bestand Jane darauf, dass sie eine weitere Hefepille schluckten. Als Donnergrollen den täglichen Wolkenbruch ankündigte, bestand Grant darauf, umgehend unter einem ausladenden Felsvorsprung Schutz zu suchen.

Jetzt öffnete der Himmel seine Schleusen und ließ eine wahre Sintflut herabregnen. Jane und Grant hockten in ihrem Unterschlupf am Boden und sahen dem Naturschauspiel eine Weile zu, dann streckte Grant seine langen Beine aus und lehnte sich, auf die Ellbogen aufgestützt, zurück. „Was soll das eigentlich heißen, du hättest dich zu deinem Schutz von deinem Vater enterben lassen?"

Jane verfolgte mit Blicken den Weg einer kleinen braunen Spinne, die über den Boden huschte. „Ganz einfach. Da ich keine Lust mehr hatte, mit dieser Rund-um-die-Uhr-Bewachung zu leben, hielt ich es für das Gegebene, potentiellen Kidnappern den Anreiz zu nehmen."

„Hinter jedem Baum einen Kidnapper zu sehen, erscheint mir doch reichlich paranoid, meinst du nicht auch?"

„Ja", erwiderte sie ruhig, noch immer die Spinne beobachtend. Das kleine Tier verschwand schließlich in einer Felsspalte, und Jane seufzte leise. „*Er* ist ein bisschen paranoid, weil er Angst hat, dass ich beim nächsten Mal vielleicht nicht mehr so glimpflich davonkomme."

Grant horchte auf. „Beim nächsten Mal? Bist du denn schon mal entführt worden?"

Sie nickte. „Ja, als ich neun war."

Da sie keine Anstalten machte weiterzureden, vermutete er, dass sie das Thema nicht vertiefen wollte. Aber es interessierte ihn. Aus irgendeinem unerfindlichem Grund wollte er wissen, was in ihrem Kopf vorging, und jetzt, wo er so nah dran war, etwas Entscheidendes zu erfahren, war er nicht gewillt aufzugeben.

„Was ist damals passiert?" erkundigte er sich so beiläufig wie möglich.

„Eines Tages haben mich nach der Schule zwei Männer entführt und in einem verlassenen Haus tagelang in einem dunklen Schrank gefangen gehalten. Sie ließen mich erst frei, nachdem Dad das Lösegeld bezahlt hatte."

Das erklärte ihre panische Angst vor der Dunkelheit.

„Haben Sie dich auch vergewaltigt?" Jetzt bemühte sich Grant nicht mehr, seine Betroffenheit zu verbergen.

„Nein, das nicht. Sie haben mich einfach nur in diesem Schrank gesperrt. Es war so entsetzlich dunkel."

„Erzähl mir noch mehr davon", bat er.

Sie zuckte die Schultern. „Viel mehr gibt es dazu nicht zu sagen."

„Hat dein Vater das Lösegeld gleich bezahlt?"

„Ja. Aber Dad schaltete die Polizei ein, und es war ein Glück, dass er es tat. Ich hörte nämlich, wie sich die beiden Männer darüber unterhielten, wie sie meine Leiche am besten beseitigen könnten, weil ich sie gesehen hatte und identifizieren konnte.“ Sie senkte den Kopf und starrte konzentriert auf den Erdboden, als ob das, was sie ihm erzählen wollte, dort geschrieben stünde. „Glücklicherweise fand die Polizei schnell heraus, wo man mich gefangen hielt, und postierte Scharfschützen um das Haus. So nahm schließlich für mich doch noch alles ein gutes Ende.“

Jane zuckte die Schultern, dann holte sie tief Luft. „Die beiden Männer wurden bei der Schießerei getötet. Sie versuchten mit mir zusammen aus dem Haus zu entkommen, und dann ... dann war plötzlich alles voller ... voller Blut. Einer der Polizisten hatte den Mann, der mich als Schutzschild vor sich hielt, in den Kopf geschossen ... sein Blut spritzte über mich ... mein Gesicht ... mein Haar ...“ Jane schluckte schwer.

Für einen Moment sah Grant, wie sich die grauenhafte Panik, die sie damals empfunden hatte, auf ihrem Gesicht widerspiegelte. Und ihm fiel die Boa ein, der er den Kopf abgeschlagen hatte, und Janes Reaktion auf das viele Blut. Er sah, wie sie gegen ihre Angst ankämpfte und sich bemühte, die Schatten zurückzudrängen.

Einen Augenblick später hatte sie sich wieder in der Gewalt und bewerkstelligte sogar ein kleines Lächeln. „Okay, jetzt bist du dran. Erzähl mir etwas von dir.“

Früher wäre er angesichts dieser Frage nicht zurückgeschreckt. Sein Leben war sein Leben, und er akzeptierte es, mit all den brutalen Erinnerungen, die dazugehörten. Sie waren ein Teil von ihm, waren ihm in Fleisch und Blut übergegangen, gehörten zu ihm wie die Farbe seiner Augen oder die Gestalt seines Körpers. Aber wenn er in Janes unschuldiges Gesicht schaute, wusste er, dass er ihr nicht einmal in Ansätzen von dem Leben erzählen konnte, das er geführt hatte. Janes Augen waren so rein und klar wie ein Bergbach und wussten nichts von der Schlechtigkeit der Welt. Das, was sie durchgemacht hatte, schien ihr inneres Wesen nicht berührt zu haben, bis auf die Tatsache, dass sie – wahrscheinlich durch die Schrecken, die ihr widerfahren waren

– zu einem der mutigsten Menschen geworden war, die er kannte.

„Ich habe nichts zu erzählen“, gab er mild zurück.

„Doch, das hast du. Ganz bestimmt.“ Sie drehte sich zu ihm um und schaute ihn an. Wenn dieser Mann nichts zu erzählen hatte, würde sie ihre Stiefel fressen. Wie zur Bestätigung ließ sie ihren Blick über ihr Schuhwerk wandern, das im Moment grün und schlammverschmiert war. Igittigitt. Nicht einmal ein Ziegenbock würde sich herablassen, daran herumzuknabbern. Gleich darauf richtete sie ihre Aufmerksamkeit wieder auf Grant. Sein Gesicht war hart, und einige Narben zeugten von einem gefährlichen Leben. Seine Haut war bronzefarben, und die hellen wachsamen bernsteinfarbenen Augen erinnerten an die eines Adlers oder eines Löwen.

„Bist du ein Agent?“ forschte sie neugierig. Die Idee, er könnte ein Söldner sein, hatte sie mittlerweile verworfen.

Er verzog den Mund. „Nein.“

„Okay, dann lass es mich andersrum versuchen. *Warst* du ein Agent?“

„Was denn für ein Agent?“

„Hör auf mir auszuweichen. Du weißt genau, was ich meine. Ich rede von diesen Männern in Trenchcoats, die vierzig Pässe mit sich rumschleppen, um sich, je nach Gelegenheit, mit diesem oder jenem auszuweisen.“

„Nein. Deine Phantasie treibt wilde Blüten. Ich sehe nicht durchschnittlich genug aus, um ein guter Undercover-Agent zu sein.“

Ganz unrecht hatte er nicht. Er würde sich ausnehmen wie ein Krieger beim Kaffeekränzchen. Plötzlich wusste sie es. „Bist du eine ... Waffe?“ Sie hatte einmal gehört, dass Männer, die im Auftrag des Geheimdienstes in Krisengebieten operierten, so genannt wurden.

Er hüllte sich so lange Zeit in Schweigen, dass sie schon glaubte, er werde überhaupt nicht mehr antworten. Er schien in

Gedanken ganz weit weg. Doch dann erwiderte er: „So etwas Ähnliches. Aber ich arbeite nicht mehr. Ich habe mich pensionieren lassen.

Sie beobachtete ihn nachdenklich. Sein verschlossener Gesichtsausdruck schmerzte sie. Seine Feinde hatten ihn ins Visier genommen, auf ihn geschossen und ihn observiert, um ihn zu zerstören, doch er hatte sich als unzerstörbar erwiesen. Dann hatte er irgendwann seinen tödlichen Beruf an den Nagel gehängt und war davongegangen, um sich zur Ruhe zu setzen.

Sie streckte die Hand aus und legte sie auf seine. Ihre Finger waren so zart und feingliedrig, dass er sie mit Leichtigkeit hätte zerquetschen können. Ein tiefer Atemzug ließ Grants Brustkorb anschwellen. Plötzlich hatte er Lust, mit ihr zu schlafen, direkt hier, auf dem verschlammten Erdboden. Er stellte sich vor, wie er ihr die Kleider vom Leib riss, sie auf den Boden warf und ganz tief in sie eindrang. Doch er wusste, dass sein Verlangen nicht auf die Schnelle zu befriedigen war. Dazu brauchte es mehr. Und für mehr war keine Zeit. Er spürte vage, dass sie es sich nicht leisten konnten, noch länger hier zu verweilen.

Aber es war nur eine Frage der Zeit, und sie wusste es ebenso wie er. Er zog seine Hand unter ihrer hervor und fuhr leicht mit der Daumenspitze über ihre Unterlippe. „Bald", sagte er mit vor Begehren rauer Stimme, „bald werden wir uns lieben. Bevor ich dich zu deinem Daddy zurückbringe, werde ich dich nehmen, und wenn mir dann so zumute ist wie jetzt, könnte ich mir vorstellen, dass es sehr, sehr viel Zeit in Anspruch nehmen wird."

Jane war regungslos wie ein im Lichtkegel eines Autoscheinwerfers erstarrtes Reh, unfähig zu irgendeiner Art von Protest, weil der raue Klang seiner Stimme die Erinnerungen an den Vortag, als er sie in seinen Armen gehalten und mit seinen Zärtlichkeiten ihr Verlangen wachgerufen hatte, weckte. Das Begehren stieg erneut mit aller Macht in ihr auf, und sie erkannte, dass sie sich zum ersten Mal in ihrem Leben nach einen Mann verzehrte. Und daran war er schuld. Gestern hatte er sie mit seinen Berührungen fast um den Verstand gebracht, und heute tat er es mit Worten. Dadurch, dass er offen zugab, was er wollte, setzte er ihre Phantasie in Gang, die nun Bilder in ihrem Kopf erzeugte, die ihr die Schamesröte in die Wangen trieb.

Mittlerweile hatte es aufgehört zu regnen, deshalb griff er nach seinem Marschgepäck und schulterte sein Gewehr. Jane folgte ihm ohne ein Wort nach draußen, wo es schon wieder fast so heiß und stickig war wie vor dem Wolkenbruch. Vom Erdboden stiegen wabernde Nebel auf, die sie einhüllten wie in ein feuchtes Tuch.

Für den Rest des Nachmittags hüllte sie sich in Schweigen und hing ihren Gedanken nach. Als sie an einen kleinen Fluss kamen, blieb Grant stehen und schaute sie an. „Hast du Lust auf ein Bad? Besonders tief ist das Wasser zwar nicht, aber zum Abkühlen reicht es."

Ihr Gesicht hellte sich auf, und zum ersten Mal an diesem Nachmittag spielte ein Lächeln um ihre Mundwinkel. Es bedurfte keiner Worte, um ihn wissen zu lassen, was sie von einem Bad hielt. Er kramte ein kleines Stück Seife aus seinem Rucksack und hielt es ihr hin. „Ich passe unterdessen auf, und wenn du fertig bist, machen wir es umgekehrt."

Das Wasser war herrlich kühl, obwohl es ihr kaum bis ans Knie reichte. Sie ließ sich nackt auf einem kleinen Felsen nieder und schöpfte Wasser mit den Händen, das sie sich über den Kopf schüttete, bis ihr Haar triefend nass war und sich die von Schweiß verklebten Strähnen unter ihren Fingern wieder seidig anfühlten, dann griff sie nach der Seife und seifte sich gründlich ein. Nachdem sie den Schaum abgespült hatte, fühlte sie sich wie neugeboren. Das Baden in dem klaren Wasser hatte einen besonderen Reiz, der wohl auch daher rührte, dass sie nackt war. Sie wusste, dass Grant ihr von irgendwoher zuschaute, auch wenn sie ihn nicht sehen konnte. Als sie daran dachte, spürte sie, wie sich ihre Knospen verhärteten.

Wie es wohl wäre, wenn er jetzt zu ihr herunterkäme und sie

mit Wasser bespritzte? Und wenn er anschließend am Ufer die Decke ausbreiten und sie darauf legen würde? Bei diesem Gedanken schloss sie erschauernd die Augen und stellte sich vor, wie sich sein harter Körper gegen den ihren presste, während er in sie eindrang. Es war schon so viele Jahre her, und Chris hatte es nicht verstanden, die Leidenschaft, die in ihr schlummerte, zu wecken. Bei Grant allerdings erkannte sie sich selbst nicht mehr wieder.

Das Herz klopfte ihr vor Erregung bis zum Hals, als sie nun aufstand und erneut Wasser schöpfte, um sich abzuspülen. Dann wrang sie ihr langes Haar aus und watete ans Ufer zurück. Zitternd, jedoch nicht vor Kälte, stieg sie in ihren frischen Slip und anschließend in die blutbefleckte Hose. Nachdem sie in ihre Bluse geschlüpft war, rief sie: „Ich bin fertig", und angelte sich ihre Stiefel.

Er trat geräuschlos neben sie. „Geh genau an die Stelle, an der ich auch war", forderte er sie auf und drückte ihr das Gewehr in die Hand. „Weißt du, wie man damit umgeht?"

Die Waffe war schwer, aber Jane hielt sie so geschickt in den Händen, dass Grant den Eindruck bekam, dass sie im Notfall durchaus damit zurechtkommen würde. „Ja, ich kann ganz gut schießen." Sie grinste leicht. „Auf Zielscheiben aus Pappe und auf Tontauben zumindest."

„Das genügt." Er begann ungeniert sein Hemd aufzuknöpfen, und es gelang ihr nicht, ihre Blicke von seinen Händen loszureißen. Jetzt hielt er inne und sah sie an. „Willst du hier unten stehen bleiben?"

Sie wurde rot. „Nein. Entschuldige." Hastig wandte sie sich um und kletterte die Böschung hinauf, dann setzte sie sich genau an die Stelle, an der er auch gesessen hatte. Von hier aus konnte sie bequem beide Ufer übersehen, ohne selbst gesehen zu werden. Instinktiv schien er sich den am besten getarnten Platz ausgesucht zu haben. Er mochte zwar im Ruhestand sein, aus dem Training war er ganz offensichtlich nicht.

Ein kurzes bronzefarbenes Aufblitzen, das sie nur aus dem Augenwinkel heraus wahrnahm, sagte ihr, dass er Anstalten machte, in den Fluss hineinzuwaten. Sie wandte den Kopf ab, doch allein das Wissen, dass er so nackt war wie sie eben, verursachte ihr Herzklopfen. Sie schluckte, dann befeuchtete sie sich die Lippen und zwang sich, ihre Aufmerksamkeit auf den Regenwald zu richten, aber der Drang, ihn zu beobachten, hielt an.

Sie hörte Wasser plätschern und malte sich aus, wie er im Fluss stand – ein Wilder, der im Dschungel zu Hause war.

Sie schloss die Augen, doch das Bild wollte nicht weichen. Langsam und unfähig sich zu beherrschen öffnete sie sie wieder und warf einen verstohlenen Blick in seine Richtung. Sie sah ihn nur einen ganz kurzen Moment, und das war bei weitem nicht genug. Plötzlich verzehrte sie sich danach, ihn anzuschauen, den Anblick seines herrlichen, starken Körpers ganz und gar in sich aufzunehmen und jeden Millimeter genau zu erkunden, und dies nicht nur mit den Augen, sondern auch mit den Händen, mit den Lippen ... Sie erstarrte bei diesem Gedanken, doch sie wandte sich nicht ab, sondern schaute noch genauer hin. Er war schön, so schön, dass ihr der Atem stockte. Seine Schönheit war keine Schönheit im üblichen Sinne, es war die unzivilisierte, erschreckende, Furcht einflößende Schönheit eines Raubtieres, das nur seinen Instinkten lebt. Er war am ganzen Körper braun gebrannt und wandte ihr nicht, wie sie es getan hatte, den Rücken zu, sondern präsentierte sich ihr unerschrocken vorn. Er nahm ein Bad; und sie konnte ihm dabei zuschauen oder auch nicht, ganz wie es ihr beliebte, ihn beeinträchtigte es nicht in seinem Tun.

Seine Haut glänzte vor Nässe, und die Wassertropfen in seinem dunklen Brusthaar glitzerten wie Diamanten. Während er sich auf dem Felsen sitzend einseifte, konnte sie das Spiel seiner Muskeln beobachten; seine Beine waren lang, sehnig und kräftig, und von seinem flachen Bauch verlief eine schmale schwarze Linie abwärts, um sich schließlich in dem dunklen Dreieck, von dem sie nur den obersten Rand erkennen konnte, zu verlieren.

Nachdem er sich die Seife abgespült hatte, erhob er sich zu seiner vollen Größe und schaute zu ihr hinauf. Jane schaffte es nicht mehr, sich rechtzeitig zurückzuziehen, es war zu spät, so zu tun, als widmete sie ihrer Umgebung mehr Aufmerksamkeit als ihm. Deshalb blieb ihr nichts anderes übrig, als seinem Blick standzuhalten. Er stand vollkommen reglos da und beobachtete sie, sich unverhüllt und ganz ohne Scham ihren Blicken darbietend, ebenso aufmerksam wie sie ihn. Das Wissen, dass sie ihn anschaute, schien ihn zu erregen, denn nun erwachte seine Männlichkeit und wuchs zu imponierender Größe.

„Jane", rief er ihr mit ganz leiser Stimme zu, aber sie hörte ihn dennoch. Sie war sich jeder seiner Regungen so überdeutlich bewusst, dass es fast schmerzte. Selbst wenn er nur geflüstert hätte, hätte sie ihn gehört. „Willst du nicht runterkommen?"

Ja. Oh, Gott, sie wollte es mehr als sonst irgend etwas auf der Welt. Doch die Angst vor ihren eigenen Gefühlen hielt sie zurück. Es gab da offensichtlich einen Teil in ihr, der sich ihrer Kontrolle entzog, und das war etwas, das ihr Unbehagen einflößte.

„Ich kann nicht", gab sie ebenso leise zurück. „Noch nicht."

„Dann dreh dich um, Honey, solange du es noch kannst."

Sie erschauerte, fast unfähig, die erforderliche Bewegung durchzuführen, doch schließlich gehorchten ihr ihre Muskeln doch, und sie wandte sich ab. Sie hörte, wie er aus dem Wasser watete, und in weniger als zwei Minuten war er geräuschlos hinter sie getreten und nahm ihr das Gewehr aus den Händen. Er war bereits angezogen und abmarschbereit und erwähnte – typisch für ihn – das eben Vorgefallene mit keinem Wort. „Wir sollten versuchen, so schnell wie möglich einen geeigneten Schlafplatz zu finden. Es wird bald dunkel werden."

7. KAPITEL

Als Grant am nächsten Morgen erwachte, lag Jane wieder halb auf ihm, doch diesmal wunderte er sich nicht. Er hatte geschlafen wie ein Stein und fühlte sich frisch und ausgeruht. Während er seine Hand gedankenverloren über ihren Rücken gleiten ließ, begannen ihre Augenlider zu flattern. Sie murmelte etwas vor sich hin und schmiegte sich noch enger an ihn, einen Moment später öffnete sie schlaftrunken die Augen. Sie blinzelte ein paar Mal, und dann lächelte sie ihn an.

„Guten Morgen", sagte sie gähnend. Sie streckte sich und erstarrte gleich darauf mitten in der Bewegung. „Oh, mein Gott, ich liege ja auf dir."

„Wieder", bestätigte er trocken.

„Wieder?"

„Vergangene Nacht hast du auch schon auf mir gelegen. Offensichtlich scheinst du das Gefühl zu haben, dass du mich niederhalten musst, während wir schlafen."

Sie rollte sich von ihm herunter, setzte sich auf und strich ihre zerknitterte Bluse glatt. Verlegenheit färbte ihre Wangen rot. „Entschuldige bitte, ich bin mir natürlich im klaren darüber, dass das nicht sehr bequem gewesen sein kann für dich."

„Du musst dich nicht entschuldigen. Ich hab's genossen", gab er gedehnt zurück. „Aber wenn du wirklich der Meinung bist, Wiedergutmachung leisten zu müssen, können wir's ja heute abend mal mit einer anderen Stellung versuchen."

Ihr stockte der Atem. Ihre Augen schimmerten samtweich in dem Halbdunkel, als sie ihn jetzt ansah. Ja. Alles in ihr schrie förmlich danach. Sie wollte ihm gehören; sie wollte jeden Millimeter seines Körpers erkunden und wünschte sich dasselbe von ihm. Das alles hätte sie ihm gern gesagt, doch ihr fehlten die Worte. Über ihr Gesicht huschte ein Lächeln, dann streckte sie die Hand nach ihren Stiefeln aus und schlüpfte hinein. Nachdem sie nichts sagte, ließ er das Thema fallen, zog sich ebenfalls die Schuhe an und kroch nach draußen.

„Für eine Mahlzeit reicht es noch", sagte er, nachdem sie ihr Frühstück beendet hatte. „Dann muss ich auf die Jagd gehen."

Diese Vorstellung behagte ihr gar nicht. Wenn er auf die Jagd ging, bedeutete das, dass er sie über eine längere Zeit hinweg allein lassen würde. „Ich hätte nichts gegen eine vegetarische Diät einzuwenden", gab sie hoffnungsvoll zurück.

„Mag sein, dass uns gar nichts anderes übrig bleibt. Wir kommen langsam aus den Bergen raus, und wenn mich nicht alles täuscht, kann es nicht mehr lange dauern, bis wir den äußersten Rand des Regenwaldes erreicht haben. Möglicherweise stoßen wir bereits in Kürze auf die ersten Anzeichen von Zivilisation. Aber ich schlage vor, dass wir um alle Menschen einen Bogen machen, bis ich mir sicher bin, dass uns keine Gefahr droht, einverstanden?"

Sie nickte zustimmend.

Wie er vorausgesagt hatte, hörte der Dschungel am späten Vormittag abrupt auf. Sie standen hoch oben auf einem Felsen und schauten auf das von Straßen durchzogene Tal, das sich unter ihnen erstreckte, und an dessen südlichstem Ende, romantisch eingebettet zwischen zwei Hügeln, eine kleine Ortschaft lag. Jane blinzelte in das helle Sonnenlicht. Sie hatte plötzlich das Gefühl, von einem Jahrhundert ins nächste gesprungen zu sein. Das Tal sah fruchtbar aus und erinnerte sie daran, dass Costa Rica trotz großer Dschungelgebiete das höchstentwickelte Land in Mittelamerika war.

„Oh", rief sie aus, „wäre es nicht herrlich, heute Nacht in einem richtigen Bett zu schlafen?"

Er brummte irgend etwas vor sich hin, während er mit zusammengekniffenen Augen das Tal nach Anzeichen ungewöhnlicher Aktivitäten absuchten. Jane stand neben ihm und wartete auf seine Entscheidung.

Plötzlich packte er sie abrupt am Arm, zerrte sie ins schützende Dickicht zurück und drückte sie gerade in dem Moment, in dem über ihren Köpfen das Röhren eines Helikopters ertönte, zu Boden. Der Hubschrauber flog sehr niedrig, und Jane erhaschte lediglich einen kurzen Blick auf ihn, ehe er hinter den Bäumen verschwand. Es war ein in Tarnfarben gespritzter Kampfhubschrauber gewesen.

„Konntest du erkennen, was das für eine Maschine war?" fragte sie erschrocken, wobei sie ihre Nägel in das feste Fleisch seines Unterarms grub.

„Nein." Er rieb sich sein Stoppelkinn. „Nein, aber wir dürfen kein Risiko eingehen. Auf jeden Fall wissen wir jetzt, dass wir nicht einfach seelenruhig durch das Tal marschieren können. Wir müssen unter allen Umständen in Deckung bleiben."

Ihr Weg wurde jetzt, soweit überhaupt möglich, noch beschwerlicher. Sie befanden sich am Rand einer zerklüfteten Vulkangebirgskette, und es ging entweder steil bergauf oder steil bergab, so dass sie sich nur im Schneckentempo vorwärtsbewegen konnten. Als sie schließlich Rast machten, hatten sie erst etwa ein Fünftel des Weges zurückgelegt, und Janes Beine schmerzten wie noch nie.

Gerade als sie ihre Mahlzeit beendet hatten, hörten sie das erste Donnergrollen. Grant sah sich nach einem Unterschlupf um, wobei er jeden Felsvorsprung in Betracht zog. „Da oben ist eine Höhle, wenn mich nicht alles täuscht. Sieht so aus, als hätten wir es dort so bequem wie noch nie. Eine luxuriöse Unterkunft sozusagen im Vergleich zu allem, was wir bisher gewohnt sind."

„Es sei denn, ein anderer vor uns war schneller."

„Genau aus diesem Grund wirst du jetzt hier unten warten, bis ich es auskundschaftet habe." Damit kletterte er, behände wie eine Gämse, den mit Farnen bedeckten Abhang hinauf, und es dauerte nicht lange, bis er ihr winkte. „Alles klar! Komm rauf! Meinst du, du schaffst es allein?"

„Habe ich bisher schon mal irgend etwas nicht geschafft?" Sie versuchte einen scherzhaften Ton anzuschlagen, aber es wollte ihr nicht recht gelingen. Seit sie einen Blick auf das Tal geworfen hatte, wuchs ihre Verzweiflung, denn die Tatsache, dass die Zivilisation so nah war, hatte sie daran erinnert, dass ihre Zeit mit Grant begrenzt war. Solange sie im Regenwald waren, hatte sie das Gefühl gehabt, sie wären die einzigen Menschen auf der ganzen Welt, und ihr Zeitsinn war ihr vollkommen abhanden gekommen. Jetzt aber konnte sie die Tatsache, dass ihr nur noch ein oder zwei Tage mit Grant blieben, nicht länger verdrängen. Sie fühlte sich so, als hätte sie wertvolle Zeit vertan, als würde ihr Goldstaub durch die Finger rinnen, ohne dass sie imstande war, etwas dagegen zu unternehmen. Der Gedanke, eine einmal gefundene Liebe zu verlieren, nur weil es nicht genug Zeit gab, um sie wachsen zu lassen, versetzte sie in Panik.

Er streckte eine Hand aus und zog sie die letzten paar Meter hoch. „Mach's dir bequem, wahrscheinlich müssen wir eine Weile hier bleiben. Es sieht nämlich so aus, als käme ein böses Unwetter auf uns zu."

Jane schaute sich in dem Unterschlupf um, der gar keine richtige Höhle war, sondern eigentlich nur eine etwa acht Fuß tiefe Einbuchtung im Felsen mit nach hinten steil abfallender Decke und steinigem Untergrund. Direkt vor dem Eingang lag ein Felsbrocken, der so groß war wie ein Zweiersofa und die Form einer Erdnuss hatte. Den Unterschlupf als komfortabel zu bezeichnen, wäre eine Übertreibung gewesen, zumindest aber saßen sie hier geschützt und im Trockenen.

Da sie mittlerweile Grants ausgeprägten Sinn für Timing kannte, war sie nicht überrascht, als sie die ersten dicken Regentropfen draußen auf dem Boden aufklatschen hörte. Grant hatte eben hinter dem großen Stein die Zeltplane auf dem Boden ausgebreitet und forderte Jane jetzt auf, sich hinzusetzen.

Es dauerte nicht lange, bis ein dichter Regenvorhang den Blick nach draußen verstellte und Jane, die mit angewinkelten Beinen, das Kinn auf die Knie gestützt, auf der Zeltplane hockte, den Eindruck vermittelte, als stünde sie unter einem Wasserfall.

Es war dunkel geworden, weil die schwarzen Regenwolken das wenige Licht, das sich normalerweise durch das dichte Blätterdach stahl, auch noch vertrieben hatten. Jane konnte Grant, der mit einer Schulter gegen die Wand gelehnt dastand und an einer Zigarette zog, kaum erkennen.

Der Wolkenbruch hatte die Luft abgekühlt. Jane erschauerte und zog ihre Beine enger an ihren Körper heran, während sie auf Grants breiten Rücken starrte. Er hatte kaum ein Wort gesprochen, seit sie hier waren, und sie dachte ein weiteres Mal, dass es gewiss nicht einfach war, ihn zu durchschauen. Seine Persönlichkeit war so verschlungen wie die Pfade im Dschungel, und dennoch flößte ihr allein der Anblick seines breiten Rückens Vertrauen und das Gefühl von Sicherheit ein.

Er zog ein letztes Mal an seiner Zigarette und trat sie dann sorgfältig aus. Obwohl es höchst unwahrscheinlich war, dass irgend jemand hier ihre Spuren entdecken würde, beseitigte er den Stummel mit Bedacht, wahrscheinlich weil es ihm zur zweiten Natur geworden war. Dann wandte er sich wieder um und schaute in den Regen hinaus.

Während sie ihn beobachtete, spürte sie, wie sich ihr Herz schmerzhaft zusammenzog. Er war so allein. Er war ein harter, einsamer Mann, aber irgend etwas an ihm zog sie an wie ein Magnet.

Ihre Augen verschleierten sich. Wenn erst alles zu Ende war, würde er sich für immer aus ihrem Leben verabschieden, als hätte es diese Tage im Dschungel nie gegeben. Für ihn war es nicht mehr als eine reine Routineangelegenheit. Was sie von ihm haben konnte, alles, was sie jemals von ihm bekommen würde, war das Hier und Jetzt und maximal zwei weitere Tage, dann war es vorbei. Und das war nicht genug.

Ihr war jetzt eiskalt, sie war durchgefroren bis ins Mark. Der undurchdringliche Regenvorhang brachte eine feuchte Kälte mit sich, und ihre düsteren Gedanken trugen auch nicht zu einer Besserung ihres Befindens bei. Instinktiv wie eine Katze, die

Wärme sucht, erhob sie sich von der Zeltplane und trat auf ihn zu, in der Sicherheit, bei ihm zu finden, wonach es sie verlangte. Schweigend schlang sie die Arme um seine Taille und presste ihr Gesicht an seine Brust. Er schaute auf sie herunter und hob fragend die Augenbrauen. „Mir ist kalt", murmelte sie, lehnte sich an seine Schulter und starrte schwermütig in den Regen hinaus.

Er legte den Arm um sie und zog sie ganz nah an sich, um seine Wärme mit ihr zu teilen. Ein Schauer überlief sie, und als er es bemerkte, rubbelte er mit seiner freien Hand ihren Arm, wobei er spürte, wie kalt ihre Haut war. Einen Moment später wanderte seine Hand aufwärts, streichelte ihre samtige Wange und schob ihr das zerzauste Haar aus der Stirn. Ihm entging nicht, dass sie in melancholischer Stimmung war; ihr sonst so klarer Blick war umwölkt, und um ihren vollen, leidenschaftlichen, stets zum Lachen bereiten Mund lag ein trauriger Zug.

Er legte ihr eine Hand unters Kinn und hob ihren Kopf, so dass er ihr ins Gesicht sehen konnte. Seine Mundwinkel bogen sich leicht nach oben zu winzigen Lächeln. „Was ist los, Honey? Macht dich der Regen schwermütig?" Noch bevor sie antworten konnte, beugte er sich zu ihr herab und küsste sie.

Janes Hände wanderten auf seine Schultern, wo sie sich Halt suchend festklammerten. Sein Mund war hart und verlangend und süß, oh, so süß. Ihn zu schmecken, ihn zu spüren, war alles, wonach sie sich sehnte. Sie erwiderte seinen Kuss und hieß seine Zunge willkommen, und gleich darauf begann tief in ihr ein Feuer zu lodern, so dass sie glaubte, sie stünde in Flammen.

Er beendete den Kuss und flüsterte ganz nah an ihren Lippen: „Honey, das kommt mir ja fast wie ein Angebot vor."

In ihren dunklen Augen lag ein leicht verwirrter Ausdruck, als sie jetzt zu ihm aufschaute. „Ich glaube, das ist es auch."

Er schlang die Arme um ihre Taille und hob sie hoch. Sie umarmte ihn leidenschaftlich und küsste ihn wild, ganz hingegeben an den köstlichen Geschmack seines Mundes, wobei ihr völlig entging, dass er sie zu der Zeltplane trug. Erst als er sie auf dem Boden absetzte, kam sie wieder zur Besinnung. Da es im hinteren Teil der Höhle fast dunkel war, konnte sie seine Augen zwar nicht sehen, sie spürte jedoch seinen intensiven Blick, als er begann, ihre Bluse aufzuknöpfen. Janes Mund wurde trocken, dann fing sie an, sich im Gegenzug dazu an seinem Hemd zu schaffen zu machen.

Nachdem beide Kleidungsstücke offen waren, schlüpfte er aus seinem Hemd und warf es auf die Zeltplane, ohne den Blick von ihr zu nehmen. Dann zerrte er sein Unterhemd aus der Hose und zog es sich über den Kopf. Jetzt war sein Oberkörper nackt. Wie am Tag zuvor erregte Jane dieser Anblick, und sie hatte Mühe zu atmen. Ein Zustand, der sich noch verschlimmerte, als seine Hände unter ihre Bluse schlüpften und begannen, ihre Brüste zu streicheln. Seine heißen Finger auf ihrer kalten Haut ließen sie nach Luft schnappen. Sie schloss die Augen und gab sich seinen Zärtlichkeiten hin. Als er ihre Knospen zu liebkosen begann, entrang sich seiner Brust ein schwerer Seufzer.

Sie spürte die sexuelle Spannung, die zwischen ihnen herrschte. Er machte ihr ihren Körper und ihre Lust bewusst wie kein anderer Mann zuvor in ihrem Leben. Als es zwischen ihren Schenkeln zu pochen begann, presste sie sie instinktiv zusammen in dem Versuch, das Sehnen zu lindern.

So unmerklich ihre Bewegung auch war, sie entging ihm nicht. Seine Hand gab ihre Brust frei und wanderte tiefer, über ihren Bauch und die Hüften hinunter zwischen ihre zusammengepressten Schenkel. „Das wird helfen", murmelte er. „Du musst deine Beine spreizen, nicht schließen." Jetzt begann er sie an ihrer intimsten Stelle zu streicheln, ein Streicheln, das ihre Nervenenden zum Vibrieren brachte. Sie keuchte, dann entrang sich ihrer Brust ein tiefes Stöhnen, sie spreizte die Beine und wölbte sich seiner Hand entgegen. Obwohl sie noch ihre Hose anhatte, spürte sie seine Zärtlichkeiten so stark, dass ihr die Knie weich wurden und sie gegen ihn sank, wobei sich ihre nackten Brüste an seinen muskulösen Brustkorb drückten.

Er fing sie auf, ließ sie auf die Zeltplane gleiten und kniete sich über sie, um ihr die Hose auszuziehen. Er musste eine Pause einlegen, um sie zuvor von ihren Stiefeln zu befreien, doch im nächsten Moment war sie nackt bis auf die Bluse, die ihr noch offen um die Schultern hing. Die kühlfeuchte Luft ließ sie erschauern, und sie streckte die Arme nach ihm aus. „Mir ist kalt", beklagte sie sich weich. „Mach mich warm."

Sie bot sich ihm so offen an, dass er versucht war, umgehend in sie einzudringen, aber er wollte mehr. Fast nackt hatte er sie schon zuvor in seinen Armen gehabt, allerdings ohne die Gelegenheit, ihren Körper so zu erforschen, wie er es sich ersehnte. Ihr Körper war ein Geheimnis für ihn, er wollte jeden Millimeter davon berühren und auskosten und sich an der samtigen Oberfläche erfreuen.

Jane sah ihn mit verschleierten großen Augen an, als er sich vor sie hinkniete. Verlangend streckte sie die Arme nach ihm aus, aber er wehrte sie ab. „Noch nicht, Honey", sagte er mit tiefer Stimme. „Lass mich dich zuerst anschauen." Er fing ihre Handgelenke ein und drückte sie über ihrem Kopf sanft auf die Zeltplane, was dazu führte, dass sie ihm ihre vollen Brüste um Zärtlichkeiten bettelnd entgegenwölbte. Er umklammerte ihre Handgelenke jetzt nur noch mit einer Hand und ließ die andere abwärts über diese verführerischen, sanft erschauernden Hügel wandern.

Jane keuchte erstickt. Warum nur hielt er ihre Hände auf diese Weise fest? Sie kam sich hilflos und zur Schau gestellt vor. Und doch fühlte sie sich gleichzeitig sehr sicher und beschützt. Sie spürte, wie er sie mit Blicken in sich aufnahm, aufmerksam beobachtend, wie sich ihre Knospen unter seinen Fingerspitzen verhärteten. Er war ihr so nah, dass sie die Hitze, die sein Körper abstrahlte, spüren und den Moschusduft seiner Haut riechen konnte.

Dann war sein Mund auf ihr und wanderte über ihre Brust zu der Knospe, die er mit seinen heißen Lippen eng umschloss. Als er daran zu saugen begann, schwappten schier unerträgliche Wellen des Verlangens über sie hinweg. Niemals, niemals in ihrem ganzen Leben hätte sie sich träumen lassen, dass der Mund eines Mannes so einzigartige Gefühle auslösen könnte. Sie stand in Flammen, ihre Haut brannte, und es war beides zugleich: ekstatisch und unerträglich. Sie wand sich unter ihm und presste die Beine zusammen in dem Versuch, ihr Begehren, das sie zu überwältigen drohte, in den Griff zu bekommen.

Jetzt wandte sich Grant ihrer anderen Brust zu, was die Sache jedoch nicht besser machte. Seine Hand wanderte nach unten zwischen ihre Beine, und sie öffnete sich ihm bereitwillig. Als er spürte, wie sich ihre Muskeln entspannten, spreizte er behutsam ihre Schenkel und ließ seine Finger sanft durch die schwarzen Löckchen gleiten, die ihn schon vorher so erregt hatten. Dann begann er, die zarte samtige Haut so geschickt zu erkunden, dass Jane sofort heftig zu beben begann. „Grant", wimmerte sie. „Oh, Grant."

„Ganz ruhig", tröstete er sie und blies seinen warmen Atem über sie. Er begehrte sie so sehr, dass er glaubte, jeden Moment bersten zu müssen, gleichzeitig jedoch konnte er nicht genug davon bekommen, sie zu berühren. Ihr Körper machte ihn trunken, und er musste sich erst an ihm sättigen, ehe er zu einer anderen Form der Befriedigung seiner Lust überging. Er nahm wieder ihre Knospe in den Mund, saugte daran und entlockte ihr einen neuerlichen Lustschrei.

Dann drang plötzlich ein Finger in das geheimste Versteck ihres Begehrens ein und jagte ihr einen Lustschauer nach dem anderen über den Körper. Jetzt konnte sie nicht mehr still liegen. Keuchend wand sie sich unter ihm, während sein Mund ihre Brüste in Flammen setzte. Als er mit dem Daumen ihre empfindlichste Stelle zu streicheln begann, dauerte es nicht mehr lange, bis ein gleißendes Feuerwerk vor ihren Augen explodierte. Nichts und niemand hatte sie auf dieses atemberaubend herrliche Gefühl vorbereitet.

Nachdem es vorbei war, lag sie ermattet mit weit gespreizten Beinen da. Grant riss sich seine Hose vom Leib. Seine Augen glitzerten begehrlich in der Dunkelheit. Jane, noch immer nicht ganz in die Realität zurückgekehrt, schaute verwirrt zu ihm auf. Er kniete sich vor sie und winkelte ihre Beine an, gleich darauf warf er sich über sie und drang in sie ein.

Janes Hände krallten sich in die Zeltplane, und sie unterdrückte nur mit Mühe einen Schrei. Grant hielt einen Moment bebend inne, um ihr Zeit zu geben, sich an ihn zu gewöhnen Dann aber war plötzlich sie es, die die winzige Distanz, die es noch gab zwischen ihnen, überbrückte und sich ihm mit ausgestreckten Armen entgegenhob, um ihn ganz in sich aufzunehmen.

Danach lagen sie vollkommen erschöpft da und schwiegen. Fast schien es so, als hätten sie Angst, die friedvolle Stille mit Worten zu zerstören. Er lag schwer auf ihr, wodurch sie kaum Luft bekam, und dennoch hätte sie liebend gern den Rest ihres Lebens so zugebracht. Sie fuhr ihm mit den Fingern durch sein schweißnasses blondes Haar, während ihre Körper sich noch immer weigerten, einander freizugeben.

Es war gut möglich, dass sich die Dinge zwischen ihnen zu schnell entwickelt hatten, aber Jane bereute es nicht. Im Gegenteil, sie war überglücklich, dass sie sich ihm hingegeben hatte. Bisher war sie immer davon ausgegangen, dass es ihr an Sinnlichkeit mangelte, doch die vergangenen Tage hatten diese Vorstellung ins Wanken gebracht, und das, was sie eben mit Grant erlebt hatte, hatte sie restlos vom Gegenteil überzeugt. Jetzt war ihr, als hätte sie einen ungeheueren Schatz in sich entdeckt, und das versetzte sie in Hochstimmung. Nach der Entführung hatte sie sich sehr stark in sich selbst zurückgezogen, und das wurde auch mit den Jahren nicht besser. Der Schock hatte sie misstrauisch gemacht, und es gab nichts, was ihr geholfen hätte, dieses Misstrauen zu überwinden. Außer ihren Eltern und einer Handvoll enger

Freunde ließ sie niemanden an sich heran. Das war wahrscheinlich auch der Grund dafür, dass ihre Ehe gescheitert war. Chris war ihr stets ein guter Mann gewesen, aber sie konnte ihn nicht glücklich machen.

Da sie sich selbst gegenüber meistens ehrlich war, vermochte sie es nicht, Chris die Schuld für das Scheitern ihrer Ehe in die Schuhe zu schieben. Es war ganz allein ihr Versagen, davon war sie überzeugt. Deshalb hatte sie irgendwann beschlossen, sich von ihrem Mann zu trennen. Chris hatte Besseres verdient. Nun aber sah sie, dass sie durchaus in der Lage war, einem Mann Leidenschaft entgegenzubringen – wenn sie ihn liebte. Sie hatte auf Chris' sexuelles Verlangen nur deshalb so unzureichend eingehen können, weil sie ihn nicht so geliebt hatte, wie eine Frau ihren Mann lieben sollte. Und das war weder seine noch ihre Schuld. Inzwischen wusste sie, dass man Gefühle nicht steuern konnte.

Doch mittlerweile war sie neunundzwanzig und nicht bereit, sich eine Zurückhaltung aufzuerlegen, die sie nicht empfand, nur weil es sich so gehörte. Sie liebte den Mann, in dessen Armen sie lag, und sie war wild entschlossen, diese Liebe bis zur Neige auszukosten, auch wenn ihr dafür nur noch ein paar Tage blieben.

Vielleicht bedeutete Grant das, was sich zwischen ihnen ereignet hatte, nicht so viel wie ihr. Sie spürte, dass sein Leben viel härter gewesen war als das ihre, dass er Dinge gesehen hatte, die ihn verändert und das Lachen aus seinen Augen vertrieben hatten. Er war durch Erfahrung hart geworden – hart und übervorsichtig. Aber er hatte ihr ihr Leben zurückgegeben, durch ihn hatte sie nach zwanzig Jahren zum ersten Mal wieder gespürt, was es hieß, am Leben zu sein. Und dafür liebte sie ihn so sehr, dass sie bereit war, ihm alles zu geben, wonach es ihn verlangte.

Er bewegte sich auf ihr und hob den Kopf, um sie anzuschauen. Seine goldenen Augen waren verschleiert, aber es lag etwas in seinem Blick, das ihr Herzklopfen verursachte. „Ich glaube, ich bin zu schwer für dich."

„Ja, aber es macht mir nichts aus." Jane legte ihre Arme fester um seinen Hals und versuchte, seinen Kopf wieder auf ihre Brust herabzuziehen, doch es gelang ihr nicht.

Er gab ihr einen schnellen, harten Kuss. „Es hat aufgehört zu regnen. Wir müssen weiter."

„Warum können wir nicht die Nacht über hier bleiben? Sind wir hier nicht sicher genug?"

Ohne zu antworten löste er sich sanft aus ihren Armen und erhob sich. Sein Griff nach seinen Kleidern war Antwort genug. Sie seufzte, setzte sich auf und streckte ebenfalls die Hand nach ihren Sachen aus. Ihr Seufzer verwandelte sich in ein Stöhnen, als sie spürte, dass ihr vom Liebesspiel auf dem steinigen Boden alles weh tat.

Er fuhr herum. „Habe ich dir weh getan?"

„Nein. Mit mir ist alles in Ordnung." Er schien nicht recht überzeugt, sagte jedoch nichts.

Beim Abstieg hielt er sich ganz nah vor ihr, um sie auffangen zu können, falls sie ins Rutschen käme. Die letzten paar Meter, die besonders unwegsam waren, bestand er darauf, sie zu tragen, obwohl sie heftig protestierte.

Der Nachmittag verlief schweigend. Zweimal hörten sie einen Helikopter über den Bäumen kreisen, und beide Male zog Grant Jane ins dichte Unterholz, wo sie warteten, bis das Motorengeräusch verklungen war. Zweifellos wurden sie verfolgt.

Grant sprang über einen umgestürzten Baumstamm, drehte sich dann nach Jane um, umfasste sie an der Taille und hob sie mühelos über das Hindernis. Dann strich er ihr in einer überraschend zärtlichen Geste das Haar aus der Stirn. „Was ist los mit dir?" brummte er. „Du bist so still."

„Ich denke nur nach", gab sie zurück.

„Das habe ich befürchtet."

„Wenn Turego uns zu fassen bekommt ..."

„Das wird er nicht", erwiderte Grant kategorisch. Oh, nein, dafür würde er schon sorgen. Jetzt mehr denn je. Er war bereit, sein Leben aufs Spiel zu setzen, um zu verhindern, dass dieser wunderbaren Frau, die es geschafft hatte, nie gekannte Gefühle in ihm zu erwecken, etwas passierte.

Wären die Dinge nach Plan gelaufen, wäre sie jetzt schon lange wieder sicher zu Hause. Aber dann hätte er sie niemals richtig kennen gelernt; er hätte sie bei ihrem Vater abgeliefert und wäre seiner Wege gegangen. Statt dessen waren sie jedoch gezwungen gewesen, Tage im Urwald zu verbringen, wo sie aufeinander angewiesen waren. Sie hatten Seite an Seite geschlafen, zusammen gegessen, gefährliche und heitere Momente miteinander geteilt. Sie hatte ihn zum Lachen gebracht und damit sein Herz gewonnen. Zumindest einen Teil davon.

Plötzlich begann er sie zu verfluchen dafür, dass sie so war, wie sie war – lebendig und zuversichtlich und mutig, wo er doch eine verwöhnte, ständig jammernde junge Frau erwartet hatte. Und er verfluchte sie auch dafür, dass sie imstande war, Begehren zu wecken, *sein* Begehren zu wecken. Zum ersten Mal in seinem Leben verspürte er eine rasende Eifersucht. Er wusste, dass er sie wieder hergeben musste, doch bis dahin wollte er es auskosten, dass sie nur ihm ganz allein gehörte.

Als er sich wieder ins Gedächtnis rief, was es für ein Gefühl gewesen war, ihren schlanken, biegsamen Körper unter sich zu spüren, erwachte erneut heftiges Verlangen in ihm. Seine goldenen Augen verengten sich bei der Erinnerung an die Wonnen, die sie ihm beschert hatte, und plötzlich wollte er nur noch das eine. Er musste sie um jeden Preis ein weiteres Mal besitzen, und wenn es das letzte Mal war.

Er hatte schon zuviel verloren; seine Jugend, sein Lachen, sein Vertrauen in andere Menschen, sogar einen Teil seiner Menschlichkeit. Er konnte es sich nicht leisten, noch mehr zu verlieren. Er war ein verzweifelter Mann, der versuchte, seine Seele zu retten. Er sehnte sich danach, wenigstens einen Teil des kleinen Jungen aus Georgia wiederzufinden, der barfuß über die warme Erde frisch gepflügter Felder getrottet war und der es gelernt hatte, in den unergründlichen Tiefen der Sümpfe zu überleben.

Jane mit ihrem Humor und ihrer beherzten Tapferkeit war es als erster und einziger Frau gelungen, ein bisschen Wärme in ihm zu erzeugen.

Ohne zu wissen, was er tat, streckte er die Hand aus und packte sie von hinten am Kragen. Überrascht wandte sie den Kopf und sah ihn fragend an. Das kleine Lächeln, das auf ihrem Gesicht lag, erstarb, als sie seine Augen sah.

„Grant? Ist irgendwas?“

Halb besinnungslos vor Verlangen riss er sie an sich und presste seinen Mund auf ihre vollen, vom Liebesspiel noch immer verschwollenen Lippen. Er nahm sich Zeit für den Kuss und drang mit seiner Zunge tief in ihre warme Mundhöhle ein. Jane gab ein leises Stöhnen von sich, schlang die Arme um seinen Hals, drängte sich eng an ihn und rieb ihren Schoß begehrlich an ihm.

Sie war die Seine, sie würde niemals einem anderen Mann gehören. Grant beendete den Kuss und flüsterte ihr mit rauer Stimme ins Ohr: „Du gehörst jetzt mir. Ich werde auf dich aufpassen.“

Jane lehnte ihren Kopf an seine Brust. „Ich weiß“, flüsterte sie.

8. KAPITEL

Die folgende Nacht veränderte Janes Einstellung zur Dunkelheit grundlegend und für immer. Die Angst vor der Finsternis würde vielleicht niemals vorübergehen, doch sobald Grant seine Hand nach ihr ausstreckte, war sie vergessen. Ihr war, als breitete er eine dunkle, warme Decke über sie, unter der sie sich sicher und geschützt fühlte.

Er küsste sie, bis ihr die Sinne zu schwinden drohten und sie ihn anflehte, das Verlangen, das er in ihr geweckt hatte, zu stillen. Nachdem er sie und sich selbst ausgezogen hatte, legte er sich auf den Rücken und forderte sie auf, sich mit gespreizten Beinen auf ihn zu setzen. „Ich habe dir heute morgen weh getan", sagte er mit tiefer, rauer Stimme. „Diesmal darfst du bestimmen; mach alles so, wie es dir am liebsten ist."

Das Liebesspiel mit ihm war wirklich einmalig und unvergesslich, und sie erlegte sich keinerlei Beschränkungen auf. Sie tat genau das, wonach ihr der Sinn stand, und als sie lange Zeit später vollkommen ermattet und wunderbar beseligt über ihm zusammensank, konnte sie es noch immer nicht fassen, dass wirklich sie es gewesen war, die all diese herrlichen, aber unaussprechlichen Dinge getan hatte.

Am nächsten Morgen setzten sie bei Morgengrauen ihr Liebesspiel gleich nach dem Aufwachen fort, als hätte es die Stunden dazwischen gar nicht gegeben.

Erst lange Zeit später konnten sie sich dazu aufraffen, ihre Zelte abzubrechen und sich wieder auf den Weg zu machen.

Gegen Mittag, als die Schwüle fast unerträglich geworden war, blieb Grant stehen und wischte sich mit dem Ärmel den Schweiß von der Stirn. „Wir sind jetzt fast auf gleicher Höhe mit dem Dorf. Warte hier, ich bin in einer Stunde oder so zurück."

„Wie lang ist ‚oder so'?" erkundigte sie sich höflich, aber ihr nicht zu überhörendes Zähneknirschen veranlasste ihn zu einem Grinsen.

„Bis ich wieder da bin." Er zog die Pistole aus dem Holster und reichte sie ihr. „Ich nehme an, du weißt, wie man damit umgeht?"

Jane nahm die Waffe mit finsterem Gesicht entgegen. „Ja. Nach der Entführung bestand Dad darauf, dass ich lernte, mich selbst zu verteidigen." Sie bedachte die Waffe mit einem respektvollen Blick. „Ich habe noch nie so eine Pistole gesehen. Was ist das denn für eine?"

„Eine Bren 10 Millimeter", brummte er.

Sie hob erstaunt eine Augenbraue. „Befindet die sich nicht noch im Versuchsstadium?"

Er zuckte die Achseln. „Ja. Aber ich trage sie schon eine ganze Weile, und sie macht genau das, was ich will." Er schaute Jane einen Moment forschend an, dann runzelte er nachdenklich die Stirn. „Glaubst du, du kommst damit zurecht, wenn es sein muss?"

„Ich hoffe es." Ein leicht unsicheres Lächeln zuckte um ihre Mundwinkel. „Vertrauen wir darauf, dass ich sie nicht brauche."

Er berührte zart ihr Haar, dann beugte er sich zu ihr herab und küsste sie zum Abschied. Gleich darauf war er im Unterholz verschwunden. Jane starrte lange auf die Pistole in ihrer Hand, dann spazierte sie zu einem umgestürzten Baumstamm hinüber und ließ sich darauf nieder.

Es gelang ihr nicht, sich zu entspannen. Ihre Nerven lagen bloß, und jedes Vogelzwitschern oder Affengeschnatter ließ sie zusammenfahren. Sie hatte sich daran gewöhnt, Grant ganz in ihrer Nähe zu wissen, und jetzt brachte ihr seine Abwesenheit ihre Verletzlichkeit schmerzlich zu Bewusstsein.

Die Angst fraß an ihr, aber sie machte sich weniger Sorgen um sich selbst als vielmehr um Grant. Wenn ihm nun etwas zustieß? Sie war sich nicht sicher, ob sie das ertragen würde. Wie konnte er davon ausgehen, dass er durch ein kleines Dorf spazierte, ohne dass man auf ihn aufmerksam wurde? Alles an ihm war auffällig, angefangen von seiner hochgewachsenen, durchtrainierten Figur über sein blondes, langes Haar bis hin zu seinen goldenen Augen. Sie war sich im klaren darüber, dass Turego zielstrebig nach ihr suchen würde, und da er bestimmt inzwischen wusste, dass sie mit Grant unterwegs war, war sein Leben nicht weniger gefährdet als ihres.

Mittlerweile musste Turego wissen, dass sie im Besitz des Mikrofilms war. Gedankenverloren verflocht Jane ihre Finger ineinander. Sie hatte schon daran gedacht, den Film zu vernichten, um sicherzustellen, dass er niemals in unbefugte Hände fallen konnte, aber da sie nicht wusste, was sich darauf befand, hatte sie sich bisher noch nicht dazu entschließen können. Sie wollte keine Informationen zerstören, die wichtig waren für ihr Land.

Es war so schwül, dass ihr das Haar feucht an den Schläfen klebte und kleine Schweißperlen zwischen ihren Brüsten hinabrannen. Seufzend fragte sie sich, wie lange sie wohl schon warten mochte. Dann kramte sie eine Haarspange aus ihrem Rucksack und steckte sich das Haar hoch, um sich so wenigstens eine kleine Erleichterung zu verschaffen. Was für eine Affenhitze! Die Luft war stickig wie in einem Treibhaus und lag wie ein warmes feuchtes Tuch auf ihrer Haut.

Nach mehr als einer Stunde begann in der Ferne der Donner zu rollen. Bald würde es anfangen zu regnen wie jeden Tag um diese Zeit.

Von einem leisen Knacken im Busch hinter ihr aufgeschreckt, wirbelte sie herum, aber zu spät. Noch bevor sie die Pistole in Anschlag bringen konnte, war der Mann auch schon bei ihr und schlug ihr die Waffe aus der Hand, dann drehte er ihr die Arme auf den Rücken und zwang sie, sich mit dem Gesicht auf den Boden zu legen. Sie keuchte, das Knie in ihrem Rücken nahm ihr die Luft zum Atmen, und sie spürte den feuchten, halbverwesten Bewuchs, der den Boden bedeckte, in ihrem Mund. Sie schaffte es mühsam, den Kopf zur Seite zu drehen, und versuchte ihren Arm, den der Angreifer noch immer festhielt, freizubekommen, doch ihre Anstrengungen waren vergeblich. Je mehr sie sich wehrte, desto eiserner wurde der Griff.

In einiger Entfernung rief irgend jemand etwas, und der Mann antwortete, doch Jane hörte nur das Blut in ihren Ohren rauschen. Einen Moment später fühlte sie sich grob abgetastet. Nachdem sich der Mann davon überzeugt hatte, dass sie keine weitere Waffe bei sich trug, ließ er ihren Arm los und drehte sie auf den Rücken.

Sie wollte aufspringen, doch er richtete sein Gewehr so nah auf sie, dass die Laufmündung fast ihr Gesicht berührte. Jane warf einen Blick darauf, dann taxierte sie den Angreifer forschend. Vielleicht gelang es ihr ja, den Mann aus der Ruhe zu bringen. „Wer sind Sie?“ verlangte sie in wütend-beleidigtem Tonfall Auskunft, wobei sie den Gewehrlauf wie ein lästiges Insekt beiseite schob. In den dunklen Augen des Mannes leuchtete für einen Moment Überraschung auf, dann kehrte die alte Wachsamkeit zurück, doch Jane hatte die Gelegenheit bereits genutzt und war aufgesprungen. Jetzt brachte sie ihr Gesicht unerschrocken ganz nah vor das des Mannes, während sie ihre Spanischkenntnisse aus der hintersten Gedächtnisschublade hervorkramte und dem Mann aufgebracht das, was sie von ihm hielt, ins Gesicht schleuderte. Dabei stieß sie ihm wiederholt wütend den Zeigefinger in die Brust.

Der Mann war vollkommen perplex und wich langsam zurück. Erst als der andere Soldat, dessen Stimme sie bisher nur aus der Ferne gehört hatte, neben ihn trat, gelang es ihm, seine Fassung wiederzufinden.

„Halten Sie den Mund!“ brüllte er.

„Ich denke überhaupt nicht daran!“ schrie Jane zurück, dann fühlte sie sich von dem anderen Mann am Arm gepackt. Instinktiv streckte sie ihr Bein aus und versetzte ihm einen Fußtritt, der ihn am Schienbein traf. Er brüllte laut auf vor Schmerz, dann wirbelte er herum und hob die Faust. Gleich darauf jedoch ließ er sie wieder sinken.

Jane schüttelte sich das zerzauste Haar aus den Augen und starrte die beiden Guerilleros wütend an. „Wer sind Sie? Und was wollen Sie von mir?“

Ohne ihre Frage zu beachten, packte sie der eine Guerillero erneut am Arm und stieß sie grob vor sich her. Als sie über eine Wurzel stolperte, konnte sie sich nicht mehr rechtzeitig abfangen und stürzte mit einem kleinen Schrei nach vorn. Instinktiv griff der eine Soldat nach ihr, da stellte sie ihm geistesgegenwärtig im Fall ein Bein, so dass er in einen Busch taumelte, während sie mit dem Kopf auf der knorrigen Wurzel aufschlug.

Er kam aus dem Nichts. Plötzlich war er da und streckte den zweiten Soldaten mit einem Handkantenschlag zu Boden. Der Guerillero, dem Jane ein Bein gestellt hatte, versuchte sich aufzurappeln und sein Gewehr in Anschlag zu bringen, doch Grant donnerte ihm seine Stiefelspitze ans Kinn, so dass sein Kopf zurückgeschleudert wurde. Der Mann sackte in sich zusammen und lag still.

Grants Atem ging kaum schneller als gewöhnlich, aber sein Gesicht war hart und verschlossen, als er Jane jetzt am Arm packte und sie hochzog. „Warum bist du nicht dort geblieben, wo ich dich zurückgelassen habe?“ fuhr er sie wütend an. „Wenn ich dich nicht schreien gehört hätte ...“

Sie wollte lieber nicht daran denken, was dann geschehen wäre. „Weil ich mich hinsetzen wollte“, gab sie kleinlaut zurück. „Und dann waren plötzlich diese beiden hinter mir ...“ Sie brach ab.

Ohne etwas zu erwidern, packte Grant Jane am Handgelenk und zerrte sie hinter sich her. „Los, beeil dich, wir müssen hier weg.“

„Wohin gehen wir denn?“

„Sei still!“

Als jetzt ein lautes Krachen ertönte, drückte Grant Jane blitzschnell zu Boden und warf sich über sie. Ihr erster Gedanke war, dass er sich von einem Donnerschlag des herannahenden Gewitters hatte irremachen lassen, doch als ihr gleich darauf dämmerte, dass es sich bei dem Krachen um einen Schuss gehandelt hatte, wurde ihr die Brust eng vor Angst. Panik stieg in ihr auf, und sie klammerte sich an Grant.

„Grant! Ist mit dir alles in Ordnung?“

„Ja“, brummte er, schlang seinen rechten Arm um sie und veranlasste sie, mit ihm zu einem riesigen Mahagonibaum zu kriechen. „Was ist denn mit der Bren passiert?“ erkundigte er sich, nachdem sie dort angelangt waren.

„Er hat sie mir aus der Hand geschlagen ... dort drüben.“ Sie zeigte zu der Stelle, an der ihr die Pistole abhanden gekommen war. Grant schaute sich um und versuchte das Risiko einzuschätzen, das der Versuch, die Waffe wieder an sich zu bringen, mit sich bringen würde. Einen Augenblick später stieß er einen Fluch aus; es war zu hoch.

„Es tut mir Leid", sagte Jane bedrückt.

„Vergiss es." Er nahm das Gewehr von seiner Schulter und legte es an. Seine Bewegungen waren weich und geschmeidig, und Jane, die sich noch immer auf dem Boden duckte, beobachtete ihn fast ehrfürchtig. In diesem Augenblick sah er wieder aus wie ein wilder Krieger.

Die nächste Kugel schlug knapp vor Grants Gesicht in den Baumstamm ein. Rinde spritzte auf, und als Jane zu Tode erschrocken den Kopf hob, sah sie, dass Grant, der blitzschnell zurückgesprungen war, an der Wange blutete. Wahrscheinlich hatte ihn ein Holzsplitter erwischt.

„Bleib so dicht wie möglich am Boden und kriech in Richtung Gebüsch", befahl er knapp. „Wir müssen sofort hier weg."

Sie war blass geworden angesichts des Blutes auf seiner Wange, sagte jedoch nichts, sondern nickte nur und begann, dicht gefolgt von ihm, auf dem Bauch durchs Unterholz zu robben.

Das Gewitter war mittlerweile so nah, dass die Erde bei jedem Donnerschlag bebte. Grant schaute zum Himmel auf. „Komm, Regen", brummte er. „Komm schon endlich."

Ein paar Minuten später begann es wie aus Kübeln zu schütten, und Donnerschläge krachten. Innerhalb von Sekunden waren sie bis auf die Haut durchnässt. Grant gab ihr das Zeichen zum Halten, indem er seine Hand auf ihren Oberschenkel legte. Sie hatten mittlerweile ungefähr hundert Meter kriechend zurückgelegt. „Wir rennen jetzt!" schrie Grant ihr ins Ohr, wobei er Mühe hatte, das laute Prasseln des Regens und das Donnern zu übertönen.

Jane fragte sich, wie sie unter diesen Umständen rennen sollte, aber sie unternahm zumindest den Versuch. Obwohl ihre

Knie noch immer weich waren vor Angst und sie sich vollkommen desorientiert fühlte, weil sie durch den dichten Regenvorhang kaum etwas sehen konnte, schaffte sie es doch, die Beine zu heben und in die Richtung zu stolpern, in die Grant sie zerrte.

Und dann standen sie plötzlich am Rande des Urwalds, wo menschliche Hände das Dickicht zurückgeschnitten hatten in dem Versuch, die Ausläufer des tropischen Regenwalds zu kultivieren. Jane konnte sich kaum noch aufrecht halten, als sie über die Felder, die der Wolkenbruch in Morast verwandelt hatte, taumelte. Allein Grants fester Griff hielt sie aufrecht. Jedes Mal, wenn sie zusammenzusacken drohte, zerrte er sie wieder hoch und schleppte sie weiter vorwärts. Doch als er bemerkte, dass sie am Ende ihrer Kräfte angelangt war, hob er sie ohne ein Wort hoch, warf sie sich wie eine Gliederpuppe über die Schulter und trug sie ohne sichtliche Anstrengung weiter.

Sie schloss die Augen und klammerte sich an ihn, wobei sie spürte, wie sich zu ihrem Schwindel jetzt auch noch Übelkeit hinzugesellte, weil sich seine Schulter schmerzhaft in ihren Magen bohrte. Sie fühlte sich wie in einem Alptraum, aus dem sie nicht aufwachen konnte, während endlose graue Wassermassen auf sie niederfielen und sie zu ersticken drohten.

Nach einer Zeit, die ihr wie eine Ewigkeit erschien, blieb er endlich stehen, ließ sie von seiner Schulter gleiten und lehnte sie gegen etwas Hartes, Kaltes. Als Jane die Hand ausstreckte, um sich festzuhalten, erkannte sie verschwommen, dass es sich um Metall handelte. Dann öffnete er die Tür des heruntergekommenen Pick-Ups, hob sie hoch und setzte sie auf den Beifahrersitz. Anschließend ging er um den Wagen herum, klemmte sich hinters Steuer und knallte die Tür zu.

„Jane“, stieß er hervor und rüttelte sie leicht an der Schulter. „Bist du okay?“

Sie schluchzte, aber ihre Augen waren trocken. Jetzt streckte sie eine zitternde Hand nach ihm aus und berührte die Blutspur, die an seinem regennassen Gesicht hinabrann. „Du bist verletzt“, flüsterte sie, ohne dass er sie verstehen konnte, weil der Regen so laut auf das Dach des alten Pick-Ups prasselte. Doch er las ihr die Worte von den Lippen ab und nahm sie ganz fest in die Arme.

„Ist nur ein Kratzer, Honey“, versicherte er ihr. „Was ist mit dir? Alles in Ordnung?“

Mühsam bewerkstelligte sie ein Nicken, während sie sich an ihn klammerte und die Wärme genoss, die sein Körper trotz der vollkommen durchweichten Kleidung ausströmte. Grant hielt sie noch einen Moment lang fest, dann befreite er sich behutsam aus ihrer Umklammerung und schob sie ein Stück von sich weg. „Halt dich gut fest während der Fahrt, denn dass diese alte Karre eine Federung hat, ist höchst unwahrscheinlich. Wir müssen weg hier, bevor der Regen aufhört.“

Er steckte den Kopf unters Armaturenbrett und zog ein paar Drähte heraus.

„Was machst du denn?“ fragte sie benommen.

„Die Zündung kurzschließen“, erwiderte er und bedachte sie mit einem kleinen Grinsen. „Pass gut auf, wie man es macht, damit du es weißt, falls du es mal brauchen solltest.“

„Du kannst doch bei dem Regen überhaupt nichts sehen“, wandte sie in demselben hilflosen, halb betäubten Tonfall, der ganz untypisch für sie war, ein.

„Es reicht, um uns hier rauszubringen, Honey.“

„Wohin fahren wir?“

„Nach Süden. Nach Limon oder zumindest so weit, wie wir mit dieser Karre hier kommen.“

9. KAPITEL

Wie befürchtet, hielt der alte Pick-Up natürlich nicht bis Limon durch, sondern machte unterwegs auf einer Anhöhe schlapp und war durch nichts zu bewegen, es noch einmal zu versuchen. Deshalb blieb Grant und Jane nichts anderes übrig, als die restliche Wegstrecke zu der Ortschaft unten im Tal zu Fuß zurückzulegen. Als sie sie fast erreicht hatten, blieb Grant stehen, setzte seinen Rucksack ab und ließ sich wortlos daneben auf dem Boden nieder, was Jane dazu veranlasste, ihm einen erstaunten Blick zuzuwerfen.

„Wir warten hier, bis es richtig dunkel ist", erklärte er und streckte sich der Länge nach auf dem Boden aus. Jane starrte erst auf die blinkenden Lichter des Ortes und dann auf Grant, hin- und hergerissen zwischen einer vagen Unsicherheit und der Sehnsucht nach dem Komfort, den eine Ortschaft, wie klein sie auch immer sein mochte, zu bieten hatte. Sie sehnte sich nach einem Bad und einem Bett, doch würde man ihnen freundlich begegnen? Da sie wusste, dass es ihr nicht gelingen würde, sich so zu entspannen wie Grant, blieb sie auf den Beinen.

„Du solltest dich auch ein bisschen ausruhen, statt wie eine nervöse Katze herumzustreichen."

„Ich bin eben nervös. Meinst du, wir finden eine Übernachtungsmöglichkeit?"

„Wer weiß?"

Sie schaute auf ihn hinunter. Er hatte eine wahre Meisterschaft darin entwickelt, ausweichende Antworten zu geben. Es war bereits so dunkel, dass sie sein Gesicht nicht erkennen konnte, aber sie war sich sicher, dass sich seine Mundwinkel in diesem für ihn typischen Fast-Lächeln leicht nach oben bogen. Sie war im Moment allerdings zu erschöpft, um sich darüber zu amüsieren, deshalb ging sie wortlos ein paar Schritte von ihm weg und setzte sich dann ebenfalls auf den Boden, legte den Kopf auf die angewinkelten Knie und schloss die Augen.

Es gab nicht das geringste Geräusch, das sie hätte warnen können, doch plötzlich war er hinter ihr und begann mit seinen kräftigen Händen ihren Nacken zu massieren. „Würdest du denn heute Nacht gern in einem richtigen Bett schlafen?“ flüsterte er ihr ins Ohr.

„Ich wüsste nicht, was ich lieber täte. Und ein richtiges Bad nehmen. Und etwas Richtiges essen“, gab sie zurück, ohne sich ihres schwermütigen Tonfalls bewusst zu sein.

„Bestimmt gibt es in diesem Ort auch so was wie ein Hotel, aber ich fürchte, wir können dieses Risiko nicht auf uns nehmen. Wir müssen versuchen, jemanden zu finden, der uns ein Zimmer vermietet, ohne allzu viele Fragen zu stellen.“

Er griff nach ihrer Hand und zog sie hoch. „Komm. Wir gehen. Ein Bett klingt gut.“

Während sie über ein Feld auf das Städtchen zutrotteten, fragte sich Jane, wie sie wohl aussehen mochte, und fuhr sich mit den Fingern durch das nasse, zerzauste Haar. Ihre Kleider waren in einem verheerenden Zustand, und ihr Gesicht war bestimmt schmutzig. „Wahrscheinlich ist niemand bereit, uns ein Zimmer zu vermieten, so wie wir aussehen“, prophezeite sie.

Seine Antwort wurde vom Geräusch eines Zuges geschluckt, das sie ein weiteres Mal daran erinnerte, dass sie die Isolation des Regenwaldes hinter sich gelassen hatten. Seltsamerweise fühlte sich Jane plötzlich fast nackt, was sie nach Grants Hand tasten ließ und sie veranlasste, sich für einen Augenblick ganz eng an ihn zu pressen. „Ich weiß, dass es dumm ist, aber ich habe Angst“, flüsterte sie.

„Das ist nur ein leichter Kulturschock. Wenn du erst in einer Wanne mit heißem Wasser liegst, wirst du dich gleich besser fühlen.“

Wenig später hatten sie den Ortseingang erreicht, und kurz darauf trotteten sie erschöpft die mit Geschäften gesäumte Hauptstraße entlang, auf der trotz der späten Stunde noch immer Hochbetrieb herrschte. Irgendwo jaulte unverkennbar eine

Musikbox – eine weitere Komponente der Zivilisation, die an Janes Nerven zerrte. Das allgemein bekannte rotweiße Logo eines alkoholfreien Getränks, das an einer Hauswand prangte, vermittelte ihr den Eindruck, wie Strandgut von einer Welle an ein ihr unbekanntes Ufer angespült worden zu sein. Zweifellos hatte sie einen Kulturschock.

Jetzt blieb Grant stehen und begann mit einem alten Mann, der keinen Anstoß zu nehmen schien an ihrem Aufzug, ein Gespräch, in dessen Verlauf er sich nach einer Übernachtungsmöglichkeit erkundigte.

„Die Tochter der ältesten Cousine meiner Schwägerin vermietet Zimmer", gab der Alte zurück, und Jane verschluckte sich fast an ihrem Lachen.

„Und können Sie mir auch sagen, wo die Tochter der ältesten Cousine Ihrer Schwägerin wohnt?"

„Sicher." Es folgte eine Wegbeschreibung, die so umständlich war, dass Jane ihr nicht zu folgen vermochte, doch Grants Vorstellungskraft und Merkfähigkeit schien trotz seiner Erschöpfung noch ungebrochen, denn er nickte.

Ganz wie zu erwarten hatte er dann auch keine Schwierigkeiten, die Pension zu finden. Jane lehnte sich gegen die weiße Adobemauer, die den Garten umgab, während er läutete und anschließend mit der kleinen molligen Frau, die an die Tür kam, über ein Zimmer verhandelte. Sie schien nicht sonderlich angetan von der Vorstellung, derart verwahrloste Gäste bei sich aufzunehmen. Erst nachdem Grant ihr ein Bündel Geldscheine in die Hand gedrückt und ihr erklärt hatte, dass er und seine Frau für einen amerikanischen Pharmakonzern Feldstudien im Regenwald betrieben hätten und dass ihr Auto unterwegs den Geist aufgegeben hätte, so dass sie gezwungen gewesen wären, den Rest des Weges zu Fuß zurückzulegen, taute Señora Trejos auf und bat sie herein. Und als sie die Erschöpfung auf Janes Gesicht sah, gewann ihre Warmherzigkeit schließlich die Oberhand. „Armes Lämmchen", sagte sie und legte Jane ungeachtet ihrer verschmutzten Kleidung einen molligen Arm um die Schultern. „Sie sind ja vollkommen am Ende, nicht wahr? Ich habe ein schönes kühles Schlafzimmer mit einem weichen Bett für Sie und den *señor*, und dann mache ich Ihnen etwas Schönes zu essen. Hinterher werden Sie sich gleich besser fühlen."

Wider Willen musste Jane lächeln. „Das klingt wundervoll", gab sie in ihrem nicht besonders flüssigen Spanisch zurück. „Aber vor allem brauche ich ein Bad. Meinen Sie, dass das möglich ist?"

„Aber natürlich!" Señora Trejos strahlte vor Stolz. „Wir haben hier sogar warmes Wasser."

Die Frau führte sie in das komfortable Haus mit dem angenehm kühlen Kachelboden. „Die oberen Räume sind leider belegt", sagte sie entschuldigend. „Ich habe nur noch ein Zimmer im Erdgeschoss, aber es ist bequem eingerichtet und vor allem schön kühl. Und es liegt ganz in der Nähe des Badezimmers."

„Vielen Dank, Señora", sagte Grant. „Ich denke, wir werden sehr zufrieden sein."

Und das waren sie tatsächlich. Das Zimmer war klein mit schmucklosen weißen Wänden und einem gekachelten Fußboden. In der Mitte stand ein breites Doppelbett, und am Fenster ein Schaukelstuhl, in einer Ecke hatte ein kleiner Waschtisch mit einer Wasserkanne und einer Waschschüssel seinen Platz. Jane warf mit unverhülltem Verlangen einen Blick auf das schneeweiß bezogene Bett mit den weichen Kissen, das kühl und einladend aussah.

Grant dankte Señora Trejos noch einmal, die gleich darauf das Zimmer verließ. Dann waren sie allein. Als Jane Grant anschaute, fand sie seinen Blick auf sich gerichtet.

„Nimm doch als erstes ein Bad", schlug er schließlich vor. „Aber schlaf nicht ein in der Wanne."

Das ließ Jane sich nicht zweimal sagen und machte sich auf den Weg ins Bad, wobei sie den Umweg über die Küche einschlug, um Señora Trejos um ein Nachthemd zu bitten.

Als sie ins Zimmer zurückkehrte, fand sie Grant neben dem Fenster an die Wand gelehnt vor. Er hatte die Fensterläden zugezogen, so dass es in dem Raum fast dunkel war. Jane warf ihr Waschzeug aufs Bett. Plötzlich fühlte sie sich befangen und wusste nicht, warum. Schließlich hatte es zwischen Grant und ihr schon wesentlich intimere Momente gegeben als diesen. Aber es war offensichtlich ein Unterschied, mit ihm allein im Dschungel zu sein oder in einem Hotelzimmer. Als er sie jetzt musterte, verschränkte sie unbewusst die Arme vor der Brust, um sich vor seinen Blicken, die das dünne Nachthemd zu durchdringen schienen, zu schützen. Sie räusperte sich. „Das Bad ist jetzt frei."

Er straffte langsam die Schultern, ohne den Blick von ihr zu nehmen. „Warum gehst du nicht schon mal ins Bett unterdessen?"

„Ich würde lieber auf dich warten", flüsterte sie.

„Ich weck dich, wenn ich zurückkomme." Der Ausdruck, der in seinen Augen lag, enthielt ein Versprechen.

„Mein Haar ... ich muss erst noch mein Haar trocknen."

Er nickte und verließ dann das Zimmer. Jane, der plötzlich die Knie weich geworden waren, ließ sich auf den Rohrstuhl sinken. Sie beugte sich vor und rubbelte sich mit dem Handtuch das Haar ab, um es anschließend trockenzubürsten. Es war jedoch so lang und dick, dass es noch immer feucht war, als Grant aus dem Bad kam. Er sah sie vorgebeugt auf dem Stuhl sitzen, die feuchte schwarze Mähne, durch die sie mit gleichmäßigen Strichen die Bürste zog, vor dem Gesicht. Als sie hörte, dass die Tür ging, setzte sie sich aufrecht hin und warf das Haar zurück. Dann starrten sie sich lange Zeit schweigend an.

Sie hatten sich schon vorher geliebt, doch nun sprang der Funke des Begehrens zwischen ihnen über, ohne dass dafür die geringste Berührung erforderlich gewesen wäre. Allein ihre Blicke erzeugten ihre Lust, beschleunigten ihren Herzschlag und erhitzten ihre Haut.

Er hatte sich rasiert, vielleicht mit dem Rasierapparat, den sie im Bad liegengelassen hatte. Jetzt sah sie ihn das erste Mal ohne Dreitagebart, und plötzlich stockte ihr beim Anblick seines harten, kantigen Gesichts fast der Atem. Er war nackt bis auf ein Handtuch, das er sich um die Hüften geschlungen hatte. Während sie ihn anschaute, tastete er, ohne den Blick von ihr zu nehmen, nach den beiden Enden und zog sie auseinander. Einen Augenblick später fiel das Handtuch lautlos auf den Fußboden. Er drehte sich um und verriegelte die Tür. „Bist du bettfertig?"

„Mein Haar ... es ist noch nicht ganz trocken."

„Lass es sein, es trocknet von selbst." Er kam auf sie zu.

Die Bürste fiel klappernd zu Boden, als er ihre Hand nahm und sie hochzog. Gleich darauf lag Jane in seinen Armen, und ihre und Grants Lippen begegneten sich zu einem hungrigen Kuss. Jane wühlte in seinem nassem Haar und klammerte sich an ihn, als wollte sie ihn nie wieder loslassen. Sein Atem schmeckte frisch und heiß, und als seine Zunge tief in ihren Mund eindrang, erschauerte sie bis ins Mark.

Sie spürte seine harte Männlichkeit an ihrem weichen Schoß und drängte sich noch enger an ihn. Seine Hände kneteten ihre Pobacken und streichelten ihren Rücken. Jane beendete den Kuss, holte keuchend Luft und ließ ihren Kopf an seine Schulter sinken. Sie glaubte, das wilde Verlangen, das er in ihr erzeugte, keinen Moment länger ertragen zu können, sie hatte jegliche Kontrolle über ihren Körper verloren, der sich nur noch danach verzehrte, mit ihm gemeinsam den Gipfel der Lust zu erstürmen. Er war so wild, so atemberaubend schön und frei wie die Jaguare, die majestätisch das Dickicht des Dschungels durchstreiften, seine Wildheit suchte nach Entsprechung, und das war eine Versuchung, der sie nicht widerstehen konnte. Es kostete ihn keinerlei Anstrengung, die ihr innewohnende Leidenschaft aus ihr herauszulocken; ein Kuss genügte, und sie war ihm mit Haut und Haar verfallen.

„Dieses Ding stört", flüsterte er und zerrte an ihrem Nachthemd. Nur widerstrebend löste sie sich von ihm, er zog ihr das

Kleidungsstück über den Kopf und ließ es auf den Stuhl fallen. Einen Moment später lag sie wieder in seinen Armen, und er trug sie zum Bett.

Grant und Jane wurden erst von den hellen Strahlen der Morgensonne, die durch die Ritzen der Fensterläden Einlass begehrten, geweckt. Grant stand auf und ließ die Sonne ins Zimmer. Als er sich wieder umdrehte, fiel sein Blick auf Jane, die sich, vom goldenen Licht übergossen verschlafen blinzelnd, reckte und streckte. Ihre Wangen waren gerötet, ihre Lider noch schwer vom Schlaf.

Schlagartig erwachte sein Begehren, und er konnte es keinen Augenblick länger ertragen, von ihr getrennt zu sein. Deshalb stieg er umgehend wieder ins Bett und legte sich auf sie. Während er langsam in sie eindrang, ließ er sie keinen Moment aus den Augen. Als sie einen leisen, wohligen Seufzer ausstieß und ein freudiges Strahlen über ihr Gesicht huschte, wurde ihm die Brust aus irgendeinem unerfindlichen Grund so eng, dass er Mühe hatte zu atmen. Einen Augenblick später verlor er sich in den weichen Tiefen ihres Schoßes.

Als sie beim Anziehen waren, klopfte es, und herein kam eine von Señora Trejos Töchtern und brachte ihnen das reichhaltige Frühstück, das aus duftendem Kaffee, frischem Brot, Käse und Früchten bestand.

Jane errötete, als ihr bewusst wurde, dass Señora Trejos am Abend vorher auch schon mit einem beladenen Tablett vor ihrer Tür gestanden haben musste, sich vermutlich jedoch angesichts der aus dem Zimmer dringenden Geräusche diskret wieder zurückgezogen hatte. Ein rascher Blick auf Grant, der Mühe hatte, sich ein Grinsen zu verbeißen, sagte ihr, dass er denselben Gedanken hatte wie sie.

Sie nahm sich ein Stück Orange von dem Teller und sah Grant zu, wie er sich sein dunkelgrünes Unterhemd über den Kopf zog.

„Du wirst auffallen in diesen Tarnklamotten", sagte sie nachdenklich und schob sich das Orangenstück in den Mund.

„Ich weiß." Er küsste sie auf den Mund, der nach Orangensaft schmeckte. „Pack alles zusammen und warte, bis ich zurück bin."

„Zurück? Wo gehst du denn hin?"

„Ich will versuchen, irgendwo ein Auto aufzutreiben. Das wird nicht ganz einfach sein um diese Tageszeit."

„Wir könnten den Zug nehmen."

„Mein Gewehr würde sich bei einer Bahnfahrt aber nicht besonders gut machen, Honey."

„Und warum kann ich nicht mitkommen?"

„Weil du hier sicherer bist."

„Als du mich das letzte Mal allein gelassen hast, bin ich aber in böse Schwierigkeiten geraten", wandte sie ein.

Dieser Erinnerung hätte es jedoch nicht bedurft. Er bedachte sie mit einem finsteren Blick, während er die Hand nach einem Stück Melone ausstreckte. „Solange du auf deinem kleinen Hintern da sitzen bleibst, wo ich es dir sage, wird dir nichts zustoßen."

„Ich will aber mit dir mitgehen", beharrte sie trotzig.

„Hör jetzt sofort auf, dich mit mir herumzustreiten, verdammt noch mal!"

„Ich streite nicht mit dir herum. Was ich sage, ist Fakt. *Du* bist's, der sich herumstreitet."

In seinen Augen loderten plötzlich gelbe Flammen. Er beugte sich zu ihr herab und brachte sein Gesicht so nah vor ihres, dass sich ihre Nasen fast berührten. Man sah ihm an, dass er Mühe hatte, sich zu bezähmen. „Wie du es zu Hause geschafft hast, nicht jeden Tag eine gehörige Tracht Prügel zu beziehen, ist mir ein Rätsel", stieß er zwischen zusammengebissenen Zähnen hervor.

„Ich habe überhaupt nie Prügel bezogen", protestierte sie.

„Das merkt man."

Sie ließ sich in den Rohrstuhl fallen und machte einen Schmollmund. Grant ballte unbewusst die Hände zu Fäusten; dann öffnete er sie wieder und streckte sie nach Jane aus, um sie an sich heranzuziehen und ihr einen harten Kuss auf den Mund zu geben. „Sei doch einfach zur Abwechslung mal ein braves Mädchen, was meinst du?“ Verwundert hörte er, dass seine Stimme fast flehend klang. „Ich bin in einer Stunde ...“

„... oder so zurück“, beendete sie unisono mit ihm den Satz. „Also gut, wenn es denn unbedingt sein muss, warte ich hier auf dich. Aber gern tue ich es nicht!“

Er verließ sie, ehe er endgültig die Geduld verlor, und Jane machte sich heißhungrig über das Frühstück her, wobei sie entschied, nach dem Zusammenpacken die Señora zu einem Schwätzchen aufzusuchen. Grant hatte ja sicher nicht gemeint, dass sie die ganze Zeit über in ihrem Zimmer bleiben sollte. So wie sie ihn verstanden hatte, hatte er ihr nur untersagt, das Haus zu verlassen.

Als Grant zurückkehrte, fand er Jane in der Küche. Bei ihrem Anblick huschte ein erleichterter Ausdruck über sein Gesicht, weil er erst in ihrem Zimmer gewesen war und sie dort nicht angetroffen hatte. Jane, die mit dem Rücken zu ihm saß, spürte seine Gegenwart und drehte sich nach ihm um. „Hast du erreicht, was du erreichen wolltest?“

„Ich denke schon. Bist du soweit?“

„Ja. Ich muss mir nur noch die Hände waschen.“

Sie verabschiedete sich herzlich von der Señora und dankte ihr für alles, während Grant im Türrahmen stand und Jane beobachtete. Offensichtlich verstand sie es, das Herz eines jeden Menschen im Sturm zu erobern. Auf die Señora jedenfalls schien sie großen Eindruck gemacht zu haben, denn die Frau strahlte übers ganze Gesicht, wünschte ihr eine gute Reise und äußerte die Hoffnung auf ein Wiedersehen mit der Versicherung, dass für die reizende Señora und ihren Ehemann in ihrem Haus immer ein Zimmer frei sein werde.

Sie holten ihr Gepäck, und Grant schulterte sein Gewehr. Damit riskierte er es zwar, die Aufmerksamkeit der Leute auf sich zu ziehen, aber er sah keine andere Möglichkeit. Mit einem bisschen Glück würden sie bereits heute Abend im Flugzeug sitzen, doch bis es soweit war, durfte er kein Risiko eingehen. Der Vorfall gestern hatte bewiesen, dass Turego nicht bereit war aufzugeben.

Draußen auf der Straße sah Jane ihn an. „Und nun?"

„Ich habe uns bei einem Farmer eine Mitfahrgelegenheit organisiert."

Gemessen an den Abenteuern der vergangenen Tage erschien diese Aussicht fast langweilig, was Jane jedoch durchaus nicht ungelegen kam. An Aufregung hatte es ihr in letzter Zeit nicht gemangelt, und eine ruhige, gemütliche Autofahrt war genau das, wonach sie sich jetzt sehnte. Was für ein gutes Gefühl musste es sein, einmal nicht gejagt zu werden.

Als sie das Ende der Straße fast erreicht hatten, sprang plötzlich ein Mann hinter einem Baum hervor und verstellte ihnen den Weg. Grant reagierte blitzschnell und schob Jane beiseite, doch noch bevor er dazu kam, sich das Gewehr von der Schulter zu reißen, schaute er in den Lauf einer Pistole, und einen Augenblick später schon sah er sich von einem halben Dutzend Männern umzingelt, die alle ihre Waffen auf ihn richteten. Jane stockte der Atem, ihre Augen weiteten sich in Panik. Als sie den Mann in der Mitte erkannte, blieb ihr fast das Herz stehen. Musste Grant jetzt womöglich ihretwegen sterben?

Dieser Gedanke war ihr unerträglich. Sie musste etwas unternehmen, und zwar sofort. Irgend etwas.

„Manuel!" schrie sie, freudige Erregung vorschützend. Sie rannte auf Turego zu und warf sich in seine Arme. „Ich bin ja so froh, dass du mich gefunden hast."

10. KAPITEL

Es war ein Alptraum. Grant hörte nicht auf, sie mit zusammengekniffenen Augen anzustarren, und der Hass in seinem Blick bewirkte, dass sich ihr der Magen zusammenkrampfte, doch sie sah keinen Weg, ihn wissen zu lassen, dass sie nur ein verzweifeltes Theater aufführte. Sie klammerte sich an Turego und schilderte ihm in den blühendsten Farben, was sie angeblich für Angst während der vergangenen Tage ausgestanden hätte, nachdem dieser Verrückte sie mit Waffengewalt zum Verlassen der Plantage gezwungen hatte. Jane wusste, dass sie und Grant nur dann eine Chance zum Entkommen haben würden, wenn es ihr gelang, sich Turegos Vertrauen zu erwerben.

Die ganze Situation balancierte auf Messers Schneide; die Dinge konnten sich sowohl in diese als auch in jene Richtung entwickeln. Jane sah die Wachsamkeit in Turegos dunklen Augen, die einherging mit tiefer Befriedigung, dass es ihm gelungen war, seine Beute aufzuspüren. Er wollte sie leiden lassen für die Schmach, die sie ihm angetan hatte, das spürte sie genau, aber noch mehr interessiert war er an dem Mikrofilm, ein Umstand, der ein taktisches Vorgehen erforderte. Jane war sich ziemlich sicher, dass ihr Leben nicht bedroht war, um so mehr jedoch Grants. Deshalb musste sie ihn beschützen, komme, was da wolle.

Jetzt legte Turego einen Arm um ihre Taille und zog sie an sich. Dann beugte er sich zu ihr herab und küsste sie. Es war ein langer, intimer Kuss, bei dem Jane sich verzweifelt sagte, dass sie ihn um Grants willen über sich ergehen lassen musste, auch wenn er sie noch so schaudern machte. Sie wusste genau, was Turego bezweckte; er wollte seine Macht demonstrieren, um sie als Waffe gegen Grant einzusetzen. Als er schließlich den Kuss beendete und den Kopf hob, verzerrte ein grausames Lächeln seinen schöngeschwungenen Mund.

„Jetzt habe ich dich ja gefunden, *chiquita,*“ versicherte er ihr aalglatt. „Jetzt bist du in Sicherheit. Dieser ... Verrückte, wie du ihn genannt hast, wird dich nicht wieder belästigen, das verspreche ich dir. Aber ich bin wirklich beeindruckt, *señor*“, fuhr er dann an Grant gerichtet fort. „Ich habe schon von Ihnen gehört. Der Mann mit den gelben Augen, der wie ein Jaguar durch den Dschungel schleicht.“ Turego lachte böse auf. „Sie sind eine Legende, aber bisher dachte ich eigentlich, Sie seien tot. Zumindest war das das letzte, was ich von Ihnen gehört habe, doch nun muss ich feststellen, dass ich einer Fehlinformation aufgesessen bin.“

Grant hüllte sich in Schweigen, seine ganze Aufmerksamkeit galt jetzt Turego, und Jane behandelte er wie Luft. Er zuckte mit keiner Wimper, sein Gesicht wirkte wie aus Granit gehauen. Er schien nicht einmal zu atmen. Seine vollkommene Bewegungslosigkeit hatte etwas Beunruhigendes an sich. Er nahm sich aus wie ein mächtiger Tiger, umringt von Schakalen, und man konnte seinen Widersachern ihre Nervosität deutlich ansehen.

„Wäre ziemlich interessant zu wissen, von wem Sie bezahlt werden.“ Turegos Stimme klang wie das sanfte Schnurren eines Katers. Als er sich an seine Leute wandte, wurde sie jedoch um einen Ton schärfer. „Fesselt ihn und schafft ihn ins Auto“, befahl er, den Arm noch immer um Jane gelegt. Sie zwang sich, nicht hinzusehen, als die Männer Grant fesselten und ihn dann zu einem Militärjeep schleppten. Statt dessen warf sie Turego ihr verführerischstes Lächeln zu und lehnte den Kopf an seine Schulter.

„Ich hatte ja so furchtbare Angst“, flüsterte sie.

„Das glaube ich dir aufs Wort, *chiquita*“, gab er gefährlich sanft zurück. „Hast du dich deshalb so gegen meine Männer gewehrt, als sie dich gestern im Dschungel aufgestöbert haben?“

Sie hätte es wissen müssen, dass er zu gewieft war, um ihr zu glauben. Jetzt waren ihre schauspielerischen Fähigkeiten einmal mehr gefragt. Scheinbar überrascht riss sie die Augen auf. „Waren das *deine* Männer? Warum haben sie das denn nicht gesagt?

Sie haben mich herumgeschubst, und ich hatte Angst, sie würden mich ... sie würden mir etwas tun. Da hatte ich es endlich geschafft, diesem Verrückten zu entkommen, und dann hat mich der Lärm, den sie veranstaltet haben, ihm direkt wieder in seine Arme getrieben.“ Ihre Stimme bebte vor Empörung.

„Es ist vorbei; und ich verspreche dir, dass ich ab jetzt besser auf dich aufpassen werde, *chiquita.*“ Damit führte er sie ebenfalls zu dem Jeep und half ihr beim Einsteigen. Anschließend gab er dem Fahrer ein paar knappe Instruktionen.

„Wohin fahren wir?“ fragte sie unschuldigem Augenaufschlag. „Zurück zur Plantage? Hast du mir nicht ein paar frische Sachen zum Anziehen mitgebracht? Ich laufe schon seit Tagen in denselben Kleidern herum.“ Sie zog einen Schmollmund.

„Ich muss gestehen, dass ich daran wirklich nicht gedacht habe, *chiquita.* Dazu habe ich mir viel zu viele Sorgen um dich gemacht.“ Sein Arm lag immer noch um ihre Schulter, und Jane blickte zu ihm auf. Er sah außergewöhnlich gut aus, seine makellosen Gesichtszüge erinnerten eher an die einer Statue, als an die eines Menschen. Aber vielleicht war er ja gar kein richtiger Mensch. Man konnte nicht einmal sein Alter schätzen. Er sah aus wie Ende Zwanzig, aber Jane wusste, dass er die Vierzig bereits überschritten hatte.

„Wer ist er eigentlich? Es hat sich so angehört, als würdest du ihn kennen.“

„Hat er sich dir denn nicht vorgestellt? Du hast doch immerhin einige Tage mit ihm verbracht, mein Herz, sicher wirst du doch wenigstens seinen Namen kennen.“

Wieder war sie gezwungen, innerhalb eines Sekundenbruchteils eine Entscheidung zu fällen. War Grants Name allgemein bekannt? Und war es überhaupt sein richtiger Name? „Er hat mir erzählt, dass er Joe Tyson heißt. Stimmt das?“

Turego zögerte einen Moment, seltsamerweise. „Vielleicht nennt er sich ja derzeit so. Aber wenn er der ist, für den ich ihn halte, wird er der Tiger genannt.“

Der Tiger! Jane konnte sich gut vorstellen, wie er zu diesem Namen gelangt war. Angesichts seiner bernsteinfarbenen Augen und seines geschmeidigen, lautlosen Ganges drängte sich dieser Vergleich geradezu auf.

Jane lachte ein perlendes Lachen. „Das klingt ja äußerst geheimnisvoll. Glaubst du, er ist ein Spion?“

„Nein, natürlich nicht. Ganz so romantisch ist es auch wieder nicht. Er ist nur ein mieser Söldner, der sich für irgendwelche dreckigen Jobs anheuern lässt, weiter nichts.“

„Dreckige Jobs? Wie zum Beispiel mich zu entführen? Warum sollte er das tun? Ich meine, für mich bezahlt doch niemand Lösegeld. Mein Vater spricht nicht einmal mehr mit mir, und ich selbst besitze keinen Cent.“

„Vielleicht will man ja etwas anderes von dir“, vermutete er.

„Aber ich habe doch nichts.“ Sie riss in gespielter Naivität die Augen auf. Turego lächelte dünn.

„Vielleicht hast du ja doch etwas und weißt es nur nicht.“

„Was denn? Was soll ich denn haben?“

„Das werden wir in Kürze herausfinden, Darling. Wart es nur ab.“

„Mir sagt nie jemand was.“ Sie verzog schmollend den Mund und verharrte einen Augenblick so, dann fuhr sie wie ein beleidigtes Kind auf: „Wohin fahren wir eigentlich?“

„Nur ein Stück die Straße runter, Baby.“

Sie hatten jetzt den Stadtrand erreicht und hielten vor einer verfallenen Lagerhalle, deren zerkratzte blaue Stahltür schief in den Angeln hing. Offensichtlich waren sie an ihrem Bestimmungsort angelangt, denn Turego wies seine Männer an, Grant in die Halle zu bringen. Jane sah zu, wie man ihn mit roher Gewalt aus dem Jeep zerrte. In seinem Mundwinkel klebte getrocknetes Blut, und seine Lippen waren geschwollen und aufgesprungen. Oh, Gott, sie hatten ihn geschlagen, ohne dass er auch nur die geringste Chance gehabt hätte, sich zur Wehr zu setzen, weil man ihm die Hände auf den Rücken gefesselt hatte. Jane war außer sich. Es dauerte jedoch nicht lange, dann verwandelte sich ihr Mitgefühl in rasenden Zorn. Diese Verbrecherbande! Das sollten sie ihr büßen. Bevor sie sich wieder zu Turego umwandte, riss sie sich zusammen, weil er unter keinen Umständen merken durfte, wie sie zu Grant stand.

„Was tun wir denn hier?"

„Nichts Besonderes. Ich will unserem Freund nur ein paar Fragen stellen."

Man eskortierte sie in die Halle. Die Hitze, die ihr beim Übertreten der Schwelle entgegenschlug, war fast unerträglich. Die Lagerhalle war der reinste Brutofen, die Luft war so heiß wie in einer Sauna. Jane brach augenblicklich der Schweiß aus allen Poren.

Allem Anschein nach schien Turego die Halle als irgendeine Art Stützpunkt zu nutzen. Nachdem er dafür gesorgt hatte, dass Grant weiterhin unter ausreichender Bewachung stand, führte er Jane in den hinteren Teil des Gebäudes, wo sich verschiedene ineinander übergehende Räume, wahrscheinlich ehemalige Büros, befanden. Hier war es zumindest etwas kühler, weil ein kleines Fenster wenigstens für ein Minimum an frischer Luftzufuhr sorgte. Der Raum, in den Turego Jane führte, war mit Riesenstapeln alter Zeitungen vollgestopft, auf denen der Staub zentimeterdick lag, und in einer Ecke stand ein ramponierter Schreibtisch, der sich schräg zur Seite neigte, weil ihm ein Bein fehlte. Jane zog angewidert die Nase kraus. „Igittigitt!" Das war die erste ehrliche Meinungsäußerung, die sie gegenüber Turego kundtat.

„Ich bitte vielmals um Entschuldigung, mein Herz." Turego präsentierte ihr sein schönstes Zahnpasta-Reklame-Lächeln. „Glücklicherweise beabsichtigen wir nicht, uns sehr lange hier aufzuhalten. Alfonso wird dir Gesellschaft leisten, während ich mich mit deinem Freund unterhalte."

Was er damit sagen wollte, war, dass sie ebenfalls unter Bewachung stand. Jane protestierte nicht, weil sie seinen Verdacht nicht noch mehr erregen wollte, aber sie war alarmiert. Was für eine Art von „Unterhaltung“ mochte er wohl im Schilde führen? Sie musste sich etwas einfallen lassen, und zwar schnell. Doch ihr Kopf war leer vor Angst. Angst, die überhand zu nehmen drohte, als Turego sich nun zu ihr beugte und sie erneut küsste. „Ich bleibe nicht lange weg“, flüsterte er. „Alfonso, pass gut auf sie auf. Ich möchte es nicht erleben, dass sie mir ein zweites Mal abhanden kommt.“

Jane glaubte, in Alfonso einen der Wachmänner von der Plantage wiederzuerkennen. Nachdem Turego die Tür hinter sich zugemacht hatte, schenkte sie ihm einen verführerischen Blick. Er war noch sehr jung und sah bemerkenswert gut aus. Eigentlich hätte er gewarnt sein müssen, doch er schaffte es nicht, ihr Lächeln unerwidert zu lassen.

„Haben Sie mich nicht auch schon auf der Plantage bewacht?“ fragte sie auf spanisch.

Er nickte widerstrebend.

„Dacht ich mir’s doch, dass ich Sie schon gesehen habe. Einen gut aussehenden Mann vergesse ich nämlich nicht so leicht.“ Sie hatte versucht, einen enthusiastischen Tonfall in ihre Stimme zu legen. Ihre Aussprache war so mangelhaft, dass Alfonso sich ein belustigtes Lächeln nicht verkneifen konnte. Sie fragte sich, ob er in Turegos Pläne eingeweiht oder ob er einfach nur ein niederer Befehlsempfänger war.

Wie auch immer es sich verhalten mochte, auf jeden Fall schien er nicht geneigt, sich auf eine Unterhaltung einzulassen. Jane schaute sich unauffällig in dem Raum um auf der Suche nach etwas, das sie als Waffe benutzen konnte. Dabei lauschte sie angestrengt nach draußen, doch sie konnte nichts hören. Was trieb Turego? Wenn er Grant etwas antat ... Ihre Nerven waren gespannt.

Wie viel Zeit mittlerweile wohl vergangen war? Fünf Minuten? Zehn? Sie wusste es nicht. Und noch weniger wusste sie, was sie hätte unternehmen können. Plötzlich jedoch konnte sie es nicht mehr länger aushalten und machte Anstalten, zur Tür zu gehen. Alfonso streckte den Arm aus und schnitt ihr den Weg ab.

„Ich will zu Turego“, sagte sie ungeduldig. „Hier drin ist es mir zu heiß. Ich bin kurz vorm Ersticken.“

„Sie müssen hier bleiben.“

„Ich will aber nicht! Seien Sie doch nicht so stur, Alfonso, er hat bestimmt nichts dagegen. Sie können mich ja begleiten, damit Sie sichergehen, dass ich nicht abhaue.“

Sie duckte sich unter seinem Arm hindurch und hatte die Tür aufgerissen, ehe er sie daran hindern konnte. Einen gedämpften Fluch ausstoßend, setzte er ihr hinterher, doch Jane war schon zur Tür hinaus und rannte durch die angrenzenden Büros. In dem Moment, in dem sie die Haupthalle erreichte, hörte sie, wie eine Faust gegen Knochen krachte.

Dann fiel ihr Blick auf Grant. Zwei Männer hielten ihn fest, während ein dritter mit erhobener Faust vor ihm stand. Turego hielt sich ein wenig abseits; um seine Lippen spielte ein kleines, grausames Lächeln. Jetzt sackte Grants Kopf nach vorn auf seine Brust, und Jane sah, wie Blut neben seinen Füßen auf den Boden tropfte.

„Durch dein Schweigen machst du alles nur noch schlimmer, mein Freund“, sagte Turego sanft. „Sag mir, wer dich bezahlt. Mehr will ich im Moment gar nicht von dir wissen.“

Als Grant weiterhin verbissen schwieg, packte ihn einer der Männer, die ihn festhielten, an den Haaren und riss seinen Kopf hoch. In dem Moment, in dem Alfonso ihren Arm ergriff, sah Jane Grants Gesicht und begann, wild um sich zu schlagen.

„Turego!“ kreischte sie und zog damit die Aufmerksamkeit aller auf sich. Turego hob die Augenbrauen.

„Was tust du hier? Alfonso, bring sie sofort zurück.“

„Nein!“ schrie sie und versetzte Alfonso einen Rippenstoß. „Es ist zu heiß da hinten, ich kann es keine Sekunde länger aushalten! Wirklich, es ist einfach zu viel. Du musst das verstehen. Ich habe eine schreckliche Zeit im Dschungel hinter mir und bin vollkommen am Ende. Ich bestehe darauf, dass du mich in ein Hotel bringst."

„Halt den Mund, Jane. Du verstehst nicht, was hier vorgeht." Turego trat an sie heran und nahm ihren Arm. „Noch ein paar Minuten, und er wird mir erzählen, was ich wissen will. Interessiert es dich denn nicht, wer ihn angeheuert hat?" Er zog sie weg, um sie wieder nach hinten zu führen. „Bitte hab noch ein wenig Geduld, mein Herz."

Jane beschloss fürs erste, sich nicht länger gegen Turego zu wehren, der sie in Richtung Büro zog. Als sie einen letzten Blick auf Grant und seine Peiniger warf, sah sie, dass die Männer offensichtlich auf Turegos Rückkehr warteten. Grant hing mit eingeknickten Knien zwischen ihnen wie ein nasser Sack, unfähig, sich allein aufrecht zu halten.

„Du rührst dich nicht von der Stelle, verstanden?" befahl Turego ihr streng, nachdem sie das Büro erreicht hatten. „Versprichst du mir das?"

„Ich verspreche es", sagte Jane und wandte ihm lächelnd das Gesicht zu. Er sah den Schlag nicht kommen, der seinen Kopf nach hinten schleuderte und ihn Blut spucken ließ. Bevor er nach Hilfe schreien konnte, rammte sie ihm ihren Ellbogen in den Solarplexus, und er fiel mit einem Grunzen langsam vornüber. Wie in einem gut einstudierten Ballett schoss jetzt ihr Knie hoch und traf sein ungeschütztes Kinn. Das gab ihm den Rest. Turego klappte wie eine Stoffpuppe zusammen und stürzte zu Boden. Jane dankte im stillen ihrem Vater dafür, dass er darauf bestanden hatte, sie in all diese Selbstverteidigungskurse zu schicken, dann bückte sie sich und riss die Pistole auf Turegos Holster.

Gerade als sie wieder nach vorn gehen wollte, peitschte ein Schuss auf, und sie blieb vor Schreck erstarrt stehen. „Oh, nein", stöhnte sie entsetzt und raste dann, wie von Furien gehetzt, in Richtung Halle zurück.

Noch nie im Leben hatte sie eine so grauenhafte und alles verschlingende Angst verspürt wie im Moment. Sie fühlte sich wie in einem Alptraum und hatte das Gefühl, nicht vom Fleck zu kommen, es war, als ob sie durch knöcheltiefen Sirup waten würde. Oh, Gott, was war, wenn sie ihn getötet hatten? Dieser Gedanke war so entsetzlich, dass sie ihn nicht ertragen konnte, aber er ließ sie nicht los und jagte ihr eine solche Panik ein, dass sie kaum mehr Luft bekam. Nein, dachte sie. Nein, nein, nein.

Sie stürzte in die Halle, die Pistole im Anschlag, halb verrückt vor Angst und bereit, für den Mann ihres Herzens zu kämpfen bis zum letzten Atemzug. Bei ihrem Eintritt bot sich ihr ein erschreckendes Bild. Auf dem Fußboden lagen mindestens fünf Männer und rührten sich nicht. Wie war das möglich? Sie hatte doch nur einen Schuss gehört.

Dann spürte sie, wie sich von hinten ein Arm um ihren Hals legte und ihr Kopf zurückgezerrt wurde. Eine Hand griff nach ihrer Pistole und nahm sie ihr weg.

„Es ist zwar zum Lachen, aber ich fühle mich sicherer, wenn du unbewaffnet bist, Sweetheart", zischte ihr jemand ins Ohr.

Sie erkannte die Stimme bei der ersten Silbe und schloss die Augen. Die Tränen schossen ihr in die Augen. „Grant", flüsterte sie.

„Sei still. Du kannst mir später sagen, wie glücklich du bist, jetzt müssen wir von hier verschwinden."

Er ließ sie los, doch als sie versuchte sich umzudrehen, um ihn anzusehen, packte er sie am Arm und drehte ihn ihr auf den Rücken, zwar nicht so hoch, dass es schmerzte, aber hoch genug, dass es dahin kommen könnte. „Beweg dich!" bellte er sie an und stieß sie vorwärts. Jane geriet ins Taumeln und stieß einen unwillkürlichen Schrei aus.

„Du tust mir weh", wimmerte sie, noch immer zu benommen, um zu begreifen, was vor sich ging. „Grant, warte!"

„Halt den Mund!" fuhr er sie an und schubste sie, nachdem er die Tür aufgestoßen hatte, nach draußen in das grelle Sonnenlicht. Der Jeep stand noch da, und Grant zögerte keine Sekunde. „Steig ein. Wir machen eine kleine Spazierfahrt."

Er riss die Tür auf und beförderte Jane unsanft auf den Beifahrersitz. Der leise Schrei, der sich ihr dabei entrang, schnitt ihm für den Bruchteil einer Sekunde ins Herz, doch dann rief er sich zur Ordnung. Sie brauchte keine Rücksichtnahme, wie eine Katze landete sie immer wieder auf den Füßen.

Jane, die auf dem Sitz halb umgekippt war, rappelte sich hoch; in ihren dunklen Augen standen Tränen, als sie in sein zusammengeschlagenes und blutiges Gesicht schaute. Sie wollte ihm sagen, dass alles nur Show gewesen sei, ein verzweifeltes Spiel, um ihrer beider Leben zu retten, aber er schien nicht geneigt, ihr zuzuhören. Als sie sich anschickte, die Hand nach ihm auszustrecken, erhaschte sie aus dem Augenwinkel heraus eine Bewegung in der Tür und stieß einen Schrei aus, um ihn zu warnen.

„Grant!"

In demselben Moment, in dem er herumwirbelte, hob Turego sein Gewehr und feuerte. Der ohrenbetäubende Krach des Schusses zerriss die Stille, doch alles, was Jane hörte, war Grants unterdrückter Schmerzensschrei, während er auf die Knie sackte und seine Pistole hob. Turego wich blitzschnell Deckung suchend zur Seite, aber es war zu spät, Grants Pistole spuckte Feuer, und an Turegos rechter Schulter malte sich ein Blutfleck ab. Rückwärts taumelte er durch die geöffnete Tür ins Innere der Halle.

Jane hörte weit entfernt einen Schrei, dem sie jedoch keine Beachtung schenkte. Ihr einziger Gedanke galt Grant. Sie sprang aus dem Jeep und kam neben ihm auf. Er kniete auf dem heißen, steinigen Boden, den Kopf gegen das Trittbrett gelehnt und die rechte Hand, zwischen deren Fingern Blut hindurchsickerte, um den linken Unterarm geklammert. Er schaute zu ihr auf, und seine gelben Augen loderten noch immer kampfesbereit.

Das machte sie halb verrückt. Sie packte ihn ohne zu zögern an seinem Unterhemd und zog ihn mit aller Kraft, die ihr zur Verfügung stand, auf die Füße. „Steig ein!" schrie sie ihn an und schob ihn zur Tür. „Verdammt noch mal, steig ein! Willst du dich umbringen?"

Er zuckte zusammen, als die Kante des Sitzes seine geprellten Rippen streifte; Jane schob ihn von hinten und schrie auf ihn ein wie auf einen lahmen Gaul. „Halt endlich den Mund!" brüllte er, während er sich unter Schmerzen auf den Sitz hochzog.

„Ich kann reden, wann ich will!" schrie sie zurück, während sie mit aller Kraft schob, bis er schließlich auf dem Sitz saß. Dann wischte sie sich die Tränen aus dem Gesicht und kletterte selbst in den Jeep. „Rutsch rüber, damit ich ans Steuer kann. Gibt es hier irgendwo Schlüssel? Wo zum Teufel sind die Schlüssel? Oh, verdammt." Ihr Kopf verschwand unter dem Steuerrad, sie tastete unter dem Armaturenbrett herum, bis sie schließlich die entsprechenden Drähte gefunden hatte und sie herausriss.

„Was machst du denn da?" brachte Grant, dem ganz schwummerig war vor Schmerz, mühsam heraus.

„Ich schließe die Zündung kurz", schluchzte sie.

„Einen Teufel tust du. Du reißt lediglich die verdammten Drähte heraus." Falls sie die Absicht haben sollte, das einzige ihnen zur Verfügung stehende Transportmittel außer Gefecht zu setzen, machte sie ihren Job gut. Gerade als er sich anschickte, sie beiseite zu stoßen, um die Sache selbst in die Hand zu nehmen, kam sie mit ihrem Kopf hoch, trat auf die Kupplung und führte dann zwei Drähte zusammen. Der Motor begann zu röhren, und Jane schlug krachend die Tür zu. Dann legte sie einen Gang ein und ließ die Kupplung kommen. Der Wagen machte einen so gewaltigen Satz nach vorn, dass Grant gegen die Tür geschleudert wurde, und blieb dann wieder stehen.

„Geh in den ersten Gang!" schrie Grant, während er sich wieder in eine sitzende Position hochrappelte.

„Ich weiß nicht, wo der erste Gang ist! Ich muss nehmen, was kommt."

Fluchend legte er die Hand auf die Gangschaltung, und der Schmerz in seinem Arm brachte ihn fast um, als er den Schaltknüppel umklammerte. „Kupplung", brüllte er sie an. „Ich lege jetzt den Gang ein. Los, Jane, tritt endlich diese verdammte Kupplung!"

„Hör auf mich anzuschreien!" kreischte sie wütend, tat jedoch, was er ihr sagte. Grant legte den passenden Gang ein, und sie ließ die Kupplung kommen; diesmal fuhr der Wagen langsam an. Sie gab Gas und manövrierte den schweren Jeep mit quietschenden Reifen um eine Kurve.

„Dort vorne rechts", dirigierte Grant sie, und sie bog an der nächsten Kreuzung rechts ab.

Als sie das Gaspedal noch weiter durchtrat, begann der Motor zu Furcht erregend zu röhren.

„Du musst schalten!"

„Ich kann nicht, mach du's!"

„Kupplung!"

Gehorsam befolgte sie seine Anweisung, und er schaltete in den nächst höheren Gang. „Ich sage dir, wenn du kuppeln sollst, und dann schalte ich, okay?"

Sie nickte schweigend. Noch immer liefen ihr die Tränen übers Gesicht, die sie in unregelmäßigen Abständen abwischte. „Bieg links ab", befahl Grant jetzt schroff, und sie lenkte den Jeep so schwungvoll um die Kurve, dass der Fahrer des Pick-Up vor ihnen vor Schreck ganz dicht an den Straßenrand floh.

Die Straße führte stadtauswärts, aber sie hatten erst ein paar Meilen zurückgelegt, als Grant barsch sagte: „Halt an." Ohne zu fragen warum, fuhr sie an den Straßenrand und brachte den Wagen zum Stehen.

„Okay. Aussteigen." Wieder gehorchte sie ihm ohne Widerrede, kletterte aus dem Jeep und sah zu, wie Grant sich vorsichtig aus der Fahrerkabine gleiten ließ. Sein linker Arm war blutverschmiert, doch Jane entnahm seinem Gesichtsausdruck, dass er diesem Umstand so wenig Beachtung wie möglich zu schenken gedachte. Er schob die Pistole in seinen Hosenbund und schulterte sein Gewehr. „Los, komm."

„Wohin gehen wir denn?“

„Zurück in die Stadt. Dein Liebhaber wird nicht mit unserer Rückkehr rechnen, aber du kannst deswegen trotzdem ruhig aufhören zu heulen“, fügte er grausam hinzu, „ich habe nicht die Absicht, ihn umzubringen.“

Jane wirbelte herum. „Er ist nicht mein Liebhaber.“

„Kam mir aber ganz so vor.“

„Ich habe nur versucht, ihn abzulenken. Einer von uns beiden musste sich schließlich seine Bewegungsfreiheit erhalten.“

„Spar dir deine Lügen.“ Sein Ton klang gelangweilt. „Ich hab’ dir die Show einmal abgekauft, ein zweites Mal tue ich es gewiss nicht. Also was ist jetzt, gehen wir?“

Sie entschied, dass es im Moment keinen Sinn machte, mit ihm zu streiten. Wenn sie dies alles erst einmal hinter sich gebracht hätten, war noch immer Zeit, ihm alles zu erklären. Als sie sich von ihm abwandte, fiel ihr Blick auf einen Gegenstand unter der hinteren Sitzbank. Ihr Rucksack! Sie kletterte noch einmal in das Fahrzeug zurück und zerrte das Gepäckstück unter dem Sitz hervor; in der Aufregung hatte sie den Rucksack völlig vergessen.

„Lass das verdammte Ding da!“ herrschte Grant sie an, als sie neben ihm auf den Boden sprang.

„Ich brauche ihn aber“, schnappte sie, während sie mit wild entschlossenem Gesicht den Rucksack schulterte.

Er zog die Pistole aus dem Gürtel, und Jane schluckte, die Augen weit aufgerissen. Mit ruhiger Hand gab er einen Schuss auf einen der Vorderreifen des Jeeps ab, dann steckte er die Pistole wieder in den Gürtel zurück.

„Was soll das?“ flüsterte sie und schluckte erneut.

„Ich will, dass es so aussieht, als wären wir gezwungen gewesen, den Jeep stehen zu lassen.“

Er packte sie hart am Unterarm und zerrte sie feldeinwärts.

„Wann wird Turego wieder hinter uns hersein, was meinst du?“ Ihr Atem ging keuchend vom schnellen Laufen.

„Schon bald. Du scheinst es ja gar nicht mehr erwarten zu können.“

Zähne knirschend überhörte sie seinen bissigen Kommentar. Nach etwa zwanzig Minuten waren sie am Stadtrand angelangt, doch Grant schlug nicht den Weg in die Stadt ein, sondern machte einen großen Bogen um sie. Jane wollte ihn fragen, was er vorhatte, aber da sie davon ausging, dass seine Antwort ohnehin nicht befriedigend ausfallen würde, zog sie es vor zu schweigen. Noch lieber allerdings hätte sie die Arme um ihn gelegt, doch dieser Versuch würde sich erst recht als Fehlschlag erweisen, deshalb unterließ sie ihn.

Lange Zeit danach machte er vor einer verfallenen Scheune, die hinter einem nicht weniger verfallenen Haus stand, halt und befahl ihr hineinzugehen. Nachdem sie sich erschöpft auf den mit Heu bedeckten Boden hatte fallen lassen, fragte sie: „Und nun?“

„Wir müssen das Land verlassen, und zwar so schnell wie möglich“, gab er zurück. „Dein Daddy hat mich angeheuert, um dich nach Hause zurückzubringen, und genau das werde ich tun. Je früher die Übergabe stattfindet, um so besser.“

11. KAPITEL

Bleiben wir den ganzen Tag über hier?“ erkundigte sich Jane nach einer ihr endlos erscheinenden Zeit des Schweigens, in der sie ebenso wie Grant ihren Gedanken nachgehangen hatte. Ihr war schleierhaft, was er mit dem Aufenthalt in der Scheune bezweckte. Vor kurzem hatte es angefangen zu regnen, und sie war aufgrund der nervenzermürbenden Warterei schon so verzweifelt gewesen, dass sie begonnen hatte, die Regentropfen, die auf das Dach platschten, zu zählen.

„Warum nicht? Ich habe nichts Besseres zu tun. Du etwa?“

Sie verweigerte die Antwort und stellte auch keine weiteren Fragen, da sie erkannte, dass es zwecklos war. Sie war so hungrig, dass ihr schon ganz schlecht war, aber in ihrem Rucksack befand sich nichts mehr zu essen, und sie hatte auch keine Lust, sich zu beklagen. Deshalb ließ sie ihren Kopf auf die angezogenen Knie sinken und versuchte zu schlafen; so würde sie wenigstens vergessen können, wie traurig sie war.

Anscheinend war es ihr tatsächlich gelungen einzuschlafen, denn er rüttelte sie wach. „Wir müssen weiter", sagte er und zog sie hoch. Janes Herz machte einen kleinen Satz, weil angesichts seiner Berührung, die kräftig zupackend und sanft zugleich war, die verrückte Hoffnung in ihr aufkeimte, dass er sich während ihres Nickerchens vielleicht wieder beruhigt haben könnte. Doch dem war nicht so. Gleich darauf ließ er mit verschlossenem Gesicht ihren Arm fallen, und ihre Hoffnung zerstob.

Sie trottete in einiger Entfernung wie ein Hündchen hinter ihm her, blieb stehen, wenn er stehen blieb, und ging weiter, wenn er weiterging. Als ihr dämmerte, dass er ungerührt die Stadtmitte ansteuerte, bekam sie einen Schreck. Was hatte er vor? Sicher würden sie auffallen, und das war etwas, das sie ganz und gar nicht gebrauchen konnten. Jane war überzeugt davon, dass sie ein höchst seltsames Bild boten: Ein großer blonder Mann mit einem zerschlagenen und geschwollenen Gesicht, dem ein Gewehr über der Schulter hing, als sei es die selbstverständliche Sache von der Welt, gefolgt von einer Frau mit einer wilden schwarzen Mähne, verdreckter Kleidung und einem Rucksack auf dem Rücken. Nun, im Moment erschien ihr alles seltsam. Als plötzlich grelle Neonblitze über sie hinwegzuckten, fühlte sie sich, als wären sie Figuren, die einem Videospiel entsprungen waren. Gleich darauf erkannte sie, dass es sich bei den Blitzen um den Namen einer Bar handelte, der abwechselnd in Neonpink und Neonblau aufleuchtete.

Was führte er im Schilde? Sie zogen so viel Aufmerksamkeit

auf sich, dass es Turego nicht verborgen bleiben konnte, dass sie wieder in der Stadt waren. Fast erschien es Jane so, als würde Grant es sich wünschen, dass Turego sie aufstöberte.

Er bog in eine Seitenstraße ein und blieb vor einer kleinen Bar stehen. „Bleib dicht an meiner Seite und halt deinen Mund", befahl er ihr kurz angebunden, während er sie ins Innere zog.

Hier war es verräuchert und stickig, die Luft war mit Alkoholdunst und mit dem Geruch von Achselschweiß geschwängert. Bis auf die Kellnerin, ein leicht verwahrlost aussehendes Mädchen, und zwei Prostituierte waren keine Frauen in dem Lokal. Jane wurde von verschiedenen Männern abschätzend taxiert, doch als sie auf Grant aufmerksam wurden, wandten sie sich, offensichtlich zu dem Ergebnis gelangt, dass sie den Aufwand nicht lohne, wieder ihren Drinks zu.

Grant schlenderte zu einem Tisch im hinteren Teil des Raumes und setzte sich. Als die Kellnerin kam, um die Bestellung aufzunehmen, orderte er, ohne Jane nach ihren Wünschen zu fragen, zwei Tequilas.

Jane hielt die Kellnerin auf. „Warten Sie – haben Sie Limonensaft?" Als die junge Frau nickte, seufzte sie erleichtert auf. „Dann bringen Sie mir statt des Tequila ein Glas Limonensaft, bitte."

Grant zündete sich eine Zigarette an. „Bist du Abstinenzlerin oder was?"

„Ich trinke nicht auf leeren Magen."

„Wir essen später etwas. Hier gibt's nichts."

Nachdem die Bedienung die Getränke gebracht hatte, schaute Jane ihn an und fragte: „Ist es hier nicht zu gefährlich für uns? Irgend jemand von Turegos Leuten könnte uns sehen, meinst du nicht auch?"

Er starrte sie mit verengten Augen durch den blauen Rauch seiner Zigarette hindurch an. „Warum sollte dir das etwas ausmachen? Hast du Angst, dass er dich nicht wieder mit offenen Armen empfangen könnte?"

Jane beugte sich vor, die Augen ebenfalls zusammengekniffen. „Jetzt hör mir mal gut zu. Ich musste unbedingt Zeit gewinnen vorhin und habe deshalb das Erstbeste getan, was mir in den Sinn kam. Es tut mir wirklich Leid, dass ich keine Gelegenheit hatte, dich vorher von meinen Plänen in Kenntnis zu setzen, aber ich glaube kaum, dass mir Turego eine ‚Auszeit' gegeben hätte, um erst noch ein bisschen mit dir zu kuscheln! Und wenn er mich ebenfalls gefesselt hätte, wären wir verloren gewesen."

„Danke, Honey, aber ich komme recht gut ohne diese Art von Hilfe zurecht", gab er gedehnt zurück und betastete sein rechtes Auge, das blutunterlaufen und geschwollen war.

Zorn flackerte in ihr auf; sie hatte nichts Unrechtes getan, und sie war es leid, wie eine Sünderin behandelt zu werden. Einen kurzen Augenblick erwog sie, ihm ihren Limonensaft ins Gesicht zu schütten, aber ihr Magen knurrte so lautstark, dass ihr Rachebedürfnis zurückstehen musste. Sie musste unbedingt etwas zu sich nehmen, selbst wenn es nur Saft war.

Die Minuten tröpfelten zäh wie dickflüssiger Sirup dahin, und Jane spürte, wie sich ihr Nacken versteifte. Ihr Ärger wuchs von Sekunde zu Sekunde, weil sie überzeugt war davon, dass jeder Augenblick, den sie hier vertrödelten, für Turego die Chance, ihrer habhaft zu werden, erhöhte. Er würde sich von dem stehen gelassenen Jeep nicht lange in die Irre führen lassen.

Als sich ein Mann auf dem freien Stuhl neben ihr niederließ, sprang Jane auf, das Herz klopfte ihr plötzlich in der Kehle. Er gönnte ihr kaum einen Blick, sondern wandte seine Aufmerksamkeit sofort Grant zu. Er hatte ein Dutzendgesicht, seine Kleidung war abgetragen, und in seinem Gesicht spross ein Dreitagebart. Der Alkoholdunst, den er ausströmte, veranlasste Jane zu einem Naserümpfen. Als er jedoch ein paar Worte zu Grant sagte, die so leise waren, dass sie sie nicht verstehen konnte, fiel bei ihr der Groschen.

Grant hatte ihre Ankunft nicht deshalb, weil Turego sie finden sollte, quasi öffentlich bekannt gegeben, sondern weil er wollte, dass jemand anders ihn aufstöberte. Er hatte ein gewagtes Spiel gespielt, aber es hatte sich ausgezahlt. Grant war zwar nicht mehr im Geschäft, doch er war in bestimmten Kreisen noch immer bekannt genug, um darauf bauen zu können, dass irgend jemand sich bemüßigt fühlte, mit ihm in Kontakt zu treten.

„Ich brauche ein Auto“, sagte Grant jetzt. „In einer Stunde. Können Sie das bewerkstelligen?“

„*Sì*“, gab der Mann zurück und nickte langsam zum Zeichen seiner Bereitschaft.

„Gut. Stellen Sie es hinter dem Blue Pelican ab, und legen Sie die Schlüssel unter den rechten Sitz.“

Der Mann nickte erneut. „Viel Glück, amigo.“

Ein hartes, leicht schiefes Lächeln spielte um Grants Mundwinkel. „Danke. Ich kann es brauchen.“

Der Mann stand auf, schob seinen Stuhl zurück und war einen Augenblick später in der Menge untergetaucht. Jane drehte ihr Glas langsam in den Händen, die Blicke auf die Tischplatte geheftet. „Können wir jetzt endlich gehen?“

Grant hob das Tequilaglas an die Lippen, und sein Adamsapfel hüpfte, als er die scharf schmeckende Flüssigkeit schluckte. „Wir müssen noch einen Augenblick warten.“

Er hatte recht. Es wäre unklug, dem anderen Mann allzu rasch zu folgen. George hatte ihr wieder und wieder eingeschärft, wie wichtig es war, von der Kontaktperson so weit wie möglich Abstand zu halten. Grant hatte vorhin keine andere Möglichkeit gehabt, als ziemlich offen zu agieren, weil sie sich in einer verzweifelten Situation befunden hatten, doch jetzt war wieder Vorsicht am Platz.

„Glaubst du, dass wir irgendwo einen Waschraum finden?“ erkundigte sie sich in so leichtem Ton wie möglich.

„Hier drin? Das bezweifle ich.“

„Irgendwo.“

„Wir können's ja versuchen. Hast du ausgetrunken?“ Er schüttete den Rest seines Tequila hinunter, und Jane tat dasselbe mit ihrem Saft. Ihre Haut begann wieder zu kribbeln, sie spürte es vorwiegend an ihrem Nacken, und als sie aufstand, verstärkte sich dieses unangenehme Gefühl.

Sie bahnten sich ihren Weg durch das Gewirr von Füßen, Tischen und Stühlen und gingen zur Tür. Sobald sie draußen waren, sagte Jane: „Ich glaube, wir werden beobachtet."

„Ich weiß. Deshalb gegen wir jetzt in die entgegengesetzte Richtung des Blue Pelican."

„Was um Himmels willen ist denn der Blue Pelican?" Sie sah Grant an. „Warum kennst du dich hier so gut aus? Warst du schon mal hier?"

„Nein, aber ich bin es gewöhnt, meine Augen offen zu halten. Der Blue Pelican war die erste Bar, an der wir vorbeigekommen sind."

Jetzt erinnerte sie sich. Es war das Lokal mit dem Neonschild, das ihr dieses seltsame Gefühl von Unwirklichkeit vermittelt hatte.

Sie gingen eine schmale Seitenstraße hinunter in ein gähnendes schwarzes Loch. Die Straße war nicht asphaltiert, und Bürgersteige gab es ebenso wenig wie Laternen, nicht einmal ein fehl am Platz wirkendes Neonschild spendete sein schreiend buntes Licht. Der Boden war uneben unter Janes Füßen, und fauliger Abfallgestank stieg ihr in die Nase. Ohne zu wissen, was sie tat, suchte sie an Grants Gürtel Halt.

Sie spürte sein Zaudern, dann entschloss er sich jedoch, ohne ein Wort weiterzugehen. Jane schluckte, weil ihr plötzlich bewusst wurde, dass sie sich ohne weiteres auf seiner Schulter hätte wieder finden können, so wie es ihr beim ersten Mal passiert war, als sie sich von hinten an seinem Gürtel festgehalten hatte. Was würde sie tun, wenn sie sich in der Dunkelheit nicht länger an ihm festhalten konnte? Dastehen und die Hände ringen? Sie war einen langen Weg gegangen von dem Kind, das wie erstarrt vor Angst in der Dunkelheit hockte, hin zu der Frau, die sie heute war. Vielleicht war es jetzt langsam an der Zeit, einen weiteren

Schritt zu wagen. Langsam und bedächtig ließ sie Grants Gürtel los. Ihr Arm fiel herab.

Er blieb stehen und drehte sich nach ihr um. „Ich habe nichts dagegen, wenn du dich an meinem Gürtel festhältst."

Sie schwieg. Sie spürte seine widerwillige Neugier, fühlte sich jedoch unfähig, eine Erklärung abzugeben. Sie war es gewohnt, die Dinge, die sie und ihre innere Entwicklung betrafen, mit sich allein abzumachen. Nicht einmal mit der Kinderpsychologin, zu der sie ihre Eltern nach der Entführung gebracht hatten, hatte sie uneingeschränkt über ihre Gefühle sprechen können. Alle wussten von ihrer Angst vor der Dunkelheit und von den Alpträumen, die sie quälten, aber Details waren ihr niemals zu entlocken gewesen.

Mit Grant jedoch verhielt es sich anders. Plötzlich spürte sie, dass es wahrscheinlich nichts gab auf der Welt, das sie ihm nicht anvertrauen würde, und dass ihre Angst vor der Dunkelheit gering war im Vergleich zu der Angst, ihn womöglich zu verlieren.

Nachdem sie an einer öffentlichen Toilette halt gemacht hatten, erreichten sie den Blue Pelican, auf dessen hinterem Parkplatz ein alter Ford Kombi geparkt war. Grant öffnete die Kühlerhaube und leuchtete mit seinem Feuerzeug in den Motorraum. Jane fragte nicht, wonach er Ausschau hielt, weil sie es zu wissen glaubte. Einen Moment später schloss er die Haube wieder so geräuschlos wie möglich. Er schien beruhigt.

„Steig ein und hol die Schlüssel unter dem Sitz hervor."

Sie öffnete die Beifahrertür. Das Deckenlicht ging nicht an, aber das war nicht anders zu erwarten. Sie tastete unter dem Sitz nach dem Schlüssel. Jetzt ging die Fahrertür auf, und einen Augenblick später ächzte der Wagen unter Grants Gewicht. „Mach schon", fuhr er sie an.

„Hier ist kein Schlüssel." Ihre tastenden Finger stießen auf Sand, ein paar Schrauben, eine leere Papiertüte, doch auf keinen Schlüssel. „Vielleicht sind wir im falschen Auto."

„Unmöglich. Schau noch mal genau nach."

Sie ging in die Hocke und tastete weiter nach hinten. „Da ist nichts. Schau unter deinem Sitz nach."

Er beugte sich vor und suchte unter seinem Sitz. Einen Augenblick später fischte er einen Schlüssel, der mit einem Stück Draht an einem Holzstöckchen befestigt war, hervor. Über die Idioten fluchend, die nicht in der Lage waren, sich an eine simple Anweisung zu halten, schob er den Schlüssel in die Zündung und startete.

Obwohl der Ford rein äußerlich in einem beklagenswerten Zustand war, schnurrte der Motor ruhig und gleichmäßig vor sich hin. Jane lehnte sich aufatmend in ihren Sitz zurück und versuchte sich klarzumachen, dass sie es tatsächlich geschafft zu haben schienen, Turego zu entkommen. Seit dem Morgen war so viel passiert, dass ihr ihr Zeitsinn abhanden gekommen war. Aber später als zehn Uhr abends konnte es kaum sein. „Willst du noch immer nach Limon?"

„Warum fragst du? Hast du das deinem Liebhaber erzählt?"

Jane knirschte wütend mit den Zähnen und versuchte ruhig zu bleiben. Okay, zweiter Versuch. „Er ist nicht mein Liebhaber, und ich habe ihm nichts erzählt. Ich wollte ihn lediglich ablenken, das habe ich dir vorhin schon gesagt. Was glaubst du wohl, wie ich an die Pistole gekommen bin, die du mir abgenommen hast?"

Sie spürte, dass das ein Punkt war, den er nicht einfach ignorieren konnte, aber er tat ihn mit einem Schulterzucken ab. „Hör zu, du bist mir keinerlei Erklärung schuldig", gab er in gelangweiltem Ton zurück. „Ich bin nicht daran interessiert ..."

„Halt an!" schrie sie außer sich.

„Werd jetzt bloß nicht hysterisch", warnte er sie, ihr einen bösen Blick zuwerfend.

Jane machte Anstalten, nach dem Steuer zu greifen, doch er fiel ihr in den Arm. Sie duckte sich blitzschnell unter ihm weg, bekam das Lenkrad zu fassen und riss es herum. Grant trat in die Bremsen, der Wagen geriet leicht ins Schlingern, und Grant, mit der einen Hand Jane abwehrend und mit der anderen lenkend, hatte große Mühe, ihn in der Spur zu halten. Schließlich brachte er ihn zum Stehen. Noch im Ausrollen riss Jane die Tür auf und sprang heraus. „Ich finde meinen Weg nach Hause auch allein!" schleuderte sie ihm fuchsteufelswütend entgegen und knallte die Tür zu.

Grant stieg ebenfalls aus. „Jane, komm sofort zurück", brüllte er ihr hinterher.

„Ich fahre keine einzige Meile mehr mit dir!" Sie rannte weiter.

Er setzte ihr nach. „Das wirst du aber müssen, ansonsten muss ich dich leider fesseln."

Sie blieb nicht stehen. „Das ist deine Rache, stimmt's?"

Jetzt legte er ohne Vorwarnung einen Zahn zu. Er sprintete so schnell, dass Jane keine Chance gegen ihn hatte. Als er einen Moment später auf gleicher Höhe mit ihr war und ihr eine Hand schwer auf die Schulter legte, stieß sie einen überraschten Schrei aus und versuchte erbost, sich aus seinem Griff herauszuwinden, doch umsonst.

Er fing ihre Handgelenke ein und drehte ihr die Arme auf den Rücken. „Verdammt noch mal, warum versuchst du es eigentlich immer auf die harte Tour?" knurrte er.

„Lass mich ... los!" schrie sie, woraufhin er zwar ihre Handgelenke freigab, dafür jedoch seine Arme wie eine Krake um ihren Oberkörper schlang. Sie versetzte ihm einen Fußtritt und schrie wie am Spieß, aber er war ihr kräftemäßig überlegen, deshalb konnte sie es nicht verhindern, dass er sie jetzt hochhob und zum Wagen zurückschleppte.

Dort angelangt, musste er sie mit einer Hand loslassen, um die Tür zu öffnen. Wieder begann sie zu zappeln und wild um sich zu treten, und diesmal hatte sie Glück. Es gelang ihr unter Aufwendung all ihrer Kräfte, sich aus seinem Griff zu befreien und unter seinem Arm hindurchzuschlüpfen. Blitzschnell streckte er die Hand aus und bekam sie am Ausschnitt ihrer Bluse zu fassen. Der Stoff spannte sich unter der Belastung an, dann riss er entzwei.

Jane schossen vor Wut die Tränen in die Augen, und sie versuchte, so rasch wie möglich ihre Blöße zu bedecken. „Da siehst du, was du gemacht hast!“ Schluchzend wandte sie sich von ihm ab, ihre Schultern bebten.

Die rauen Schluchzer schnitten Grant so ins Herz, dass er die Arme fallen ließ. Müde rieb er sich übers Gesicht. Warum zum Teufel konnte sie nicht einfach still in sich hineinweinen? Musste sie unbedingt so Herz zerreißend schluchzen, dass man hätte meinen können, er hätte sie geschlagen? Trotz allem, was geschehen war, verspürte er plötzlich den unwiderstehlichen Drang, sie in die Arme zu nehmen und zu trösten. Er sehnte sich danach, ihr beruhigend übers Haar zu streichen und ihr ins Ohr zu flüstern, dass alles gut werden würde.

Plötzlich wirbelte sie wieder herum und wischte sich mit einer Hand die Tränen ab, während sie mit der anderen die ruinierte Bluse über der Brust zusammenhielt. „Denk mal über ein paar Dinge nach!“ fuhr sie ihn heiser an. „Überleg dir, wie ich an die Pistole gekommen sein könnte. Und denk über Turego nach. Erinnerst du dich, dass ich dich gewarnt habe, als er sich dir mit dem Gewehr von hinten genähert hat? Ist dir gar nicht aufgefallen, dass seine Nase geblutet hat? Weißt du, was du bist? Ein sturer, blinder und tauber Dickschädel, nichts weiter! Ein kompletter Idiot.“ Wutentbrannt schüttelte sie ihre Faust vor seinem Gesicht. „Verdammt noch mal, zeigt dir das alles denn nicht, dass ich dich liebe?“

Grant stand wie erstarrt, und kein Muskel zuckte in seinem Gesicht, weil ihm für einen Moment die Luft weggeblieben war. Es kam ihm so vor, als hätte ihm jemand einen Schlag in den Magen versetzt. Sie hatte recht. Turegos Gesicht war tatsächlich blutig gewesen, aber er hatte es in diesem Moment nicht registriert. Er war so verdammt wütend und eifersüchtig gewesen, dass es ihm unmöglich war, auch nur einen einzigen klaren Gedanken zu fassen. Alles, was er in diesem Augenblick hatte tun können, war, auf ihren vermeintlichen Verrat zu reagieren. Sie liebte ihn. Verdammt noch mal, *sie liebte ihn!* Er starrte wie betäubt auf sie herunter, sah die kleine Faust, mit der sie bedrohlich nahe unter seiner Nase hin und her fuchtelte. Sie wirkte sehr beeindruckend, wie sie da, wild ihre schwarze Mähne schüttelnd, mit Zorn sprühenden Augen vor ihm stand und ihn anschrie, mit einer Hand diesen lächerlichen Fetzen Stoff zusammenhaltend und ihn mit der anderen bedrohend. Unbezwingbar. Mutig. Und verdammt begehrenswert. So begehrenswert, dass er plötzlich von einem heftigen Verlangen geschüttelt wurde.

Er fing ihre Faust ein, zog Jane so eng an sich, dass ihr für einen Moment die Luft wegblieb, und vergrub das Gesicht in ihrem Haar.

Sie wehrte sich wie eine Wildkatze und trommelte, jetzt wieder in Tränen aufgelöst, mit den Fäusten auf seinem Rücken herum. „Lass mich los, verdammt noch mal“, schluchzte sie. „Lass mich sofort los!“

„Ich kann nicht“, flüsterte er, legte ihr die Hand unters Kinn und hob ihr Gesicht zu sich empor. Als er ihr einen harten Kuss auf den Mund drückte, versuchte sie, ihn in die Lippen zu beißen. Er beendete den Kuss, warf den Kopf in den Nacken und lachte. Er lachte und lachte und konnte gar nicht mehr aufhören, und dabei wurde er plötzlich von einer Woge unbändiger Freude überspült. Die zerrissene Bluse war Jane von den Schultern gerutscht, und als er sich ihrer nackten Brüste, die sich gegen seinen Oberkörper drückten, bewusst wurde, erinnerte er sich daran, wie herrlich es mit ihr war, wenn sie keinen Anlass hatte, gegen ihn anzukämpfen. Er küsste sie noch einmal, und wieder war es ein harter Kuss, dann umschloss er ihre Brüste mit den Händen und rieb mit seinen Daumen rau über ihre samtigen Knospen, die umgehend auf die Berührung reagierten und sich versteiften.

Jane lag wimmernd in seinen Armen und erwiderte leidenschaftlich seinen Kuss. Ihr Zorn war verraucht, und sie drängte sich, überglücklich über den Umstand, dass sie mit ihren Argumenten zu ihm durchgedrungen war, an ihn. Seine Berührungen entfachten in ihrem Schoß ein Feuer, das sie zu versengen drohte.

Schließlich beendete er den Kuss und presste seine Lippen auf ihre Stirn. „Dein Wutanfall war berechtigt", flüsterte er. „Bist du bereit, mir noch einmal zu vergeben?"

Das war eine idiotische Frage, denn was sollte sie eingedenk der Tatsache, dass sie wie eine Weihnachtsgirlande an seinem Hals hing, schon anderes sagen als ja? „Nein", erwiderte sie und rieb ihre Wange an seinem Hals, wobei sie seinen herben männlichen Duft tief einatmete. „Ich hebe es mir auf für den nächsten Kampf, den wir miteinander ausfechten." Gern hätte sie gesagt, für alle kommenden Kämpfe im Lauf unseres Lebens, aber sie wagte es nicht. Obwohl seine Arme sie fest umschlossen, hatte er ihr bisher noch nicht gesagt, dass er sie liebte. Und sie wollte ihn nicht drängen.

„Das ist typisch für dich", erwiderte er lachend. Nur widerwillig ließ er sie los und löste ihre Arme von seinem Nacken. „Ich würde nichts lieber tun, als noch ein Weilchen so stehen bleiben, aber ich fürchte, wir müssen los."

In den frühen Morgenstunden erreichten sie Limon. Jane warf einen Blick aus dem Seitenfenster auf die dunkel und verlassen daliegenden Straßen und umklammerte ihren Sitz. Waren sie jetzt in Sicherheit? Hatte sich Turego von dem verlassenen Jeep in die Irre führen lassen, oder war er ihnen doch heimlich gefolgt?

„Was machen wir jetzt?"

„Ich werde versuchen, mit jemandem Kontakt aufzunehmen, der uns jetzt gleich außer Landes bringen kann. Ich will nicht das Risiko eingehen, bis zum Morgen zu warten."

Also schien er davon auszugehen, dass Turego nicht lockerlassen würde. Hatte dies alles denn niemals ein Ende?

Offensichtlich war Grant bereits früher in Limon gewesen,

denn er kannte sich aus. Als er vor dem Bahnhof anhielt, warf Jane ihm einen verwirrten Blick zu. „Fahren wir mit dem Zug?“

„Nein. Aber hier im Bahnhof gibt es ein Telefon. Komm mit.“

Limon war kein abgelegenes Dschungeldorf in der Wildnis und auch keine kleine Ortschaft am Rande des Regenwalds, sondern eine richtige Stadt mit Regeln, an die man sich tunlichst zu halten hatte. Deshalb war Grant gezwungen, sein Gewehr in dem Ford Kombi zurückzulassen; und seine Pistole versenkte er in seinem Stiefelschaft, um sie den Blicken zu entziehen. Doch selbst unbewaffnet waren sie ein auffälliges Paar; sie erweckten den Eindruck, als wären sie geradewegs einer Schlacht entronnen, was ja auch tatsächlich der Fall war. Der Mann am Schalter beäugte sie mit unverhohlener Neugier, aber Grant ignorierte seine Blicke und ging schnurstracks auf die Telefonzelle zu. Er rief jemanden namens Angel an, und seine Stimme klang scharf, als er um eine Nummer bat. Nachdem er eingehängt hatte, fütterte er den Apparat mit weiteren Münzen und wählte erneut.

„Wen rufst du denn jetzt an?“ flüsterte Jane.

„Einen alten Freund.“

Der alte Freund hieß Vincente, und als Grant diesmal auflegte, lag auf seinem Gesicht ein hochzufriedener Ausdruck. „Sie holen uns hier raus. Noch eine Stunde, dann sind wir in Sicherheit.“

„Und wer sind ‚sie‘?“ erkundigte sich Jane.

„Du stellst zu viele Fragen.“

Sie warf ihm einen finsteren Blick zu, doch dann wandte sie sich anderen Dingen zu. „Ehe wir jetzt hier eine Stunde nutzlos rumhängen, könnten wir uns ja ein bisschen frisch machen, was meinst du? Du hast es bitter nötig.“

Es gab einen öffentlichen Waschraum, der glücklicherweise leer war, wie Jane erleichtert feststellte. Während Grant sich das Gesicht abwusch, bürstete sie sich das Haar und flocht es dann zu einem losen Zopf zusammen. Anschließend befeuchtete sie ein Papierhandtuch und machte sich behutsam daran, Grants Wunde am Arm zu reinigen. Die Kugel war zwar nicht ins Fleisch eingedrungen, aber die Verletzung war dennoch tief und sah gar nicht gut aus.

Nachdem Jane die Wunde mit der streng riechenden Seife ausgewaschen hatte, kramte sie aus ihrem Rucksack eine kleine Erste-Hilfe-Schachtel heraus.

„Eines nicht mehr allzu fernen Tages werde ich nachschauen, was du da in dem Ding alles mit dir rumschleppst, das schwöre ich dir“, brummte Grant.

Jane entnahm der Blechschachtel ein Fläschchen mit Alkohol. Als sie etwas von der Flüssigkeit in die Wunde schüttete, zog Grant scharf die Luft ein und stieß einen ungehörigen Fluch aus. „Stell dich nicht so an“, rügte Jane. „Sei lieber froh, dass Turego so schlecht gezielt hat.“

Nachdem sie die Wunde desinfiziert hatte, schmierte sie eine antibiotische Salbe darauf und wickelte anschließend eine Mullbinde um Grants Arm, deren Enden sie sorgsam verknotete.

Als sie alles wieder in ihrem Rucksack verstaut hatte, öffnete Grant die Tür, warf sie jedoch sogleich wieder zu. Jane, die dicht hinter ihm gestanden hatte, geriet ins Taumeln, als er gegen sie prallte, und er bekam gerade noch rechtzeitig ihren Arm zu fassen, um sie am Sturz zu hindern. „Turego und ein paar seiner Leute sind eben in den Bahnhof reingekommen.“ Er sah sich um. „Da bleibt uns nur noch das Fenster.“

Ihr Herz begann zu rasen, während sie bestürzt auf die kleinen Fenster starrte, die so hoch lagen, dass es ihr unmöglich erschien, sie zu erreichen. „Ausgeschlossen, da komme ich nie im Leben rauf.“

„Aber sicher kommst du da rauf.“ Grant beugte sich zu ihr hinunter und legte ihr die Arme um die Knie. Dann hob er sie so weit hoch, bis sie ans Fenster hinaufreichte. „Mach es auf und klettere durch. Beeil dich! Wir haben nur noch eine Minute.“

„Aber wie kommst du ...“

„Ich schaff das schon. Los, Jane, tu jetzt endlich, was ich dir sage."

Sie öffnete wie befohlen das Fenster und zog sich dann am Fensterbrett hoch. Ohne einen Gedanken daran zu verschwenden, wie tief wohl der Boden auf der anderen Seite liegen mochte, zwängte sie sich durch die kleine Öffnung und sprang ins Ungewisse. Sie landete auf Händen und Knien auf einem mit Schotter belegten Weg, und es gelang ihr nur mit Mühe, einen Schmerzensschrei zu unterdrücken, weil ihr die scharfen Steinchen in die Handflächen schnitten.

Schnell rappelte sie sich auf und trat einen Schritt zurück, und einen Moment später landete Grant neben ihr.

„Alles okay?" fragte er.

„Ich denke schon. Auf jeden Fall habe ich mir nichts gebrochen", gab sie ein wenig atemlos zurück.

Er nahm sie bei der Hand und zerrte sie um die Hausecke. Dann begann er zu rennen. Einen Moment später hörten sie einen Schuss, aber sie blieben nicht stehen und schauten auch nicht zurück.

Jane stolperte und wäre fast gestürzt, wenn sein starker Arm sie nicht davor bewahrt und sie festgehalten hätte. „Können wir zum Ford zurück?" keuchte sie.

„Nein. Wir müssen zu Fuß weiter."

„Wohin denn?"

„Zu dem Treffpunkt."

„Wie weit ist das denn?"

„Nicht besonders weit."

„Geht's vielleicht ein bisschen genauer?"

Er bog jetzt um eine Ecke und zog sie in einen Hauseingang. Er lachte. „Vielleicht eine Meile", sagte er und küsste sie hart und hungrig.

„Was du auch immer mit Turego angestellt haben magst, Honey, auf jeden Fall sieht er bös mitgenommen aus, wie ich eben festgestellt habe.

„Ich habe ihm das Nasenbein gebrochen." In ihrer Stimme schwang ein bisschen Stolz mit.

Er lachte wieder. „Davon bin ich fest überzeugt. Sie ist so geschwollen, dass man von seinem Gesicht fast nichts mehr erkennt. Das wird ihm noch lange Zeit in Erinnerung bleiben."

12. KAPITEL

Es war ein kurzer Flug. Als sie aus dem Helikopter ausgestiegen waren und über das Rollfeld rannten, erkannte Jane den Flughafen wieder und blieb wie angewurzelt stehen. Aufgeregt rüttelte sie Grant an der Schulter. „Wir sind ja in San Jose!" entfuhr es ihr entsetzt. In San Jose hatte alles angefangen. Hier hatte Turego eine Menge Verbündete sitzen.

„Wir fliegen gleich weiter", beruhigte Grant sie. „Komm, wir müssen uns beeilen. Die Maschine nach Mexico City startet in fünf Minuten."

Mexico City! Das hörte sich schon wesentlich besser an. Der Gedanke gab ihr Kraft.

Der Terminal lag um diese Zeit verlassen da, vor allem deshalb, weil der Flug nach Mexico City bereits aufgerufen worden war. Der Mann am Ticketschalter schaute ihnen erstaunt entgegen, was Jane ein weiteres Mal an ihr abenteuerliches Aussehen erinnerte. „Grant Sullivan und Jane Greer", sagte Grant knapp. „Für uns sind zwei Tickets hinterlegt."

Der Bedienstete erlangte seine Fassung wieder. „Ja, Sir. Die Fluggäste sind bereits an Bord. Die Maschine wartet auf Sie. Ernesto wird Sie zum Flugzeug begleiten", gab er in korrektem Englisch zurück.

Ernesto stellte sich als ein Mann vom Bodenpersonal heraus, der sie zu dem Flieger brachte. Die lächelnde Stewardess begrüßte sie an Bord, als wäre an ihnen nichts Ungewöhnliches. Jane musste ein Kichern unterdrücken, vielleicht sahen sie ja gar nicht so abenteuerlich aus, wie sie es sich einbildete. Möglicherweise hielt man sie für Journalisten, die eine harte Rechercheriese hinter sich hatten.

Sobald sie ihre Plätze eingenommen hatten, rollte das Flugzeug zur Startbahn. Nachdem sie es sich in ihren Sitzen bequem gemacht hatten, kreuzten sich ihre Blicke. Jetzt hatten sie es wirklich und wahrhaftig hinter sich gebracht, aber ihnen blieb noch ein bisschen gemeinsame Zeit. Der nächste Stopp war Mexico City, eine pulsierende Großstadt mit Geschäften, Restaurants und ... Hotels. Janes Körper sehnte sich nach einem Bett, aber das Kribbeln, das der Gedanke, dass sie dieses Bett mit Grant teilen würde, auslöste, verscheuchte ihre Müdigkeit. Er schob die Armlehne zwischen ihren Sitzen hoch, legte ihr den Arm um die Schultern und zog sie ganz eng an sich. „Bald", murmelte er gegen ihre Schläfe. „Bald sind wir in Mexico City."

Als sie in Mexico City landeten, herrschte auf dem Flughafen rege Betriebsamkeit. Grant winkte ein Taxi herbei, das sie in einer halsbrecherischen Fahrt zu ihrem Hotel brachte.

Die Stadt mit ihren breiten Straßen, die gesäumt waren von duftenden Bäumen und weißen Gebäuden, bot einen atemberaubenden Anblick. Als sie nach geraumer Zeit ihren Bestimmungsort erreichten, wölbte sich der Himmel wie eine umgestürzte blaue Schale über ihnen, und die Luft war weich wie Samt. Sogar durch den Gestank der Abgase hindurch konnte Jane den süßen Duft der Orangenblüten riechen, und Grant neben ihr strahlte, einen starken Arm beschützend um ihre Schultern gelegt, eine verlässliche Wärme aus.

Sie hatten ein schönes großes Zimmer mit Balkon und einem erstaunlich modernen Bad. Jane steckte den Kopf durch die Tür und zog ihn gleich darauf mit einem glückseligen Lächeln wieder zurück. „Das Bad hat alles, was das Herz begehrt", verkündete sie strahlend.

Grant war eben dabei, die Speisekarte zu studieren. Einen

Moment später griff er zum Telefon und bestellte ein Riesenfrühstück. Jane lief das Wasser im Mund zusammen. Immerhin waren fast vierundzwanzig Stunden vergangen, seit sie zum letzten Mal etwas gegessen hatten.

Während sie auf das Essen warteten, ließ Jane sich von der Vermittlung mit ihren Eltern in Connecticut verbinden, um ihnen mitzuteilen, dass sie in Sicherheit war. Nachdem auch Grant mit ihrem überglücklichen Vater gesprochen hatte, klopfte es, und der Zimmerkellner brachte das Frühstück.

„Oh, schau doch bloß", rief sie freudig erregt aus und beugte sich über das Tablett, das der junge Mann auf dem Tisch abgestellt hatte. „Orangen und Melone. Eier, Butter, Weißbrot, Aprikosenmarmelade und Kaffee. Richtiger Kaffee!" Den Kaffeeduft, der die Luft erfüllte, tief einatmend, drehte sie sich vor Freude mit ausgebreiteten Armen einmal im Kreis und schaute Grant, der bereits dabei war, die Sachen auf den Tisch zu stellen, strahlend an.

„Jetzt fühle ich mich fast wieder wie ein richtiger Mensch", seufzte Jane beseligt, nachdem kein Krümel von dem Frühstück mehr übrig und die Kaffeekanne bis auf den letzten Tropfen geleert war. „Und nun eine heiße Dusche."

Sie zog ihre Stiefel aus und krümmte, einen wohligen, tiefen Seufzer ausstoßend, ihre Zehen. Als sie Grant einen Blick zuwarf, bemerkte sie, dass er sie mit diesem schiefen Grinsen, das sie so sehr an ihm liebte, beobachtete. Ihr Herzschlag beschleunigte sich sofort. „Hast du nicht Lust, mit mir zu duschen?" fragte sie mit unschuldigem Augenaufschlag, während sie ins Bad schlenderte.

Sie ließ sich bereits den köstlich warmen Strahl ins Gesicht regnen, als die Tür der Duschkabine aufgeschoben wurde und Grant sich zu ihr gesellte. Sie drehte sich lächelnd zu ihm um und wischte sich die Wassertropfen aus den Augen, doch als ihr Blick auf die blauen Flecken auf seinen Rippen und seiner Bauchdecke fiel, erstarb ihr Lächeln. „Oh, Grant", flüsterte sie und fuhr mit den Fingerspitzen leicht darüber. „Es tut mir so Leid."

Er schaute sie fragend an. Gewiss, er fühlte sich nicht gerade in Höchstform, und die blauen Flecken schmerzten, aber er hatte schon weitaus Schlimmeres in seinem Leben durchgemacht. „Wir haben beide Schrammen davongetragen, Honey, nur für den Fall, dass es dir bisher noch nicht aufgefallen ist. Ich bin okay." Und dann küsste er sie.

Ihre nassen nackten Körper heizten sich auf in gegenseitigem Verlangen. Der normalerweise nicht sonderlich erregende Vorgang des Einseifens wurde zu einem sinnlichen Abenteuer. Janes Hände glitten über Grants muskulösen Körper, und seine Hände fanden die weichen Kurven des ihren und erforschten seine verlockenden Tiefen. Er hob sie hoch und küsste ihre Brüste, saugte an ihren Knospen, bis sie hart waren und gerötet, und kostete von der Süße ihres Fleisches, die kein Seifenduft jemals überdecken konnte. Jane wand sich vor Lust in seinen Armen, und als sie schließlich, kopflos vor Verlangen und vollkommen benebelt von dem Wasserdampf, den der heiße Wasserstrahl erzeugte, die Beine um seine Hüften schlang, erschien ihm das Bett plötzlich viel zu weit weg, und er drang er mit einem heiseren Aufstöhnen in sie ein.

Sich nach ihm verzehrend wölbte sie sich ihm entgegen, er nagelte sie gegen die Wand, und sie versuchte ihre Beine noch mehr zu spreizen, damit sie ihn ganz und gar in sich aufnehmen konnte. Er vergrub seine Finger in ihrem Haar und küsste sie in wilder Leidenschaft, seine Zunge verband sich mit ihrer ebenso wie der Beweis seines Begehrens mit ihrem hungrigen Schoß. Seine Stöße waren so kraftvoll, dass es ihr fast die Sinne raubte, aber sie klammerte sich an ihn und bettelte flüsternd weiterzumachen. Selbst wenn sie ihn angefleht hätte aufzuhören, wäre er nicht in der Lage gewesen dazu, nicht einmal an ein Langsamerwerden war zu denken, sein Begehren peitschte ihn, auf Erlösung drängend, gnadenlos vorwärts, dem Höhepunkt entgegen.

Die roten Nebel in seinem Kopf blendeten bis auf die heißen Wellen der Ekstase, die über ihn hinwegschwappten, alles aus.

Jane schrie ein ums andere Mal auf, als eine fast unerträgliche Welle der Lust über ihr zusammenschlug und sie unter sich begrub. Sie hing an seinem Hals, total erschöpft, keuchend und zitternd wie Espenlaub, und als Grant spürte, wie sich ihr Schoß unter den Nachbeben der Lust zusammenzog, ließ auch er sich fallen und verströmte sich in ihr, wobei er das Gefühl hatte, einen kleinen Tod zu sterben, doch zugleich fühlte er sich so lebendig, dass er am liebsten laut aufgeschrien hätte vor Glück.

Wie sie anschließend ins Bett gekommen waren, wussten sie später nicht mehr. Erst als die kühlen Laken ihre Körper streiften, nahm die Welt vor ihren Augen wieder Gestalt an. „Komm unter die Decke", flüsterte er und zog sie eng an sich. Beseligt schmiegte sie sich an ihn und schloss die Augen. Sie war so müde ... „Jetzt können wir schlafen", sagte er weich und vergrub seine Lippen in ihrem Haar.

Es war unerträglich heiß, als sie erwachten. Die unbarmherzige mexikanische Sonne drang durch die zugezogenen Vorhänge und verwandelte das Zimmer in einen Brutofen. Ihre Haut war mit einem Schweißfilm bedeckt, und ihre Körper klebten aneinander. Grant kletterte aus dem Bett und schaltete die Klimaanlage auf Hochtouren, dann stand er einen Augenblick vor dem Luftschacht und genoss die angenehme Kühle, die seinen nackten Körper umfächelte. Wenig später war er wieder bei Jane und drehte sie auf den Rücken.

An diesem Tag verließen sie das Bett so gut wie gar nicht. Sie liebten sich, um anschließend wieder einzuschlafen und sich nach dem Aufwachen erneut zu lieben. Sie konnte ebenso wenig genug von ihm bekommen wie er von ihr. In ihrem Liebesspiel lag jetzt keinerlei Dringlichkeit mehr, sondern nur noch ein tief sitzender Widerwille, voneinander getrennt zu sein. Durch Grant lernte Jane ihren Körper zum ersten Mal im Leben richtig kennen. Er lehrte sie, dass Sinnlichkeit Grenzüberschreitung war, und wenn seine Lippen und seine Zunge sie an den intimsten Stellen liebkosten, erlebte sie das Wunder der körperlichen Liebe stets aufs neue.

Erst als der Abend nahte, beschlossen sie, ihr Zimmer zu verlassen. Sie spazierten Händchen haltend durch die mexikanische Nacht und tätigten in Geschäften, die lange geöffnet hatten, einige Einkäufe. Jane kaufte sich ein pinkfarbenes Sonnentop, das ihre gebräunte Haut wie Honig leuchten ließ, ein Paar Sandaletten und Unterwäsche. Grants Leidenschaft fürs Shopping hielt sich ausgesprochen in Grenzen, aber immerhin konnte sie ihn dazu bewegen, sich eine Jeans, Laufschuhe und ein Polohemd zuzulegen. „Du brauchst unbedingt ein paar andere Klamotten", drängte sie und schob ihn erbarmungslos in die Umkleidekabine. „Ich möchte nämlich nachher mit dir essen gehen."

Als er ihr schließlich vor einer Flasche Wein in einem kleinen Restaurant gegenübersaß, wurde ihm bewusst, dass er zum ersten Mal seit Jahren mit einer Frau ganz privat beisammensaß. Sie hatten nichts anderes zu tun, als zu essen, zu plaudern, ab und zu einen Schluck Wein zu trinken und sich zu überlegen, was sie nach dem Essen anstellen könnten. Nachdem er in den Ruhestand gegangen war, hatte er sich auf seine Farm zurückgezogen, oft ohne wochenlang einen Menschen zu Gesicht zu bekommen. Nur wenn ihm die Vorräte auszugehen drohten, sah er sich veranlasst, in die Stadt zu fahren, der er dann jedoch jedes Mal so schnell wie möglich wieder den Rücken kehrte, und das oftmals, ohne auch nur ein einziges Wort mit irgend jemandem gewechselt zu haben. Er konnte es nicht ertragen, wenn er sich von Menschen umzingelt fühlte. Doch jetzt war er entspannt und schenkte den Fremden um sich herum keinerlei Aufmerksamkeit. Er wusste zwar, dass sie da waren, aber es interessierte ihn nicht. Das einzige, was ihn interessierte, war Jane.

Auf ihrem Gesicht lag ein Strahlen, und sie barst schier vor Energie. Ihr dunkles Haar glänzte, und ihre gebräunte Haut glühte, ihr Lachen perlte. Ihre prallen Brüste drohten das Sonnentop fast sprengen, und als sein Blick auf ihre Knospen fiel, die sich unter dem dünnen Stoff abzeichneten, erwachte sein Begehren erneut. Sie hatten nicht mehr viel Zeit, und wenn sie erst wieder in den Staaten waren, war sein Auftrag beendet. Es würde bald sein, viel zu bald, und er hatte noch längst nicht genug von ihr.

Kaum waren sie in ihrem Hotelzimmer angelangt, fielen sie erneut mit einer wilden Leidenschaft, der fast etwas Verzweifeltes anhaftete, übereinander her. Diese starke Verzweiflung rührte daher, dass sie beide wussten, dass ihre gemeinsame Zeit ihrem Ende entgegenging.

Als sie schließlich eng aneinandergeschmiegt erschöpft in den Kissen lagen, begann Jane von sich zu erzählen. Geschichten aus ihrer Kindheit, wo sie zur Schule gegangen war, was sie gern aß und welche Schriftsteller sie mochte.

Nachdem sie am Ende angelangt war, sah Grant sich genötigt, im Gegenzug dazu nun auch etwas von sich zu preiszugeben, und er begann mit leicht heiserer Stimme ein Bild von dem kleinen Jungen mit der sonnenverbrannten Haut zu zeichnen, der in den Sümpfen Georgias zu Hause gewesen war.

„Und dann?“ fragte Jane sanft, als er nicht weiter sprach.

„Dann kam Vietnam. Ich war noch keine achtzehn, als ich mich freiwillig meldete. Ich verstand es verdammt gut, mich im Dschungel zu bewegen, deshalb waren sie interessiert an mir. Zum Glück dauerte der Krieg nicht mehr lange.“

„Und wie bist du zum Geheimdienst gekommen oder wie man das nennt, wo du gearbeitet hast?“

„Der Krieg war beendet, und als ich nach Hause kam, gab es keine geeignete Arbeit für mich. Vielleicht hätte ich mich ja nach einiger Zeit im normalen Leben wieder zurechtgefunden, aber ich hatte keine Lust herumzuhängen und darauf zu warten. Außerdem merkte ich, dass ich meine Kumpel, die nicht in Vietnam gewesen waren, beschämte und ein Fremder für sie war. Als mich irgendwann ein ehemaliger Vorgesetzter kontaktierte, nahm ich sein Angebot an."

„Aber jetzt bist du im Ruhestand. Bist du wieder nach Georgia zurückgegangen?"

„Nur für ein paar Tage, um meine Familie wissen zu lassen, wo sie mich finden konnten. Ich wollte mich nicht in Georgia niederlassen, dort kannten mich zu viele Leute, und ich sehnte mich nach Ruhe. Deshalb habe ich mir diese Farm in Tennessee gekauft, auf der ich seitdem Winterschlaf halte. Bis dein Dad mich angeheuert hat, um dich wieder nach Hause zurückzubringen."

„Warst du jemals verheiratet? Oder verlobt?"

„Nein", sagte er und küsste sie. „Jetzt ist es aber genug mit der Fragerei. Schlaf jetzt."

„Grant?"

„Hmmm?"

„Glaubst du, er hat wirklich aufgegeben?"

„Wer?"

„Turego."

Seine Stimme klang belustigt. „Honey, ich kann dir zuverlässig versichern, dass man ihn gut unter Kontrolle hat. Du brauchst dir keine Gedanken zu machen. Jetzt, wo du in Sicherheit bist, kann man die notwendigen Schritte ergreifen, um ihn unschädlich zu machen."

„Du sprichst in Rätseln. Was heißt ‚gut unter Kontrolle haben' und ‚unschädlich machen' in diesem Zusammenhang?"

„Das heißt, dass er einige Zeit in einem dieser ungemein komfortablen Knäste in Mittelamerika, von denen wohl schon jeder mal gehört hat, verbringen wird. Und jetzt schlaf endlich."

Sie gehorchte, schloss mit einem zufriedenen Lächeln die Augen und kuschelte sich in seine Arme.

Sie verbrachten noch einen weiteren traumhaft schönen Tag in Mexico City, doch dann war Jane klar, dass ihre Zeit abgelaufen war. Sie musste wieder nach Hause zurück, und auf Grant wartete in Tennessee das Leben, das er geführt hatte, bevor sich ihre Wege kreuzten. Sie konnten nicht länger in Mexico City bleiben.

Als sie an Bord der Maschine nach Dallas gingen, brannten Janes Augen vor ungeweinten Tränen. Sie wusste, dass Grant von Dallas aus getrennte Flüge für sie gebucht hatte, sie würde den Flieger nach New York nehmen, während er nach Knoxville weiterflog. Was bedeutete, dass sie sich auf dem Flughafen in Dallas Lebewohl sagen mussten. Dieser Gedanke war Jane unerträglich, und sie musste sich alle Mühe geben, Haltung zu bewahren und nicht loszuheulen wie ein Baby, weil sie sich sicher war, dass es ihm nicht gefallen würde. Hätte er ein weitergehendes Interesse an ihr, hätte er es nur zu sagen brauchen. Doch da er es sorgsam vermieden hatte, die Sprache auf eine eventuelle gemeinsame Zukunft zu bringen, nahm sie an, dass er, aus welchen Gründen auch immer, nicht an einer Weiterführung ihrer Romanze interessiert war. Sie hatte gewusst, dass der Zeitpunkt der Trennung irgendwann kommen würde, und jetzt war er da. Nun wurde ihr die Rechnung präsentiert, und ihr blieb nichts anderes übrig, als die Zähne zusammenzubeißen und zu bezahlen.

Es gelang ihr, ihre Tränen unter Kontrolle zu bringen. Sie blätterte in dem Magazin der Fluglinie herum, auch wenn sie kaum wusste, was sie da eigentlich las. Dann hielt sie eine ganze Weile Grants Hand, doch als die Stewardess das Essen brachte, ließ sie sie los. Sie bestellte sich einen Gin Tonic und stürzte ihn herunter, dann bestellte sie sich noch einen zweiten.

Grant musterte sie eingehend, was sie Zuflucht zu einem strahlenden Lächeln nehmen ließ, denn sie war fest entschlossen, ihn nicht merken zu lassen, dass sie innerlich zerbrach.

Bald, viel zu bald, landeten sie in Dallas. In der Halle angekommen, umklammerte Jane ihren verdreckten, arg mitgenommen aussehenden Rucksack, sich zum ersten Mal wieder daran erinnernd, dass sich darin neben ihren Sachen auch Grants Stiefel und seine Tarnkleidung befanden, weil er seinen eigenen Rucksack bei dem Sprung aus dem Waschraumfenster hatte zurücklassen müssen. „Du musst mir noch deine Adresse geben", sagte sie mit gespielter Munterkeit. „Damit ich dir deine Sachen nachschicken kann." Nach einer kurzen Pause fügte sie hinzu: „Es sei denn, du kaufst dir jetzt hier auf dem Flughafen eine Tasche. Zeit genug haben wir noch."

Er warf einen Blick auf seine Armbanduhr. „Deine Maschine startet in achtundzwanzig Minuten. Du gehst jetzt wohl besser zu deinem Gate. Hast du dein Ticket?"

„Ja. Und was ist mit deinen Kleidern?"

„Mach dir darüber keine Gedanken. Ich bleibe mit deinem Vater in Kontakt."

Ja, natürlich. Die Rechnung dafür, dass er sie aus Costa Rica herausgeholt hatte, stand ja noch offen. Sein Gesicht war hart und ausdruckslos, seine bernsteinfarbenen Augen blickten sie kühl an. Sie steckte die Hand aus, ohne zu merken, wie sehr sie zitterte. „Nun ... tschüs dann. Es ..." Sie brach ab. Was konnte sie sagen? *Es war nett, dich kennen gelernt zu haben?* Sie schluckte krampfhaft. „Es hat mir Spaß gemacht."

Er schaute auf ihre ausgestreckte Hand, dann wanderte sein Blick langsam zu ihrem Gesicht empor. In seinen Augen lag plötzlich ein ungläubiges Staunen. „Was du nicht sagst", gab er langsam zurück, schnappte sich ihre Hand und zog Jane ganz eng an sich. Und dann lag sein Mund auf ihrem, und seine Zunge schlüpfte zwischen ihre Zähne, gerade so, als wären sie nicht von vielen neugierigen Leuten umgeben. Sie klammerte sich zitternd an ihn.

Einen Augenblick später beendete er den Kuss und gab sie frei. Seine Kiefer waren fest aufeinander gepresst. „Geh jetzt, sonst versäumst du noch deinen Flug. Ich melde mich in ein paar Tagen." Der letzte Satz war ihm gegen seinen Willen herausgerutscht; eigentlich war er entschlossen gewesen, die Sache hier und jetzt zu beenden, aber in ihren Augen sah er soviel Verlorenheit und Schmerz, und sie hatte seinen Kuss so hungrig erwidert, dass er es nicht geschafft hatte, die Worte zurückzuhalten. Eine kleine Verschnaufpause, ja, er hatte sowohl ihr als auch sich selbst noch eine kleine Verschnaufpause verschafft.

Sie nickte, und er sah ihr an, wie sehr sie sich zusammenriss. Er wusste, dass sie nicht weinend vor ihm zusammenbrechen würde, obgleich er es sich wünschte, denn das würde ihm die Gelegenheit geben, sie noch einmal in den Arm zu nehmen. Aber sie war zu stark, um sich so gehen zu lassen. „Auf Wiedersehen", brachte sie mühsam heraus, dann drehte sie sich um und ging davon.

Sie sah kaum, wohin sie ging, und die Leute um sie herum wirkten verschwommen. Erst als sie ein paar Mal blinzelte, war ihre Sicht wieder klar. Nun, jetzt war sie wieder allein. Er hatte zwar gesagt, dass er sich melden würde, aber sie wusste, dass er ihr damit nur den Abschied hatte erleichtern wollen. Es war vorbei. Das musste sie akzeptieren, und sie sollte dankbar sein für die schöne Zeit, die sie mit ihm zusammen verbracht hatte. Schließlich war es vom ersten Moment an klar gewesen, dass Grant Sullivan kein Mann war, dem man Fesseln anlegen konnte.

Irgend jemand berührte sie von hinten am Arm, es war eine warme, starke Berührung, die Berührung eines Mannes. Sie blieb stehen, wilde Hoffnung keimte in ihr auf. Doch als sie sich umdrehte, sah sie, dass es nicht Grant war, der sie aufgehalten hatte. Der Mann hatte schwarzes Haar und schwarze Augen, seine Haut war dunkel. Ein Mann lateinamerikanischer Abstammung offensichtlich. „Sind Sie Jane Greer?" erkundigte er sich höflich.

Sie nickte und wunderte sich, woher der Mann ihren Namen wusste. Seine Hand lag noch immer auf ihrem Arm. Jetzt verstärkte sich sein Griff. „Würden Sie bitte mitkommen?" Obwohl seine Stimme noch immer genauso höflich klang, war Jane klar, dass seine Frage keine Frage war, sondern ein Befehl.

Plötzlich schrillten bei ihr alle Alarmglocken. Mit einem Lächeln auf den Lippen riss sie sich blitzschnell den Rucksack von der Schulter und haute ihn dem Mann über den Kopf. Sie traf ihn an der Schläfe, so dass er ins Taumeln geriet. Aus dem harten ‚Klack' schloss sie, dass sein Schädel mit Grants Stiefeln Bekanntschaft gemacht hatte.

„Grant!" schrie sie mit gellender Stimme. „*Grant!*"

Der Mann rettete sich in letzter Sekunde vor dem Fall und machte einen Satz auf sie zu. Jane begann wie von wilden Hunden gehetzt und Leute beiseite stoßend in die Richtung zu rennen, aus der sie gekommen war, doch sie war nicht schnell genug – der Mann holte sie ein. In dem Moment, in dem er sie am Arm packte, war Grant bei ihr. Frauen kreischten und Männer brüllten, und zwei Flughafenpolizisten kamen auf sie zugesprintet. Grant schickte den Mann mit einem donnernden Kinnhaken zu Boden, dann ergriff er Janes Arm und rannte mit ihr, die Aufforderung der Polizisten stehen zu bleiben ignorierend, auf den nächsten Ausgang zu.

„Was zum Teufel hatte das zu bedeuten?" fuhr er Jane an, als sie sich schließlich draußen in der gleißenden texanischen Sonne, keuchend vom schnellen Laufen, wiederfanden.

„Ich weiß es nicht. Dieser Mann hielt mich auf und fragte, ob ich Jane Greer sei; dann packte er mich am Arm und forderte mich auf mitzukommen, deshalb haute ich ihm meinen Rucksack auf den Kopf und begann wie am Spieß zu schreien."

„Kann ich gut verstehen", brummte Grant und winkte ein Taxi herbei.

„Wohin, Leute?" fragte der Taxifahrer.

„In die Innenstadt."

„Und wohin da?"

„Ich sag' Ihnen, wenn Sie halten sollen."

„Soll mir recht sein."

Während sie um die Ecke bogen, kamen einige Leute aus dem Terminal herausgerannt, aber Jane schaute nicht zurück. Sie zitterte noch immer. „Glaubst du, dass es jemand von Turegos Leuten war?"

Grant zuckte die Schultern. „Keine Ahnung. Ich muss telefonieren, vielleicht wissen wir dann mehr."

Da hatte sie gedacht, sie wäre in Sicherheit, sie wären beide in Sicherheit, und dann das. Sie konnte nicht aufhören zu zittern.

Noch bevor sie die Innenstadt von Dallas erreicht hatten, befahl Grant dem Taxifahrer, vor einem Einkaufszentrum zu halten. „Was willst du denn in dem Einkaufszentrum?" fragte Jane.

„Hier gibt es sicher ein Telefon. Komm."

Er entlohnte den Taxifahrer und hastete dann gemeinsam mit Jane ins Einkaufszentrum zu einem Telefon. Nachdem er mit jemandem ein paar Sätze gesprochen hatte, denen Jane nichts entnehmen konnte, hängte er, in den Mundwinkeln sein schiefes Grinsen, wieder ein.

„Und?" fragte Jane.

„Nun, jetzt ist die Sache klar. Es war nur ein Agent, dem du deinen Rucksack auf den Kopf gehauen hast."

„Was?" Jane riss überrascht die Augen auf. „Ein Agent?"

„Ganz recht, ein Agent. Wir müssen leider einen kleinen Umweg machen. Sie wollen dich verhören. Man hatte entschieden, dich abzufangen, nachdem wir uns auf dem Flughafen getrennt hatten, aber leider ging die Sache in die Hose. Sabin wird dem Mann die Ohren langziehen."

„Sabin? Ist er dein Freund?"

Er lächelte auf sie herunter. „So ist es. Mein einziger." Er streichelte ihr mit dem Handrücken sehr sanft über die Wange. „Und das ist ein Name, den du ganz schnell wieder vergessen solltest, Honey. Am besten rufst du jetzt deine Eltern an und gibst ihnen Bescheid, dass du erst morgen kommst."

„Wohin fahren wir denn?"

„Nach Virginia, aber erzähl das deinen Eltern nicht, sondern sag einfach, du hättest die Anschlussmaschine verpasst."

Also wusste man von dem Mikrofilm. Jane gab ihre Kreditkartennummer ein. Sie würde aufatmen, wenn das alles erst einmal hinter ihr lag. Doch auf diese Weise hatte sie zumindest noch einen weiteren Tag mit Grant. Noch einen ganzen Tag! Ihr Herz jubilierte. Es war ein Aufschub; ob sie allerdings die Kraft für einem zweiten Abschied haben würde, wusste sie nicht.

13. KAPITEL

Kell Sabins Büro befand sich da, wo es immer gewesen war, und auch ansonsten war alles noch genauso, wie Grant es erinnerte. Der Agent, der sie hergebracht hatte, klopfte verhalten an die Tür. „Sullivan ist da, Sir."

„Schicken Sie ihn rein."

Das erste, was Jane auffiel, war der altmodische Charme des Raumes. Die Decke war hoch, und der Glühstrumpf war bestimmt noch derselbe wie vor hundert Jahren, als das Haus erbaut worden war. Bis zum Boden reichende Fenster, vor denen ein ausladender Schreibtisch stand, ließen die späte Nachmittagssonne ins Zimmer.

Der Mann am Schreibtisch stand auf und trat auf sie zu. „Na, du siehst ja ziemlich wild aus, Sullivan", sagte er und schüttelte Grant die Hand, dann wanderte sein Blick zu Jane weiter. Seine tiefschwarzen Augen schienen alles Licht zu absorbieren. Sein Haar war voll und ebenfalls tiefschwarz, sein Gesichtsausdruck ernst. Er strahlte eine Energie aus, die Jane augenblicklich in ihren Bann zog.

„Tag, Ms. Greer", sagte er und hielt ihr die Hand hin.

„Guten Tag, Mr. Sabin", gab sie zurück und schüttelte seine Hand.

„Mein Agent in Dallas ist tief beschämt."

„Dafür besteht kein Anlass", mischte sich Grant ein. „Sie hatte Glück."

„Grants Stiefel waren in dem Rucksack", erklärte Jane. „Damit habe ich ihn etwas unglücklich am Kopf getroffen."

Sabin nahm Jane jetzt genauer unter die Lupe, sein Blick wanderte nachdenklich über ihr offenes Gesicht mit den frechen Sommersprossen. Dann schaute er Grant an, der sich wie der Fels von Gibraltar hinter ihr aufgebaut hatte. Sicher, er konnte Jane Greer befragen, aber so, wie er die Sache einschätzte, würde Sullivan es nicht zulassen, dass er sie in die Enge trieb.

„Ms. Greer", tastete er sich behutsam vor, „wussten Sie, dass George Persall einer unserer ..."

„Ja, das wusste ich", unterbrach sie ihn lebhaft. „Ich habe ihm manchmal geholfen, aber nicht oft." Sie machte eine kleine Pause und lächelte ihn an. „Ich glaube, ich habe etwas für Sie", fuhr sie dann fort, schnürte ihren Rucksack auf und begann darin herumzukramen. „Ich weiß doch genau, dass er da ist. Ah ... hier!" Sie förderte eine kleine Filmdose zutage und legte sie auf den Schreibtisch.

Beide Männer starrten wie vom Donner gerührt darauf. „Die haben Sie die ganze Zeit mit sich rumgeschleppt?" fragte Sabin nach einiger Zeit fassungslos.

„Nun, es blieb mir ja nichts anderes übrig. Auf Turegos Plantage habe ich sie immer am Körper getragen für den Fall, dass er mein Zimmer durchsucht. George hat mir beigebracht, dass das nahe liegendste oft das Sicherste ist."

Grant konnte jetzt nicht mehr an sich halten und begann leise zu lachen. Diese Frau! Es war wirklich nicht zu fassen. „Aber warum zum Teufel hast du mir denn nichts von dem Mikrofilm erzählt, Jane?"

„Weil ich dachte, dass es sicherer für dich ist, wenn du nichts davon weißt."

Wieder schaute Sabin wie vom Donner gerührt drein, so als hielte er es für völlig unmöglich, dass irgend jemand den Drang verspüren könnte, Grant Sullivan zu beschützen. Grant sah, dass Jane Kell Sabin aus dem Gleichgewicht gebracht hatte, und verkniff sich ein Grinsen, wohingegen Sabin ein leises Hüsteln von sich gab, um seine Reaktion zu kaschieren.

„Sagen Sie, Ms. Greer“, fragte er vorsichtig, „wissen Sie, was auf dem Film drauf ist?“

„Nein. Ebenso wenig wie George es gewusst hat.“

Jetzt lachte Grant laut heraus. „Na, mach schon, Kell. Erzähl’s ihr. Oder besser noch, zeig’s ihr. Sie wird ihre helle Freude daran haben.“

Noch immer kopfschüttelnd griff Sabin nach der Filmrolle und zog den Film heraus. Grant kramte sein Feuerzeug aus der Hosentasche, beugte sich vor und hielt die Flamme an den Film. Dann beobachteten die drei, wie sie sich durch das Zelluloid fraß, bis sie fast oben bei Sabins Fingern angelangt war und er den verkohlten Filmstreifen in den Aschenbecher fallen ließ. „Der Film war eine Kopie eines Films, der keinesfalls in unbefugte Hände fallen durfte. Alles, was wir wollten, war, ihn in unseren Besitz zu bringen, um ihn zu vernichten, bevor ihn sich jemand ansehen konnte, für dessen Augen er nicht bestimmt war.“

Jane, den Gestank verbrannten Zelluloids in der Nase, starrte fassungslos auf die verkohlten Überreste des Films. Alles, was sie gewollt hatten, war, den Film zu zerstören, und sie hatte ihn durch den Dschungel und über den halben Kontinent geschleppt – nur um zuzusehen, wie er am Ende verbrannte. Ihre Mundwinkel hoben sich, und sie gab sich alle Mühe, sich ein Lachen zu verbeißen, doch umsonst. Es stieg unaufhaltsam in ihr auf und brach sich schließlich Bahn. Lauthals lachend drehte sie sich nach Grant um, und als sie seinen Blick auffing, rollte der ganze Film der vergangenen Tage vor ihrem geistigen Auge ab, und sie erinnerte sich der Abenteuer, die sie gemeinsam bestanden hatten. Sie machte einen Schritt auf Grant zu und klammerte sich an ihn, weil sie so unbändig lachte, dass sie sich kaum mehr auf den Beinen halten konnte.

Grant stimmte in ihr Gelächter ein und hielt sie fest. „Ich habe mir um ein Haar das Genick gebrochen, weil ich einen Abhang hinuntergestürzt bin“, keuchte sie. „Wir haben einen Pick-Up gestohlen ... einem Jeep die Reifen zerschossen ... und Turegos Nasenbein musste dran glauben, und das alles nur, um den Film schließlich *verbrennen* zu sehen!"

Ein paar Stunden später lagen sie, wohlig erschöpft vom Liebesspiel, in einem Hotelbett in Washington D.C. Sie hatten es gerade noch geschafft, die Tür hinter sich abzuschließen, dann waren sie sich auch schon in die Arme gefallen, wobei sie sich nur der notwendigsten Kleidungsstücke entledigten.

Doch das war bereits vor Stunden gewesen, mittlerweile waren sie splitternackt und kurz vorm Einschlafen.

Grant streichelte träge ihren Rücken. „Wie weit warst du denn in Persalls Aktivitäten involviert?"

„Nicht weit", murmelte sie. „Sicher, ein bisschen was wusste ich schon, weil er mich manchmal als Kurier eingesetzt hat, aber das kam nicht so besonders oft vor. Ab und zu hat er mir etwas erzählt. Er war ein seltsamer, sehr einsamer Mann."

„War er dein Liebhaber?"

Sie hob überrascht den Kopf.

„George? Natürlich nicht."

„Warum ‚natürlich nicht'? Schließlich war er ein Mann, oder etwa nicht? Und immerhin ist er in deinem Schlafzimmer gestorben."

Sie zögerte einen Moment. „George hatte ein Problem. Er ... er konnte niemandes Liebhaber sein."

„Dann war dieser Teil des Berichts auch falsch."

„Das war Absicht. George hat mich als eine Art Tarnung benutzt."

Er fuhr ihr mit der Hand durchs Haar. „Das erleichtert mich. Er war zu alt für dich."

Jane schaute ihm tief in die Augen. „Und selbst wenn er es nicht gewesen wäre, ich war nicht interessiert. Auch wenn du es nicht glauben willst, aber du bist wirklich der erste und einzige Liebhaber, den ich jemals hatte. Außer meinem Mann natürlich, doch das war etwas anderes. Ich wollte nie einen Liebhaber."

„Und als du mich dann getroffen hast …?“ murmelte er schläfrig.

„Dich wollte ich.“ Sie beugte sich zu ihm hinunter und küsste ihn, dann schlang sie die Arme um seinen Hals und schmiegte sich an ihn.

„Ich wollte dich auch“, sagte er so leise, dass es nicht viel mehr war als ein Hauch, der über ihre Haut hinwegging.

„Ich liebe dich.“ Es gelang ihr nicht, die Verzweiflung aus ihrer Stimme herauszuhalten. Das Schicksal hatte ihr eine letzte Chance gegeben, sie musste einfach versuchen sie zu nutzen, komme, was da wolle. „Willst du mich heiraten?“

„Jane, mach das nicht, ich bitte dich.“

„Was soll ich nicht machen? Dir sagen, dass ich dich liebe? Oder dich fragen, ob du mich heiraten willst?“ Sie schob ihr rechtes Bein über seinen Bauch, drehte sich dann halb herum und setzte sich, ihre schwarze Mähne in den Nacken schüttelnd, auf ihn und starrte ihm herausfordernd in seine goldenen Augen.

„Wir passen einfach nicht zusammen“, erklärte er. „Ich kann dir nicht geben, was du brauchst, ich würde dich nur unglücklich machen.“

„Ich werde eh unglücklich sein“, erwiderte sie sachlich und zwang sich zu einem leichten Ton. „Und deshalb würde ich lieber mit dir unglücklich sein als ohne dich.“

„Ich bin ein Einzelgänger, Jane, ein einsamer Wolf. Die Ehe ist eine Partnerschaft, so etwas liegt mir nicht. Ich mache meinen Kram lieber allein. Sieh den Tatsachen ins Auge, Honey. Wir haben im Bett viel Spaß miteinander gehabt, aber das ist auch alles.“

„Vielleicht für dich. Für mich nicht. Ich liebe dich.“ Der Schmerz in ihrem Tonfall war unüberhörbar.

„Tust du das wirklich? Wir hatten eine Menge Stress in den vergangenen Tagen. Da ist es eine vollkommen natürliche Reaktion, dass man sich einander zuwendet. Es hätte mich sehr verwundert, wenn wir nicht im Bett gelandet wären.“

„Bitte, erspar mir deine Westentaschenpsychologie. Ich bin

kein Kind mehr, und ich bin auch nicht blöd. Ich weiß sehr gut, ob ich jemanden liebe oder nicht. Und ich liebe dich eben – verdammt noch mal! Es muss dir ja nicht gefallen, aber versuch bitte nicht, es mir auszureden.“ Ihre Augen sprühten Funken.

„Ich hab's ja kapiert.“ Er hielt ihrem zornigen Blick stand. „Soll ich mir ein anderes Zimmer nehmen?“

„Nein. Dies ist unsere letzte Nacht, und ich will, dass wir sie *zusammen*verbringen.“

„Auch wenn wir uns streiten?“

„Warum nicht?“

„Ich habe aber keine Lust, mich zu streiten“, gab er zurück und setzte sich so blitzartig auf, dass Jane keine Zeit mehr hatte zu reagieren. Einen Moment später fand sie sich auf dem Rücken liegend wieder und blinzelte überrascht zu ihm auf. Er schob ihre Beine auseinander und drang dann langsam in sie ein. Sie schloss die Augen und genoss die Wellen lustvoller Erregung. Er hatte recht; sich zu lieben war eine weitaus bessere Alternative als zu streiten.

Ein zweites Mal schnitt sie das Thema einer gemeinsamen Zukunft jedoch nicht an, weil sie aus Erfahrung wusste, wie stur er sein konnte; falls er wider Erwarten doch interessiert sein sollte, würde er schon selbst die Initiative ergreifen müssen.

Deshalb konzentrierte sie sich jetzt nur noch darauf, ihm soviel Lust wie möglich zu verschaffen. Das sollte ihr Abschiedsgeschenk an ihn sein in der Hoffnung, dass er sie nicht vergaß.

Am nächsten Morgen kroch Jane frühzeitig aus den Federn, ohne ihn zu wecken. Sie wusste, dass er einen zu leichten Schlaf hatte, um nicht aufzuwachen, während sie duschte und sich anzog. Doch da er durch nichts zu erkennen gab, dass er wach war, blieb ihr nichts anderes, als die Distanz, die er jetzt anscheinend dringend benötigte, zu akzeptieren, und sie schlüpfte, ohne ihn zum Abschied noch einmal zu küssen, leise aus dem Zimmer. Sie hatten sich schließlich in der vergangenen Nacht lange genug verabschiedet.

Als das Klicken des Türschlosses ertönte, wälzte sich Grant herum und starrte blicklos an die Decke.

Es war seltsam, wie sehr Grant Jane vermisste. Obwohl sie niemals auf seiner Farm gewesen war, sah er sie an allen Ecken und Enden. Ständig bildete er sich ein, sie etwas sagen zu hören, doch wenn er sich umdrehte, war da natürlich niemand. Und nachts ... Oh, Gott, die Nächte waren ein einziger Alptraum. Er tat kaum ein Auge zu und vermisste ihren weichen Körper so sehr, dass es schmerzte.

Er versuchte sich mit körperlicher Arbeit abzulenken, doch der Erfolg war keineswegs durchschlagend. So hart er auch arbeitete, das gewünschte Ergebnis blieb aus. Weder verschwand Jane aus seinen Gedanken, noch fiel er abends todmüde ins Bett, so wie er es sich ersehnte. Er schuftete wie ein Wilder in der größten Mittagshitze, zäunte sein Grundstück neu ein, deckte das Dach und reparierte den alten Traktor, doch alles war vergebens. Obwohl er sich noch nie in seinem Leben einsam gefühlt hatte, begann nun die Einsamkeit an ihm zu fressen wie eine tödliche Krankheit.

Er hatte Jane gesagt, dass sie ihren Versuch, ihn von einer gemeinsamen Zukunft zu überzeugen, aufgeben sollte, und sie hatte ihn aufgegeben. Sie war gegangen, weil er ihr gesagt hatte, dass sie gehen sollte. Sie liebte ihn, dessen war er sich sicher. Am Anfang hatte er sich vorzumachen versucht, dass ihre Gefühle für ihn anderen Ursprungs seien, dass der Stress sie zusammengebracht hätte, doch natürlich wusste er es besser. Und sie wusste es nicht weniger.

Nun, zum Teufel! Er vermisste sie so entsetzlich, dass es schmerzte, und wenn das keine Liebe war, dann konnte er nur hoffen, die richtige Liebe niemals kennen zu lernen, denn das würde er nicht aushalten. Es gelang ihm nicht, Jane aus seinem Kopf zu vertreiben, und ihre Abwesenheit erzeugte einen dumpfen Schmerz in ihm, gegen den es kein Heilmittel gab.

Grant hätte niemals geglaubt, dass es so schwierig sein würde, Jane zu finden. Irgendwie hatte er sich eingebildet, es wäre ein leichtes, über ihren Vater ihre Adresse in Erfahrung zu bringen, doch dem war nicht so. Er hätte es wissen müssen. Mit Jane war nichts so, wie es sein sollte.

Allein drei Tage musste er sich gedulden, ehe es ihm endlich gelang, mit ihrem Vater Kontakt aufzunehmen. Janes Eltern waren verreist gewesen, und die Haushälterin wusste nicht, wo sich Jane aufhielt, oder sie hatte Anweisung, ihren Aufenthaltsort nicht preiszugeben.

Nach drei langen Tagen des Wartens endlich erfuhr Grant von James Hamilton, dass seine Tochter sich, nachdem sie sich eine Woche lang zu Hause von den Strapazen erholt hatte, zu einer Reise nach Europa aufgemacht hatte und sich derzeit in Monte Carlo amüsierte.

Europa! Sie machte es ihm wirklich nicht leicht.

Jane lächelte Felix über den Spieltisch hinweg an, er war wirklich ein netter Junge und half ihr auf eine angenehme Weise, sich die Zeit zu vertreiben, die ihr ungeachtet dessen dennoch mittlerweile zu lang wurde.

Als sie sich auf die Reise gemacht hatte, war sie aus irgendeinem unerfindlichen Grund felsenfest davon überzeugt gewesen, dass in der Beziehung zu Grant das letzte Wort noch nicht gesprochen war. Sie glaubte fest daran, dass er irgendwann versuchen würde, Kontakt mit ihr aufzunehmen, und das selbst in Monte Carlo, wenn es sein musste.

Doch er ließ sich Zeit. Und wenn er nun doch nie wieder von sich hören ließ? Dann blieb ihr nichts anderes, als seine Entscheidung zu akzeptieren. Ja, sie würde sie ebenso akzeptieren, wie sie die tränennassen Wangen akzeptierte, mit denen sie fast jede Nacht aufwachte. Sie vermisste ihn. Sie vermisste ihn schrecklich. Es war, als ob mit ihm ein Teil ihrer selbst dahingegangen wäre. Jetzt hatte sie außer ihren Eltern wieder niemandem mehr, dem sie uneingeschränkt vertrauen konnte, niemanden, in dessen Armen sie Ruhe fand.

Felix gewann schon wieder, so wie er jede Nacht gewonnen hatte, seit er und Jane sich kennen gelernt hatten. Er behauptete, sie wäre sein Talisman. Das elegante Kasino summte vor Betriebsamkeit, und die Kronleuchter funkelten mit den Diamanten an den Dekolletés und den gepflegten Händen der elegant gekleideten Frauen um die Wette. Jane passte mit ihrem engen schwarzen, schulterfreien Abendkleid, den langen Ohrgehängen und dem hochgesteckten Haar bestens in den vornehmen Rahmen. Sie trug weder Halsschmuck noch ein Armband, nur diese Ohrringe, die ihre Haut schimmern ließen wie flüssiges Gold.

Weil es bereits spät war und sich zudem der leichte Kopfschmerz, der sie seit Tagen plagte, wieder bemerkbar machte, erhob sie sich jetzt, ging um den Spieltisch herum und legte Felix leicht die Hand auf den Arm. „Ich glaube, mir reicht es für heute", sagte sie lächelnd. „Ich habe ein bisschen Kopfschmerzen, so dass es wohl besser sein wird, wenn ich mich zurückziehe."

Er schaute sie bestürzt an. „Hoffentlich werden Sie nicht krank."

„Nein nein, bestimmt nicht. Ich glaube, ich war heute nur ein bisschen zu lange in der Sonne. Sie müssen mich nicht begleiten, es sind ja nur ein paar Schritte bis zum Hotel. Viel Glück noch. Vielleicht gewinnen Sie ja ohne mich doppelt so viel, wer weiß?"

Felix schaute leicht zweifelnd drein, doch dann zwang er sich zu einem charmanten Lächeln und wünschte ihr eine gute Nacht.

Jane verließ eilig das Kasino und ging hinüber zu ihrem Hotel. In dem Moment, in dem sie sich anschickte, ihre Zimmertür zu öffnen, legten sich von hinten zwei starke Arme um ihren Hals. „Ssch", flüsterte ihr eine raue Stimme ins Ohr. „Ganz leise."

Sie fühlte sich in das dunkle Zimmer gezerrt, einen Augenblick später fiel die Tür hinter ihr ins Schloss. Alles ging so schnell, dass sie gar nicht dazu kam, einen klaren Gedanken zu fassen. Dann ging das Licht an, und der Mann ließ sie los. Im nächsten Moment lag sie in seinen Armen.

„Grant“, schluchzte sie. „Grant. Was tust du denn hier?“

„Ich hatte Sehnsucht nach dir“, erwiderte er schlicht.

EPILOG

Grant lag auf dem Rücken, die Arme um Jane gelegt. Ihr Haar ergoss sich wie eine schwarze Flut über seine Schulter und seine Brust, und er streichelte ihren Kopf, ihren Rücken, ihre sanft gerundeten Pobacken. „Ich konnte ohne dich einfach nicht schlafen“, murmelte er. „Ich habe mich daran gewöhnt, dass du mich als Kopfkissen benutzt.“

Sie sagte nichts, aber er wusste, dass sie nicht schlief. Sie waren müde, aber zu aufgedreht, um zu schlafen. Nachdem sie in Paris gelandet waren, erschien es ihnen plötzlich gar nicht mehr so wichtig, die Anschlussmaschine, die sie über London nach New York bringen sollte, zu erreichen. Statt dessen hatten sie sich ein Hotelzimmer genommen, und ihr Liebesspiel war schöner gewesen denn je.

„Was hätte ich wohl getan, wenn du nicht hinter mir hergekommen wärst?“ flüsterte sie, wobei sich die Verzweiflung der einsamen Tage ohne ihn wieder in ihren Augen spiegelte.

„Du wusstest, dass ich kommen würde.“

„Ich habe es gehofft. Aber ganz sicher war ich mir nicht.“

„Von jetzt an kannst du dir meiner stets ganz sicher sein“, flüsterte er, während er sich über sie rollte. „Ich liebe dich nämlich. Ich hoffe nur, dass du in Tennessee glücklich werden kannst, weil ich nicht glaube, dass ich in einer Stadt leben kann. Zumindest im Moment noch nicht. Das ist das einzige, was mir ein bisschen Sorgen macht.“

Um ihre Lippen spielte ein leises Lächeln. „Weißt du noch immer nicht, dass ich nicht unbedingt an Städten hänge? Ich kann überall glücklich sein, Hauptsache, du bist bei mir. Und ganz nebenbei denke ich, dass es für Kinder schöner ist, auf dem Land aufzuwachsen."

„Darüber haben wir noch gar nicht gesprochen, nicht wahr? Ich wünsche mir nämlich so bald wie möglich Kinder, aber wenn du damit noch warten möchtest, ist es mir auch recht."

Sie zeichnete seine Oberlippe mit ihrer Fingerspitze nach. „Jetzt ist es zu spät, um darüber nachzudenken, ob man besser noch warten sollte oder nicht. Wenn es dir lieber gewesen wäre zu warten, hättest du schon im Dschungel die Finger von mir lassen müssen. Und in Mexico City. Und in Washington."

Er schluckte und starrte sie an. „Willst du damit andeuten, dass ...?"

„Ich denke schon. Ganz sicher bin ich mir zwar noch nicht, aber alle Anzeichen sprechen dafür. Macht es dir etwas aus?"

„Ob es mir etwas ausmacht? Oh, Gott, nein!"

In seiner Stimme lag so viel Gefühl, dass es ihr ganz warm ums Herz wurde. Beseligt legte sie die Arme um ihn, schmiegte sich ganz eng an ihn und schloss die Augen. Jetzt brauchte sie nie mehr Angst vor der Dunkelheit zu haben, denn Grant war für immer bei ihr.

– ENDE –

Linda Howard

Gegen alle Regeln

Roman

Aus dem Amerikanischen von
Helga Meckes

MIRA®

1. KAPITEL

Erschöpft stellte Claudia ihre Reisetasche ab und blickte sich in der großen Halle des Flughafens von Houston nach einem bekannten Gesicht um. Überall wimmelte es von Menschen, die das lange Wochenende ausgenutzt hatten. Als Claudia aus dem schlimmsten Gedränge geflüchtet war, runzelte sie die Stirn. Warum holte niemand sie ab? Ihre Maschine war doch pünktlich gelandet. Seit fast drei Jahren war dies ihr erster Besuch zu Hause. Da hätte Monica doch ...

„Claudia."

Ihre Überlegungen wurden unterbrochen, als sie die tiefe Stimme hörte und die Hände eines Mannes spürte, der sie an seinen athletischen Körper zog. Claudia sah einen Augenblick in ein Gesicht mit dunklen Augen, die von langen schwarzen Wimpern gerahmt wurden. Dann kam der Mann ihr noch näher und küsste sie auf ihren vor Überraschung geöffneten Mund.

Der Kuss dauerte zwei, drei Sekunden, ehe sie sich wieder so weit von ihrer Verblüffung erholt hatte, dass sie sich zu wehren begann. Sofort gab der Mann sie frei und trat zurück.

„Was fällt dir ein!" fuhr sie ihn an und merkte, wie sie unter den belustigten Blicken der Vorübergehenden errötete.

Roland Jackson schob seinen schwarzen Cowboyhut zurück und betrachtete sie schmunzelnd. „Ich dachte, das würde dir gefallen", gab er gedehnt zurück und nahm ihr die Reisetasche ab. „Ist das alles, was du an Gepäck dabei hast?"

„Nein", antwortete sie spitz.

„Hätte mich auch gewundert", brummte er und bahnte sich einen Weg zur Gepäckausgabe.

Claudia folgte ihm wütend. Sie war jetzt fünfundzwanzig und keine naive Siebzehnjährige mehr. Von Roland Jackson würde sie sich nicht mehr beeindrucken lassen. Schließlich war er nur ihr Angestellter. Er war nichts als der Aufseher ihrer Ranch und nicht der allmächtige Teufelskerl, den sie in ihrer

Jungmädchenphantasie in ihm gesehen hatte. Vielleicht ließen Monica und Ricky sich weiterhin von ihm blenden, aber Monica war nun nicht mehr ihr Vormund und konnte ihr nichts mehr vorschreiben. Sie fragte sich, ob Monica Roland absichtlich geschickt hatte, weil sie genau wusste, dass sie ihn nicht ausstehen konnte.

Gegen ihren Willen beobachtete Claudia Rolands athletische Gestalt, während er den Koffer mit ihrem Anhänger vom Fließband hob. Sie kämpfte gegen die Gedanken an, die sie auch jetzt wieder erfüllten. Ich hasse ihn, dachte sie, aber dennoch glitt ihr Blick über seine langen, kraftvollen Beine, die sie nur zu gut in Erinnerung hatte.

Roland kam mit ihrem Koffer zurück und deutete mit dem Kopf darauf. „Nur ein Gepäckstück? Du scheinst nicht die Absicht zu haben, lange zu bleiben, oder?“

„Nein“, antwortete Claudia mit betont unbeteiligter Stimme. Seit jenem Sommer, als sie siebzehn war, waren ihre Besuche auf der Ranch immer sehr kurz ausgefallen.

„Es wird langsam Zeit, dass du für immer zurückkommst“, bemerkte Roland.

„Dafür sehe ich keinen Grund.“

In Rolands dunklen Augen blitzte es auf, aber er erwiderte nichts. Er drehte sich um und begann, sich einen Weg durch das Menschengewühl zu bahnen. Claudia folgte ihm stumm. Manchmal schien es, als würden sie einander nie verstehen. Doch dann gab es auch wieder Augenblicke, in denen Worte überflüssig waren. Sie wusste nicht recht, woran sie bei ihm war, aber sie kannte seinen Stolz, seine Zähigkeit, sein nur mühsam beherrschtes Temperament. Von Anfang an hatte sie gespürt, dass Roland Jackson ihr gefährlich werden konnte. Ihre Jugend war von ihm geprägt worden.

Rasch verließ Roland das Flughafengebäude und steuerte auf den Bereich zu, wo die Privatmaschinen standen. Claudia hatte

Mühe, mit ihm Schritt zu halten. Da sie nicht wie ein Hund hinter ihm hertrotten wollte, folgte sie ihm gemächlich und achtete nur darauf, ihn nicht aus den Augen zu verlieren.

Schließlich blieb Roland neben einer blauweißen zweimotorigen Cessna stehen. Er öffnete die Ladeluke und verstaute Claudias Gepäck. Dann blickte er sich ungeduldig nach ihr um.

„Beeil dich ein bisschen!" rief er ihr zu. Als er sah, dass sie sich Zeit ließ.

Claudia tat so, als hätte sie ihn nicht gehört. Er stemmte die Hände in die Hüften und wartete gereizt, bis sie herankam. Als sie vor ihm stand, öffnete er wortlos die Tür und hob sie ohne viel Federlesens in die Maschine. Ohne zu zögern, rückte Claudia auf den Copilotensitz und sah zu, wie Roland sich auf seinen Sitz schwang und die Tür hinter sich zuzog. Er nahm seinen Hut ab, warf ihn hinter sich und fuhr sich mit den Fingern durchs Haar. Dann griff er nach dem Kopfhörer. Immer noch sagte Claudia nichts, aber sie musste unwillkürlich daran denken, wie sich dieses dichte dunkle Haar unter ihren Fingern angefühlt hatte.

In diesem Moment wandte sich Roland ihr zu und fing ihren Blick auf. Sie wich ihm nicht aus, weil sie wusste, dass ihr ausdrucksloses Gesicht nicht verriet, was in ihr vorging.

„Gefalle ich dir?" spottete er und ließ den Kopfhörer von seinen Fingern baumeln.

„Warum hat Monica dich geschickt?" fragte Claudia, ohne auf seine Frage einzugehen.

„Monica hat mich nicht geschickt. Hast du vergessen, dass ich die Ranch leite, und nicht Monica?"

Sein Blick ließ sie nicht einen Augenblick los. Er schien nur darauf zu warten, dass sie auffuhr und ihn zurechtwies, dass die Ranch ihr gehöre und nicht ihm.

Aber Claudia hatte inzwischen gelernt, sich zu beherrschen und ihre Gedanken für sich zu behalten. Ohne eine Miene zu verziehen, antwortete sie: „Sicher, wie könnte ich das vergessen.

Aber ich dachte, du hast zuviel um die Ohren, um deine Zeit damit zu verschwenden, mich abzuholen."

„Ich wollte mit dir sprechen, ehe wir zur Ranch kommen. Da erschien mir dies als die beste Gelegenheit dazu."

„Dann rede."

„Lass uns erst starten."

In einer kleinen Maschine zu fliegen, war für Claudia nichts Neues. Sie war daran gewöhnt, weil ein Rancher ohne ein Privatflugzeug wegen der riesigen Entfernungen nicht auskam. Mit gemischten Gefühlen lehnte sie sich zurück, um ihre von dem langen Flug verkrampften Muskeln zu lockern. Um sie herum starteten und landeten große Maschinen, aber Roland ließ sich nicht aus der Ruhe bringen.

Er sprach mit den Leuten in dem Kontrollturm und steuerte die Cessna auf eine freie Piste.

Wenige Minuten später befanden sie sich in der Luft und flogen Richtung Westen. Südlich von ihnen flimmerte Houston in der Frühlingshitze. Die Landschaft unter ihnen war mit jungem Gras überzogen, und Claudia nahm den Anblick wehmütig in sich auf.

Immer wenn sie zu Besuch nach Hause kam, fiel ihr hinterher der Abschied schwer. Sie liebte dieses Land, ihre Ranch, aber sie hatte sich die Jahre in der selbst gewählten Verbannung bewusst auferlegt.

„Du wolltest mit mir reden", wandte sich Claudia an Roland, um ihre Erinnerungen zu verdrängen.

„Ich möchte, dass du von jetzt ab ganz zu Hause bleibst", sagte er.

Claudia war, als hätte sie einen Schlag in die Magengrube erhalten. Für immer bleiben? Gerade Roland musste doch wissen, dass ihr das unmöglich war!

Rasch warf sie ihm einen Seitenblick zu und stellte fest, dass er starr geradeaus sah.

Einen Augenblick betrachtete sie sein markantes Profil, dann blickte sie schnell wieder weg.

„Hast du nichts dazu zu sagen?“ fragte Roland.

„Das ist unmöglich.“

„So? Willst du denn nicht einmal wissen, warum du bleiben sollst?“

„Die Antwort würde mir vermutlich nicht gefallen.“

„Nein.“ Er zuckte mit den Schultern. „Aber du kommst nicht darum herum.“

„Dann heraus mit der Sprache.“

„Ricky ist wieder da. Sie trinkt viel und kennt keine Hemmungen. In letzter Zeit hat sie sich so skandalös benommen, dass die Leute sich die Mäuler zerreißen.“

„Sie ist eine erwachsene Frau. Ich kann ihr keine Vorschriften machen“, erwiderte Claudia kühl, obwohl sie empört war, dass Ricky den Namen Donahue in den Schmutz zog.

„Ich denke schon. Von Monica dürfen wir nichts erwarten, sie besitzt sowieso keine mütterlichen Gefühle. Auf der anderen Seite ist die Ranch seit deinem letzten Geburtstag in deine Hände übergegangen, Claudia. Damit ist Ricky von dir abhängig.“

Roland blickte sie durchdringend an.

„Ich weiß, dass du sie nicht magst, aber schließlich ist sie doch deine Stiefschwester und sie hat inzwischen den Namen Donahue wieder angenommen.“

„Was?“ Claudia war fassungslos. „Nach zwei Scheidungen? Wozu denn das?“ Roland hatte recht. Sie mochte Ricky nicht und hatte sie nie gemocht. Ihre zwei Jahre ältere Stiefschwester war unberechenbar.

Claudias Stimme nahm einen spöttischen Ton an.

„Warum nimmst du dir Ricky nicht vor? Du hast mir doch gesagt, du leitest die Ranch.“

„Das tue ich auch“, gab Roland zurück. „Aber sie gehört mir nicht. Die Ranch ist dein Heim, Claudia. Es wird Zeit, dass du diese Tatsache akzeptierst.“

„Du brauchst mir keine Vorhaltungen zu machen, Roland. Mein Zuhause ist jetzt Chicago."

„Dein Mann ist tot", unterbrach er sie kalt. „In dieser Stadt hält dich nichts mehr, und das weißt du auch. Was wartet dort schon auf dich außer einer leeren Wohnung und einer langweiligen Arbeit?"

„Meine Arbeit gefällt mir. Außerdem brauche ich nicht zu arbeiten."

„Doch, das musst du. Weil du verrückt werden würdest, wenn du untätig in einer leeren Wohnung herumsitzen müsstest. Das bisschen Geld, das dein Mann dir hinterlassen hat, dürfte in vier, fünf Jahren aufgebraucht sein. Und ich werde nicht zulassen, dass du die Ranch bluten lässt, um dein Apartment bezahlen zu können."

„Es ist schließlich meine Ranch", entgegnete sie scharf.

„Sie gehörte auch deinem Vater. Er hat alles in sie hineingesteckt. Schon seinetwegen werde ich nicht zulassen, dass du sie wegwirfst."

Widerstrebend hob Claudia das Kinn, um sich nicht anmerken zu lassen, dass der Hieb saß. Roland warf ihr einen kurzen Seitenblick zu und fuhr fort:

„Ricky benimmt sich täglich schlimmer. Ich werde nicht mit ihr fertig, ohne meine Arbeit zu vernachlässigen. Ich brauche Hilfe, Claudia, und dafür bist du genau die richtige Person."

„Ich kann nicht bleiben", antwortete sie, und zum ersten Mal klang ihre Stimme etwas unsicher. Sie mochte Ricky nicht, aber ihre Abneigung ging nicht so weit, dass sie hasste. Ricky war ein Problem, doch früher, als sie jünger waren, hatten sie zusammen lustige Zeiten erlebt. Außerdem führte Ricky jetzt wieder den Namen Donahue, den sie nach der Heirat von Claudias Vater mit Monica angenommen hatte, obwohl er sie niemals offiziell adoptiert hatte.

„Ich werde versuchen, noch etwas Urlaub zu nehmen", hörte Claudia sich sagen. Rasch setzte sie hinzu: „Aber nicht für lange. Ich bin jetzt an das Leben in der Stadt und die Annehmlichkeiten gewöhnt, die es auf einer Ranch nicht gibt." Das stimmte nur halb.

Ihr gefiel das abwechslungsreiche Leben in Chicago, aber sie würde all das gern aufgeben, wenn sie sicher sein konnte, auf der Ranch friedlich leben zu können.

„Du hast die Ranch immer geliebt", gab Roland zu bedenken.

„Früher schon."

Als er nicht antwortete, lehnte sich Claudia zurück und schloss die Augen. Zumindest zu Rolands Flugkünsten hatte sie absolutes Vertrauen.

Selbst mit geschlossenen Augen war sich Claudia Rolands Nähe deutlich bewusst. Fast konnte sie die Wärme seines Körpers spüren. Der Duft seines Rasierwassers streifte ihre Nase, und sie hörte sein gleichmäßiges Atmen. Wenn er sich bewegt, fühlte sie ein leichtes Prickeln. Werde ich jenen Tag denn nie vergessen, dachte sie verzweifelt. Würde er ihr ganzes Leben überschatten? Selbst in ihrer Ehe war das Erlebte so stark gegenwärtig, dass sie ihren eigenen Mann belog.

Die Erinnerungen brachen hervor. Plötzlich stand alles, was sie mit Roland Jackson erlebt hatte, wieder ganz klar vor ihr. Sie hatte ihn von klein auf an gekannt. Sein Vater war ein benachbarter Rancher mit einer kleinen, aber ertragreichen Farm gewesen, und Roland hatte seinem Vater geholfen, seit er im Sattel sitzen konnte. Da er elf Jahre älter war, war er Claudia damals nicht wie ein Junge, sondern wie ein erwachsener Mann vorgekommen.

Schon als Kind hatte sie erfahren, dass über Roland Jackson getuschelt wurde. Er war als „der wilde Jackson-Junge" bekannt, und die älteren Mädchen kicherten hinter vorgehaltener Hand, wenn sie über ihn sprachen. Für Claudia war er jedoch nur ein netter Nachbarssohn gewesen, und sie hatte ihn gern gehabt. Zwar hatte er sie meist nicht weiter beachtet, aber wenn er mit ihr sprach, war er freundlich und half ihr, ihre Schüchternheit zu überwinden. Roland konnte wunderbar mit Tieren umgehen, hatte eine besondere Hand für Pferde und Hunde.

Kurz nach Claudias achtem Geburtstag starb ihre Mutter, und die Welt veränderte sich für sie.

Sie war jetzt still und gehemmt. Im gleichen Jahr wurde Roland zum Militär eingezogen. Als er drei Jahre später heimkehrte, war zu Hause vieles anders geworden.

Ward Donahue hatte wieder geheiratet, eine schöne, dunkelhaarige Frau aus New Orleans. Claudia spürte von Anfang an Monicas Ablehnung. Aus Liebe zu ihrem Vater hatte sie jedoch versucht, mit Monica auszukommen. Die beiden Frauen gingen sehr vorsichtig miteinander um. Nicht, dass Monica die typische böse Stiefmutter gewesen wäre, sie war einfach nur keine mütterliche Person, nicht einmal wenn es um Ricky, ihre eigene Tochter, ging. Monica liebte Geselligkeit und Tanz. Anfangs schien sie das harte Leben auf der Ranch nicht ertragen zu können. Da sie ihren Mann liebte, gab sie sich jedoch alle Mühe, sich anzupassen. Das einzige, das Claudia nie bezweifelte, war die Liebe ihrer Stiefmutter zu ihrem Vater. Aus diesem Grunde gab es zwischen ihr und Monica auch eine Art unausgesprochenen Waffenstillstand.

Auch in Rolands Leben hatte es einen entscheidenden Einbruch gegeben. Nach seiner Rückkehr war er völlig verändert. Zwar hatte er den Vietnamkrieg überlebt, aber manchmal hatte es den Anschein, als sei nur sein Körper zurückgekehrt. Er schien kein Lachen mehr zu kennen, nachdenklich beobachtete er seine Umwelt. Sein Körper war mit Narben von Verletzungen bedeckt, die geheilt waren. Aber die Wunden, die seine Seele erlitten hatte, hatten ihn für immer gezeichnet. Nie redete er darüber, er sprach überhaupt nur selten. Die meiste Zeit blieb er für sich und betrachtete die anderen mit harten, ausdruckslosen Augen. So wurde er bald zum Außenseiter der Gesellschaft.

Er trank viel, saß allein da und kippte mit starrer Miene Alkohol in sich hinein. Natürlich wurde er dadurch für die Frauen nur noch interessanter. Der Hauch von Gefahr, der ihn umgab, machte ihn für einige unwiderstehlich. Sie wünschten sich, die Ausersehene zu sein, die ihn trösten, ihn heilen und von seinen Alpträumen erlösen könnte.

Im Laufe der Zeit wurde Roland in zahllose Skandale verwickelt. Schließlich warf ihn sein Vater hinaus. Danach wollte ihn niemand einstellen. Die Rancher und Kaufleute hielten zusammen und taten alles, um ihn aus der Gegend zu vertreiben. Irgendwie gelang es ihm jedoch immer wieder, Geld für Whisky aufzutreiben. Manchmal war er tagelang verschwunden, so dass die Leute überlegten, ob er vielleicht fortgegangen oder gestorben sei. Doch stets tauchte er wieder auf, jedes Mal ein wenig dünner und hagerer.

So war es fast unvermeidlich, dass die Feindseligkeit gegen ihn eines Tages in Gewalt ausarten musste. Er hatte zu viele Frauengeschichten gehabt und zu viele Männer beleidigt. Ward Donahue fand ihn eines Tages vor dem Ort in einem Graben. Er war von ein paar Männern zusammengeschlagen worden und so abgemagert, dass seine Knochen weiß durch die Haut schimmerten.

Obwohl er nicht aufstehen konnte, glommen seine dunklen Augen trotzig auf, als er seinen Retter erblickte.

Ohne ein Wort hob Ward den jungen Mann wie ein Kind auf die Arme und bettete ihn auf seinen Transporter. Er brachte ihn auf seine Farm und pflegte ihn. Eine Woche später quälte Roland sich mühsam auf ein Pferd und ritt mit Ward über das Ranchgelände. Er kontrollierte die Koppeln, reparierte schadhafte Zäune und trieb verirrte Tiere zusammen. In den ersten Tagen verursachte ihm das so starke Schmerzen, dass ihm ständig der Schweiß ausbrach. Dennoch machte er verbissen weiter.

Er hörte auf zu trinken und begann, wieder normal zu essen.

Langsam wurde er kräftiger und nahm an Gewicht zu. Über das, was geschehen war, sprach er nie. Die anderen Rancharbeiter ließen ihn in Ruhe und beschränkten die Kontakte mit ihm auf das Notwendigste. Roland blieb auch jetzt wortkarg.

Er arbeitete, aß und schlief und führte alles, was Ward Donahue ihm auftrug, zäh und entschlossen aus.

Dass die beiden Männer bald ein Herz und eine Seele waren, war nicht zu übersehen. Niemand war daher überrascht, als Roland Aufseher wurde, nachdem der Mann, der den Posten bis dahin innegehabt hatte, nach Oklahoma gezogen war. Ward lobte Rolands Gespür für die Pferde und das Vieh und vertraute ihm. Da die übrigen Arbeiter auf der Ranch sich mittlerweile an ihn gewöhnt hatten, ging der Übergang friedlich vor sich.

Kurz darauf starb Ward nach einem Herzinfarkt. Claudia und Ricky waren zu diesem Zeitpunkt in der Schule. Sehr genau konnte Claudia sich daran erinnern, wie Roland sie aus dem Klassenraum geholt hatte. Er hatte ihr von dem Tod ihres Vaters erzählt und sie tröstend in den Armen gewiegt, als sie in Tränen ausbrach. Bis dahin hatte sie immer ein wenig Angst vor ihm gehabt, doch jetzt klammerte sie sich an ihn und suchte Trost in seiner Stärke. Ihr Vater hatte ihm vertraut, warum sollte sie es nicht auch tun?

Da Claudia sich ihm geöffnet hatte, fühlte sie sich daher doppelt verraten, als Roland sich aufzuführen begann, als gehöre ihm die Ranch. Doch den Platz ihres Vaters konnte niemand einnehmen. Wie konnte Roland so etwas auch nur wagen? Von da ab nahm Roland seine Mahlzeiten immer häufiger im Ranchhaus ein. Schließlich wechselte er ganz hinüber und bezog das Gästezimmer, von dem aus er einen Blick auf die Ställe und die Quartiere der Arbeiter hatte.

Was Claudia besonders in Wut brachte, war, dass Monica keinen Versuch machte, sich gegen Roland durchzusetzen, sondern ihn einfach gewähren ließ. Da sie eine Frau war, die sich automatisch dem jeweils Stärksten beugte, war sie Roland nicht gewachsen. Rückblickend erkannte Claudia, dass Monica hilflos war, wenn es um Ranchangelegenheiten ging. Aber da sie für sich und Ricky kein anderes Zuhause hatte, ließ sie alles einfach laufen.

Claudia stemmte sich mit aller Macht dagegen, dass Roland die Ranch so einfach in Besitz nahm. Schließlich hatte ihr Vater ihn buchstäblich aus der Gosse aufgelesen. Und zum Dank spielte Roland sich jetzt als Herr auf.

Die Ranch gehörte ihr, Claudia! Monica war lediglich ihr gesetzlich bestellter Vormund. Doch Claudia hatte so gut wie nichts zu sagen. Die Männer wandten sich ausnahmslos an Roland, obwohl Claudia alles Mögliche versuchte, um sich Geltung zu verschaffen. Der Schock über den Tod ihres Vaters hatte ihr die Scheu genommen, und sie kämpfte mit allen Mitteln um ihre Ranch. Bei jeder Gelegenheit versuchte sie, sich Roland zu widersetzen. In dieser Lebensphase war Ricky ihre willige Komplizin gewesen. Ricky war stets bereit, gegen die Regeln zu verstoßen. Doch was immer Claudia auch anstellte, sie hatte stets den Eindruck, dass Roland sie überhaupt nicht ernst nahm.

Als er beschloss, auch in die Pferdezucht einzusteigen, stellte Monica ihm trotz Claudias lautstarker Proteste das dafür erforderliche Kapital aus dem Fonds zur Verfügung, der eigentlich für das Studium der Mädchen vorgesehen war. Roland bekam stets seinen Willen. Er hatte alles fest in der Hand, jedenfalls fürs erste. Claudia lag nachts wach und malte sich genüsslich den Tag aus, an dem sie mündig werden würde. Im Geiste legte sie sich bereits die Worte zurecht, mit denen sie Roland Jackson feuern würde.

Roland dehnte seine Einflussnahme auch auf ihr persönliches Leben aus. Als sie fünfzehn war, hatte sie mit einem achtzehnjährigen Jungen eine Verabredung zum Tanzen. Roland erfuhr davon, rief den jungen Mann an und teilte ihm einfach mit, dass Claudia noch zu jung für Verabredungen sei.

Claudia bekam einen Wutanfall, als sie davon hörte, und schlug Roland mit aller Kraft mitten ins Gesicht.

Er sagte kein Wort. Zornig packte er sie und schleppte sie nach oben. Claudia zappelte und schlug verzweifelt um sich, aber es nützte ihr nichts. Roland wurde spielend mit ihr fertig, weil sie gegen seine Kraft nichts ausrichten konnte. In ihrem Zimmer legte er sie übers Knie und gab ihr eine Tracht Prügel.

Mit fünfzehn fühlte Claudia sich bereits als junge Frau, und die Demütigung, die sie bei dieser Züchtigung empfand, war schlimmer als die Schmerzen auf ihrem Gesäß. Hasserfüllt starrte sie Roland danach an.

„Du möchtest wie eine Frau behandelt werden“, sagte Roland mit ruhiger Stimme. „Aber da du dich wie ein Kind benimmst, kannst du keine andere Behandlung erwarten. Fordere mich also nicht heraus, solange du noch nicht alt genug bist, um bestimmte Dinge selbst zu entscheiden.“

Claudia wirbelte herum und stürmte die Treppe zu Monica hinunter. Mit tränennassem Gesicht forderte sie, Roland auf der Stelle zu entlassen.

Monica lachte nur.

„Sei nicht kindisch, Claudia“, erklärte sie scharf. „Wir brauchen Roland, ich brauche ihn.“

Hinter sich hörte Claudia Roland leise lachen. Er strich ihr immer wieder beruhigend über das zerwühlte kastanienbraune Haar.

„Nur keine Aufregung, kleine Wildkatze. So leicht wirst du mich nicht los.“

Empört hatte Claudia sich abgewandt, aber Roland sollte recht behalten. Sie hatte ihn nicht loswerden können.

Jetzt, zehn Jahre später, leitete er die Ranch immer noch. Sie war es gewesen, die gegangen war. Fluchtartig hatte sie ihr Zuhause verlassen, um nicht ebenso willfährig zu werden, wie die Pferde, die er so spielend zähmte.

„Schläfst du?“ Rolands Stimme riss sie in die Gegenwart zurück. Claudia öffnete die Augen. „Nein.“

„Dann sprich mit mir“, forderte er. „Erzähl mir von deinem Mann.“

Verwundert sah Claudia ihn an. „Du bist ihm doch mehrmals begegnet. Was willst du denn über David wissen?“

„Eine Menge“, erwiderte er leichthin. „Zum Beispiel, ob er gefragt hat, ob du vor der Ehe schon mit anderen Männern geschlafen hast.“

Claudia biss sich auf die Lippe. Was konnte sie schon antworten? Dass ihn das nichts anginge? Roland würde ihr nur entgegenhalten, dass ihn das mehr beträfe als jeden anderen, weil er schließlich der erste Mann in ihrem Leben gewesen war.

Widerwillig drehte sie den Kopf zu ihm hin, und in ihren Augen lag ein verletzter Ausdruck. „Er hat nie danach gefragt“, sagte sie leise.

Rolands Profil hob sich klar gegen das Blau des Himmels ab, bei seinem Anblick zog sich etwas in ihr zusammen. Sie dachte an jenen Sommertag, an dem er sich über sie gebeugt hatte und seine Gestalt von der Sonne golden gerahmt worden war. Sie verkrampfte sich unwillkürlich und wandte sich ab, damit er den Schmerz in ihren Augen nicht sah.

„Ich hätte dich danach gefragt“, murmelte er mit rauer Stimme.

„David war ein Gentleman.“

„Womit du sagen willst, dass ich das nicht bin?“

„Du kennst die Antwort genauso gut wie ich. Nein, du bist kein Gentleman. Du bist weder sanft noch feinfühlig.“

„Ich war es damals, als wir zusammen waren.“ Sein Blick glitt langsam über die Rundungen ihrer Brüste und Hüften zu ihren Schenkeln. Wieder gaben ihre Empfindungen ihr das Gefühl, dass ihr dieser Mann niemals gleichgültig sein würde.

„Ich möchte nicht darüber reden!“ Sobald die Worte heraus waren, bereute Claudia sie bereits wieder.

Der gequälte Ton, in dem sie sie vorgebracht hatte, musste Roland verraten haben, dass sie den so lange zurückliegenden Zwischenfall immer noch nicht überwunden hatte.

„Du kannst nicht ewig fortlaufen, Claudia. Du bist jetzt kein Kind mehr, sondern eine Frau."

Als ob sie das nicht wüsste! Er hatte sie zur Frau gemacht, als sie siebzehn war. Seitdem hatte die Erinnerung an ihn sie verfolgt und gequält. Roland hatte unsichtbar sogar zwischen ihr und ihrem Mann gestanden und David die Liebe vorenthalten, die er verdient gehabt hätte. Aber Claudia wäre lieber gestorben, als David auch nur ahnen zu lassen, dass sie bei ihm nicht das empfand, was sie einmal kennen gelernt hatte. Und natürlich konnte sie Roland nicht sagen, wie tief sie das berührte hatte, was für ihn zweifellos nur eine zufällige körperliche Vereinigung gewesen war.

„Ich bin nicht fortgerannt", widersprach sie. „Ich bin aufs College gegangen. Das ist etwas anderes."

„Und du bist so selten wie möglich heimgekommen", erklärte er sarkastisch. „Hast du etwa geglaubt, ich würde dich jedes Mal überfallen, wenn ich dich sehe? Ich wusste genau, dass du damals noch zu jung warst. Eigentlich habe ich es ja nicht gewollt und hatte mir vorgenommen, es nie wieder dazu kommen zu lassen. Jedenfalls nicht, bis du älter und aufgeklärter warst."

„Ich wusste, was Sex ist!" gab sie abwehrend zurück, weil Roland nicht merken durfte, dass sie auf diese Erfahrung in keiner Weise vorbereitet gewesen war.

Doch er kannte sie besser, als ihr lieb war. „Du wusstest, was es war, aber nicht, wie es sein würde." Da sie auf seine harten Worte nur schwieg, fuhr er nach einer Weile fort: „Du warst noch nicht soweit, nicht wahr?"

Claudia wünschte, sie hätte so getan, als schliefe sie. Denn Roland war wie ein Vollblutpferd. Wenn er einmal ein Ziel vor Augen hatte, konnte ihn nichts mehr aufhalten. „Nein", gab sie unwillig zu. „Schon gar nicht mit dir."

Grimmig verzog Roland das Gesicht. „Und dabei habe ich mich bei dir besonders zurückgehalten. Du hättest den Kopf verloren, wenn ich mich so hätte gehen lassen, wie ich es gern getan hätte."

Claudia zuckte innerlich zusammen. Um ihn zu verletzen, wie er ihr weh getan hatte, stieß sie hervor: „Ich wollte es nicht. Ich wollte nicht, dass ...

„Du wolltest es", unterbrach er sie grob. „Du hast dich temperamentvoll gewehrt, weil es dir Spaß machte, gegen mich anzukämpfen, aber du hast mich begehrt! Schließlich hast du keinen Versuch gemacht, fortzurennen. Du hast mich gereizt und versucht, mir auf jede nur erdenkliche Art weh zu tun, aber irgendwann ist aus diesem Kampf dann Verlangen geworden, und du hast dich geradezu an mich geklammert."

Daran wollte Claudia nicht erinnert werden. „Ich möchte nicht darüber sprechen!"

Plötzlich gewann Rolands ungestümes Temperament die Oberhand. „Das ist dein Problem!" stieß er gepresst hervor. Er schaltete die automatische Steuerung ein und griff nach Claudia.

Vergebens bemühte sie sich, ihn abzuwehren. Roland wehrte ihre Hände mühelos ab. Er packte sie an den Oberarmen und zog sie an sich. Seine Lippen waren heiß und fordernd wie damals und schmeckten nur zu vertraut. Claudia ballte die Hände und trommelte gegen seine Schultern, aber trotz ihres Widerstandes musste sie feststellen, dass sich nichts geändert hatte. Ihr Herz schien schneller zu schlagen, ihr Atem ging nur noch stoßweise, und sie zitterte am ganzen Körper. Sie begehrte ihn, und wie sie ihn begehrte! Alles in ihr drängte ihm entgegen, obwohl sie wusste, dass es nicht sein durfte.

Langsam begann Roland mit der Zunge ihren Mund zu erkunden. Wie von selbst hörte sie auf, mit den Händen zu trommeln, und tastete nach seinen harten Schultermuskeln. Claudia begann alles um sich herum zu vergessen.

Der Geschmack seines Mundes, sein Geruch, das Gefühl seiner rauen Wange an ihrer Haut machten jenen heißen Sommertag wieder lebendig, als sie nackt aufeinander lagen.

Rolands Zorn war verflogen, und in seinen Augen stand bloßes Verlangen. Er flüsterte: „Hast du je vergessen können, wie es war?"

Erneut wollte Claudia ihn an ihre Lippen ziehen, und sie glitt mit den Fingern durch sein dichtes dunkles Haar. „Roland", flüsterte sie erwartungsvoll.

Er zog den Kopf jedoch wieder zurück. „Hast du es vergessen?" drängte er.

Jetzt war ihr alles gleich. Roland wusste sowieso, wie es um sie stand. Eine Berührung, und sie würde dahinschmelzen. „Nein, ich habe es nicht vergessen", antwortete sie leise.

Wieder bedeckte er ihre Lippen mit Küssen, und sie genoss die Süße seiner Zärtlichkeit. Sie merkte, wie Roland ihre Brust ertastete und suchend zu ihrer Taille weiter glitt. Die dünne Seide ihres ärmellosen Sommerkleides bot seiner Berührung keinen Widerstand. Mit den Fingern hielt er an ihrem Knie an, um dann in langsam kreisenden Bewegungen an ihrem Schenkel aufwärts zu wandern. Er schob ihren Rock hoch, so dass ihre langen Beine entblößt wurden.

Doch plötzlich hielt er inne und nahm die Hand fort. „Hier ist nicht der richtige Ort, um uns zu lieben", flüsterte er heiser. „Aber ich kann warten, bis wir zu Hause sind."

Verträumt blickte Claudia ihn nun an, und er küsste sie erneut. Dann schob er sie auf ihren Sitz zurück. Immer noch schwer atmend, überprüfte er den Kurs der Maschine. Mit einer energischen Handbewegung strich er sich das Haar aus der Stirn und wandte sich ihr wieder zu. „Jetzt wissen wir, woran wir sind", erklärte er befriedigt.

Claudia beugte sich vor und blickte auf das vorüber ziehende Ranchland unter ihr. Närrin, schalt sie sich. Wie konntest du nur so dumm sein! Jetzt wusste Roland genau, welche Waffe er gegen sie besaß. Und er würde nicht zögern, sie einzusetzen. Er brauchte nur seinen sinnlichen Körper einzusetzen, um eine Frau zu beherrschen.

Aber ich werde nicht eine von seinen Frauen sein, schwor Claudia sich. Roland Jackson kannte keine Moralbegriffe, keine Hemmungen. Nach allem, was ihr Vater für ihn getan hatte, hatte er nach dessen Tod die Herrschaft über die Ranch an sich gerissen. Aber das genügte ihm noch nicht. Er wollte die Ranch und obendrein Wards Tochter. In diesem Moment beschloss Claudia, nach Chicago zurückzukehren, sobald ihr Urlaub zu Ende war. Rickys Probleme gingen sie schließlich nichts an. Wenn Roland die jetzige Situation nicht gefiel, konnte er sich woanders nach Arbeit umsehen ...

Wenig später kreisten sie über dem ausgedehnten zweigeschossigen Fachwerkhaus, um ihre Ankunft anzuzeigen. Roland riss die Cessna scharf nach links, um den schmalen Landestreifen anzufliegen. Claudia war überrascht, wie schnell sie die Ranch erreicht hatten. Ein Blick auf die Uhr sagte ihr jedoch, dass sie länger unterwegs gewesen waren, als sie geglaubt hatte. In Rolands Gegenwart schien sie Zeit und Raum zu vergessen.

Ein verstaubter roter Transporter kam ihnen über das Feld entgegengeholpert. Roland setzte zu einer flachen Landung an. Sie berührten den Boden so sanft, dass die Maschine kaum erschüttert wurde. Claudia blickte auf Rolands kraftvolle braun gebrannte Hände, die den Steuerknüppel eines Flugzeuges ebenso geschickt zu meistern wussten wie ein ungebärdiges Pferd oder eine launische Frau. Rasch wandte sie sich wieder ab.

2. KAPITEL

Langsam stieg Claudia die drei Stufen der Veranda hinauf, die um das ganze Haus herumführte. Sie war nicht überrascht, dass Monica ihr nicht zur Begrüßung entgegenkam. Auch Ricky erschien nicht, aber mit ihr hatte sie sowieso nicht gerechnet. Monica hatte sonst wenigstens nach außen hin den Schein zu wahren versucht. Als David noch lebte und dabei gewesen war, hatte sie immer eine große Willkommensschau abgezogen.

Claudia öffnete die Gittertür und betrat die kühle Diele. Roland folgte ihr mit dem Gepäck. „Wo ist Monica?" erkundigte sie sich.

„Woher soll ich das wissen?" brummte er bereits halb auf der Treppe. Gereizt folgte Claudia ihm zu dem Zimmer, das früher ihr gehört hatte. Roland öffnete die Tür, um ihr Gepäck abzustellen.

„Was willst du damit sagen?" erkundigte sie sich verwirrt.

Er zuckte mit den Schultern. „Monica schwirrt in letzter Zeit immer irgendwo in der Weltgeschichte herum. Auf der Ranch hat es ihr sowieso nie richtig gefallen. Jetzt sucht sie sich ihre Zerstreuungen anderswo."

Claudia ließ ihn noch nicht gehen. „Wohin willst du?" fragte sie.

Mit gespielter Geduld drehte er sich zu ihr um. „Arbeiten. Oder hast du an etwas anderes gedacht?" Er blickte viel sagend auf ihr Schlafzimmer, aber Claudia überging die Anspielung.

„Ich finde, wir sollten nachsehen, wo Monica ist."

„Spätestens vor Einbrechen der Nacht wird sie zurück sein. Der Kombi ist nicht da, und sie fährt nicht gern in der Dunkelheit. Sie müsste also bald kommen, es sei denn, sie hat einen Unfall."

„Deine Sorge um sie ist rührend!" spottete Claudia.

„Warum sollte ich mich um sie sorgen? Ich bin Rancher, kein Anstands-Wauwau."

„Ich darf dich berichtigen. Du bist nur der Aufseher der Ranch."

Einen Augenblick blitzte es in Rolands Augen zornig auf. Dann erlosch der Funke. „Du hast recht. Und als Aufseher wartet eine Menge Arbeit auf mich. Willst du also hier bleiben und schmollen, oder gehst du dich umziehen und kommst mit? Seit du das letzte Mal hier warst, hat sich einiges verändert. Ich dachte, das würde Sie interessieren, Chefin!" Das letzte Wort hatte er bewusst betont, um sie herauszufordern.

Einen Moment kämpfte Claudia mit sich, ob sie sein Angebot kühl ablehnen sollte. Doch ihre Neugier und ihre Liebe zu der Ranch gewannen die Oberhand. Sie wollte das Land und die altvertrauten Dinge aus ihrer Jugendzeit wieder sehen. „Ich gehe mich umziehen", antwortete sie ruhig.

„Ich warte in den Ställen auf dich." Roland musterte sie von Kopf bis Fuß. „Es sei denn, du hättest mich beim Umziehen gern dabei."

Claudias scharfes „Nein!" kam wie aus der Pistole geschossen, aber Roland schien auch nichts anderes erwartet zu haben. Er zuckte mit den Schultern und verschwand nach unten.

Claudia ging in ihr Zimmer zurück und zog sich aus. Sie verzichtete auf das Auspacken, da sie genug Jeans und Hemden auf der Ranch gelassen hatte. In Chicago trug sie modische Kleider, während sie zu Hause nur in abgewetzten Jeans herumgelaufen war. Als sie in ihre alten Stiefel schlüpfte und den ausgebleichten Sonnenhut aufsetzte, hatte sie plötzlich das Gefühl, wieder die Claudia von früher zu sein. Beschwingt eilte sie die Treppe hinunter und lief in die Küche, in der Lorna Ingram, die Köchin, hantierte. Doch da Lorna in Roland den eigentlichen Herrn der Ranch sah, fiel die Begrüßung etwas förmlich aus.

Roland wartete bereits mit seinem großen Braunen auf Claudia. Zusätzlich hielt er die Zügel eines langbeinigen grauen Wallachs, den Claudia noch nicht gesehen hatte. Da sie mit Pferden aufgewachsen war, hatte sie keinerlei Angst vor ihnen. Sie tätschelte dem Tier liebevoll den Kopf und sprach ruhig auf es ein. „Hallo, mein Lieber, dich kenne ich ja noch gar nicht. Wie lange bist du denn schon hier?“

„Zwei Jahre“, antwortete Roland und warf ihr die Zügel zu. „Er ist ein gutes Pferd und sehr sanftmütig. Nicht wie Redman hier“, setzte er hinzu, als der Braune ihn ungestüm anstupste. Roland schwang sich in den Sattel, ohne Claudia seine Hilfe anzubieten. Aber die brauchte sie auch gar nicht. Auf einem Pferd war sie alles andere als hilflos. Rasch bestieg sie den Wallach und ritt hinter Roland her, der nicht auf sie gewartet hatte.

Sie ließen die Ställe hinter sich, und Claudia blickte erstaunt auf die sauberen Koppeln und Schuppen, die bei ihrem letzten Besuch noch nicht da gewesen waren. Ein paar Stuten grasten friedlich, ohne auf sie zu achten, und langbeinige Fohlen sprangen verspielt über das zarte Frühlingsgras. Roland deutete mit der Hand auf ein Gebäude. „Das ist der neue Fohlenstall. Möchtest du ihn dir ansehen?“

Claudia nickte, und sie lenkten die Pferde auf den Bau zu. „Im Augenblick ist nur eine Stute trächtig“, erklärte Roland. „In den letzten Wochen ist es hier ziemlich hektisch zugegangen, aber zur Zeit haben wir eine Verschnaufpause.“

Die Boxen in dem Fohlenstall waren luftig und geräumig und peinlich sauber. Wie Roland angegeben hatte, gab es dort im Moment nur einen Bewohner. In der Mitte einer großen Box stand eine Stute, die so müde aussah, dass Claudia Mitleid mit ihr hatte. Als Roland die Hand ausstreckte und mit der Zunge schnalzte, kam die Stute schwerfällig auf ihn zu und legte den Kopf auf die Einfriedung, um gestreichelt zu werden. Er tat es und sprach beruhigend auf sie ein.

„Wir gehören jetzt zu den besten Pferdezüchtem des Staates", erklärte Roland sachlich. „Aus allen Staaten kommen Käufer zu uns, sogar aus Hawaii."

Als sie weiter ritten, sprach Roland nur wenig. Er überließ es Claudia, selbst festzustellen, was sich verändert hatte. Sie war ebenfalls schweigsam, aber sie musste sich eingestehen, dass die Ranch bestens in Schuss war. Zäune und Koppeln befanden sich in ausgezeichnetem Zustand, die Tiere waren gesund und machten einen lebhaften Eindruck. Die Gebäude waren sauber und frisch gestrichen. Auch die Quartiere der Arbeiter waren ausgebaut und modernisiert worden.

Zu ihrer Überraschung bemerkte sie in einiger Entfernung hinter dem Ranchhaus ein paar Hütten. Sie deutete darauf. „Sind das Wohnhäuser?" wollte sie wissen.

Roland bejahte alles.

„Einige Arbeiter sind verheiratet. Ich musste etwas unternehmen, um auch nachts ein paar gute Männer greifbar zu haben." Er warf ihr einen fragenden Blick zu, aber Claudia gefiel die Lösung mit den Häusern. Doch selbst, wenn sie damit nicht einverstanden gewesen wäre, hätte sie nichts gesagt, weil sie keinen Streit anfangen wollte.

„Möchtest du hinausreiten und dir das Vieh ansehen?" fragte Roland. Ohne Claudias Antwort abzuwarten; ritt er voran, so dass ihr nichts anderes übrig blieb, als ihm zu folgen. Bald holte sie ihn ein, und sie ritten Seite an Seite zu den westlichen Weiden, wo die Hereford-Rinder grasten. Claudia war sicher, dass sie am Abend einen ziemlichen Muskelkater haben würde, weil sie das Reiten nicht mehr gewöhnt war.

Die Herde war erstaunlich klein. Als sie Roland darauf ansprach, erklärte er: „Es werden keine Rinder mehr für den Verkauf gezüchtet, der Bestand ist hauptsächlich für den Eigenbedarf. Wir sind jetzt eine Pferderanch."

Einen Augenblick starrte Claudia ihn verständnislos an. Dann rief sie empört: „Was soll das heißen? Dies ist eine Rinderfarm! Wer hat dir die Erlaubnis gegeben, die Rinder zu verkaufen?“

„Dafür brauchte ich keine Erlaubnis“, gab er scharf zurück. „Mit den Rindern haben wir mit Verlust gearbeitet. Da habe ich den Betrieb umgestellt. Wenn du hier gewesen wärst, hätte ich die Sache mit dir besprochen. Aber du hast es ja nicht für notwendig gehalten, herzukommen.“

„Das ist nicht wahr!“ schrie Claudia. „Du weißt genau, warum ich nicht öfter gekommen bin! Du weißt, dass es wegen ...“ Sie brach ab, weil sie ihm ihre Schwäche nicht eingestehen wollte.

Nachdem Roland vergeblich abgewartet hatte, dass sie weiter sprach, trieb er sein Pferd wieder an. Die Sonne stand schon tief am Himmel, aber sie ritten weiter, ohne zu sprechen. Was gab es zwischen ihnen auch zu sagen?

Claudia war in Gedanken versunken und achtete nicht auf ihre Umgebung, bis Roland sein Pferd auf der Anhöhe eines Hügels zügelte. Sie hatten plötzlich den Fluss und die Wiese mit der schützenden Baumgruppe vor sich, unter der sie sich an jenem heißen Julitag geliebt hatten.

Obwohl Claudia spürte, dass Roland sie durchdringend ansah, konnte sie nicht verhindern, dass ihr das Blut in die Wangen schoss.

Roland wusste sofort, was in ihr vorging. Er nahm den Hut ab und fuhr sich mit den Fingern durch das Haar.

„Was machst du für ein Gesicht? Ich werde dich nicht überfallen, meine Liebe. Wir werden die Pferde ans Wasser führen, damit sie trinken können, weiter nichts. Also komm.“

Claudia riss sich zusammen und folgte ihm mit ausdruckslosem Gesicht zum Fluss hinunter.

Hier war es gewesen, wo Roland sie nackt schwimmend angetroffen und ihr barsch befohlen hatte, sofort aus dem Wasser zu kommen. Wütend über seine herrische Art war sie aus dem Fluss gestürmt, ohne zu bedenken, was für Folgen es haben konnte, sich mit einem Mann nackt auf eine Auseinandersetzung einzulassen. Was passiert war, war eigentlich eher meine Schuld als die seine, musste sie sich jetzt rückblickend eingestehen. Er hatte versucht, sie zu beruhigen und abzuwehren, aber ihr unbekleideter Körper war eine zu große Versuchung gewesen. Als er sie heftig auf den Mund küsste, um sie am Schreien zu hindern, war Claudias Wut und Empörung plötzlich in Verlangen umgeschlagen. Sie wusste selbst nicht, was mit ihr geschehen war oder was sie in ihm auslöste. Jedenfalls hatte er jede Beherrschung verloren, und es gab für sie beide kein Zurück mehr.

Als Roland vom Pferd stieg, tat Claudia es ihm nach. Er bemerkte ihren steifen Schritt und meinte: „Du bekommst einen Muskelkater, wenn du nichts dagegen tust. Ich werde dir die Beine massieren, wenn wir nach Hause kommen."

Claudia verkrampfte sich bei der Vorstellung, dass er sie massierte, und lehnte das Angebot schroff ab. „Danke, aber das kann ich auch allein!"

Gleichgültig zuckte Roland mit den Schultern. „Es sind deine Schmerzen." Es gefiel Claudia nicht, wie er ihre Abfuhr so glatt hinnahm. Leicht verärgert folgte sie ihm, als er sein Pferd bestieg und den Rückweg antrat. Bereits jetzt begann sie bei jeder Bewegung ihre Beine zu spüren. Nur ihr Stolz hielt sie davon ab, ihn zu bitten, das Tempo zu verlangsamen. Sie war erleichtert, als sie endlich bei den Ställen ankamen.

Roland schwang sich aus dem Sattel und war an ihrer Seite, ehe sie den Fuß aus dem Steigbügel genommen hatte. Wortlos umfasste er ihre Taille und hob sie vorsichtig vom Pferd. Er musste also genau wissen, wie schlecht es ihr ging. Sie murmelte ein Danke und löste sich rasch von ihm.

„Geh ins Haus und sag Lorna, sie soll das Essen in einer halben Stunde auftragen", befahl er. „Und beeil dich, sonst bleibt dir nicht genug Zeit, um vor dem Essen den Pferdegeruch loszuwerden."

Bei dem Gedanken an eine erfrischende Dusche fühlte Claudia sich sofort besser. Erst als sie das Haus betrat, empfand sie Zorn darüber, dass Roland bestimmte, wann gegessen wurde. Sie überlegte kurz, doch dann sagte sie sich, dass er es schließlich war, der die Arbeitseinteilung vornahm. Seufzend ging sie in die Küche und richtete Lorna seine Anweisung aus. Weder von Monica noch von Ricky war etwas zu sehen. Also eilte Claudia nach oben und duschte rasch. Obwohl die Mahlzeiten auf der Ranch zwanglos verliefen, tauschte sie die Jeans gegen ein ärmelloses Baumwollkleid und legte ein leichtes Make-up auf. Warum sie sich mit ihrem Aussehen so viel Mühe gab, wollte sie sich selbst nicht eingestehen. Als sie sich das Haar in weichem Schwung über die Schultern bürstete, klopfte es an die Tür. Ihre Stiefschwester trat ein.

Claudias erster Gedanke war, dass Rickys letzte Ehe sie ziemlich mitgenommen haben musste. Obwohl Rickys Haar wie stets wunderbar glänzte und ihre Figur schlank und rank war, wirkte sie verkrampft und unzufrieden. Ricky war eine jüngere Ausgabe von Monica, eine schöne, exotisch wirkende Frau, mit einem vollen Mund, schräg gestellten haselnussbraunen Augen und einem goldenen Hautton. Doch ihre harten Züge widersprachen diesem Bild der Schönheit.

„Willkommen daheim“, gurrte Ricky. Sie hob die Hand, in der sie ein halbgefülltes Glas mit einer bernsteinfarbenen Flüssigkeit hielt. „Entschuldige, dass ich dich nicht begrüßt habe, ich hatte vergessen, dass heute der große Tag ist. Aber sicher hat Roland sich bestens um dich gekümmert.“ Sie trank einen großen Schluck aus ihrem Glas und lächelte boshaft. „Roland kümmert sich immer gut um seine Frauen, nicht wahr? Um alle.“

Unbehaglich fragte sich Claudia, ob Ricky irgendwie herausbekommen hatte, was an jenem Tag am Fluss geschehen war. Doch das war schwer zu sagen. Ricky sprach gern in diesem herausfordernden Ton, wahrscheinlich, weil sie unsicher und mit ihrem Leben unzufrieden war. Deshalb überging Claudia die Bemerkung und begrüßte ihre Stiefschwester, als sei alles normal.

„Es ist schön, nach so langer Zeit wieder einmal zu Hause zu sein. Hier hat sich vieles verändert. Fast hätte ich die Ranch nicht mehr wiedererkannt."

„Ja, sicher", meinte Ricky hämisch. „Roland ist ja auch der Boss, wusstest du das nicht? Alles hier tanzt nach seiner Pfeife. Alle springen, wenn er nur mit dem Finger schnippt. Inzwischen ist er kein Ausgestoßener mehr, Schwesterherz. Er ist ein angesehenes Mitglied unserer kleinen Gemeinde geworden und leitet die Ranch mit eiserner Faust. Oder fast." Sie zwinkerte Claudia viel sagend zu. „Mich hat er noch nicht unter der Knute. Ich weiß, was er vorhat."

Claudia wollte Ricky darauf nicht antworten, denn wenn sie angetrunken war, war eine vernünftige Unterhaltung mit ihr sowieso unmöglich.

Daher hakte Claudia ihre Stiefschwester unter und führte sie sanft auf die Treppe zu. „Lorna dürfte das Essen inzwischen fertig haben. Ich bin schon fast am Verhungern."

In diesem Augenblick kam Roland ihnen entgegen. Er presste die Lippen ärgerlich zusammen, als er das Glas in Rickys Hand sah. Ohne ein Wort nahm er es ihr ab.

Einen Augenblick sah Ricky ihn erstaunt an. Dann hatte sie sich wieder gefangen und fuhr mit der Fingerspitze aufreizend langsam über die Knöpfe seines Hemdes.

„Der große Meister", erklärte sie mit honigsüßer Stimme. „Kein Wunder, dass du dir die Frauen aussuchen kannst. Ich habe Claudia gerade von dir erzählt, von deinen Frauen." Mit einem verschlagenen Gesichtsausdruck lächelte sie ihn an und ging befriedigt nach unten.

Roland rief ihr etwas Unverständliches hinterher, während Claudia verwirrt dastand und überlegte, worauf Ricky hinauswollte und warum Roland so wütend darüber war. Kurz entschlossen sprach sie ihn direkt darauf an: „Was hat sie damit gemeint?“

Er antwortete nicht sofort, sondern roch misstrauisch an dem Inhalt des Glases. Dann trank er den Inhalt in einem einzigen Zug aus. Entsetzt verzog er das Gesicht. Erstickt brachte er hervor: „Wie konnte ich dieses Zeug nur trinken?“

Mühsam musste Claudia das Lachen unterdrücken. Seit dem Tag, an dem ihr Vater Roland nach Hause geschafft hatte, hatte dieser keinen Tropfen Alkohol mehr angerührt. Seine überraschende Reaktion machte ihn irgendwie menschlicher und enthüllte eine Seite an ihm, die sie noch nicht kannte. Er fing ihren Blick auf und nahm ihr Gesicht in beide Hände. „Machst du dich über mich lustig?“ wollte er wissen. „Das kann gefährlich werden.“

Aus Erfahrung wusste Claudia, wie gefährlich Roland sein konnte, aber in diesem Augenblick fühlte sie sich stark. Unbeirrt hielt sie seinem Blick stand. „Ich habe keine Angst vor dir, großer Boss“, erklärte sie herausfordernd, um dann rasch hinzuzusetzen: „Sag mir, was Ricky gemeint hat.“

„Ach, lass doch, Ricky“, brummte er und küsste sie auf den Mund. Claudia war überrascht, wie sanft sein Kuss war. Sie entspannte sich und öffnete die Lippen unter dem zarten Druck seiner Zunge. Leise stöhnte Roland auf und schloss die Arme um sie. Seine Hand glitt zu ihrer Hüfte, und er presste Claudia an sich.

Ein Gefühl der Schwäche erfasste sie, Halt suchend griff sie nach seinen Armen. Sie war sich seiner männlichen Ausstrahlung voll bewusst, und sie drängte sich ihm entgegen. So etwas hatte sie noch bei keinem anderen Mann erlebt. Was sie in Rolands Armen empfand, war einmalig. Gegen ihn hatte David keine Chance gehabt.

Der Gedanke an David riss sie aus dem Sinnenwirbel, der sie mitzureißen drohte. Schwer atmend befreite sie sich aus Rolands Umarmung, aber sie schaffte es nicht, ihn ganz von sich zu schieben. Matt lehnte sie sich an ihn und legte den Kopf an seine Schulter.

„Das ist gut", murmelte er heiser und liebkoste ihr Ohrläppchen. „Jetzt bist du kein Kind mehr, Claudia."

Was meint er damit, fragte sie sich beunruhigt. Dass er es nicht mehr für nötig hielt, sich von ihr fernzuhalten? Wollte er sie damit warnen, dass er nicht mehr versuchen würde, ihre Beziehung neutral zu halten? Aber seit jenem Tag am Fluss hatte sie das ohnehin nicht mehr sein können.

Es gelang Claudia jetzt, sich von ihm zu befreien. Stolz hob sie den Kopf. „Nein, Roland, ich bin kein Kind mehr. Ich habe gelernt, mich unerwünschten Annäherungen zu widersetzen."

„Dann muss meine erwünscht sein, denn du hast dich mir wohl kaum widersetzt", neckte er und schob Claudia sanft auf die Treppe zu.

Sie war froh, dass sie sich halbwegs wieder gefangen hatte, denn plötzlich erschien Monica am Fuße der Treppe.

„Claudia, Roland, wo bleibt ihr denn?"

Das war typisch für Monica. Keine Begrüßung, obwohl sie ihre Stieftochter seit fast drei Jahren nicht mehr gesehen hatte. Claudia nahm ihr das nicht weiter übel. Wenigstens spielte Monica ihr jetzt nichts mehr vor. Als Claudia nach unten ging, hörte sie, wie Roland ihr folgte.

Bei Tisch ging es ungezwungen zu. Nach einem langen heißen Tag auf der Ranch wollte man einfach nur etwas in den Magen bekommen. Claudias Entscheidung, ein Kleid zu tragen, war zwar ungewöhnlich, aber ihr fiel auf, dass auch Ricky sich umgezogen hatte. Ihr weißes Kleid hätte ebenso gut auf eine Party gepasst. Da Ricky an diesem Abend keine Verabredung zu haben schien, musste sie sich für Roland in Schale geworfen haben.

Claudias Blick wanderte zu Roland, der den Platz ihres Vaters eingenommen hatte. Erst jetzt bemerkte sie, dass er dunkle Hosen und ein frisches weißes Hemd trug, dessen aufgerollte

Ärmel seine braun gebrannten Arme freigaben. Verstohlen betrachtete sie sein kühnes Profil, sein dichtes, dunkelbraunes Haar, die geschwungenen Brauen und seine gerade Nase. Seine Lippen waren sinnlich und fein geschnitten, aber Claudia wusste, dass er auch hart und unerbittlich sein konnte. Das Hemd spannte sich über seinen breiten Schultern und war am Hals geöffnet, so dass der Ansatz seines gelockten Brustflaums sichtbar war. Claudia erinnerte sich genau, wie sich die Härchen unter ihren Fingern angefühlt hatten.

Überrascht bemerkte Claudia das belustigte Glitzern in Rolands Augen und fühlte, dass ihre Musterung ihm nicht entgangen war. Verlegen spielte sie mit ihrer Gabel und wagte nicht, Monica oder Ricky anzusehen, weil sie befürchtete, sie hätten sie auch beobachtet.

„Wie war der Flug?“ erkundigte sich Monica beiläufig.

Claudia griff das Thema dankbar auf. „Anstrengend, aber wenigstens pünktlich. Ich habe dich noch gar nicht gefragt, ob du lange auf mich gewartet hast“, wandte sie sich an Roland.

Er zuckte mit den Schultern und wollte etwas sagen, aber Ricky kam ihm spöttisch lachend zuvor. „Er ist schon gestern Nachmittag abgefahren und hat die Nacht in Houston verbracht, um sicherzugehen, dass er dich nicht verpasst. Für die kleine Königin der Ranch ist ihm keine Mühe zu groß, nicht wahr, Roland?“

Seine Miene blieb unbewegt, nur um seine Lippen spielte ein kühles Lächeln. „Ja, du hast recht, Ricky. Ich bin hier, um ihr jeden Wunsch zu erfüllen.“

Gereizt mischte sich Monica ein. „Können wir denn nie bei Tisch sitzen, ohne dass ihr beide euch in Sticheleien ergeht? Führ dich endlich wie eine Siebenundzwanzigjährige auf, Ricky, und nicht wie ein kleines Kind!“

Der Ermahnung folgte ein kurzes Schweigen. Monica brach es mit der harmlos gemeinten Feststellung, die Claudia wie ein

Hammerschlag traf: „Roland sagt, du bleibst jetzt ganz hier, Claudia."

Claudia warf Roland einen wütenden Blick zu, dem er gleichmütig standhielt. Die Antwort, die ihr auf den Lippen lag, erstarb, weil Ricky ihre Gabel fallen ließ. Alle wandten sich ihr zu. „Du Schuft!" stieß sie außer sich hervor und blitzte Roland hasserfüllt an. „Solange Mutter das Sagen über die Ranch hatte, hast du ihr geschmeichelt und sie beschwatzt, das zu tun, was du wolltest. Aber jetzt, wo Claudia fünfundzwanzig ist und die Ranch in ihre Hände übergegangen ist, lässt du Mutter wie eine heiße Kartoffel fallen! Du hast sie nur benutzt! Du hast weder sie noch mich gewollt."

Mit ausdrucksloser Miene saß Roland zurückgelehnt da und sagte kein Wort. Er hörte nur zu und wartete wie ein Tiger, der zum Sprung ansetzt. Ricky musste die Gefahr auch gespürt haben, denn sie hielt mitten im Satz inne.

Streng blickte Monica ihre Tochter an und sagte vorwurfsvoll: „Du weißt ja nicht, was du sagst! Bei deinen verkorksten Beziehungen kannst du es dir nicht leisten, andere zu kritisieren."

Erregt wandte sich Ricky ihrer Mutter zu. „Du nimmst ihn also auch noch in Schutz?" schrie sie außer sich. „Merkst du denn nicht, was er vorhat? Er hätte dich schon vor Jahren heiraten können, aber er hat dich hingehalten und gewartet, bis Claudia mündig wurde! Er wusste natürlich, dass sie eines Tages die Ranch übernehmen würde! Du etwa nicht?"

Das war für Claudia zuviel. Sie zitterte vor Empörung und hatte Mühe, an sich zu halten.

Roland dagegen blieb ganz ruhig. Er schob seinen Teller von sich und stand auf. Mit eisiger Stimme sagte er: „Die Möglichkeit einer Heirat zwischen mir und Monica hat niemals zur Diskussion gestanden." Damit verließ er den Raum, ehe eine der drei Frauen etwas sagen konnte.

Fragend blickte Claudia Monica an. Ihre Stiefmutter war

bleich geworden. „Gratuliere, Ricky!“ stieß Monica hervor. „Du hast es wieder einmal geschafft, den Hausfrieden zu stören.“

In Claudia stieg Ärger auf. „Was sollte das Ganze?“ erkundigte sie sich scharf.

Darauf stützte Ricky die Ellenbogen auf den Tisch und faltete mit einer eleganten Bewegung die Hände unter ihrem Kinn. Doch wie Monica war auch sie blass geworden. „So beschränkt kannst du doch kaum sein!“ spottete sie und spitzte befriedigt die rot geschminkten Lippen. „Du wirst wohl nicht behaupten wollen, du hättest nicht gewusst, dass Roland Mutter die ganzen Jahre über benutzt hat. Aber in letzter Zeit ist ihm aufgegangen, dass du mündig und obendrein auch noch Witwe bist. Wenn du dich also von ihm einwickeln lässt, hat er die Ranch endlich ganz. Jetzt nützt Mutter ihm nichts mehr, da sie ja die Schnüre zum Geldsäckel nicht mehr in der Hand hat. Also lässt er sie fallen und wendet sich der interessanteren Partie zu.“

Claudia warf ihr einen verächtlichen Blick zu. „Du hast eine schmutzige Phantasie!“

„Und du bist eine Närrin!“

„Ich wäre eine, wenn ich dich ernst nähme“, gab Claudia zurück. „Was hast du überhaupt gegen Roland? Möglicherweise hast du einen Hass auf alle Männer entwickelt.“

„So ist’s recht!“ schrie Ricky schrill. „Jetzt schieb mir die Schuld in die Schuhe, weil ich geschieden bin!“

Ratlos saß Claudia da. Sie kannte Ricky gut genug, um zu wissen, dass sie jetzt die Mitleidstour anschlug. Außerdem neigte Ricky dazu, sich nicht immer an die Wahrheit zu halten. Aus irgendeinem Grund versuchte Ricky, Roland in einem möglichst schlechten Licht erscheinen zu lassen. Aber warum? Roland hatte schon genug auf dem Kerbholz, da brauchte sie ihn nicht noch fälschlich zu beschuldigen.

Die Leute aus der Umgebung hatten nicht vergessen, wie er sich nach seiner Rückkehr aus Vietnam aufgeführt hatte. Und soweit Claudia wusste, hatte er sich nie mit seinem Vater ausgesöhnt. Mr. Jackson war vor ein paar Jahren gestorben, aber Roland hatte ihr gegenüber nichts davon erwähnt. Also hatte der Zwist zwischen Vater und Sohn offenbar bis zu Mr. Jacksons Tod bestanden.

Um Ricky ein wenig zu beruhigen, sagte Claudia betont sachlich: „Roland hat mich tatsächlich gebeten, zu bleiben. Schließlich bin ich hier zu Hause, vergiss das nicht. Seit David tot ist, hält mich in Chicago nichts mehr." Damit stand sie auf und verließ ruhig den Raum.

Jetzt endlich wollte Claudia in ihr Zimmer hinaufgehen, denn sie war von der Reise und dem langen Ritt müde. Ihre überanstrengten Muskeln schmerzten bei jeder Bewegung. Sie hatte den Fuß bereits auf die erste Treppenstufe gesetzt, beschloss dann jedoch, erst zu Roland zu gehen. Sie hatte das Bedürfnis, ihn zu sehen. Das war zwar seltsam, da sie ihm jahrelang bewusst aus dem Weg gegangen war, aber sie wollte über ihre Gefühle im Augenblick lieber nicht nachdenken.

Claudia verließ das Haus und ging zum Fohlenstall. Dort würde sie Roland bestimmt finden.

Die vertrauten Gerüche nach Heu, Pferden und Leder wehten ihr entgegen, als sie den Stall betrat und über den dunklen Gang auf die erleuchtete Box der trächtigen Stute zuging, vor der zwei Männer standen. Roland drehte sich um, als sie in den Lichtkreis trat. „Das ist Floyd Stoddard, Claudia, unser Fohlenmann, Floyd, das ist Claudia Ashe."

Floyd war ein untersetzter, kräftig gebauter Mann mit einem wettergegerbten Gesicht und spärlichem braunen Haar. Er nickte Claudia zu und begrüßte sie mit einer hohen Stimme, die in krassem Gegensatz zu seiner Erscheinung stand.

Claudia ergriff seine ausgestreckte Hand, aber ehe sie etwas sagen konnte, erklärte Roland zu Floyd gewandt: „Geben Sie mir sofort Bescheid, wenn es Probleme gibt." Dann nahm er

Claudias Arm und zog sie aus dem Lichtkegel fort. Sie konnte im Dunkeln noch nie gut sehen und stolperte unsicher dahin.

Leise lachend zog Roland sie an sich. „Immer noch halb nachtblind, nicht wahr? Keine Angst, ich lasse dich nicht gegen irgend etwas laufen. Halt dich nur an mir fest."

Sie brauchte sich nicht festzuhalten. Roland hatte sie gut im Griff. Um etwas zu sagen, fragte sie: „Wird die Stute bald fohlen?"

„Vermutlich noch heute Nacht, wenn alles ruhig ist. Stuten sind meist scheu. Sie warten, bis sie glauben, allein zu sein. Floyd wird also ganz still sein müssen, damit sie ihn nicht hört." Belustigt fuhr er fort: „Sie sind eigensinnig, wie alle weiblichen Wesen."

Da Claudia wusste, dass er sie aufziehen wollte, lächelte sie nur. In gelöster Stimmung verließen sie den Stall und gingen auf das Haus zu. Im Schein des Mondes konnte Claudia jetzt wieder gut sehen, aber Rolands Arm lag immer noch um ihre Taille, und sie schob ihn nicht fort.

Ein paar Schritte wanderten sie stumm dahin, dann fragte Roland: „Ist dein Muskelkater sehr schlimm?"

„Ziemlich. Hast du eine Salbe dafür?"

„Ich bringe dir eine Tube in dein Zimmer", versprach er. „Wie lange hast du es noch mit Monica und Ricky ausgehalten?"

„Nicht mehr lange", gestand sie. „Ich habe auch nicht zu Ende gegessen."

Wieder schwiegen sie. Als sie vor der Haustür angekommen waren, verstärkte sich Rolands Griff um ihre Taille. „Claudia?"

Sie blieb stehen und blickte ihn an. Sein Gesicht wurde von seinem Hut überschattet, aber sie spürte, dass er sie eindringlich ansah. „Monica ist nicht meine Geliebte", sagte er leise. „Sie ist es nie gewesen, obwohl es an Gelegenheiten nicht gemangelt hat. Dein Vater war mir ein zu guter Freund, als dass ich mit seiner Witwe hätte ins Bett gehen können."

Das gilt aber wohl nicht für Wards Tochter, dachte Claudia. Seine unverblümte Erklärung machte sie für einen Augenblick sprachlos. Sie versuchte, in seinem Gesicht zu lesen, und flüsterte schließlich: „Warum sagst du mir das?"

„Weil du gedacht hast, ich hätte etwas mit ihr."

Claudia wusste nicht, was sie sagen sollte. Rickys Anspielungen hatten jedenfalls in diese Richtung gezielt. Unsicher sagte sie: „Alles deutete darauf hin. Ricky ist dessen offenbar sicher. Du brauchst bei Monica ja nur einen Wunsch zu äußern, und schon bekamst du das Geld, das du wolltest."

„Das einzige Geld, das ich je von ihr bekommen habe, war für die Ranch!" fuhr Roland auf. „Ward hat mir vertraut und mir mit der Ranch freie Hand gelassen. Sein Tod hat daran nichts geändert!"

„Dass weiß ich. Du hast hart für ihn gearbeitet. Mehr als jeder andere es für seine eigene Ranch getan hätte." Unwillkürlich legte Claudia ihm die Hand auf die Brust und spürte die Wärme seiner Haut unter dem Hemd. „Ich war wütend auf dich, Roland, dass muss ich zugeben. Als Vater starb, sah es so aus, als wolltest du seinen Besitz an dich reißen. Du hast die Ranch übernommen, bist in sein Haus eingezogen und hast unser aller Leben in die Hand genommen. War es da so abwegig anzunehmen, dass du auch vor seiner Frau nicht Halt gemacht hast?" Warum hatte sie das nur gesagt?

Sie glaubte es ja selbst nicht. Aber merkwürdigerweise drängte es sie danach, ihm weh zu tun.

Rolands Gesicht schien wie erstarrt zu sein. Zwischen zusammengebissenen Zähnen stieß er hervor: „Dafür würde ich dich am liebsten übers Knie legen!"

„Wie du bereits mehrfach erwähntest, bin ich jetzt erwachsen. Deshalb würde ich es dir nicht raten. Du kannst mich nicht mehr wie ein Kind behandeln", erwiderte sie scharf und musste an den Zwischenfall vor vielen Jahren denken.

„Ich soll dich also als Frau behandeln?"

„Nein. Ich will, dass du in mir das siehst, was ich bin, deine Arbeitgeberin!"

„Das bist du schon seit Jahren", gab er zu bedenken. „Aber das hat mich nicht davon abgehalten, dich zu versohlen. Und es hat mich auch nicht daran gehindert, dich zu lieben."

Claudia erkannte, dass es sinnlos war, sich mit Roland auf Wortklaubereien einzulassen. Sie wandte sich ab und wollte ins Haus gehen. Kaum hatte sie jedoch die ersten Schritte getan, als Roland ihren Arm ergriff und sie zum Stehenbleiben zwang. „Willst du immer davonrennen, wenn ich von intimen Dingen spreche?"

Unter seiner Berührung erzitterte Claudia und versuchte, gegen ihre verwirrenden Gefühle anzukämpfen.

„Damals am Fluss bist du nicht davongelaufen", erinnerte er sie brutal. „Du warst dazu bereit, und es hat dir gefallen, obwohl es für dich das erste Mal war. Du bist wie eine junge Stute, die noch nicht zugeritten ist."

„Ich will nicht mit einer Stute verglichen werden!" rief Claudia empört.

„Aber du hast mich immer an eine erinnert, an ein langbeiniges Füllen mit großen dunklen Augen, das noch Angst hat. Und ich glaube nicht, dass du dich sehr geändert hast. Du hast immer noch Angst. Ich habe rotbraune Pferde schon immer gemocht", fuhr er mit samtener Stimme fort. „Und ich habe mir stets eine rothaarige Frau gewünscht."

Claudia war so wütend, dass sie einen Augenblick nichts sagen konnte. Als sie wieder sprechen konnte, klang ihre Stimme heiser vor Erregung.

„Nun, mit mir kannst du nicht rechnen! Ich schlage daher vor, du suchst dir eine rotbraune Stute. Die passt besser zu dir!"

Schallendes Gelächter von Roland war die Antwort. Als Claudia die Hand hob, um ihn zu schlagen, packte er sie am Handgelenk und hielt sie fest. Sie wollte sich befreien, aber er zog sie so nah an sich, dass ihre Körper sich berührten. Er beugte sich über sie, so dass sein warmer Atem ihren Mund streifte, und flüsterte: „Du bist genau die Richtige für mich. Du bist meine temperamentvolle Rothaarige. Und ich habe lange genug auf dich gewartet."

„Nein ... " setzte sie an, aber er erstickte ihren Protest mit seinen Lippen. Claudia wehrte sich nicht mehr gegen seinen Kuss. Seit dem Morgen, als er sie auf dem Flughafen geküsst hatte, schien sie nichts anderes mehr getan zu haben, als sich von ihm küssen zu lassen, Wann immer er wollte. Deutlich wurde ihr bewusst, dass Roland sie umwarb, und sie fragte sich, was er im Schilde führte.

Ihre Passivität irritierte ihn. Er zog sie fester an sich und küsste sie immer fordernder, bis sie erstickt aufstöhnte. Sofort lockerte sich sein Griff, und er hob den Kopf. „Ich habe mich vergessen", murmelte er. „Gehen wir lieber hinein und kümmern uns um deinen Muskelkater."

Claudia wollte ihm erklären, dass sie das gut selbst tun könne, doch dann hielt sie sich zurück, um die gefährliche Situation nicht noch unnötig zu verlängern. Widerspruchslos ließ sie zu, dass Roland den Arm um ihre Taille legte und sie ins Haus führte. Sie war erleichtert, dass weder von Ricky noch von Monica etwas zu sehen war.

Zu Claudias Überraschung verließ Roland sie vor ihrer Tür und ging zu seinem eigenen Zimmer. Rasch trat sie ein und schloss die Tür hinter sich. Sie sehnte sich nach einem heißen Bad, um ihre schmerzenden Muskeln zu entspannen. Aber das einzige Bad mit Badewanne befand sich etwas weiter den Gang hinunter zwischen Rolands und Monicas Zimmer, und sie wollte keinem von beiden begegnen. Mit einem bedauernden Seufzer begann sie, ihr Kleid aufzuknöpfen. Sie hatte das Oberteil gerade geöffnet, als es an ihrer Tür klopfte und Roland eintrat. Verwirrt fuhr sie herum.

„Entschuldige", brummte Roland. „Hier ist die Salbe." Sie

griff nach der Tube und bemerkte, dass sein Blick auf dem aufgeknöpften Ausschnitt ihres Kleides ruhte. Ein kribbelndes Gefühl überlief sie. Als sie empört Luft holte, hob er den Kopf und sah ihr ins Gesicht. Seine Augen waren dunkel und seine Kinnmuskeln gespannt. Einen Augenblick lang glaubte sie, er würde sie an sich reißen. Doch mit einem Ausdruck des Bedauerns drückte er ihr nur die Tube in die Hand.

„Ich kann warten", sagte er und ging so unerwartet wie er gekommen war.

Claudias Beine fühlten sich plötzlich ganz weich an. Sie ging zum Bett und ließ sich auf die helle Decke sinken. Das war knapp gewesen!

Nachdem sie die schmerzenden Partien sorgfältig mit der Salbe eingerieben hatte, zog sie ihr Nachthemd an und kroch mit steifen Bewegungen unter die Bettdecke. Trotz ihrer Müdigkeit konnte sie nicht einschlafen. Die Ereignisse des Tages zogen noch einmal an ihr vorüber.

Alle ihre Gedanken kreisten um Roland. Er hatte ihr gezeigt, wie sehr er sie begehrte, als er sie küsste. Aber Roland war ein komplizierter Mann. Bei ihm ging es wohl um mehr als nur körperliches Verlangen. Er war wie ein Eisberg, von dem nur die Spitze sichtbar war. Hatte Ricky vielleicht recht? Wollte er sich die Ranch aneignen, indem er ihre Besitzerin heiratete?

Claudia rief sich zur Ordnung. Heiraten! Wie kam sie darauf, dass Roland an eine Ehe dachte? Er konnte sie doch leicht auf andere Weise lenken. Die Erkenntnis war beschämend. Aber vielleicht war ihm daran gelegen, auch der offizielle Besitzer der Ranch zu werden. Schließlich war Roland ein Mann mit einer dunklen Vergangenheit. Deshalb konnte die Ranch für ihn doppelt wichtig sein. Für ihn bedeutete sie finanzielle und gesellschaftliche Absicherung.

Wie immer dem auch sein mochte, Claudia nahm sich vor, sich auf keinen Fall mit ihm einzulassen und sich vor ihm in Acht zu nehmen.

3. KAPITEL

Am nächsten Morgen hatte Claudia vorgehabt, zeitig aufzustehen, aber dabei blieb es auch. Sie wachte erst nach zehn auf und gähnte verschlafen. Als sie sich recken wollte, kamen ihr die verkrampften Beine schmerzlich in Erinnerung.

Vorsichtig kletterte sie aus dem Bett. Da Roland inzwischen sicher längst aus dem Haus war, konnte sie ungestört ein heißes Bad nehmen. Entschlossen nahm sie ihre Sachen auf und ging über den Korridor zum Badezimmer.

Eine Stunde später fühlte sie sich sehr viel besser, obwohl ihre Glieder immer noch ein wenig steif waren. Das lange Schlafen hatte sie erfrischt. Ihre Augen blitzten unternehmungslustig, und ihre Wangen hatten einen rosigen Schimmer. Sie hatte ihr Haar mit Kämmchen zurückgesteckt und sah dadurch fast wieder wie ein Teenager aus.

Leichtfüßig begab sie sich hinunter in die Küche.

Lorna stand am Herd und drehte sich bei ihrem Eintreten um. Sie lächelte ihr freundlich zu.

„Gut geschlafen?"

„Wunderbar." Claudia seufzte. „Ich bin seit Jahren nicht mehr so spät aufgestanden."

„Roland sagte, Sie seien erschöpft", erklärte Lorna. „Und abgenommen haben Sie auch seit Ihrem letzten Besuch. Möchten Sie Ihr Frühstück jetzt haben?"

„Es ist ja fast schon Zeit fürs Mittagessen", überlegte Claudia. „Da warte ich wohl lieber bis dahin. Wo sind denn die anderen?"

„Monica schläft noch. Ricky ist heute mit den Männern fortgefahren."

Fragend hob Claudia die Brauen, aber Lorna zuckte nur mit den Schultern. Sie war eine kräftig gebaute Frau um die fünfzig, aber ihr braunes Haar zeigte noch keine Silberfäden. Ihre ausgeglichenen Gesichtszüge verrieten, dass sie mit ihrem Leben zufrieden war.

Nachdenklich meinte sie: „Ricky macht im Augenblick eine schwierige Zeit durch."

„Inwiefern?" Claudia musste ihr recht geben. Ricky wirkte jetzt noch nervöser und reizbarer als früher und schien selbst nicht zu wissen, was sie wollte.

Wieder zuckte Lorna mit den Schultern. „Wahrscheinlich ist sie eines Tages aufgewacht und hat festgestellt, dass sie nichts aus ihrem Leben gemacht hat. Da hat sie so eine Art Torschlusspanik bekommen. Was hat sie denn bisher erreicht? Sie hat keinen Mann, keine Kinder, nichts, das wichtig ist und ihr gehört. Das einzige, was sie für sich verbuchen kann, ist ihre Schönheit. Aber die hat ihr den Mann, den sie haben wollte, auch nicht gebracht."

„Sie hat doch zweimal geheiratet", gab Claudia zu bedenken.

„Aber nicht Roland."

Schockiert saß Claudia da und versuchte, Lornas Gedankengang zu folgen. Roland und Ricky? Ricky hatte Roland gegenüber ständig hin und her geschwankt zwischen Aufsässigkeit und sklavischer Ergebenheit. Roland auf der anderen Seite hatte sie stets mit gelassener Nachsicht behandelt. War das der Grund für Rickys plötzliche Feindseligkeit? Wollte sie deshalb nicht, dass ihre Stiefschwester blieb? Wieder hatte Claudia das unbehagliche Gefühl, dass Ricky irgendwoher wusste, dass Roland mit ihr geschlafen hatte, als sie siebzehn war. Aber wie sollte sie dahinter gekommen sein?

Das Ganze war absurd. Ricky konnte unmöglich in Roland verliebt sein. Claudia hatte am eigenen Leib erfahren, wie es war, wenn man liebte. Bei Ricky war von solchen Anzeichen nichts zu merken. Sie verhielt sich Roland gegenüber nach wie vor mit einer Mischung aus Angst und Ablehnung, die fast an Hass grenzte. Auch das verstand Claudia. Aus den gleichen Beweggründen war sie selbst jahrelang fortgeblieben.

Sie verspürte plötzlich das Bedürfnis, allein zu sein. „Ist Wallaces Laden immer noch sonntags geöffnet?“

Lorna nickte. „Wollen Sie in den Ort fahren?“

„Wenn niemand sonst den Wagen braucht, ja.“

„Soweit ich weiß, nicht. Und selbst, wenn es so wäre, gibt es andere Transportmittel“, entschied Lorna. „Würde es Ihnen etwas ausmachen, mir ein paar Sachen mitzubringen?“

„Natürlich nicht“, antwortete Claudia. „Aber schreiben Sie mir lieber alles auf. Ich vergesse sonst immer das eine oder andere, wenn ich keine Liste habe. Und meist ist das dann gerade das Wichtigste.“

Lorna schmunzelte und holte einen Notizblock aus einer Schublade. Sie riss das oberste Blatt ab und reichte es Claudia. „Schon geschehen. Mir geht es nämlich genauso. Da notiere ich mir immer gleich das, was mir einfällt. Ich hole Ihnen Geld aus Rolands Schreibtisch.“

„Das ist nicht nötig. Ich habe genug dabei.“ Claudia überflog die Einkaufsliste. Es handelte sich in der Hauptsache um Erste-Hilfe-Sachen wie Alkohol und Verbandszeug. Nichts ging übermäßig ins Geld. Außerdem war sie ja eigentlich für die Dinge verantwortlich, die für die Ranch gekauft wurden.

„Gut. Aber bewahren Sie die den Kassenbon auf. Wegen der Steuer.“ Claudia nickte. „Wissen Sie, wo die Schlüssel für den Kombi sind?“

„Normalerweise stecken sie im Zündschloss. Es sei denn, Roland hat sie heute morgen abgezogen, um Ricky daran zu hindern, einfach zu verschwinden, wie sie es häufiger tut. In diesem Fall trägt er die Schlüssel bei sich. Aber da Ricky mit den Männern fortgefahren ist, hatte er eigentlich keinen Grund, die Schlüssel an sich zu nehmen.“

Unangenehm berührt presste Claudia die Lippen zusammen und ging nach oben, um ihre Handtasche zu holen. Stand es so schlimm um Ricky, dass man die Wagenschlüssel vor ihr verstecken musste? Was war, wenn jemand anders den Wagen brauchte? Aber Lorna und Monica würden vermutlich vorher Bescheid sagen, wenn sie wegfahren wollten. Und bei einem Unfall war Roland ja rasch aufzufinden. Das Flugzeug war dann sowieso schneller als ein Wagen.

Claudia hatte Glück. Die Schlüssel steckten im Zündschloss. Erleichtert öffnete sie die Wagentür und setzte sich hinter das Steuer. Sie freute sich auf die kleine Ausfahrt.

Der Kombi war ein altes Modell und sah etwas mitgenommen aus, aber der Motor sprang sofort an. Wie alles auf der Ranch wurde der Wagen gepflegt und regelmäßig gewartet. Auch hier zeigte sich Rolands Tatkraft und Umsicht. Bisher hatte Claudia nichts finden können, das zu beanstanden gewesen wäre.

Stolz auf ihren Besitz erfüllte sie, als sie über die staubige Zufahrtsstraße zur Autobahn fuhr. Obwohl die Ranch nicht übermäßig groß oder wohlhabend war, hatte sie sich gut entwickelt. Mit der Pferdezucht hatte Roland ihr eine neue Ausrichtung gegeben. Zwar war es auf dem Anwesen vorher sehr viel ruhiger zugegangen, aber jetzt war es gepflegter und mit neuem Leben erfüllt.

Der Ort war klein, aber Claudia wusste, dass sie dort alles finden würde, was sie brauchte. Alles war ihr von Kindheit an vertraut. Im Laufe ihrer Abwesenheit hatte sich kaum etwas verändert. San Antonio war die nächste größere Stadt. Zwar war sie fast hundertzwanzig Kilometer entfernt, aber für texanische Maßstäbe war das ein Katzensprung. Das anspruchslose Leben in Uvalde County machte seinen Bewohnern nichts weiter aus.

Der letzte Skandal, der hier vorgekommen war, war wohl der, an dem Roland beteiligt gewesen war. Claudia parkte den Wagen am Rinnstein zwischen verstaubten Lieferwagen und anderen Fahrzeugen. Aus dem Gebäude drang ein Schlager aus einer Musikbox. Sie musste lächeln, als sie an frühere Zeiten zurückdachte. Wie viele Sonntagnachmittage hatte sie hier als junges Mädchen verbracht?

Der Apothekenbereich befand sich im hinteren Teil des Geschäfts. Vom an der Theke und in den Nischen an der gegenüberliegenden Wand konnte man Platz nehmen und Hamburger essen. Auf der übrigen Fläche waren ein paar Tische verteilt. Die Hocker und Nischen waren besetzt, während die Tische größtenteils frei blieben und nur im Notfall belegt wurden. Claudia warf einen Blick in die Runde und musste feststellen, dass die meisten Kunden hier Teenager waren, wie früher auch. Doch auch ein paar Erwachsene waren anwesend, vermutlich, um die stürmischen Geister unter Kontrolle zu halten.

Als erstes ging Claudia zur Apothekenabteilung und begann, die Sachen auf Lornas Liste zusammenzutragen, weil sie ihren Auftrag erledigen wollte. Danach würde sie sich mit einem großen Milch-Shake belohnen. Der Stapel auf ihren Armen wurde immer größer und war kaum noch zu tragen. Claudia schaute sich nach einem Einkaufskorb um. Dabei fing sie den Blick einer jungen Frau in ihrem Alter auf, die sie neugierig musterte.

„Claudia? Claudia Donahue?“ fragte die Frau vorsichtig.

Sobald sie ihre Stimme hörte, wusste Claudia, wen sie vor sich hatte. „Wanda Grifford!“

„Jetzt heiße ich Wanda Wallace. Ich habe Rick Wallace geheiratet.“

Claudia erinnerte sich an ihn. Er war der Sohn des Geschäftsinhabers und etwa ein Jahr älter als sie und Wanda. „Und ich heiße jetzt Claudia Ashe.“

„Ja, das weiß ich. Ich habe gehört, dass dein Mann gestorben ist. Mein Beileid, Claudia.“

Rasch antwortete Claudia etwas Passendes und war froh, dass Wanda ihr ein Päckchen abnahm. Sofort wechselte sie das Thema, weil sie immer noch nicht mit Abstand über Davids Tod sprechen konnte. „Habt ihr Kinder?“

„Zwei. Und das genügt auch. Zwei Jungen, beides ziemliche Racker.“ Wanda zwinkerte ihr zu. „Rick hat mich gefragt, ob ich es das nächste Mal mit einem Mädchen versuchen will. Da habe ich ihm gesagt, es gäbe kein nächstes Mal. Gar nicht auszudenken, wenn das auch wieder ein Junge wäre!“ Doch trotz ihrer Worte strahlte Wanda.

In diesem Augenblick beneidete Claudia sie. Sie und David hatten davon gesprochen, Kinder zu haben. Doch dann hatten sie entschieden, dass sie erst einmal ein paar Jahre das Alleinsein genießen und damit noch etwas warten wollten.

Als sie schließlich erfahren hatten, dass David unheilbar krank war, hatte Claudia sich nicht ein Kind aufbürden wollen, das sie allein aufziehen musste. Dabei wäre ein Baby Claudia niemals eine Last geworden. Doch sie war der Auffassung gewesen, dass die Entscheidung zum Kind eine Sache ist, die Mann und Frau gemeinsam treffen mussten. Daher hatte sie David nicht weiter bedrängt. Er hatte bereits genug Probleme, nachdem er wusste, dass er nicht mehr lange zu leben hatte.

Wanda führte Claudia zu einem nahe stehenden Tisch und legte alles darauf ab. „Setz dich. Ich lade dich zu einer Willkommens-Cola ein. Roland hat uns gesagt, dass du diesmal für immer zurückgekommen bist.“

Claudia ließ sich langsam auf einen freien Stuhl sinken. „Wann hat er das gesagt?“ erkundigte sie sich gepresst.

„Vor zwei Wochen.“ Wanda ging zur Theke und füllte zwei Gläser mit Eis und Cola aus dem Automaten.

Also hatte Roland schon vor zwei Wochen verbreitet, dass sie jetzt wieder zurück nach Hause kam. Das musste gewesen sein, als sie Monica anrief, um ihren Besuch für das lange Wochenende anzukündigen. So war das also!

Roland hatte einfach entschieden, dass sie diesmal blieb und das vor den anderen als Tatsache hingestellt. Da stand ihm eine Überraschung bevor, wenn sie morgen zurückflog.

„So, das war’s!“ Wanda stellte das beschlagene Glas vor sie hin.

Um das prickelnde Getränk zu kosten, beugte sich Claudia

vor. „Roland hat sich in den letzten Jahren sehr verändert“, erklärte sie, weil sie hören wollte, was andere von ihm hielten. Vielleicht war er gar nicht so außergewöhnlich. Möglicherweise hatte sie ihn aus ihrer Sicht nur falsch eingestuft.

„In gewissen Dingen schon, in anderen wieder nicht“, antwortete Wanda. „Er ist beherrschter geworden und hat sein wildes Leben aufgegeben, aber trotzdem ist er immer noch unberechenbar. Auf jeden Fall stehen die meisten hier jetzt anders zu ihm. Roland versteht etwas vom Ranchbetrieb und ist ein fairer Boss. Wusstest du, dass er Vorsitzender unseres Viehzüchterverbandes ist?“

Claudia zeigte nicht, wie überrascht sie über diese Mitteilung war. In einigen Teilen des Westens war der Viehzüchterverband so etwas wie der Kern der gesellschaftlichen Elite. In anderen Gegenden wie hier war er ein Zusammenschluss von Ranchern mit mittleren Betrieben, die einander gegenseitig zu helfen versuchten. Dennoch wunderte es sie, dass Roland zum Vorsitzenden gewählt worden war, denn er besaß ja nicht einmal eine Ranch. Auf jeden Fall zeigte das, dass er sich offenbar vom Skandalbruder zu einem geachteten Bürger gewandelt hatte.

Angeregt unterhielt sich Claudia noch eine gute Stunde mit Wanda. Ihr fiel auf, dass ihre Schulfreundin Ricky nie erwähnte. Sie musste sich den Ortsbewohnern also ganz entfremdet haben. Wenn Wanda mit ihr Kontakt gehabt hätte, hätte sie sich zweifellos nach Ricky erkundigt.

Schließlich warf Claudia einen Blick auf die Uhr und begann, ihre Einkäufe vom Tisch aufzusammeln. Wanda half ihr dabei und begleitete sie zur Kasse, wo ihr Schwiegervater sie bediente.

„Samstagabends ist hier nach wie vor Tanz“, erinnerte Wanda sie lächelnd. „Warum kommst du beim nächsten Mal nicht auch? Roland begleitet dich sicher, wenn du nicht allein herfahren willst. Aber es gibt hier auch genug Männer, die sich freuen würden, wenn du allein kämst, vor allem ohne Roland.“

Claudia lachte. Sie dachte an die samstäglichen Tanzabende, die hier fest zum Gemeindeleben gehörten. Die meisten Ehen in der Umgebung und einige Schwangerschaften waren aus solchen Tanzveranstaltungen hervorgegangen. „Danke, dass du mich daran erinnert hast. Ich werde mir die Sache überlegen, obwohl ich nicht glaube, dass Roland von der vorgeschlagenen Rolle als Begleiter begeistert sein wird."

„Versuch's jedenfalls", riet Wanda verschmitzt.

„Lieber nicht", murmelte Claudia vor sich hin, als sie die kühlen Räume verließ und in die sengende Texassonne hinaustrat. Sie hatte nicht die Absicht, zum nächsten Tanz zu gehen. In weniger als vierundzwanzig Stunden würde sie in der Maschine nach Chicago sitzen. Und am kommenden Samstag würde sie in ihrem Apartment sein, wo sie vor der Versuchung Roland Jackson sicher war.

Nachdem Claudia den Wagen aufgeschlossen und ihre Einkäufe auf dem Beifahrersitz verstaut hatte, ließ sie die Tür einen Augenblick offen stehen, damit sich das Wageninnere etwas abkühlte, ehe sie einstieg.

„Claudia! Du bist es also wirklich! Ich habe gehört, du wolltest zurückkommen!"

Neugierig drehte sie sich um und lächelte, als ein großer schlaksiger Mann mit weißem Haar und sonnengebräunter Haut über den Gehsteig auf sie zugeeilt kam. „Mr. Vemon! Wie schön, Sie wiederzusehen!"

Paul Vemon blieb vor ihr stehen und zog sie in die Arme. Er war der beste Freund ihres Vaters gewesen, und Claudia hatte diese Tradition mit Pauls Sohn Kyle fortgesetzt. Zu Pauls Enttäuschung war aus der Freundschaft zwischen den beiden jungen Leuten jedoch nie Liebe geworden, was seine Zuneigung zu Claudia jedoch nicht abschwächte. Claudia erwiderte diese Gefühle und hing an dem alten Mann fast noch mehr als an seinem Sohn.

Als Paul sie frei gegeben hatte, winkte er einen anderen Mann heran, den sie nicht kannte. Der Fremde zog höflich seinen Hut und nickte ihr zu. Er war etwas anderes als die Einheimischen gekleidet. Seine Jeans waren zu neu, und sein Hut hatte eine ungewöhnliche Form.

Die nächsten Worte von Paul Vernon klärten sie auf. „Claudia, das ist Ira Morris. Er ist hier in der Gegend, um sich nach Zuchtrindern und Pferden umzusehen. Er besitzt eine Ranch in Kansas. Ira, das ist Claudia Donahue. Entschuldigung, aber ich habe deinen Ehenamen vergessen. Claudia ist von der Bar-D-Ranch."

„Bar D?" fragte der Mann. „Ist das nicht Roland Jacksons Ranch?"

„Ja. Du wirst ihn noch zu sehen bekommen, wenn du auf der Suche nach guten Pferden bist. Er hat die beste Reitpferdefarm in Texas."

Mr. Morris wurde unruhig. Er konnte seine Ungeduld nur schwer verbergen, als Paul Vernon ins Plaudern kam. Claudia war ebenfalls daran gelegen, das Gespräch zu beenden. Sie kochte vor Wut und musste all ihre Beherrschung aufwenden, um sich vor Paul davon nichts anmerken zu lassen.

Endlich verabschiedete er sich und bat sie, ihn bald zu besuchen. Sie versprach es und stieg rasch in den Wagen, ehe er auf ein neues Thema übergehen konnte.

Claudia ließ den Motor an und legte den Gang etwas zu heftig ein. Seit Jahren war sie nicht mehr so außer sich gewesen. Das letzte Mal damals am Fluss, aber diesmal würde es anders gehen. Sie war kein naives junges Mädchen mehr, das keine Ahnung hatte, wie es einen Mann behandeln oder sich ihm gegenüber verhalten sollte. Sie war jetzt eine Frau und fühlte sich Roland gewachsen.

Roland Jacksons Ranch! Dachten die Leute wirklich, Bar D gehörte ihm? Vielleicht glaubte Roland das inzwischen selbst auch! Vielleicht hielt er sich für so unentbehrlich und meinte, die

Farm so fest in der Hand zu haben, dass niemand sie ihm mehr streitig machen konnte. Wenn das der Fall war, sollte Roland Jackson bald merken, dass sie eine Donahue und er auf der Ranch nur geduldet war!

Als Claudia auf der Ranch ankam, war ihr Zorn etwas abgeflaut, aber das änderte nichts an ihrer Absicht, sich Roland vorzuknöpfen.

Doch zuerst brachte sie Lorna ihre Einkäufe, weil sie wusste, dass die Köchin sie vom Küchenfenster aus kommen gesehen haben musste. Sie sollte recht behalten, denn als sie die Küchentür öffnete, stand Lorna an der Spüle und schälte Kartoffeln. Dabei blickte sie aus dem Fenster, um nichts von dem zu verpassen, was auf dem Hof vor sich ging. Claudia stellte ihre Einkaufstüte auf den Tisch und sagte: „Hier sind die Sachen. Wissen Sie, wo Roland ist?“

„Er war beim Mittagessen da“, antwortete Lorna ruhig. „Aber im Augenblick könnte er überall sein. In den Ställen müsste man Ihnen sagen können, wo er zu finden ist.“

„Danke“, erwiderte Claudia und begab sich entschlossenen Schrittes zu den Ställen.

Die kühle Atmosphäre war angenehm nach der Sonnenglut. Der vertraute Geruch von Pferden und Futtermitteln hüllte sie ein. Claudia blinzelte und versuchte, ihre Augen an das gedämpfte Licht zu gewöhnen. Ein paar Boxen weiter konnte sie zwei Gestalten ausmachen. Gleich darauf erkannte sie Roland, der andere Mann war ihr fremd.

Ehe sie etwas sagen konnte, deutete Roland auf sie. „Hier kommt die Chefin“, sagte er.

Davon war Claudia so überrascht, dass sie wortlos zuließ, dass er die Hand um ihre Taille legte und sie an sich zog. „Claudia, das ist Lewis Stovall, unser Aufseher. Ich glaube nicht, dass du hier warst, seit wir ihn eingestellt haben. Lewis, das ist Claudia Donahue.“

Lewis Stovall nickte nur und tippte sich an die Hutkrempe. Doch sein Schweigen bedeutete keineswegs, dass er schüchtern war. Seine Gesichtszüge waren hart und wachsam wie die von Roland. Er kniff die Augen zusammen und wartete.

Claudia war unbehaglich zumute. Genau wie Roland war dieser Stovall undurchsichtig und schien vom Leben gezeichnet zu sein. Ein neuer Gedanke kam ihr. Wenn er der Aufseher war, was war dann Roland? Der Herr der Ranch?

Weil Claudia nicht in Stimmung für höfliche Konversation war, erwiderte sie die Begrüßung nur mit einem kurzen Nicken. Aber das genügte bereits. Lewis hatte seine Aufmerksamkeit schon wieder Roland zugewandt und hörte seinen Anweisungen andächtig zu.

Roland sprach knapp und präzise, wie er es mit allen tat. Außer bei mir, wurde Claudia plötzlich bewusst. Zwar war Roland nie besonders redselig, aber ihr widmete er sich länger.

Seit dem Tode ihres Vaters war das so gewesen. Anfangs schien er Mühe gehabt zu haben, aus sich herauszugehen, doch dann war es ihm in seiner lockeren Art gelungen, sie in ihrem Schmerz zu trösten.

Lewis nickte Claudia bei der Verabschiedung zu und ging. Roland zog sie mit sich zum Stallausgang, ohne die Hand von ihrer Taille zu nehmen. „Ich war zum Mittagessen im Haus, um dich für den Rest des Tages zu entführen, aber du warst schon fort. Wo bist du gewesen?"

Es war typisch für Roland, dass er Lorna nicht danach gefragt hatte. „Ich bin in den Ort zu Wallaces Laden gefahren", antwortete sie mechanisch. Der warme Druck seiner Hand hatte sie fast vergessen lassen, warum sie so wütend gewesen war. Sie holte tief Luft und entzog sich ihm. „Sagtest du, Lewis sei der Aufseher?"

„Ja, das sagte ich." Roland schob seinen Hut etwas zurück und blickte ihr tief in die Augen. Claudia spürte, dass er gespannt auf ihre Reaktion wartete.

Mit honigsüßer Stimme erklärte sie: „Nun, wenn Lewis der Aufseher ist, brauche ich dich ja nicht mehr. Dann hast du deinen eigenen Job vergeben."

Er packte sie am Arm und zog sie an sich. Grimmig schloss er die Lippen und schüttelte Claudia leicht. „Ich brauchte Hilfe, und Lewis ist ein guter Mann. Wenn dir diese Dinge so wichtig sind, solltest du besser hier bleiben und dich etwas nützlich machen. Auch Ward hatte einen Aufseher zur Seite, und damals hatten wir noch keine Pferde. Also lass die Sticheleien lieber. Ich bin um zwei Uhr morgens aufgestanden, weil die Stute gefohlt hat. Deshalb bin ich im Augenblick nicht in Stimmung für deine Launen. Hast du verstanden?"

„Also gut, du brauchtest Hilfe", lenkte Claudia ein, weil seine Begründung ihr einleuchtete. Doch das hatte eigentlich nichts mit dem zu tun, was sie im Ort gehört hatte. „Soweit gebe ich dir recht. Aber kannst du mir erklären, warum die Bar D Roland Jacksons Ranch genannt wird?"

Bei den letzten Worten hatte sie unwillkürlich die Stimme gehoben, und ihre Wangen waren vor Empörung gerötet.

Rolands Kinnmuskeln spannten sich. „Vielleicht, weil du dich nicht genug darum gekümmert und es nicht für notwendig gehalten hast, zurückzukommen. Da haben die Leute wohl vergessen, dass sie den Donahues gehört", gab er scharf zurück. „Ich habe nicht vergessen, wem die Ranch gehört, aber manchmal habe ich den Eindruck, dass ich der einzige bin, der so denkt. Ich weiß, dass das Anwesen dir gehört, Chefin. Ist es das, was du von mir hören wolltest? Aber ich habe genug Arbeit zu erledigen, also lass mich in Ruh!"

„Ich halte dich nicht zurück."

Einen Fluch auf den Lippen, ging Roland wütend davon.

Mit geballten Fäusten blieb Claudia zurück. Sie kämpfte gegen den Wunsch an, Roland nachzulaufen und sich auf ihn zu stürzen, wie sie es schon einmal getan hatte. Schließlich stürmte sie ins Haus und war gerade auf dem Weg in ihr Zimmer, als Ricky ihr über den Weg lief.

„Warum hast du mir nicht gesagt, dass du in den Ort fährst?“ wollte ihre Stiefschwester beleidigt wissen.

„Weil du nicht da warst und sowieso nie gern zu Wallace gegangen bist“, gab Claudia trocken zurück. Sie sah Ricky genauer an und bemerkte, dass diese sich nur mühsam beherrschte und ihre Hände zitterten. Unwillkürlich fragte sie: „Warum machst du dich selbst kaputt?“

Einen Augenblick sah es so aus, als wollte Ricky aufbegehren. Doch dann ließ sie die Arme hängen und zuckte niedergeschlagen mit den Schultern. „Was weißt du schon von mir? Du warst ja immer der Liebling der Familie. Diejenige, die dazu gehört. Und ich? Ich war unerwünscht. Ich konnte mich eine Donahue nennen, aber ich bin nie wirklich eine gewesen. Du weißt doch, wer die Ranch geerbt hat, oder? Und was habe ich bekommen? Nichts!“

Rickys unlogische Argumentation verschlug Claudia die Sprache. Offenbar zählte es für sie nicht, dass Ward Donahue nicht ihr, sondern Claudias Vater war. Kopfschüttelnd versuchte sie es erneut „Ich habe dir bestimmt nicht das Gefühl gegeben, hier nicht erwünscht zu sein, denn ich war ja gar nicht anwesend.“

„Du brauchtest gar nicht da zu sein!“ stieß Ricky hasserfüllt hervor. „Dir gehört ja die Ranch. Damit hast du Roland in der Hand! Kein Wunder, dass er da umgeschwenkt ist!“

Alles lief auf Roland hinaus. Er war hier der Mann, um den sich alles drehte. Gegen ihren Willen entfuhr es Claudia: „Du scheinst an Wahnvorstellungen zu leiden! Er hat mir gesagt, dass er nie etwas mit Monica gehabt hat.“

„Ach, wirklich?“ Rickys braune Augen schimmerten feucht. Sie wandte sich ab, ehe Claudia erkennen konnte, ob sie den Tränen nah war. „Bist du wirklich so naiv, ihm zu glauben? Hast du noch nicht gemerkt, dass er nichts anderes will als die Ranch?

Wie oft habe ich gebetet, sie würde abbrennen!" Ricky stürzte an Claudia vorbei die Treppe hinunter, und Claudia blieb peinlich berührt zurück.

Es wäre dumm von mir, Ricky ernst zu nehmen, sagte sich Claudia. Schließlich lag es auf der Hand, dass Ricky seelisch gestört war. Auf der anderen Seite erinnerte Claudia sich noch genau, wie Roland die Anweisungen ihres Vaters befolgt hatte, als er damals auf die Ranch kam. Trotz seiner Schwäche und seiner Schmerzen hatte er wie ein Tier gearbeitet, um sich dankbar zu zeigen. Auch er war damals innerlich aus dem Gleichgewicht gewesen. Da war es durchaus möglich, dass die Ranch für ihn eine übersteigerte Bedeutung angenommen und er sich in den Gedanken, sie zu besitzen, verbissen hatte.

Claudia schüttelte den Kopf. Jetzt versuchte sie auch noch, den Psychiater zu spielen. Dabei hatte sie genug eigene Probleme. Roland brauchte jetzt wirklich keine Hilfe mehr. Er wusste genau, was er wollte. Rickys Unterstellungen waren einfach lächerlich.

Den ganzen Nachmittag grübelte Claudia über das nach, was sie Roland gesagt hatte. Widerstrebend kam sie zu dem Schluss, dass sie sich bei ihm entschuldigen musste. Niemand konnte ihm Mangel an Arbeitseinsatz vorwerfen. Er stellte die Ranch stets allem voran. Ihr Wutausbruch war im Grunde genommen nichts weiter als kleinliche Eifersucht gewesen. Sie hatte ihm weh tun wollen, weil er die Ranch ebenso liebte wie sie. Sie hatte sich dumm benommen und schämte sich jetzt.

Als Roland vor dem Abendessen ins Haus kam und sich die Hände waschen gehen wollte, zog sich Claudias Herz bei seinem Anblick schmerzlich zusammen. Er sah müde aus, und seine verstaubte, verschwitzte Kleidung bewies, dass er alles andere als arbeitsscheu war. Sie blieb vor ihm stehen, als er nach oben gehen wollte, und legte ihm die Hand auf den verschmutzten Ärmel.

„Verzeih, dass ich mich heute Nachmittag so benommen habe, Roland“, erklärte sie ohne Umschweife und blickte ihm fest in die Augen. „Das war nicht richtig von mir, und ich möchte mich bei dir entschuldigen. Ohne dich wäre die Ranch niemals das geworden, was sie heute ist. Und ich glaube, ich hinein bisschen eifersüchtig.“

Roland sah sie mit ausdrucksloser Miene an. Langsam nahm er seinen Hut ab und wischte sich mit dem Ärmel über das verschwitzte Gesicht, so dass ein Schmutzstreifen zurückblieb. „Immerhin bist du nicht ganz blind“, sagte er mit harter Stimme und entzog sich ihrer Berührung. Mit geschmeidigen Schritten nahm er zwei Stufen auf einmal, als kenne er keine Müdigkeit.

Claudia seufzte. Sie wusste nicht recht, wie sie sich verhalten sollte. Eines war ihr jetzt jedoch klar. Solange Roland immer noch verärgert war, würde keine Entschuldigung ihn versöhnen.

Das Abendessen verlief schweigsam. Monica sprach wenig, Ricky schmollte, und Roland war sowieso immer recht wortkarg. Doch wenigstens tat er Lornas Essen alle Ehre an und aß mit gutem Appetit. Sobald er jedoch damit fertig war, entschuldigte er sich und verschwand im Arbeitszimmer.

Ricky blickte auf und zuckte mit den Schultern. „So verlaufen bei uns nun einmal die Abende“, meinte sie zu Claudia gewandt. „Aufregend, nicht wahr? Du bist an das abwechslungsreiche Leben in der Stadt gewöhnt. Hier wirst du auf die Dauer verrückt werden.“

„Mir war ein ruhiges Leben schon immer lieber“, antwortete Claudia, ohne von ihrem Pfirsichkuchen aufzusehen. „David und ich waren keine Stadtmenschen.“

Es blieb uns nicht viel Zeit für einander, überlegte sie traurig. Jetzt war sie froh, dass sie die kostbare Zeit nicht mit hektischer Geselligkeit vergeudet hatten.

Es war noch früh am Abend, aber sie war müde. Lorna kam herein und räumte das Geschirr ab und stellte es in die Spülmaschine. Monica ging nach oben in ihr Zimmer, um allein fernzusehen.

Ricky saß noch ein Weilchen unschlüssig herum, dann verschwand auch sie in ihr Zimmer.

Claudia blieb allein zurück und beschloss, sich ebenfalls zurückzuziehen. Sie öffnete die Tür zum Arbeitszimmer, um Roland gute Nacht zu sagen. Die Worte, die ihr auf der Zunge lagen, blieben ungesagt. Er lag in seinem Sessel ausgestreckt, hatte die Stiefel auf den Schreibtisch gelegt und schlief. Die Papiere, die auf der Arbeitsplatte verstreut waren, ließen darauf schließen, dass er vorgehabt hatte, noch zu arbeiten, dabei jedoch vom Schlaf übermannt worden war. Sein Anblick berührte Claudia schmerzhaft. Sie wollte die Tür wieder schließen, als Roland die Augen aufschlug und sie entdeckte. „Claudia“, murmelte er schläfrig, „komm zu mir.“

Wie unter einem Zwang trat Claudia näher. Roland nahm die Füße vom Schreibtisch und stand auf. Er ergriff Claudias Handgelenk und zog sie zu, sich heran. Ehe sie wusste, wie ihr geschah, bedeckte er mit seinem Mund ihre Lippen. Sie verspürte ein Gefühl der Erregung. Wie von selbst öffnete sie ihre Lippen und erwiderte den Kuss.

„Lass uns ins Bett gehen“, flüsterte er ihr ins Ohr.

Einen Augenblick lang ließ Claudia sich willig an seine Brust sinken. Doch dann meldete sich ihre Vernunft. Sie öffnete die Augen und schob Roland energisch von sich.

„Kommt nicht in Frage. Ich habe nicht die Absicht.“

„Ich habe schon viel zu lange gewartet“, unterbrach Roland sie und suchte ihre Lippen erneut.

„Dein Pech, mein Lieber. Du wirst noch sehr viel länger warten müssen.“

Er lachte leise und presste sie so fest an sich, dass sie spüren konnte, wie sehr er sie begehrte. „Das ist mein Mädchen! Kämpft bis zum bitteren Ende. Geh zu Bett, Claudia. Ich habe noch eine Menge Arbeit zu erledigen, ehe ich schlafen gehen kann."

Über Rolands schnelles Nachgeben wunderte sich Claudia. Verunsichert ließ sie sich von ihm aus dem Arbeitszimmer schieben. Was war nur mit Roland los?, überlegte sie. Er war doch sonst ein Mann, der sich nie etwas versagte, außer, wenn es um die Ranch ging. Ja, natürlich, das war es! Er hatte noch zu arbeiten. Da musste alles andere warten. Nun, ihr konnte das nur recht sein!

Gemächlich ging Claudia in die Küche, um Lorna gute Nacht zu sagen. Sie erwischte die Köchin gerade noch, ehe sie sich in ihre Zweizimmerwohnung auf der Rückseite des Hauses zurückzog. Roland hatte diesen Trakt extra für sie umbauen lassen, als er sie einstellte.

Als Claudia wenig später über die Treppe nach oben ging, spürte sie deutlich die Müdigkeit in ihren Beinen.

Sie nahm ein Bad, um ihre verkrampften Muskeln zu lockern, verzichtete aus Trägheit jedoch diesmal auf die Salbe.

Wieder in ihrem Zimmer angelangt, schob sie die Vorhänge zurück, um den Mondschein hereinzulassen. Sie warf ihren Morgenmantel über die Lehne eines Schaukelstuhls und setzte sich im Nachthemd ein Weilchen still ans Fenster. Dann schaltete sie das Licht aus und kroch zufrieden ins Bett.

Es war schön, wieder zu Hause zu sein. Nirgendwo sonst fühlte sie sich so ausgeglichen und friedvoll.

Doch obwohl sie innerlich gelöst war, konnte sie nicht einschlafen. Rastlos wälzte sie sich im Bett herum, und wieder wanderten ihre Gedanken zu Roland. Er hatte also lange genug gewartet! Was bildete der Mann sich eigentlich ein? Dass sie gehorsam zu Bett ging und dort auf ihn wartete?

Hatte er das etwa gemeint? Claudia riss erschrocken die Augen auf. Aber nein, das sicher nicht. Schon gar nicht, wo Monica und Ricky ihre Zimmer auf demselben Korridor hatten. Nein, er hatte sicherlich nur gewollt, dass sie schon schlafen ging, weil er noch zu arbeiten hatte, nichts weiter. Es sei denn, er hatte die Absicht, danach zu ihr zu kommen.

Aber das würde er nicht wagen, versuchte sie sich einzureden. Er wusste genau, dass sie da nicht mitspielen und Krach schlagen würde. Sie schloss erneut die Augen und schob den beunruhigenden Gedanken beiseite, dass Roland alles riskieren würde, wenn er sich etwas in den Kopf gesetzt hatte.

Claudia war eingedämmert. Plötzlich wurde sie wach und spürte, dass sie nicht mehr allein war. Rasch drehte sie den Kopf zur Seite und sah einen Mann neben ihrem Bett stehen. Sie hielt unwillkürlich den Atem an, und ihr Herz begann so wild zu schlagen, dass es in ihren Ohren hämmerte.

Vergeblich suchte sie nach Worten, als sie sah, wie er sein Hemd abstreifte und es zur Seite warf. Das silbrige Mondlicht fiel auf seinen muskulösen Oberkörper, aber sein Gesicht blieb im Dunkeln. Dennoch war Claudia klar, wen sie vor sich hatte. Sie wusste nur zu gut, wie er aussah, wie er roch und wie seine Haut sich anfühlte. Bilder von jenem heißen Sommertag und seinem Körper, der sich über sie schob, stiegen vor ihr auf. Sie empfand eine seltsame Mischung aus Furcht und Erwartung. Roland hatte es also doch gewagt!

„Was tust du hier?" brachte sie endlich erstickt hervor, als sie sah, dass er sich auch seiner Stiefel und Socken entledigte und sich an seinem Gürtel zu schaffen machte.

„Ich ziehe mich aus", gab er zurück, als sei dies die selbstverständlichste Sache der Welt. „Ich schlafe heute Nacht hier."

Das hatte sie nicht gemeint. Er musste den Verstand verloren haben! Claudia war sprachlos. Aus einem ihr selbst nicht erklärlichen Grund fühlte sie sich außerstande, ihn aus dem Zimmer zu weisen. Als sie schwieg, meinte er aufgeräumt: „Oder besser gesagt, ich bleibe heute bei dir. Ich bezweifle nämlich, dass wir viel Schlaf bekommen werden."

Claudia wollte protestieren, aber sie brachte keinen Ton hervor. Sie wusste nicht, was sie tun sollte, ihr wurde heiß, und ihr Herz schlug immer schneller. Wie in Trance setzte sie sich auf, ohne den Blick von Rolands Körper nehmen zu können. Sie hörte, wie er den Reißverschluss seiner Hose öffnete und seine Jeans abstreifte. Sein athletischer Körper war kraftvoll, und seine Männlichkeit wie eine Bedrohung – oder ein Versprechen?

Alles in Claudia schien zu brennen. Sie streckte die Hand nach ihm aus, fing sich jedoch und wehrte ihn ab: „Komm mir ja nicht zu nahe, sonst schreie ich!“ Doch selbst für ihre Ohren klang das ganz und gar nicht überzeugend. Wie sehr sie nach ihm verlangte! Sie war jetzt eine Frau und fürchtete sich nicht mehr vor seiner Sinnlichkeit. Vielmehr wollte sie sich an ihm schmiegen und sich an seiner Glut wärmen.

Es war zu fühlen, dass Roland wusste, was in ihr vorging. Er setzte sich zu ihr auf das Bett, legte ihr die Hand auf die Wange. Selbst in dem Halbdunkel konnte Claudia spüren, wie sein Blick über ihren Körper wanderte. „Wirklich, Claudia? Würdest du wirklich schreien?“ flüsterte er.

Ihr Mund war so trocken, dass sie nicht sprechen konnte. Sie schluckte und brachte schließlich ein schwaches „Nein“ heraus.

Roland holte tief Luft, und sie fühlte, dass die Hand an ihrer Wange zitterte. „Claudia, wenn du jemals einen Mann wegen seiner Gedanken ohrfeigen wolltest, jetzt ist der Augenblick dafür gekommen“, stieß er rau hervor.

Das Beben in seiner Stimme sagte ihr, wie stark ihn ihre Nähe und das Intime der Situation berührten. Das gab ihr etwas mehr Sicherheit und den Mut, ihre Hand auf seine nackte Brust zu legen. Sie ertastete die Locken seines dunklen Flaums und spürte seine Brustspitzen unter ihren Fingern.

Als er leise aufstöhnte, beugte sich Claudia näher zu ihm, um seinen Duft einzuatmen. „Wirst du alles tun, an was du denkst?“ fragte sie mit unsicherer Stimme.

Auch Roland rückte näher. Er legte den Mund an ihren Hals, wo eine Ader stark pochte. „Das könnte ich gar nicht“, murmelte er. „Ich würde es nicht durchhalten, wenn ich versuchen würde, meine wilden Phantasien auszuleben."

Claudia zitterte vor Verlangen. Erwartungsvoll legte sie Roland die Arme um die Schulter und drängte sich an ihn. Sie wusste selbst nicht, was mit ihr geschah, aber sie konnte nichts dagegen tun.

Ihr war klar, dass sie im Begriff war, einen großen Fehler zu machen, doch sie musste das, was sie empfand, auskosten, gleichgültig, was sie später dafür würde zahlen müssen. Verklärt ließ sie zu, dass Roland sie auf das Bett zurückdrückte und sie in die Arme nahm. Sein nackter Körper wirkte durch den dünnen Stoff ihres Nachthemdes erregend. Als sie einladend den Kopf zurücklegte, hörte sie ihn leise auflachen, dann gab er ihr, was sie wollte. Er berührte zuerst zart ihre Lippen, um dann mit der Zunge ihren Mund zu erkunden.

Zuerst genoss Claudia die Glut seiner Küsse, doch bald waren Küsse nicht mehr genug. Sie wand sich rastlos in seinen Armen und wollte mehr. Auch diesmal wusste Roland, was in ihr vorging. Er spürte genau, wann sie zum Letzten bereit war. Als seine Hand zum Verschluss ihres Nachthemdes glitt und die Knöpfe geschickt zu öffnen begann, konnte sie vor Erregung kaum noch atmen. Drängend bog sie ihm ihre Brüste entgegen und sehnte sich nach seiner Berührung. Er befriedigte ihr Verlangen, indem er ihren Busen mit den Händen umschloss.

Zärtlich ihren Namen flüsternd, streifte Roland ihr das Nachthemd von den Schultern, so dass ihre nackten Brüste im Mondlicht schimmerten. Mit den Lippen wanderte er von ihrem Mund zu ihrer Brust. Aufreizend langsam begann er, mit der Zunge ihre Brustspitze zu liebkosen. Claudia stieß einen erstickten Schrei aus. Sie klammerte sich an ihn und bäumte sich ihm ungeduldig entgegen.

Roland schob den Saum ihres Nachthemdes ganz langsam hoch. Claudia wehrte sich nicht. Alles in ihr fieberte ihm entgegen. Sie hob die Hüfte an, um ihm zu helfen. Er schob den Stoff bis zu ihrer Taille hoch, doch weiter kam er nicht. Aufstöhnend legte er sich über sie und drückte ihre Knie auseinander. Claudia wartete schwer atmend, dass er sie nahm.

„Sieh mich an", rief Roland mit heiserer Stimme.

Sie gehorchte und stellte sich seinem Blick. Das Begehren in seinen Augen löste die letzte Spannung in ihr. Er drang in sie ein und schob die Hände unter sie, um sie seinen drängenden Stößen entgegenzuheben. Ihr ganzer Körper erzitterte, und sie stieß einen lustvollen Schrei aus. Dies war außergewöhnlicher als alles, was sie je erlebt hatte. Als Claudia die Augen schloss, schüttelte Roland sie und stieß zwischen zusammengebissenen Zähnen hervor: „Sieh mich an!"

Willenlos tat sie es. Ihr Körper gehörte jetzt ganz ihm. Nichts hatte sie auf dieses erregende Spiel vorbereitet, sie fühlte, wie sie jede Kontrolle verlor und sich einfach von dem beglückenden Verlangen forttreiben ließ.

Als sie schließlich matt in sich zusammensank, drückte Roland sie an sich und legte sie sanft auf das Kissen zurück. „Du bist gierig", murmelte er zärtlich. „Ich weiß, was du empfindest. Es ist so lange her, und auch ich kann mich nicht mehr zurückhalten."

Immer noch überwältigt von der Stärke seiner Leidenschaft klammerte sie sich an ihn, als er sich erneut in ihr bewegte. Nichts zählte in diesem Augenblick als die Kraft seines fordernden Körpers. Eng umschlungen blieben sie vereint, bis auch Roland heiser aufschrie und die höchste Befriedigung erreichte.

Erst eine ganze Weile später stützte Roland sich auf die Ellenbogen und blickte auf Claudia hinab. Er bedeckte ihren Mund und die Augen mit sanften Küssen, bis sie die Lider hob und ihn ansah. „Das war erst der Anfang", stieß er triumphierend hervor.

Er bewies es, indem er sie erneut liebte, diesmal geduldig und mit einer Zärtlichkeit, die noch Atem beraubender war als seine ungezügelte Wollust. Claudia konnte ihm nicht widerstehen, und wollte es auch gar nicht. Sie hatte endlich die Erfüllung gefunden, nach der sie sich so lange gesehnt hatte. Morgen würde sie diese Nacht bereuen, doch im Augenblick galt nur die Verzückung, die sie in seinem Armen erfuhr.

4. KAPITEL

Als der Sinnenrausch abgeklungen war, verließ Roland Claudia nicht, sondern hielt sie stumm umfangen und bedeckte ihr Gesicht immer wieder mit zarten Küssen. Als er nach einer Weile den Arm hob, um die Nachttischlampe einzuschalten, blinzelte sie verwirrt. Langsam begann die Vernunft zurückzukehren. Ein Gedanke schoss Claudia durch den Kopf. Was zwischen ihnen gewesen war, machte ihre Situation nur noch komplizierter, soviel war ihr jetzt schon klar.

Roland hob ihr Kinn und zwang sie, ihn anzuschauen. „Nun?" wollte er wissen.

Claudia schluckte und versuchte, etwas Ordnung in das Chaos ihrer Gefühle zu bringen.

Sie verstand nicht, was er von ihr wollte. Aus Selbstschutz brachte sie endlich hervor: „War das ein Versuch, deinen Posten als Aufseher der Ranch zu sichern?"

Roland sah sie durchdringend an. Er antwortete nicht, sondern suchte erneut ihren Mund. Wieder spürte Claudia ihren Körper sich erhitzen, und sie konnte nicht anders, als seinen Kuss erwidern.

Endlich hörte er auf, sie zu küssen, und antwortete: „Das, was zwischen uns war, hat mit der Ranch nichts zu tun", murmelte er mit rauer Stimme. „Das betrifft nur uns beide. Alles andere ist dagegen unwichtig. Claudia, als du David Ashe geheiratet hast, war ich so außer mir, dass ich ihn am liebsten umgebracht hätte. Aber ich wusste, dass zwischen uns noch längst nicht alles vorbei war. Da habe ich dich ziehen lassen und gewartet. Und endlich bist du nach Hause gekommen. Jetzt gebe ich dich nicht mehr frei. Diesmal rennst du mir nicht noch einmal mit einem anderen Mann fort."

Sein zorniger Ausbruch ernüchterte Claudia. „So, wie du es hinstellst, sollte man meinen, zwischen uns sei mehr gewesen als nur ein Ausrutscher. Dabei waren wir nur ein dummer, heißblütiger Teenager und ein Mann, der sich nicht beherrschen konnte. Das war alles!"

„Und jetzt?" spottete Roland.

„Was für eine Entschuldigung findest du für das, was eben war?"

„Brauche ich dafür eine Entschuldigung?"

„Vielleicht. Und sei es nur vor dir selbst. Vielleicht willst du dir immer noch nicht eingestehen, dass wir ein Paar sind, ob dir das gefällt oder nicht. Glaubst du, dass sich daran etwas ändert, wenn du den Kopf in den Sand steckst?"

Hilflos schüttelte Claudia den Kopf. Roland verlangte mehr von ihr, als sie geben konnte. Sie konnte ihm nicht sagen, dass sie ihn liebte. Sie wagte ja nicht einmal sich selbst einzugestehen, wie stark sie sich körperlich zu ihm hingezogen fühlte.

Sich auf mehr festzulegen, würde einer Unterwerfung gleichkommen. Und die ganze Situation war zu kompliziert und unsicher, als dass sie das riskieren konnte.

Er betrachtete sie und lächelte siegessicher. „Warten wir ab, ob du am Morgen auch noch so denkst", meinte er gedehnt und begann, sie erneut zu liebkosen.

Als Stunden später die graue Morgendämmerung heraufzog und ein leichter Regen rhythmisch gegen die Scheiben pochte, erwachte Claudia in Rolands Armen. Er hatte den Kopf gehoben und lauschte auf den Regen. Seufzend ließ er sich wieder auf das Kissen zurücksinken.

„Es ist Morgen", murmelte er und schob sich über sie. Claudia fühlte, dass sein Verlangen nach ihr bereits wieder erwacht war. Er schob das Knie zwischen ihre Beine, um in sie eindringen zu können.

Unwillkürlich hielt sie den Atem an. „Schon wieder?" flüsterte sie in sein Ohr.

Sie hatten in der Nacht nur sehr wenig geschlafen, und ihr Körper schmerzte von seinen leidenschaftlichen Umarmungen, obwohl er sich bemüht hatte, zärtlich zu ihr zu sein.

Zu ihrem Erstaunen fühlte sich Claudia ausgeglichener und frischer, als sie erwartet hatte.

Während der langen Nachtstunden hatte sie jedes Gefühl für Raum und Zeit verloren. Roland und sie waren eins gewesen, hatten sich wie eine Einheit bewegt, sich erkundet und liebkost. Sie hatten miteinander gespielt, bis sie seinen Körper wie den ihren kannte. Verunsichert sog sie die Luft ein, als er sie erneut nahm.

„Ja, schon wieder", flüsterte er.

Danach fiel Claudia in einen tiefen Schlaf. So merkte sie nicht, wie Roland das Bett verließ. Behutsam deckte er sie wieder zu und strich ihr das Haar aus dem Gesicht. Claudia rührte sich nicht. Rasch streifte er sich seine Jeans über und sammelte die übrigen Sachen ein. Geräuschlos begab er sich in sein eigenes Zimmer, um zu duschen und sich für die Arbeit fertig zu machen.

Claudia schlief weiter, und obwohl Lorna sich nach ein paar Stunden zu fragen begann, wo sie blieb, weckte sie Claudia nicht. Gegen Mittag kam Monica nach unten und verschwand ohne ein Wort nach draußen. Sie nahm den Kombi und fuhr davon.

Ricky langweilte sich eine Weile. Ihre Miene hellte sich erst auf, als einer der Arbeiter den Transporter bestieg. Sofort eilte sie über den regennassen Hof und stieg zu ihm in die Fahrerkabine. Ihr war es egal, wohin die Fahrt ging, wenn sie nur fortkam.

Der Regen hielt an. Zwar war er willkommen, aber er erschwerte die Arbeit. Roland kam erst spät zum Mittagessen. Er sah abgespannt und müde aus.

Lorna bemerkte sein zufriedenes Lächeln, als sie beiläufig erwähnte, dass Claudia immer noch schlief. Sie verstand sofort.

Roland blickte zur Treppe und schien mit sich zu kämpfen. Doch dann widerstand er der Versuchung und aß sein Mittagsmahl, ehe er wieder an die Arbeit zurückkehrte.

Claudia schlummerte tief und traumlos und erwachte erst am Nachmittag. Ausgeruht und erfrischt reckte sie sich träge und merkte, dass ihr Körper schmerzte. Verträumt sann sie eine Weile vor sich hin und musste daran denken, wie Roland sie während der Nacht auf den Bauch gedreht und sich rittlings auf sie gesetzt hatte. Dabei hatte er ihre Schenkel und die Hüften kräftig massiert und ihr zugeflüstert, dass es besser gewesen wäre, sie hätte ihn das gleich tun lassen.

Andere Erinnerungen strömten zurück. Sie lächelte verschmitzt, als ihr bewusst wurde, dass sie immer noch nackt war. Ihre Haut, ihr ganzer Körper kamen ihr jetzt viel empfindsamer vor. Vorsichtig setzte sie sich auf. Ihr Lächeln verschwand, als sie einen Blick auf den Wecker erhaschte. Halb drei! Ihre Maschine nach Chicago ging um drei!

Hastig kletterte Claudia aus dem Bett, ohne auf ihre schmerzenden Muskeln zu achten. Ihre Füße verfingen sich in dem Nachthemd, das Roland irgendwann während der Nacht fortgeschleudert hatte. Sie stieß es ungeduldig fort und warf sich ihren Morgenmantel über. Eilig verließ sie ihr Zimmer und rannte über die Treppe nach unten. Sie stürmte so unerwartet in die Küche, dass Lorna den Löffel aus der Hand fallen ließ.

„Wo ist Roland, Lorna?“ wollte sie wissen.

Lorna holte tief Luft und fischte den Löffel aus der Teigschüssel. „Keine Ahnung. Er könnte überall sein.“

„Aber mein Flug geht in einer halben Stunde!“

„Den schaffen Sie sowieso nicht mehr", antwortete die Köchin trocken. „Am besten, Sie rufen die Fluggesellschaft an und erkundigen sich, ob es heute noch einen späteren Flug gibt."

Das klang vernünftig. Claudia fiel auch nichts Besseres ein. Sie seufzte und entspannte sich etwas. „Warum habe ich nicht gleich daran gedacht?" meinte sie mehr zu sich selbst. Entschlossen ging sie ins Arbeitszimmer, um Lornas Rat in die Tat umzusetzen.

Das Arbeitszimmer war früher das Reich ihres Vaters gewesen. Doch inzwischen hatte Roland sich dort einquartiert und dem Raum seine eigene Prägung gegeben. Die Papiere auf dem Schreibtisch zeigten seine Handschrift, und die Briefe waren an ihn adressiert.

Claudia nahm in seinem Ledersessel Platz und hatte das beunruhigende Gefühl, auf Rolands Schoß zu sitzen. Sie schob die Gedanken an ihn fort und griff nach dem Telefonhörer.

Es war genau, wie sie erwartet hatte. Der spätere Flug an diesem Tag war ausgebucht. Doch in der Nachtmaschine waren noch Plätze frei. Da ihr keine andere Wahl blieb, buchte sie den Flug und machte sich mit dem Gedanken vertraut, eine anstrengende Nacht zu verbringen.

Aber geschlafen hatte sie ja zum Glück mehr als genug. Ihr fiel der Grund ihres späten Erwachens wieder ein, und sie kniff unwillkürlich die Lippen zusammen.

Alle Schuld konnte sie Roland nun wirklich nicht geben, musste sie sich eingestehen. Wenn sie nicht so stark auf ihn reagiert hätte, wäre es vielleicht nicht zum Letzten gekommen. Sie war keine Frau, die für schnelle Abenteuer war.

Das war auch der Grund, warum sie vor Jahren so kopflos gewesen war, als Roland sie zum ersten Mal geliebt hatte, warum sie ihm so lange aus dem Weg gegangen war.

Das Leben als Davids Frau, die Liebe zu ihm, ihre Anwesenheit bei seinem Tod hatten sie reif gemacht und ihr innere Stärke verliehen. Sie hatte sich Roland jetzt gewachsen gefühlt und war sicher gewesen, ihn von sich fernhalten zu können. Doch die letzte Nacht hatte ihr bewiesen, dass sie nicht von ihm loskam. Wenn sie blieb, würden sie im Bett landen, wann immer er danach verlangte. Sie hatte also keine Wahl, wenn sie sich ihre Selbstachtung erhalten wollte, musste sie fort von Roland Jackson. Sie musste wieder nach Chicago zurück, auch wenn sie schon halb versprochen hatte, diesmal zu bleiben.

Claudias Magen begann zu knurren, aber sie kümmerte sich nicht darum. Plötzlich hatte sie es eilig, von der Ranch wegzukommen.

Rasch ging sie wieder nach oben, legte Make-up auf und steckte ihr rotbraunes Haar mit Kämmchen zurück. Sie zog eine dunkelblaue Leinenhose und eine weiße Baumwollbluse an und schlüpfte in bequeme Schuhe. Mit wenigen gezielten Griffen hatte sie ihren Koffer und ihre Reisetasche gepackt. Dann trug sie ihr Gepäck nach unten und ging in die Küche.

„Ich habe noch einen Platz in der Nachtmaschine bekommen“, erklärte sie Lorna. „Jetzt gehe ich Roland suchen, um ihn zu bitten, mich nach Houston zu fliegen.“

„Wenn Sie ihn nicht finden können, fliegt Lewis sie vielleicht hin“, meinte Lorna gelassen. „Er hat auch einen Pilotenschein.“

Eine bessere Nachricht konnte sich Claudia nicht wünschen. Sie ging in den Geräteraum neben der Küche und suchte sich einen Regenmantel heraus, der ihr einigermaßen passte. Dann stülpte sie sich die Kapuze über den Kopf und verließ das Haus. Es regnete nicht mehr so stark, aber der Boden war matschig und voller Pfützen. Vorsichtig bahnte sie sich einen Weg zu den Ställen.

Der Arbeiter, den sie dort antraf, hatte nichts Gutes zu melden. Auf der westlichen Weide war eine Rinderherde ausgebrochen, und Roland und Lewis Stovall waren hingeritten, um beim Einfangen des Viehs und dem Reparieren des Zauns zu helfen. Das wird sicher eine ganze Weile in Anspruch nehmen, schoss es Claudia durch den Kopf.

Sie seufzte ungeduldig, weil sie es nicht erwarten konnte, von der Ranch fortzukommen. Vor allem wollte sie vermeiden, Roland noch einmal über den Weg zu laufen. Er würde sicher versuchen, sie zurückzuhalten, und sie war nicht sicher, ob sie standhaft bleiben würde, wenn sie ihm gegenüberstand.

Außerdem bestand die Möglichkeit, dass er sich einfach weigern würde, sie nach Houston zu bringen. Lewis Stovall hätte ihr da eher geholfen, solange Roland es ihm nicht ausdrücklich verbot. Doch jetzt hatte ihr die Viehherde einen Strich durch die Rechnung gemacht.

Der Gedanke an eine lange Autofahrt gefiel Claudia ganz und gar nicht, aber ihr blieb jetzt wohl nichts anderes übrig. Mit energischer Stimme wandte sie sich wieder an den Arbeiter.

„Ich muss nach Houston", erklärte sie. „Können Sie mich hinfahren?"

Der Mann blickte sie überrascht an und schob nachdenklich den Hut zurück. „Gern", antwortete er schließlich. „Aber im Augenblick geht das nicht. Mrs. Donahue hat den Kombi genommen, und Roland hat die Schlüssel für den Transporter bei sich. Er lässt sie normalerweise nicht im Zündschloss stecken."

An den dunkelblauen Transporter hatte Claudia gar nicht gedacht. Ihr sank das Herz, als sie hörte, dass Monica den Kombi genommen hatte. „Und was ist mit dem anderen Lastwagen?" wollte sie wissen. Er war schon alt und alles andere als komfortabel, aber zur Not würde sie auch mit diesem Vehikel vorlieb nehmen.

Der Arbeiter schüttelte den Kopf. „Roland hat Foster damit in den Ort geschickt, um zusätzliches Material für den Zaun zu holen. Wir müssen warten, bis er zurückkommt und das Zeug abgeladen hat."

Enttäuscht ließ Claudia die Schultern hängen und überließ den Mann wieder seiner Arbeit. Mutlos und schleppenden Schrittes ging sie zum Haupthaus zurück. Wenn Monica zurückkam, würde es mit Sicherheit zu spät sein. Das gleiche galt für den Transporter. Und nicht nur das, inzwischen würde auch Roland auftauchen.

Claudias Annahme sollte sich als richtig erweisen. Ein paar Stunden später, als es bereits dunkel wurde, kam Roland durch die Hintertür herein. Sie saß mit Lorna am Küchentisch, weil sie nicht allein sein wollte. Stumm sah sie zu, wie Roland seinen Regenmantel auszog, ihn aufhängte und sich das Wasser vom Hut strich. Mit müden Bewegungen zog er seine schlammverkrusteten Stiefel aus.

Schmerzhaft kam Claudia zu Bewusstsein, dass er es sich nicht hatte leisten können, auszuschlafen. In den letzten beiden Nächten hatte er nur wenig Schlaf bekommen, und die Folgen waren ihm anzumerken.

„In einer halben Stunde bin ich soweit", sagte er zu Lorna und ging auf Strümpfen an ihr vorbei.

Er warf Claudia einen prüfenden Blick zu. „Komm mit", forderte er sie auf.

Wortlos folgte Claudia ihm. Als sie in der Diele an ihrem Gepäck vorbeikamen, hob Roland es beiläufig auf und nahm es mit nach oben.

Hinter ihm sagte Claudia leise: „Du verschwendest nur deine Zeit. Die Sachen gehen wieder nach unten."

Roland antwortete nicht, sondern öffnete die Tür zu ihrem Zimmer, um das Gepäck hineinzustellen. Dann packte er Claudia am Handgelenk und zog sie mit sich weiter zu seinem Reich. Obwohl er müde war, war er viel zu stark für sie. Sie verzichtete daher auf den Versuch, sich zu befreien. Er stieß seine Zimmertür auf und schob sie in den dunklen Raum. Ohne das Licht einzuschalten, schloss er die Tür hinter sich und griff nach ihr. Ehe Claudia etwas sagen könnte, hatte er sie an sich gezogen und küsste sie verlangend.

Unwillkürlich schlang sie die Arme um seine Taille und erwiderte seinen Kuss, obwohl sie wusste, dass sie nicht bleiben durfte. Mit all ihren Sinnen war sie von Roland gefangen, und sie spürte nur noch seinen Mund, seinen harten Körper.

Plötzlich löste er sich von ihr und schaltete das Licht ein.

„Ich fliege dich nicht nach Houston“, erklärte er grimmig.

„Natürlich nicht. Dazu bist du zu erschöpft“, antwortete sie gefasst „Aber Lewis wird das tun.“

„Nein, das wird er nicht! Keiner von unseren Leuten wird dich nach Houston bringen, wenn ihm seine Arbeit lieb ist“, gab er scharf zurück. „Das habe ich allen klargemacht. Claudia, du hast mir doch am ersten Tag gesagt, dass du diesmal hier bleibst!“

Roland begann, sein Hemd aufzuknöpfen und streifte es von den Schultern.

Nervös setzte sich Claudia auf das Bett und spielte mit den Händen. Sie rang eine Weile mit sich. Endlich sagte sie: „Ich habe nur vielleicht gesagt. Außerdem kannst du dir die Mühe sparen, mich oder die Arbeiter unter Druck zu setzen, denn ich kann auch morgen noch fahren. Möglicherweise sogar noch heute Nacht.“

Roland nickte. „Vielleicht, wenn Monica heute zurückkommt. Aber sie hat Angst, im Dunkeln zu fahren, und da sie bis jetzt noch nicht hier ist, wird sie kaum vor morgen zurück sein. Dann musst du zusehen, dass du dir den Kombi schnappst, ehe ich ihn fahruntauglich mache.“

Jetzt verlor Claudia die Beherrschung. Sie sprang auf und fuhr Roland zornig an: „Du kannst mich hier nicht wie eine Gefangene halten!“

„Das will ich auch gar nicht!“ erwiderte er hart. „Aber ich habe dir bereits gesagt, dass ich dich kein zweites Mal fortlasse, und damit ist es mir ernst! Hat die letzte Nacht dir denn gar nichts gezeigt, Claudia?“

„Sie hat mir offenbart, dass es schon eine Weile her ist, seit du mit einer Frau geschlafen hast!“

„Du machst dir doch nur etwas vor!“

Darauf wusste Claudia nichts zu sagen. Sie schwieg und musste sich unbehaglich eingestehen, dass Roland fast jede Frau haben konnte, wenn er wollte. Der Gedanke behagte ihr gar nicht. Als er wortlos seinen Gürtel löste und seine Jeans und die Socken abstreifte, als wäre er allein im Zimmer, wurde sie verlegen.

Aber waren Sie miteinander nicht so vertraut, wie ein Mann und eine Frau es nur sein konnten? Verstohlen betrachtete Claudia Rolands sehnigen Körper. Rasch wandte sie sich ab, ehe er in ihren Augen lesen konnte.

Er nahm seine Sachen auf und drückte sie ihr in den Arm. Sie nahm sie mechanisch entgegen.

Nach ein paar Augenblicken brummte er:

„Gib uns eine Chance, Claudia. Bleib. Ruf morgen deinen Chef an und sag ihm, dass du kündigst."

„Das kann ich nicht", entgegnete sie leise.

Jetzt brach es erneut aus Roland hervor. „Und warum nicht? Was hält dich davon ab?"

„Du."

Er schloss die Augen und unterdrückte mühsam ein Fluchen. Claudia hätte fast gelächelt. Wie hatte Wanda ihn beschrieben? Er ist beherrschter geworden, aber trotzdem ist er immer noch unberechenbar? Das war eine glatte Untertreibung. Roland war ein Vulkan, der jeden Moment ausbrechen konnte.

Er öffnete die Augen wieder und blickte sie wütend an. „Ricky hat dich bearbeitet, und du glaubst ihr!"

„Nein!" schrie Claudia. Jetzt war auch sie am Rande ihrer Beherrschung angelangt. Roland verstand ja nicht, worum es ging. Und sie konnte ihm unmöglich sagen, dass sie vor allem nach der letzten Nacht Angst vor ihm und sich selbst hatte. Er würde sie nur verletzen, wenn sie sich ihm ganz öffnete.

Roland konnte sie zerstören, weil er mehr Macht über sie besaß als je ein Mensch zuvor.

„Was ist es dann?" schrie er. „Sag es mir! Sag mir, was ich tun soll, damit du hier bleibst! Du überlässt doch alles mir. Also sag mir, was du willst!“

Aufmerksam betrachtete Claudia Roland. Er stand aufgebracht und splitternackt vor ihr und war so überaus männlich, dass sie die Kleider auf ihrem Arm am liebsten fallengelassen und sich in seine Arme gestürzt hätte. Wie gern wäre sie geblieben! Hier war ihr Zuhause, hier wollte sie sein!

Dennoch würde sie mit Roland nicht fertig werden, es sei denn, er kam ihr auf halbem Weg entgegen.

Eine Idee begann Form anzunehmen, und es sprudelte ohne weiteres Nachdenken aus ihr heraus: „Ich möchte, dass wir nicht mehr miteinander schlafen.“

Roland blickte so entsetzt, als hätte sie vorgeschlagen, er solle zu atmen aufhören.

Dann fuhr er sie bitterböse an: „Glaubst du wirklich, dass das möglich wäre?“

„Es muss möglich sein. Jedenfalls bis ich weiß, ob ...“

„Ob was?“ drängte er.

„Ob ich für immer bleiben kann“, schloss Claudia mit fester Stimme. Wenn Roland versprach, sich zu beherrschen, würde ihr diese Entscheidung leichter fallen.

„Ich suche kein Verhältnis. Ich bin keine Frau für vergnügliche Stunden und werde es nie sein.“

„Wir können aber nicht einfach nur Freunde sein!“ erwiderte er heftig. „Ich begehre dich und bin kein Mönch. Es war schon schlimm genug, als du verheiratet warst, aber jetzt ist das ganz unmöglich! Wann wirst du einsehen, wie wir zueinander stehen?“

Claudia überging die Frage und war entschlossen, sich durchzusetzen. Sie spürte, dass er aus dem Gleichgewicht geworfen war, und musste die Gelegenheit nutzen. „Ich erwarte von dir ja auch keinen Enthaltsamkeitsschwur“, erklärte sie energisch. „Du solltest mich nur in Ruhe lassen, bis ich meine

Entscheidung getroffen habe." Sofort durchzuckte sie der Gedanke, dass Roland dann sicher zu einer anderen Frau ging. Was würde sie in dem Fall tun?

Seine Kinnmuskeln spannten sich. „Und wenn du dich zum Bleiben entschließt, Claudia?"

Sie riss die Augen auf, weil ihr erst jetzt klar wurde, was das bedeuten würde. Wenn sie blieb, würde sie Roland Jacksons Geliebte sein. Bis in alle Ewigkeit würde sie ihn mit ihrer Wartefrist schließlich nicht hinhalten können. Früher oder später würde er eine Antwort von ihr verlangen. Was sie als Verzögerungstaktik beabsichtigt harte, würde ihr zur Falle werden. Sie konnte bleiben oder gehen, aber wenn sie blieb, würde sie ihm gehören.

Schmerzlich zog sich Claudias Herz zusammen, als sie Roland in seiner unwiderstehlichen Männlichkeit vor sich stehen sah. Konnte sie ihn wirklich verlassen?

Sie hob stolz das Kinn und antwortete gefasst: „Wenn ich bleibe, nehme ich deine Bedingungen an."

Er entspannte sich nicht.

„Ich möchte, dass du morgen in Chicago anrufst und deine Stellung kündigst."

„Aber wenn ich mich zum Gehen entscheide."

„Du brauchst keine Arbeit. Du kannst gut von dem Einkommen leben, das die Ranch abwirft."

„Ich will kein Geld von der Ranch abziehen."

„Claudia, für deinen Lebensunterhalt reicht es allemal! Aber lassen wir das jetzt. Gibst du deine Arbeit auf, oder nicht?"

„Sei doch vernünftig!" versuchte sie einzulenken, doch vergeblich.

Mit einer ungestümen Handbewegung schnitt ihr Roland einfach das Wort ab.

„Du gibst die Stellung auf!" befahl er und betonte jedes Wort. „Nur unter dieser Bedingung mache ich mit. Wenn du bleibst, lasse ich dich in Ruhe. Wir müssen beide etwas zurückstecken."

Claudia sah, wie es in ihm arbeitete. Sie erkannte, dass er die Beherrschung verlieren würde, wenn sie nein sagte. Roland hatte ihr einen Kompromiss vorgeschlagen, aber weiter würde er nicht nachgeben. Entweder sie verzichtete auf ihre Stellung, oder er würde sie mit allen Mitteln auf der Ranch zurückhalten. Sie gab nach, um sich in anderen Bereichen zu behaupten.

„Also gut. Ich kündige." Claudia fühlte sich in diesem Augenblick so verloren, als hätte sie das letzte Band mit Chicago und ihrem Leben mit David durchtrennt. Als hätte sie die Erinnerung an ihn hinter sich zurückgelassen.

Roland seufzte und fuhr sich mit den Fingern durch das Haar. „Lorna wartet mit dem Essen", brummte er und nahm ihr seine Kleidung aus der Hand. „Ich dusche schnell und komme dann gleich hinunter."

Er öffnete die Tür, um ins Bad zu gehen, aber Claudia stürzte zu ihm und drückte sie hastig wieder zu.

Er blickte sie überrascht an.

„Du bist nackt!" zischte sie.

Roland lächelte müde. „Ich weiß. Normalerweise dusche ich so."

„Aber jemand könnte dich sehen?"

„Hör mal, Liebling, Monica ist nicht da, Lorna ist unten, und Ricky ist noch in den Ställen. Du bist die einzige, die mich so sieht, und vor dir habe ich nichts zu verbergen, oder?" Er lächelte belustigt und öffnete die Tür wieder. Mit geschmeidigen Bewegungen ging er den Korridor entlang. Claudia folgte ihm kopfschüttelnd, aber sie sagte nichts mehr.

Nach dem Abendessen ging Roland gleich zu Bett. Claudia blieb mit Ricky allein, die eine alles andere als erfreuliche Gesellschafterin war. Erst schaltete sie den Femseher ein und wechselte ständig von einem Programm zum anderen. Dann drehte sie das Gerät ganz ab und setzte sich auf die Couch.

Währenddessen bemühte sich Claudia, ihren angefangenen

Artikel weiter zu lesen. Sie fiel aus allen Wolken, als Ricky sie unvermutet fragte: „Willst du ihn nicht zu Bett bringen?“

Claudia spürte, wie ihr das Blut in die Wangen schoss, und blickte rasch fort. „Wen?“ brachte sie mit unsicherer Stimme heraus.

Ricky schmunzelte und streckte ihre Beine geziert von sich „Wen?“ wiederholte sie honigsüß. „So naiv kannst du doch gar nicht sein! Oder glaubst du, ich wüsste nicht, wo er die letzte Nacht verbracht hat? Aber eines muss man Roland lassen. Wenn er sich etwas in den Kopf gesetzt hat, gibt er nicht auf. Er will die Ranch und benutzt dich, um sie zu bekommen. Ist er denn so toll im Bett, dass du blind bist und das nicht durchschaust?“

„Ich sehe eine Menge, meine liebe Ricky, so auch, dass du eifersüchtig bist“, gab Claudia scharf zurück. Sie war wütend und hatte nicht die Absicht abzustreiten, dass Roland bei ihr geschlafen hatte, falls Ricky sie dazu herausfordern wollte.

Ein schallendes Lachen von Ricky war die Antwort. „So ist’s recht! Schweb ruhig weiter auf deinen rosaroten Wolken! Seit du mit siebzehn auf den Geschmack gekommen bist, was Sex ist, hast du sowieso nicht mehr klar denken können! Oder glaubst du, ich wüsste davon nichts? Ich kam gerade vorbeigeritten, als ich sah, wie er dir half, dich wieder anzuziehen. Damals hast du den Kopf verloren und bist geflüchtet. Aber nun bist du alt genug und hast keine Angst mehr. Jetzt willst du das wieder kosten, was dir damals geschmeckt hat. Claudia, Roland hat einen Ruf als Frauenheld! Macht es dir gar nichts aus, nur eine auf einer langen Liste zu sein?“

Claudia wurde immer ärgerlicher. „Ich weiß nicht, ob du ihn hasst oder nur eifersüchtig bist, weil er dir keine Aufmerksamkeit schenkt.“

Zu ihrer Überraschung wurde Ricky puterrot. Diesmal war sie es, die sich abwandte.

Erst nach einer Weile antwortete Ricky mit belegter Stimme: „Du glaubst mir offenbar nicht. Nun, mir soll das egal sein. Lass ihn dich benutzen, wie er Mutter die ganzen Jahre über gebraucht hat. Aber vergiss nicht, nichts und niemand ist ihm so wichtig wie die Ranch. Um sie zu behalten, würde er alles tun. Frag ihn doch!" rief sie herausfordernd. „Sieh zu, ob du ihn zum Reden bringen kannst. Frag ihn, was er in Vietnam erlebt hat, und warum er sich so verbissen an die Ranch hängt. Frag ihn nach seinen Alpträumen, weshalb er manche Nächte schlaflos im Haus herumwandert."

Claudia war sprachlos. Sie hätte nicht gedacht, dass Roland immer noch von seinen Kriegserinnerungen verfolgt wurde.

Ricky lachte schadenfroh. Sie schien jetzt wieder Oberwasser gewonnen zu haben. „Du kennst ihn überhaupt nicht! Jahrelang bist du fort gewesen und hast keine Ahnung, was hier inzwischen vor sich gegangen ist! Aber von mir aus, mach dich zur Närrin! Mir soll's gleichgültig sein!" Damit stand sie auf und verließ den Raum.

Deutlich hörte Claudia, wie Ricky die Treppe hinauflief, und blieb verstört zurück. Einiges von dem, was Ricky gesagt hatte, war ihr auch schon durch den Kopf gegangen. Jetzt fragte sie sich erneut, was in Roland vor sich gehen mochte. Wollte er sie um ihrer selbst willen oder wegen der Ranch. Und selbst wenn sie ihn direkt darauf ansprach, würde er ihr wohl kaum eine offene Antwort geben. So musste sie sich notgedrungen auf ihr Gefühl verlassen.

Aber wenigstens hatte sie Zeit gewonnen, Zeit, in der sie den Gefahren von Rolands Werben nicht ausgesetzt war. Jetzt musste sie nur aufpassen, dass sie sich von Ricky nicht zu etwas Unüberlegtem treiben ließ.

Noch vor Morgengrauen erwachte Claudia und konnte nicht mehr einschlafen. Bald schimmerten die ersten Sonnenstrahlen durch die Wolkenfetzen, die noch vom Vortag den Himmel bedeckten.

Im Haus erklangen vertraute Geräusche. Lorna bereitete das

Frühstück vor, und bald hörte sie auch die Schritte von Roland, der an ihrer Tür vorbei nach unten ging. Sofort begann Claudias Herz schneller zu schlagen.

Entschlossen schob sie die Bettdecke beiseite und streifte Jeans und ein helles Strickhemd über. Dann rannte sie barfuß die Treppe hinunter.

Aus einem ihr selbst nicht erklärlichen Bedürfnis heraus wollte sie Roland unbedingt noch sehen, ehe er das Haus verließ, und sei es nur, um sich zu überzeugen, dass er nicht mehr so erschöpft wie am Tage zuvor war.

Sie fand ihn mit einem dampfenden Kaffeebecher in der Hand am Küchentisch vor. Als sie eintrat, blickten er und Lorna überrascht auf.

„Ich dachte, du würdest zeitig frühstücken", erklärte Claudia leichthin und legte für sich ein zusätzliches Gedeck auf.

Lorna hatte sich schnell wieder von ihrer Verwunderung erholt und besann sich ihrer Pflichten als Köchin. „Eier oder Waffeln?" erkundigte sie sich ruhig.

„Rührei, bitte", antwortete Claudia und überprüfte die großen selbst gebackenen Brötchen im Ofen. Sie waren knusprig goldbraun, und Claudia nahm sie heraus. Mit geübten Griffen legte sie sie in einen mit einer Serviette ausgelegten Bastkorb und stellte den duftenden Berg vor Roland hin.

Während sich Lorna um die Eier kümmerte, trug Claudia die Platte mit Frühstücksspeck und Würstchen auf und nahm neben Roland Platz. Da Lorna ihnen den Rücken zukehrte, gab sie ihm einen raschen Kuss unter das Ohrläppchen. Sie wusste selbst nicht, warum sie das getan hatte, aber die Wirkung war erstaunlich. Roland erzitterte heftig, dass Claudia ein Schmunzeln nicht unterdrücken konnte. Also war er an dieser Stelle besonders kitzlig! Das machte ihn irgendwie menschlicher und liebenswerter.

Roland warf Claudia einen Blick zu, der Bände sprach, aber sie lächelte nur.

Lorna stellte die Teller mit dem Rührei vor ihr hin und nahm den Platz auf der gegenüberliegenden Seite des Tisches ein. Während der nächsten Minuten wurde kaum gesprochen, und sie widmeten sich dem Essen.

Schließlich erkundigte sich Lorna bei Roland nach dem Stand der geplanten Versteigerung. Obwohl Roland wie stets nur in knappen Worten antwortete, erfuhr Claudia immerhin, dass er in drei Wochen eine Pferdeauktion abhalten wollte. Dabei musste es sich um eine größere Sache handeln, denn er hatte sich in den letzten Jahren einen ausgezeichneten Ruf als Pferdezüchter erworben.

Jetzt rechnete er mit mehr Interessenten, als er ursprünglich erwartet hatte. Lorna strahlte vor Stolz, und auch Roland schien mit sich zufrieden zu sein, obwohl er das nicht zeigte.

„Kann ich dabei irgendwie helfen, Roland?“ fragte Claudia. „Ich meine, Pferde striegeln oder Ställe ausmisten oder so etwas?“

„Hast du schon in Chicago angerufen?“ wollte er wissen.

„Nein. Fernverbindungen gibt es erst ab neun.“ Claudia lächelte ihn zuckersüß an. Sie genoss es, endlich einmal die Oberhand zu haben.

Lorna blickte verständnislos von einem zum anderen. Claudia klärte sie auf. „Ich gebe meinen Job auf und bleibe hier, jedenfalls fürs erste. Eine endgültige Entscheidung habe ich noch nicht getroffen.“ Letzteres war für Roland bestimmt, falls er glaubte, den Kampf bereits gewonnen zu haben.

„Fein, Sie endlich wieder ganz zu Hause zu haben!“ freute sich die Köchin.

Erst nach dem Frühstück fiel Claudia ein, dass Roland auf ihr Angebot zu helfen überhaupt nicht eingegangen war.

Sie folgte ihm nach draußen. Er blieb ruckartig stehen, so dass sie um ein Haar mit ihm zusammengestoßen wäre. „Was willst du?“ fragte er schroff und stemmte die Hände in die Hüften.

„Kann ich dir bei der Versteigerung irgendwie helfen?“ wiederholte sie geduldig.

Einen Augenblick sah es so aus, als wolle er sie anfahren. Doch dann nahm er sich zusammen und lächelte. „Ja, das kannst du. Nach dem Anruf kannst du mit dem Transporter in den Ort fahren und das bestellte Futter abholen. Außerdem brauchen wir noch mehr Material für den durchbrochenen Zaun. Foster hat gestern nicht genug mitgebracht.“ Er erklärte ihr, wieviel er noch brauchte, und holte die Wagenschlüssel aus seiner Tasche.

Als Claudia den Bund entgegennahm, hob er ihr Kinn, so dass sie gezwungen war, ihn anzusehen. „Ich erwarte, dich hier vorzufinden, wenn ich zurückkomme“, sagte er warnend.

Es ärgerte Claudia, dass er ihr nicht traute. „Natürlich werde ich hier sein“, erwiderte sie scharf. „Ich bin keine Lügnerin.“

Roland nickte und gab ihr Kinn frei. Ohne ein weiteres Wort ging er davon.

Claudia sah seiner hoch gewachsenen Gestalt noch einen Augenblick nach, ehe sie ins Haus zurückkehrte. Irgendwie war sie enttäuscht, weil sie erwartet hatte, er würde sie küssen. Aber offenbar war Roland entschlossen, sich genau an ihre Abmachung zu halten.

Pünktlich um neun setzte Claudia sich vor das Telefon. Sie nagte unschlüssig an ihrer Unterlippe, weil ihr die Schwere des Schrittes bewusst war, den sie tun wollte. In gewisser Weise stellte Roland sie vor die Wahl zwischen sich und David. Aber das war unfair, weil David tot war. Und er war ein ganz besonderer Mann gewesen. Claudia würde ihn niemals vergessen können.

Aber David lebte nicht mehr, während Roland sehr lebendig war. Er forderte von ihr, die Wohnung, die sie mit ihrem Mann geteilt hatte, und alles andere aufzugeben. Wenn sie dazu nicht bereit war, war es besser, sie ging noch heute, ehe Roland zurückkam.

Doch das brachte sie nicht über sich. Schon gar nicht, nachdem sie die Nacht in seinen Armen verbracht hatte. Sie musste sich ihrer Gefühle ganz sicher sein, sonst würde sie ihre Entscheidung später bitter bereuen. Rasch nahm sie den Hörer auf und wählte.

Zehn Minuten später war Claudia ihre Stelle los. Jetzt, wo sie es hinter sich gebracht hatte, erfasste sie fast so etwas wie Panik. Nicht des Geldes wegen, in dieser Hinsicht brauchte sie sich keine Sorgen zu machen. Während sie mit ihrem Chef gesprochen hatte, war ihr der Gedanke gekommen, dass nur eine Frau, die liebt, zu solchen Opfern bereit ist.

Aber sie wollte Roland Jackson nicht lieben. Sie wollte sich nicht preisgeben, ehe sie nicht wusste, dass sie ihm vertrauen konnte. Trotz Rickys Anspielungen glaubte sie nicht, dass er ein Verhältnis mit Monica gehabt hatte. Nichts an dem Verhalten der beiden deutete darauf hin, dass mehr zwischen ihnen gewesen war als ein kameradschaftliches Zusammenleben. Ricky schien es zu genießen, Unfrieden zu säen. Mehr steckte wohl kaum hinter ihren Sticheleien.

Nein, wessen Claudia sich nicht sicher war, war Rolands wirklicher Grund, sich um sie zu bemühen. Nur zu gern hätte sie geglaubt, dass er sie um ihrer selbst willen umwarb. Doch da blieb die Tatsache, dass die Ranch ihm alles bedeutete. Er hatte sie übernommen, sie nach seinen Vorstellungen umgestaltet, und sie bezweifelte nicht, dass er mit allen Mitteln kämpfen würde, um die Ranch zu behalten.

Er leitete die Ranch, aber sie gehörte ihr. Da musste er darauf gefasst sein, dass sie eines Tages beschloss, sie zu verkaufen. Damit wäre seine Herrschaft beendet. Zwar hatte er abgestritten, sich die Ranch aneignen zu wollen, aber die Zweifel blieben.

Wenn er sich so für sie interessierte, warum hatte er dann nach Davids Tod nicht versucht, mit ihr Kontakt aufzunehmen? Erst als sie auf Besuch kam und ihr Interesse an der Ranch bekundete, hatte er plötzlich begonnen, sich ihr zu nähern. Wie wäre es weitergegangen, wenn sie nicht zu Besuch gekommen wäre?

Während Claudia mit dem Transporter in den Ort fuhr, kreisten ihre Gedanken immer wieder um diesen Punkt.

Ihre Entscheidung hing davon ab, ob sie Roland vertraute. Wenn er sie als Frau begehrte, ohne dabei etwas anderes im Sinn zu haben, würde sie bei ihm bleiben.

Auf der anderen Seite wollte sie verhindern, dass er sie durch seine Nähe beeinflusste. Roland war ein ungemein männlicher, dominierender Mann. Sinnlichkeit gehörte zweifellos zu den Waffen, die er gegen sie einsetzen konnte. Er vermochte sie ja schon durch eine bloße Berührung aus dem Gleichgewicht bringen.

Claudia wurde bewusst, dass sie ihre Entscheidung nur treffen konnte, wenn sie bei Roland blieb und auf diese Weise soviel wie möglich über ihn in Erfahrung brachte.

5. KAPITEL

Im Ort war Franklin der einzige Futtermittellieferant. Claudia war deshalb sicher, an der richtigen Stelle zu sein. Ohne lange zu überlegen, steuerte sie den Wagen auf die Laderampe hinauf. Früher war sie mit der Tochter des Besitzers, Alva Franklin, zur Schule gegangen.

Schmunzelnd dachte sie an den Tag, an dem Alva ihre ältere Schwester Regina in eine Pfütze geschubst hatte. Alva war früher ein kleiner Teufel gewesen.

Claudia lächelte immer noch belustigt, als sie das muffige Gebäude über die Hintertreppe betrat. Der Mann, der ihr entgegenkam, um sie zu bedienen, war ihr fremd.

Aber schließlich war es inzwischen acht Jahre her, seit sie auf der Ranch gelebt hatte, und er gehörte offenbar zu den später Zugezogenen.

Der Mann blickte sie zweifelnd an, als sie ihre Wünsche äußerte. „Die Bestellung für Bar D?“ fragte er verwundert. „Ich glaube nicht, dass ich Sie kenne, Ma'am. Wie sagten Sie doch, war Ihr Name?"

Nur mühsam konnte Claudia das Lachen unterdrücken. „Mein Name ist Claudia Donahue, ich meine, Ashe", setzte sie dann hinzu. Mit leisem Schuldbewusstsein merkte sie, dass sie ihren Ehenamen fast vergessen harte. Es war, als gehörte David inzwischen der Vergangenheit an, ja, als hätte es ihn nie gegeben.

Ein Gefühl von Scham erfüllte Claudia. Sie hatte nicht einmal widersprochen, als Roland sie Lewis Stovall mit ihrem Mädchennamen vorgestellt hatte. Unter dem Einfluss ihres Ranchverwalters war sie wieder Claudia Donahue geworden. Damit muss jetzt Schluss sein, nahm sie sich energisch vor.

Sie gab noch ein paar Erklärungen ab, doch der Mann stand immer noch zögernd da.

„Mir gehört Bar D."

„Aber Mr. Jackson . . .", setzte der Mann an.

„Ist mein Ranchaufseher", beendete Claudia seinen Satz. „Es ist verständlich, dass ich Ihnen unbekannt bin, und ich freue mich auch, dass sie so vorsichtig sind, aber Mr. Franklin kennt mich. Fragen Sie ihn und lassen Sie sich bitte von ihm bestätigen, wer ich bin."

Der Mann machte sich tatsächlich auf die Suche nach dem Geschäftsinhaber. Claudia wartete geduldig. Sein Misstrauen störte sie nicht. Wenn jeder einfach Futter aufladen und die Rechnung für eine x-beliebige Ranch abzeichnen könnte, würde bald alles durcheinander gehen.

Es dauerte ein paar Minuten, ehe der Verkäufer mit Ormund Franklin zurückkam. Mr. Franklin musterte sie durch eine Brille. Sein Blick blieb auf ihrem Haar hängen. „Hallo, Claudia", sagte er dann. „Ich habe gehört, dass du wieder im Lande bist." Er nickte dem Angestellten zu. „Kümmern Sie sich um das Futter, Todd."

„Es ist schön, Sie wiederzusehen, Mr. Franklin", erwiderte Claudia herzlich. „Ich bin am Samstag gekommen. Eigentlich hatte ich hier nur Urlaub machen wollen, aber jetzt sieht es so aus, als würde ich länger bleiben."

Mr. Franklin strahlte so, dass Claudia sich fragte, warum ihn diese Mitteilung so begeisterte. „Nun, das sind ja wirklich gute Neuigkeiten", nickte er. „Es freut mich zu hören, dass du die Ranch jetzt übernimmst. Diesen Roland Jackson habe ich noch nie leiden können. Du hast ihm gekündigt, nicht wahr? Wunderbar! Er ist ein Störenfried und passt nicht hierher. Ich habe schon immer gedacht, dass dein Vater einen großen Fehler gemacht hat, als er ihn damals aufgenommen hat. Er war schon ein wilder Bursche, ehe er nach Vietnam ging, aber danach war er einfach unerträglich."

Verdutzt blickte Claudia Mr. Franklin an. Er hatte so viele falsche Annahmen von sich gegeben, dass sie nicht wusste, welche sie zuerst entkräften sollte. Warum war er nur so gegen Roland?

Auf einmal fiel es ihr wie Schuppen von den Augen. Sie sah Regina Franklins hübsches, aufreizendes Gesicht vor sich und dachte daran, dass das Mädchen in dem Ruf gestanden hatte, Männern nachzulaufen, mit denen man sich besser nicht einließ. Einer von diesen Männern war Roland Jackson gewesen. Und als Frauenheld hatte er natürlich genommen, was sich ihm bot.

Claudia versuchte einzulenken. Obwohl Mr. Franklins Tochter Roland herausgefordert hatte, sagte sie taktvoll: „Ich könnte die Ranch gar nicht allein leiten, Mr. Franklin. Roland hat eine Menge aus ihr gemacht Sie ist heute größer und einträglicher als zu Dads Zeiten. Ich habe keinen Grund, ihn zu entlassen."

„Keinen Grund?" wiederholte er ungläubig und zog die Brauen zusammen. „Seine Moralvorstellungen sind für viele hier mehr als ein Grund, ihn loszuwerden. Es gibt noch eine Menge von uns, die nicht vergessen haben, wie er sich aufgeführt hat, als er aus Vietnam zurückkam. Und in deinem eigenen Haus musst du doppelt auf der Hut sein, sonst wird deine Stiefschwester..."

„Mr. Franklin, ich verstehe, warum Sie Roland unter den gegebenen Umständen nicht mögen“, unterbrach Claudia ihn ärgerlich. Sie hatte nicht die Absicht, sich diese absurden Unterstellungen weiter anzuhören, sondern ging direkt zum Gegenangriff über. „Aber Roland und Ihre Tochter waren damals beide noch sehr jung und ungestüm. Außerdem ist das doch schon lange her. Für diesen Skandal war Roland wirklich nicht verantwortlich.“

Das Gesicht von Mr. Franklin wurde puterrot vor Zorn. Zwischen zusammengebissenen Zähnen stieß er hervor: „Nicht verantwortlich? Wie kannst du so etwas behaupten? Er hat sich meiner Tochter aufgedrängt und sich dann geweigert, für sie einzustehen. Danach konnte sie sich im Ort nicht mehr zeigen. Sie musste fortgehen, und er läuft hier weiter herum, als sei nichts geschehen!“

Claudia zögerte. Sie fragte sich, ob Mr. Franklin Roland die Schuld in die Schuhe schob, weil er sich nicht eingestehen wollte, dass es seine eigene Härte gewesen war, die seine Tochter vertrieben hatte. Sie wollte ihm nicht weh tun, aber eines konnte sie nicht einfach hinnehmen.

Mit kühler Stimme sagte sie: „Roland Jackson hat sich noch nie einer Frau aufgedrängt. Das brauchte er nämlich gar nicht. Ich war damals noch sehr jung, aber ich erinnere mich genau, wie die Mädchen ihm nachliefen. Nach seiner Entlassung aus der Armee wurde das sogar noch schlimmer. Sie können denken, was Sie wollen, doch ich rate Ihnen, Dinge nicht auszusprechen, die ihnen eine Verleumdungsklage an den Hals bringen könnten!“ Ihr Wortwechsel war so laut geworden, dass alle in dem Laden aufmerksam geworden waren. Das hielt Mr. Franklin nicht davon ab, empört zu schreien: „Wenn Sie so denken, Miss Donahue, schlage ich vor, Sie kaufen sich Ihr Futter woanders! Ihr Vater hätte so etwas niemals gesagt!“

„Mein Name ist Ashe. Und ich weiß, dass mein Vater stolz auf mich wäre! Er hat an Roland geglaubt wie kein anderer. Und das war gut so, denn ohne Roland Jackson wäre es mit der Ranch schon vor Jahren bergab gegangen!"

Claudia kochte vor Wut. Sie stürmte über die Treppe zu Todd hinaus, der mit der Futteraufstellung auf ihre Unterschrift wartete. Hastig kritzelte sie ihren Namen darauf und setzte sich hinter das Steuer des Transporters. Sie gab so heftig Gas, dass der Wagen bockend von der Laderampe schoss.

Zitternd vor Empörung fuhr Claudia nur einen Block weiter. Dort brachte sie den Wagen am Straßenrand zum Stehen, um sich etwas zu beruhigen. Das Material für den Zaun, ging es ihr durch den Kopf. Das durfte sie auf keinen Fall vergessen!

Sie holte ein paar Mal tief Luft. Ihr Herz schlug schnell, und sie schwitzte am ganzen Körper. Ihr war, als hätte sie an einem Ringkampf teilgenommen. Im Rückspiegel erhaschte sie einen Blick auf ihr Haar und unterdrückte ein Kichern. Hatte die Haarfarbe eines Menschen wirklich etwas mit seinem Temperament zu tun?

Jetzt bedauerte sie die Szene mit Franklin bereits wieder. Sie wäre auch ohne Zeugen schon schlimm genug gewesen, aber da so viele Leute dabei gewesen waren, würde die Sache bald im Ort herum sein. Trotzdem konnte sie nicht zulassen, dass jemand Roland so in den Schmutz zog!

Es scheint mich wirklich erwischt zu haben, dachte sie selbstkritisch. Roland brauchte ebenso wenig Schutz wie ein Panther. Aber sie hatte sich zu seiner Verteidigung aufgeschwungen, als sei er ein hilfloses Kätzchen. Das zeigte, wie sehr sie ihm schon verfallen war.

Nach ein paar Minuten machte Claudia kehrt und fuhr wieder in den Ort zurück. In dem Geschäft, in dem sie den Zaundraht kaufen wollte, gab es zum Glück keine Schwierigkeiten. Die Angestellten kannten sie von klein auf. Und Roland hatte inzwischen angerufen und eine zusätzliche Menge bestellt.

Als alles aufgeladen war, lag der Transporter gefährlich tief.

Wegen ihrer schweren Fracht fuhr Claudia besonders langsam zur Ranch zurück.

Es war ein wunderschöner Tag. Nach dem Regen vom Vortage war alles saftig und grün. Claudia nahm sich Zeit und versuchte, wieder ganz ruhig zu werden, ehe sie zur Ranch zurückkam. Es gelang ihr nicht ganz.

Roland wartete im Hof, als Claudia vorfuhr. Offenbar hatte er ihr doch nicht ganz getraut und war nicht sicher gewesen, ob sie zurückkommen würde. Sie dachte an den Kampf, den sie seinetwegen ausgefochten hatte, und ärgerte sich. Zornig stieg sie aus und schlug die Wagentür krachend hinter sich zu. „Ich habe dir doch gesagt, dass ich wiederkomme!" erklärte sie wütend.

Er kam zu ihr heran und zog sie mit sich zum Haus. „Ich brauchte diese Vorräte dringend", stieß er leise hervor. „Deswegen warte ich hier. Und jetzt nimm dich zusammen, sonst lege ich dich vor versammelter Mannschaft übers Knie."

Claudia war genau in der richtigen Stimmung für eine Auseinandersetzung. „Wann immer du Lust hast, großer Boss!" zischte sie herausfordernd. „Nach dem, was ich heute morgen erlebt habe, könnte ich dich dreimal aufs Kreuz legen!"

Rasch schob Roland sie die Stufen hinauf, dabei stolperte sie und wäre gestürzt, wenn er sie nicht aufgefangen hätte.

„Du kugelst mir ja den Arm aus!" schrie sie auf.

Beinahe hätte Roland geflucht, aber er öffnete nur die Küchentür. Als er Claudia einfach hineinschob, blickte Lorna verwundert von ihrem Stammplatz am Fenster auf. Ihre Augen funkelten amüsiert, dann machte sie sich wieder an die Zubereitung des Auflaufs, den Roland so gern aß. Roh stupste er Claudia auf einen Küchenstuhl, aber sie sprang mit geballten Fäusten sofort wieder auf.

Er drückte sie auf den Stuhl zurück. „Was ist bloß in dich gefahren?" brummte er ärgerlich.

Roland würde von der Sache sowieso erfahren, sagte sich

Claudia. Also konnte sie es ihm auch gleich selbst sagen. „Ich habe Streit mit Mr. Franklin bekommen! Von jetzt ab werden wir unsere Futtermittel woanders kaufen müssen."

Darauf ließ er die Hand sinken und blickte sie verständnislos an. „Soll das heißen, dass ich all die Jahre über mit Ormond Franklin ausgekommen bin, und du hast einen Auftritt und machst alles kaputt?"

Erregt presste Claudia die Lippen zusammen. Dennoch verzichtete sie darauf, ihm die Einzelheiten des Wortwechsels zu berichten. „Wir werden unser Futter eben von jetzt ab in Wisdom kaufen", entschied sie, weil das der nächste Ort war.

„Das ist dreißig Kilometer weiter. Hin und zurück macht das sechzig Kilometer mehr. Wie konntest du nur, Claudia!"

„Dann fahren wir eben die zusätzlichen sechzig Kilometer!" erklärte sie scharf. „Darf ich dich daran erinnern, dass das hier immer noch meine Ranch ist, Roland Jackson! Nach dem, was Mr. Franklin gesagt hat, würde ich von ihm auch dann nichts mehr kaufen, wenn das nächste Futtergeschäft hundertfünfzig Kilometer entfernt wäre! Habe ich mich klar genug ausgedrückt?"

Zornig sah Roland auf. Er wollte sie packen, hielt dann jedoch gerade noch rechtzeitig inne. Mit einem Ruck machte er auf dem Absatz kehrt und marschierte aus dem Haus.

Claudia stand von ihrem Stuhl auf und trat ans Fenster. Sie sah zu, wie Roland den Transporter bestieg und dann in Richtung auf die Weide losfuhr, deren Zaun repariert werden musste.

Laut sagte sie: „Der Boden ist nach dem gestrigen Regen nass. Hoffentlich bleibt Roland nicht im Matsch stecken."

„Und wenn schon, er hat genug Leute, die ihn wieder herausholen", antwortete Lorna. Sie lachte leise. „Sie wissen genau, wie Sie ihn hochbringen können, nicht wahr? In den letzten Tagen ist er öfter aus der Haut gefahren als in all den Jahren, die ich ihn kenne."

„Man muss ihm von Zeit zu Zeit die Stirn bieten", erklärte

Claudia. „Seit ich ein Kind war, hat er über mich einfach bestimmt. Damit ist jetzt Schluss!“

„Es wird ihm schwerfallen, anderen ein Mitspracherecht bei der Ranch einzuräumen“, warnte Lorna. „Er hat die ganze Bürde so lange allein getragen, dass es ihm gegen den Strich geht, die Verantwortung mit jemandem zu teilen.“

„Dann wird er es eben lernen müssen“, erwiderte Claudia trotzig. Ihr Blick folgte dem Transporter, bis er außer Sichtweite war.

„Wissen Sie, an was Sie beide mich erinnern?“ fragte Lorna amüsiert.

„Das ist mir egal!“

„Es dürfte Sie kaum überraschen. Sie erinnern mich an eine Katze und er mich an den Kater, der Sie umkreist. Er weiß, dass er sich auf einen ewigen Kampf einlässt, wenn er bekommt, was er will.“

Jetzt musste Claudia doch lachen. „Das Bild ist gar nicht so schlecht!“

Zu Claudias Enttäuschung kam Roland zum Mittagessen nicht heim. Lorna erzählte ihr, dass er für sich und seine Männer einen Korb mit belegten Brötchen und Kaffee auf die Weide hatte schicken lassen. Da Ricky auch bei ihnen war, aß Claudia allein mit Monica, die inzwischen zurückgekehrt war.

Die beiden Frauen sprachen wenig miteinander, weil sie keine gemeinsamen Interessen hatten.

Monica hing ihren eigenen Gedanken nach und fragte nicht einmal, wo Ricky war. Aber vielleicht wusste sie das bereits.

Nach dem Essen lehnte sich Monica zurück und zündete sich eine Zigarette an. Das war ein sicheres Zeichen, dass sie nervös war, weil sie sonst nur selten rauchte.

Als Claudia sie prüfend anblickte, erklärte Monica unumwunden: „Ich habe die Absicht, von hier fortzugehen.“

Im ersten Augenblick war Claudia überrascht. Doch bei näherer Überlegung fragte sie sich, warum Monica das nicht schon längst getan hatte. Das Leben auf der Ranch hatte ihr noch nie zugesagt. „Warum ausgerechnet jetzt?" erkundigte sie sich. „Und wohin willst du gehen?"

Monica zuckte mit den Schultern. „Das weiß ich noch nicht genau. Es ist mir aber gleichgültig, solange es eine Stadt ist und ich nie mehr Pferde und Kühe riechen muss. Ich habe niemals ein Geheimnis daraus gemacht, dass es mir auf der Ranch nicht gefällt. Und was den Zeitpunkt betrifft, warum sollte ich die Gelegenheit nicht beim Schopf packen? Du bist jetzt wieder da Und es ist schließlich deine Ranch, nicht meine. Nach Wards Tod bin ich geblieben, weil du noch minderjährig warst. Aber das ist jetzt nicht mehr der Fall. Ich habe mich einfach treiben lassen und bin des Lebens hier müde."

„Weiß Ricky das schon?"

Viel sagend schaute Monica sie an. „Wir sind keine siamesischen Zwillinge. Ricky ist eine erwachsene Frau. Sie kann tun und lassen, was sie will."

Claudia antwortete nicht sofort. Endlich murmelte sie: „Ich habe mich noch nicht endgültig zum Bleiben entschieden."

„Das ändert nichts daran", gab Monica kühl zurück. „Für die Ranch bist du jetzt verantwortlich, nicht mehr ich. Du kannst tun und lassen, was du willst, und ich auch. Lass uns nicht so tun, als hätten wir einander besonders nah gestanden. Das einzige, was uns gemeinsam war, war dein Vater, und er ist seit zwölf Jahren tot. Da wird es Zeit, dass ich meine eigenen Wege gehe."

Eigentlich hätte Monica schon gehen können, als Roland die Ranch übernommen hatte, überlegte Claudia. Und auch wenn sie selbst nicht blieb, würde auf der Ranch alles seinen gewohnten Gang weitergehen. Wenn Monica fortging, würde das auf ihre eigene Situation überhaupt keinen Einfluss haben. Dennoch musste sie sich entscheiden, ob sie bleiben wollte oder nicht. Ihr kam der Gedanke, die Ranch zu verkaufen, doch dann schob sie ihn rasch wieder beiseite. Dies war ihr Zuhause, und sie wollte es behalten. Auch wenn sie hier nicht lebte, konnte sie ihr Erbe nicht einfach veräußern.

„Du sollst wissen, dass du hier gern so lange wohnen bleiben kannst, wie du möchtest", sagte sie zu Monica.

„Danke, aber es wird Zeit, dass ich wieder unter Menschen komme und aus den Jahren, die mir noch bleiben, etwas mache. Ich habe Ward lange genug betrauert", erwiderte Monica in einem merkwürdigen Ton und blickte auf ihre Hände. „Hier fühlte ich mich ihm am nächsten. Deshalb bin ich geblieben, ohne einen wirklichen Grund dazu zu haben. Das Leben hier liegt mir nicht, das wissen wir beide. Zwar habe ich mich noch nicht ernsthaft nach einer Wohnung umgesehen, und ich weiß noch nicht einmal, in welche Stadt ich ziehen werde, aber innerhalb der nächsten Monate wird sich alles finden."

Zögernd erbot sich Claudia: „Ich habe mein Apartment in Chicago noch. Die Miete ist bis Ende nächsten Jahres bezahlt. Wenn ich hier bleibe, steht die Wohnung frei. Du könntest also gern dort wohnen, wenn Chicago dir gefällt."

Ein schwaches Lächeln zeigte sich in Monicas Gesicht. „Ich habe eigentlich eher an New Orleans gedacht, aber Chicago ... Ich werde mir die Sache durch den Kopf gehen lassen."

„Es hat keine Eile damit", versicherte Claudia.

Monica schien froh zu sein, sich ausgesprochen zu haben. Ihr Bedürfnis nach einem Gespräch war damit offenbar erschöpft. Sie drückte ihre halbgerauchte Zigarette aus und entschuldigte sich. Nachdenklich blieb Claudia zurück.

Den Nachmittag verbrachte Claudia damit, im Erdgeschoss aufzuräumen. Zwischendurch ging sie immer wieder ans Fenster, um zu sehen, ob Roland nicht endlich zurückkam.

Erst gegen Abend hörte sie den Transporter in den Hof einfahren. Sofort rannte sie ans Fenster und sah, wie er vor dem Vorratsschuppen hielt. Bei Rolands Anblick schlug ihr Herz rascher. Sie zwang sich, ein paar Mal tief durchzuatmen, ehe sie zu ihm ging.

Der Streit vom Vormittag war vergessen. Sie wusste nur, dass Roland stundenlang fort gewesen war, dass sie sich nach ihm gesehnt hatte und es nicht erwarten konnte, ihn wiederzusehen.

Sie war noch außer Hörweite, als sie plötzlich stehen blieb. Erstarrt beobachtete sie die beiden Gestalten, die den Rest des Zaundrahts abluden. Ricky half Roland, und obwohl Claudia nicht hören konnte, was sie sprachen, sah sie Rickys Gesicht. Sie strahlte und blickte mit leuchtenden Augen zu ihm auf.

Plötzlich ließ Ricky den Werkzeugkarton fallen, den sie in der Hand hielt, und schlang die Arme um Rolands Taille. Sie stellte sich auf die Zehenspitzen und küsste ihn.

Als Roland sie sanft von sich schob, lachte Ricky übermütig, und sie machten sich gemeinsam wieder an die Arbeit.

Claudia wandte sich ab. Sie schlug einen Bogen um die zwei, damit sie sie nicht sehen konnten. Dabei entdeckte sie etwas seitlich von sich eine andere Gestalt.

Lewis Stovall lehnte am Hofzaun und sah zu, wie Ricky und Roland den Transporter entluden. Seine Züge waren seltsam gespannt, aber Claudia war zu erregt, um sich darüber im Augenblick Gedanken zu machen.

Verstört kehrte sie ins Haus zurück. Sie war so durcheinander, dass sie in ihr Zimmer ging und sich auf das Bett sinken ließ.

Ricky hatte Roland umarmt. Sie hatte ihn sogar geküsst! Er hatte ihre Umarmung zwar nicht erwidert, aber ihr wurde unwohl bei dem Gedanken, wie Rickys schlanke Arme sich um seine Taille gelegt hatten.

Lorna hatte gesagt, Ricky sei nicht in Roland verliebt, doch das hatte Claudia ihr sowieso nicht geglaubt. Aber wenn es trotzdem stimmte.

Kein Wunder, dass Ricky so verbittert war und Claudia weh zu tun versuchte, auch wenn sie Roland dabei als Waffe benutzen musste! Ob Roland je mit ihr geschlafen hatte? War Mr. Franklins Anschuldigung vielleicht gar nicht so abwegig?

Nein, es konnte einfach nicht wahr sein! Sie konnte und wollte es nicht glauben! Die bloße Vorstellung war entsetzlich! Claudia stöhnte auf und schlug ihre kalten Hände vor das Gesicht. Ricky hatte kein Recht auf ihn!

Claudia erkannte, dass sie eifersüchtig war, und versuchte, sich zur Ordnung zu rufen. Hatte sie selbst Roland nicht erlaubt, zu anderen Frauen zu gehen? Er war kein Mönch, das hatte sie von vornherein gewusst. Er war ein gesunder, kraftvoller Mann. Aber so hatte sie das doch nicht gemeint! Der bloße Gedanke, dass eine andere Frau unter seinen Händen dahinschmolz, verursachte ihr Seelenschmerzen.

Vielleicht ist die Sache aber auch ganz harmlos, versuchte sie sich einzureden. Schließlich hatte es sich nur um eine kurze Umarmung und einen Kuss gehandelt, den Roland noch nicht einmal erwidert hatte. Da hatte sie eigentlich keinen Grund, eifersüchtig zu sein.

Dennoch brauchte Claudia über eine Stunde, ehe sie sich wieder so weit unter Kontrolle hatte, dass sie nach unten gehen konnte.

Während des Abendessens saß sie mit ausdrucksloser Miene da und vermied es, Roland und Ricky anzusehen. In ihr brodelte es, und sie hatte Angst, die Beherrschung zu verlieren, wenn die beiden auch nur einen einzigen verdächtigen Blick wechselten.

Lustlos stocherte sie auf ihrem Teller herum und teilte ihr Steak in vier gleiche Stücke. Ohne zu merken, was sie tat, schnitt sie sich von jedem nacheinander einen Bissen ab. Der Tag war eine einzige Katastrophe gewesen. Erst war sie so dumm gewesen, sich von Roland dazu überreden zu lassen, ihre Arbeit zu kündigen. Damit hatte sie einen weiteren Teil ihrer Unabhängigkeit aufgegeben und sich nur noch mehr unter Rolands Einfluss gebracht. Dann der Streit mit Mr. Franklin, die Auseinandersetzung mit Roland, der Schock, mit ansehen zu müssen, wie Ricky ihn küsste.

All das war zuviel für sie. In diesem Augenblick wünschte Claudia fast, Roland würde eine herausfordernde Bemerkung machen, damit sie ihn anschreien konnte.

Aber das Essen verlief ruhig. Roland entschuldigte sich bald und zog sich ins Arbeitszimmer zurück. Claudia beschloss, ins Bett zu gehen. Was konnte sie sonst tun?

Eine Weile warf sie sich ruhelos auf ihrem Kissen herum, dann versuchte sie zu lesen. Endlich wurde sie schläfrig und schaltete das Licht aus. Kaum hatte sie die Augen geschlossen, als sie ein schwaches Geräusch vor ihrer Tür hörte. Sie fuhr auf, und ihr Herz begann schneller zu schlagen.

Hatte Roland vor, ihre Abmachung zu brechen und trotzdem zu ihr zu kommen? Doch es war niemand da, und zu ihrem Entsetzen krampfte sich ihr Herz vor Enttäuschung zusammen.

Sollte er sie schon soweit gebracht haben? War sie ihm nach einer Liebesnacht bereits so verfallen, dass sie nach ihm verlangte wie nach einer Droge?

Roland durfte auf keinen Fall merken, wie hilflos sie ihm ausgeliefert war, sonst würde er sie sich endgültig unterwerfen.

Wenn David doch noch lebte! Er war für Claudia wie ein schützender Hafen gewesen, ein starker, stiller Mann, der sie geliebt und sie sie selbst hatte sein lassen. Nie hatte er mehr von ihr verlangt, als sie zu geben bereit war.

Bei Roland war das anders. Er wollte sie beherrschen, und das Schlimmste daran war, dass sie ihm gehören wollte. Wenn sie seiner nur sicher sein könnte!

Dann würde sie sich in seiner Liebe geborgen fühlen. Aber durfte sie sich ihm ganz anvertrauen? Er würde alles nehmen, was sie hatte, ohne sich ihr selbst zu öffnen.

Sie könnte es nicht ertragen, sich tagtäglich Gedanken um Roland und sein Wesen machen zu müssen. Er war eine zu vielschichtige Persönlichkeit, ein Rätsel, das sie niemals entschlüsseln würde.

Warum hatte sie sich nur zum Bleiben bereit erklärt? Auf die Dauer würde sie hier verrückt werden.

Der Gedanke an Chicago war ein Lichtschimmer für Claudia. Sie konnte sich immer noch dorthin flüchten. Schließlich musste sie ihre Wohnung auflösen und ihre Sachen holen. Bis jetzt hatte sie sich mit dem Wenigen beholfen, das sie mitgebracht hatte. Und das war eigentlich nur für ein Wochenende gewesen. Sie hatte also durchaus einen triftigen Grund, nach Chicago zu fliegen. Und wenn sie erst einmal dort und Rolands Zugriff entflohen war, würde sie nicht mehr zurückkehren. Es gab sicher noch andere Stellen für sie, und sie würde sich sofort nach einer neuen Beschäftigung umsehen.

Mit diesen Überlegungen schlummerte Claudia ein. Sie musste tief geschlafen haben, denn sie erwachte am Morgen, als ihre Tür geöffnet wurde.

Eine harte Hand versetzte ihr einen leichten Klaps auf den Po, und sie setzte sich ruckartig auf. Verschlafen strich sie sich das Haar aus dem Gesicht und blickte den hoch gewachsenen Mann neben ihrem Bett unwirsch an.

„Was willst du denn hier?“ erkundigte sie sich spitz.

„Dich wecken“, antwortete Roland kurz. „Steh auf. Du kommst heute mit mir.“

„Ach, wirklich? Wann wurde das denn beschlossen?“

„Gestern beim Abendessen, als du vor dich hin geschmollt hast.“

„Das habe ich nicht.“

„Nein? Ich habe dich seit Jahren in allen Stimmungen erlebt und kenne die Anzeichen. Also heraus aus dem Bett mit dir und zieh dich an! Ich werde dich so auf Trab halten, dass dir keine Zeit zum Schmollen bleibt.“

Claudia wollte sich Roland widersetzen, aber da sie sich in

einer etwas unglücklichen Lage befand, gab sie vorsichtshalber nach. „Okay. Geh hinaus, damit ich mich anziehen kann."

„Warum soll ich den Raum verlassen? Ich habe dich doch schon nackt gesehen."

„Heute noch nicht!" erwiderte Claudia heftig. „Also hinaus!"

Roland beugte sich über sie und nahm ihr die Decke weg. Er packte sie am Handgelenk und zog sie einfach aus dem Bett. Wie ein ungezogenes Kind stellte er sie vor sich hin und streifte ihr ohne viel Federlesens das Nachthemd über den Kopf. Mit einer achtlosen Bewegung warf er es zur Seite. Sein Blick wanderte so langsam über ihren Körper, dass ihm keine Einzelheit entging.

„Jetzt ja", erklärte er und suchte in der Kommodenschublade nach Claudias Unterwäsche. Er warf ihr ein Höschen und einen dazu passenden Büstenhalter zu und ging zum Schrank. Ohne lange zu überlegen, zog er ein Hemd und verwaschene Jeans hervor.

Nachdem er ihr alles in die Hand gedrückt hatte, bestimmte er: „Zieh dich an, sonst gibt es wieder einen Ringkampf. Das wäre mir gar nicht so unlieb. Ich erinnere mich noch gut, was passiert ist, als du das letzte Mal versucht hast, dich auf einen Streit einzulassen."

Claudias Wangen brannten. Sie drehte Roland wütend den Rücken zu und schlüpfte eiligst in ihre Unterwäsche. Was immer sie auch tat, er trug stets den Sieg davon. Indem sie sich anzog, tat sie brav, was er wollte. Wenn sie sich nicht anzog, würden sie im Handumdrehen im Bett liegen.

Die Erkenntnis, dass sie nicht die Kraft aufbringen würde, Roland zu widerstehen, ließ einen bitteren Geschmack in ihrem Mund zurück. Wenn zwischen ihnen nichts geschah, war das einzig und allein seiner Willensstärke zuzuschreiben. Und davon besaß er mehr als genug. Seit Jahren hatte er alle auf der Ranch beherrscht.

Als Claudia in die Ärmel des Hemdes fahren wollte, ergriff

er sie bei den Schultern und drehte sie sanft zu sich um. Sie sah ihn an und blickte in seine steinerne Miene.

Roland schob ihre Hände fort und knöpfte ihr das Hemd selbst zu. Dabei verharrte sein Blick länger als notwendig auf ihren Brüsten.

Claudia holte tief Luft und versuchte, gegen das Verlangen anzukämpfen, das sie bei der Berührung durchströmte.

„Würde ich unsere Abmachung brechen, wenn ich dich küsse?“ murmelte er heiser.

Erst jetzt wurde Claudia bewusst, dass er unter den Bedingungen, die sie ihm auferlegt hatte, litt. Dabei war Roland ein Mann, der es gewohnt war, eine Frau zu bekommen, wenn er eine brauchte. Die Enthaltsamkeit machte ihm offenbar schwer zu schaffen.

Die Erkenntnis, dass sie ihn in Gewissensnöte brachte, entlockte ihr ein Lächeln. Herausfordernd sah sie ihm in die Augen. „Wirklich nur ein einziger Kuss?“

Einen Augenblick sah Roland so aus, als wolle er explodieren. Seine Miene war so grimmig, dass Claudia unwillkürlich einen Schritt zurückwich. Wenn er es wagen sollte, sich ihr zu nähern, würde sie schreien.

Doch er schien sich bereits wieder in der Gewalt zu haben und entspannte sich. „Ich werde dich wieder besitzen“, versprach er drohend. „Und wenn es soweit ist, werde ich dir das heimzahlen. Mach dich also auf alles gefasst.“

„Tatsächlich?“ spottete Claudia.

„Komisch, ich hätte dir nicht zugetraut, eine Frau grob zu behandeln.“

Über seine Lippen flog ein Lächeln. „Dass ich grob mit dir umgehen werde, habe ich nicht gesagt, Liebling. Ich habe lediglich vor, eine Menge Gelüste zu stillen.“

Roland versuchte, sie durch Worte und Erinnerungen zu verführen. Beklommen dachte Claudia an die Nacht, die sie zusammen verbracht hatten.

Sie schluckte und bot ihm ihre Lippen. Jetzt hätte er sie küssen können, so oft er wollte. Doch er tat ihr nicht den Gefallen, sondern wandte sich rasch ab.

„Zieh dich an, Claudia. Und zwar schnell. Ich warte unten."

Regungslos blieb Claudia stehen und starrte auf die Tür, die Roland hinter sich offen gelassen hatte. Sie sehnte sich nach ihm und hätte alles darum gegeben, wenn er zurückgekommen wäre. Doch dann riss sie sich aus ihrer Betäubung und schlüpfte in Jeans und Stiefel. Ihre Hände zitterten, und sie wusste nicht, ob sie erleichtert oder enttäuscht sein sollte. Es passte eigentlich nicht zu Roland, sich ein Abenteuer zu versagen. Er musste doch gemerkt haben, dass sie kurz davor gewesen war, sich ihm hinzugeben.

Dennoch hatte er die Situation nicht ausgenutzt. Weil sie ihm gedroht hatte zu gehen? War ihm soviel daran gelegen, dass sie blieb?

Rasch putzte sich Claudia die Zähne und bürstete sich das Haar. Dann stürzte sie nach unten in die Küche, weil sie plötzlich befürchtete, Roland könnte nicht auf sie gewartet haben.

Er saß lässig am Tisch und hatte einen Kaffeebecher vor sich. Bei ihrem Erscheinen flackerte es in seinen Augen kurz auf, dann wurden sie wieder unergründlich.

Claudias Herz zog sich schmerzlich zusammen, als sie Ricky neben ihm sah. Sie murmelte ein „Guten Morgen" und griff nach dem Kaffeebecher, den Lorna vor sie hinstellte.

Ricky blickte sie mit nachdenklich an. „Wieso bist du schon so zeitig wach?" wollte sie wissen.

„Ich habe sie geweckt", antwortete Roland. „Sie kommt heute mit mir mit."

Aufmüpfig verzog Ricky das Gesicht. „Aber ich wollte doch wieder mit dir gehen!"

„Du kannst gehen, wohin du willst", erwiderte Roland, ohne von seinem Kaffeebecher aufzublicken. „Claudia begleitet mich heute."

Verwundert sah Claudia ihn an. Merkwürdig, dass er Ricky jetzt einfach abblitzen ließ, wo sie doch am Tage zuvor beim Entladen des Transporters ein Herz und eine Seele gewesen waren. Sie wandte sich ihrer Stiefschwester zu und bemerkte, dass deren Unterlippe zitterte.

Zu Claudias Erleichterung stellte Lorna gefüllte Teller vor sie hin, so dass alle mit dem Essen beschäftigt waren. Roland aß mit gutem Appetit, während Claudia und Ricky nur in ihrem Rührei herumstocherten.

Schließlich blickte Roland auf und runzelte die Stirn, als er Claudias vollen Teller bemerkte. „Gestern Abend hast du auch nichts gegessen", erinnerte er sie. „Du leerst den Teller, und wenn ich dich füttern muss."

Claudia verspürte das Bedürfnis, ihm die Eier ins Gesicht zu schleudern, doch sie widerstand der Versuchung. Hastig aß sie ihr Frühstück, trank ihren Kaffee aus und stand auf.

Sie knuffte Roland in die Seite und erklärte herausfordernd: „Beeil dich ein bisschen! Du brauchst ziemlich lange!"

Hinter sich hörte sie Lorna leise kichern. Roland stand auf und zog Claudia mit sich davon. An der Haustür blieb er stehen, um seinen wettergebeulten schwarzen Hut aufzusetzen. Dann griff er nach einem zweiten und drückte ihn Claudia auf den Kopf.

Entrüstet protestierte sie: „Der gehört mir nicht!"

„Dein Pech", brummte Roland und zog sie über den Hof auf die Ställe zu.

Es gelang Claudia nicht, sich aus seinem eisernen Griff zu befreien. Widerstrebend stolperte sie hinter ihm her. Ihr fiel ein, dass dies nicht das erste Mal war, dass er sie über den Hof zerrte, und sie fragte sich, was die Arbeiter davon halten mochten. Die Vorstellung, dass sie schadenfroh grinsten, verlieh ihr die Kraft, sich mit einem heftigen Ruck zu befreien.

„Hör endlich auf, mich wie einen Hund an der Leine hinter dir herzuschleppen!" rief sie aufgebracht.

„Eine Leine würde dir im Augenblick gut tun", gab Roland mit samtener Stimme zurück. „Kleine rothaarige Wildkatze! Du hast mir verboten, dich anzurühren, aber du tust alles, um mich herauszufordern. Ich hätte nicht gedacht, dass du eine Frau bist, die die Männer absichtlich reizt, aber offenbar hast du dich in der Zwischenzeit geändert."

„Ich versuche nicht, dich zu reizen!" Claudia blickte ihn provozierend an.

„Heißt das, dass du es ernst meinst, wenn du mich praktisch dazu einlädst, dich zu nehmen?"

„Ich lade dich nicht dazu ein!" widersprach sie scharf. „Denk nur daran, wie du dich heute morgen aufgeführt hast, und gestern ebenso! Und dann erwartest du, dass ich mich auch noch freue! Ich bin wütend auf dich, außer mir, empört! Hast du mich verstanden?"

Erstaunt blickte sie Roland an. „Was habe ich denn nun schon wieder verbrochen?"

Aus dem Augenwinkel konnte Claudia Lewis Stovall an der Stalltür sehen. Er stand lässig zurückgelehnt da und schmunzelte, weil ihn die Szene offenbar amüsierte.

Sie riss sich zusammen und überging einfach Rolands Frage. „Es wird Zeit, dass wir fortkommen", erklärte sie und lief um ihn herum auf den Stall zu.

Nur die Gegenwart der anderen hielt Roland davon ab, die Beherrschung zu verlieren, dessen war Claudia sicher. Sie entschied sich für den grauen Wallach, den sie am ersten Tag geritten hatte, und sattelte ihn selbst.

Roland bestieg seinen Braunen und galoppierte davon. Claudia folgte ihm und blickte nachdenklich auf seine breiten Schultern. Sie wusste, dass er auf das Thema von vorhin erneut zu sprechen kommen würde.

Aber sie war gewappnet und würde Roland auch einiges zu sagen haben!

6. KAPITEL

Roland wartete, bis sie außer Hörweite der anderen waren. Dann lenkte er sein Pferd neben Claudias Wallach und forderte mit bedrohlichem Unterton: „Du bist mir eine Erklärung schuldig."

Sie blickte ihn kampflustig an. „Das gleiche gilt für dich!" gab sie zurück. „Warum hast du Ricky zum Beispiel gestern umarmt und geküsst und sie heute morgen wie den letzten Dreck behandelt? Hast du diese Schau meinetwegen abgezogen?"

Amüsiert sah Roland auf. „Du bist eifersüchtig", stellte er befriedigt fest.

„Nein, das bin ich nicht! Warum sollte ich eifersüchtig sein?" rief Claudia empört. „Von mir aus kannst du mit allen Frauen von Texas etwas haben! Mich lässt das kalt! Ich will nur wissen, warum du gestern so nett zu ihr warst und sie heute wie einen streunenden Hund behandelst. Im Ort munkelt man, du hättest ein Verhältnis mit Ricky."

Kaum waren die Worte heraus, als Claudia sie auch schon wieder bereute. Sie riss so heftig an den Zügeln, dass der Wallach unruhig zu tänzeln begann.

„Du machst dir also doch etwas aus mir", gab er ruhig zurück. „Sonst würdest du nicht so ein Theater aufführen."

Claudia ging auf die Herausforderung nicht ein. Sie erkundigte sich rundheraus: „Hast du mit Ricky geschlafen?" Bei dem Gedanken wurde ihr übel. Was würde sie tun, wenn Roland die Frage bejahte? Die bloße Vorstellung, er könnte eine andere Frau anrühren, machte sie wahnsinnig. Das würde sie nicht ertragen!

„Nein", erwiderte er prompt. Er schien nicht zu spüren, dass für Claudia von seiner Antwort alles abhing. „Aber nur aus Mangel an Gelegenheit. Beantwortet das deine Frage? Oder hast du mir noch etwas anderes vorzuwerfen? Es dürfte hier in der

Gegend doch wohl kaum eine Frau geben, mit der du mir nicht ein Verhältnis zutraust, oder?"

Unglücklich sah Claudia ihn an. Das saß. „Ricky liebt dich", flüsterte sie verloren. Sie hatte es ihm nicht sagen wollen, obwohl sie sicher war, dass er es wusste. Ricky war keine Frau, die ihre Gefühle verbarg.

„Ricky liebt niemanden, nur sich selbst", gab Roland verächtlich zurück. „Sie fliegt wie ein Schmetterling von Mann zu Mann und nascht von allen Blüten. Aber warum sollte es dich interessieren, wer mir das Bett wärmt? Du willst es ja nicht mit mir teilen. Du hast mir sogar geraten, mich anderweitig schadlos zu halten, wenn ich Sex brauche."

Claudias Kehle war wie zugeschnürt. Traurig schaute sie Roland an. War er wirklich so blind? Sah er denn nicht, wie sehr sie sich nach ihm verzehrte?

Aber vielleicht ist es gut, dass er davon nichts ahnt, sagte Claudia sich rasch. Denn wenn er wüsste, wie es um sie stand, würde sie die Kontrolle über ihn und sich verlieren. Sie wollte seiner ganz sicher sein und ihm vertrauen können, anstatt sich so weit an ihn zu verlieren, dass sie ihm schutzlos ausgeliefert war.

Dennoch sagte ihr das Gefühl, die Vorsicht aufzugeben. Wenn sie ihn abwies, würde Ricky ihn erobern. Wenn sie ihn sexuell aushungerte, würde eine andere seinen Hunger stillen.

Roland zügelte sein Pferd und beugte sich zu Claudia hinüber, um auch den Wallach zum Stehen zu bringen. „Nun hör mir einmal gut zu", begann er und blickte sie durchdringend an. „Ich brauche Sex, denn ich bin ein ganz normaler, gesunder Mann. Aber ich beherrsche meine Triebe und lasse mich nicht von ihnen unterdrücken. Ich will nicht Ricky, sondern dich. Ich werde warten, jedenfalls noch eine Weile."

Plötzlich hatte Claudia die Sprache wiedergefunden. Wütend schob sie seine Hand fort. „Und was ist dann?" stieß sie hart hervor. „Wirst du herumziehen und die Frauen reihenweise vernaschen?"

Sanft griff er nach ihrem Nacken. „Das brauche ich nicht“, erklärte er einschmeichelnd. „Schließlich weiß ich, wo dein Schlafzimmer ist.“

Als Claudia ihm eine scharfe Antwort geben wollte, küsste Roland sie auf den Mund und zog sie an sich.

Sie erzitterte unter seinen Liebkosungen und erwiderte seinen Kuss ohne nachzudenken. Mit der freien Hand suchte Roland ihre Brüste und streichelte sie aufreizend. Dann wanderte er mit den Fingern über ihren Bauch. Claudia war unfähig, ihm Einhalt zu gebieten. Ihr Körper fieberte seinen Berührungen förmlich entgegen.

In diesem Augenblick nutzte Rolands Brauner die Situation und tänzelte von dem Wallach fort. Roland war gezwungen, Claudia loszulassen, um das Gleichgewicht nicht zu verlieren. Er beruhigte das Tier mit sanften Worten, aber in seinen Augen glomm es viel sagend. „Nimm dir für deine Entscheidung nicht zuviel Zeit“, warnte er. „Es wäre schade um die schönen Stunden.“

Verwirrt verfolgte Claudia, wie er davonritt. Jetzt wusste sie überhaupt nicht mehr, was sie tun sollte. Sie überlegte kurz, ob sie zur Ranch zurückreiten sollte, doch der Gedanke an die einsamen Stunden vom Tag zuvor ließ sie Roland nachreiten. Wenn sie bei ihm war, konnte sie ihn wenigstens ansehen und die Erregung genießen, die sie in seiner Gegenwart stets erfüllte. Ihr Verlangen nach ihm war so groß, dass es fast zur Besessenheit, zur Krankheit wurde. Selbst während all der Jahre in der Fremde war sein Bild in ihr nie ganz verblasst. Jetzt, wo sie ihm so nah war, fühlte sie sich wie unter einem Zwang, ihn zu beobachten.

Für den Rest der Woche ritt Claudia jeden Tag mit Roland hinaus. Sie begleitete ihn überall hin und verbrachte endlose Kilometer zu Pferde, bis jeder Muskel in ihrem Körper schmerzte.

Dennoch hielten Stolz und Beharrlichkeit sie davon ab, zu klagen oder aufzugeben. Sie spürte, dass Roland genau wusste, was sie durchmachte. Oft genug fing sie seinen amüsierten Blick auf. Doch Claudia wollte nicht klein beigeben und ertrug alles stumm. Nachts stand die Salbe, die er ihr gegeben hatte, neben ihrem Bett und linderte ihre Beschwerden. Natürlich hätte sie auch im Haus bleiben können, aber dort hätte sie sich nur gelangweilt. Wenn sie jedoch mit Roland ausritt, lebte sie trotz der körperlichen Belastungen auf, weil ihr Blick sich den ganzen Tag lang an ihm weiden konnte.

Auf diese Weise wurde Claudia gleichzeitig mit den Routinearbeiten und -abläufen des Ranchlebens vertraut. Nach der verunglückten Futterfahrt trug Roland ihr keine Besorgungen mehr auf. Jeden Tag holte er sie vor dem Morgengrauen aus dem Bett, und wenn es hell zu werden begann, saßen sie bereits im Sattel.

Wenn er die Koppeln abritt, tat sie es auch. Trieb er Pferde von einer Weide zur anderen, half sie ihm dabei. Roland packte überall selbst mit an und schreckte vor keiner Arbeit zurück. Erst jetzt ging Claudia richtig auf, warum er der Achtung und Loyalität seiner Leute sicher sein konnte.

Sie bewunderte auch sein Durchhaltevermögen. Obwohl sie nur sehr selten mitarbeitete und Roland lediglich folgte, war sie am Ende des Tages stets so erschöpft, dass sie auf dem Rückweg zur Ranch Mühe hatte, sich im Sattel zu halten. Doch Roland hielt sich so aufrecht wie am Morgen beim Ausritt, und auch das schien seine Männer zu beeindrucken.

Roland spielte nicht den Boss. Er tat selbst alles, was er von seinen Männern verlangte. Darüber hinaus überwachte er das Zusammenspiel und den planmäßigen Ablauf aller Arbeiten.

Seine rechte Hand war Lewis Stovall. Er war ein ruhiger, wortkarger Mann, aber so tüchtig, dass Roland oft nur eine Geste anzudeuten brauchte, und er wusste, was gemeint war.

Dadurch wurde Claudia an die bösen Worte erinnert, die sie Roland entgegengeschleudert hatte, als sie herausfand, dass er Lewis als Aufseher eingestellte hatte, und sie schämte sich jetzt.

Selbst mit Lewis' Hilfe verrichtete Roland die Arbeit von zwei Männern.

Den Pferden galt Rolands besondere Fürsorge. Dabei vernachlässigte er die anderen Bereiche der Ranch jedoch keineswegs.

Er kümmerte sich darum, dass den Pferden die beste Pflege zuteil wurde. Keine Verletzung, wie leicht sie auch immer sein mochte, wurde übergangen. Jedes Anzeichen einer Krankheit wurde sofort behandelt und alles, was das Wohlbefinden der Tiere beeinträchtigen konnte, wurde streng vermieden. Häufig trainierte er die Zuchthengste selbst, und die temperamentvollen Tiere benahmen sich bei ihm besser als bei ihren eigenen Pflegern.

Gewöhnlich saß Claudia dann auf dem Zaun und sah ihm zu. Zu gern hätte sie eines der edlen Tiere einmal selbst geritten, aber Roland weigerte sich, ihr das zu gestatten. Obwohl ihr das gegen den Strich ging, nahm sie seine Entscheidung hin, weil sie wusste, wie wertvoll die Pferde waren.

Außerdem musste sie sich eingestehen, dass sie nicht stark genug gewesen wäre, sich notfalls gegen ein bockendes Tier durchzusetzen.

Die Hengste wurden stets getrennt voneinander gehalten. Sie wurden nie gleichzeitig trainiert, um sie ruhig zu halten und es nicht zu Kämpfen kommen zu lassen.

Die Nähe eines Rivalen konnte die heißblütigen Tiere nur zu leicht aufbringen.

Roland erinnerte Claudia an seine Hengste. In der letzten Zeit hatte er sich ihr gegenüber jedoch beispielhaft verhalten. Er hatte nicht einmal versucht, sie zu küssen, obwohl sie ihn manchmal dabei ertappte, wie sein Blick auf ihren Lippen oder den Rundungen ihrer Brüste unter dem Baumwollhemd verweilte. Zwar wusste sie, dass er auf ihre Entscheidung wartete, aber bisher hatte sie noch nicht einmal den Versuch gemacht, zu einem Ergebnis zu kommen.

Den ganzen Tag über war sie ausgelastet, und am Abend war sie so müde, dass ihr nicht nach tief schürfenden Gedanken war. Im übrigen tat sie genau das, was sie vorgehabt hatte: Sie war ständig um Roland herum und lernte ihn immer besser kennen. Er war eine viel zu komplizierte Natur, als dass sie sich in wenigen Tagen ein Urteil über ihn hätte bilden können.

Zu den Zuchtställen hatte Roland Claudia ebenfalls den Zutritt verboten. Auch dagegen erhob sie keinen Einspruch, obwohl Ricky sich dort ganz zu Hause zu fühlen schien. Aber in diesem Fall war Claudia nicht eifersüchtig. Roland machte sich um Ricky offenbar keine Sorgen, während er sie vermutlich für sehr empfindsam hielt und ihr diese Vorgänge ersparen wollte.

Während Ricky sich eines Tages in den Zuchtställen aufhielt, ging Claudia daher ins Haus zurück, um sich ausnahmsweise einmal etwas auszuruhen. Ein Weilchen saß sie da und massierte ihre schmerzenden Muskeln. Dann kamen ihr Gewissensbisse, dass sie faulenzte, während Roland sich abschuftete.

Plötzlich fiel ihr ein, dass sie ihm etwas von der Büroarbeit abnehmen könnte. Sofort ging sie ins Arbeitszimmer und setzte sich an seinen Schreibtisch. Nachdem sie die Korrespondenz und die Rechnungen flüchtig durchgegangen war, die sich dort häuften, stellte sie fest, dass Roland alles erstaunlich gut organisiert hatte. Die Rechnungen waren neueren Datums. Aber war das ein Wunder? Roland war ein Mann, der Schlampereien nicht liebte.

Nur die Post der beiden letzten Tage war noch ungeöffnet. Aber da hatte er auch immer bis spät in die Nacht hinein draußen gearbeitet und keine Zeit gehabt, sich um die Schriftwechsel zu kümmern. Voller Eifer machte Claudia sich daran, die an Roland persönlich gerichteten Schreiben auf einen Stapel und die Rechnungen für die Ranch auf einen zum Glück kleineren Stapel zu legen.

Mit geübten Griffen öffnete sie die Rechnungen und ging sie

durch. Da waren Rechnungen für Zäune und Gerätschaften, für Vorräte und Ersatzteile und tierärztliche Honorarforderungen in beachtlicher Höhe.

Mit leiser Sorge schlug sie das Hauptbuch auf, um nachzusehen, ob genug Geld vorhanden war, um all diese Rechnungen und die Löhne der Arbeiter zu bezahlen. Ihr Finger glitt über die Bilanzspalte und blieb auf der letzten Summe haften.

Fassungslos starrte sie eine ganze Minute lang darauf und traute ihren Augen nicht. Stand die Ranch wirklich so gut da? Zwar hatte sie den Eindruck gehabt, dass der Betrieb auf einer soliden Basis stand, dass er ihnen ein sorgenfreies Leben ermöglichte, ohne übermäßig hohe Gewinne abzuwerfen. Die Zahl, die da in Rolands kühner Handschrift eingetragen war, besagte jedoch etwas ganz anderes! Wenn alle Gewinne wieder in die Ranch flössen, was hatte diese Zahl dann zu bedeuten?

Claudia blätterte die Rechnungen erneut durch. Warum war ihr das denn nicht gleich aufgefallen. Wieso hatte sie die Andeutung, die sie im Ort gehört hatte, nicht gleich aufgegriffen? Jede einzelne dieser Rechnungen war namentlich auf Roland Jackson ausgestellt.

Obwohl Claudia bereits ahnte, was sie vorfinden würde, suchte sie nach dem Scheckheft und fand statt dessen einen ganzen Ordner mit Scheckbelegen. Alle trugen den Namen Roland Jackson und darunter die Bezeichnung „Bar-D-Ranch". Aber all das beweist noch gar nichts, sagte sie sich energisch. Natürlich musste sein Name auf den Schecks stehen. Schließlich war er es, der sie ausstellte.

Dennoch machte Claudia sich auf die Suche nach Monica. Sie war ihr Vormund gewesen, und bis zu Claudias fünfundzwanzigsten Geburtstag hätte Monica die Schecks eigentlich unterschreiben müssen.

„Ach, das." Monica winkte gelangweilt ab. „Ich habe Roland die Vollmacht über die Ranch schon vor Jahren überschrieben. Warum auch nicht? Wie er ganz richtig meinte, wäre es Zeitverschwendung gewesen, wenn er wegen jeder Entscheidung zu mir hätte kommen müssen."

„Das hättest du mir aber zumindest sagen können!" erwiderte Claudia scharf.

„Wieso?" gab Monica ebenso hart zurück. „Du wolltest damals aufs College gehen und wärst sowieso nicht da gewesen. Wenn dir an diesen Dingen etwas gelegen hätte, hättest du eben früher heimkommen müssen."

Claudia konnte ihr schlecht sagen, warum sie das nicht getan hatte. Sie kehrte ins Arbeitszimmer zurück und ließ sich schwer auf den Sessel sinken. Was sie eben erfahren hatte, musste sie erst einmal verdauen.

Die ganzen Jahre über hatte Roland also das alleinige Sagen über die Ranch und ihr Geld gehabt. Aber warum regte sie das so auf? Sie war sicher, dass er sie nicht betrogen hatte. Er würde ihr über jeden Cent Rechenschaft ablegen können, daran hatte sie keinen Zweifel. Dennoch fühlte sie sich irgendwie hintergangen.

Wenn Monica Roland die Vollmacht überschrieben hatte, ehe Claudia auf das College ging, musste das in jenem Sommer gewesen sein, als sie siebzehn war. Sie hatte sich erst in letzter Minute für das College entschieden, um vor Roland zu fliehen. Da sie sich die eigentliche Schuld an der intimen Begegnung am Fluss gegeben hatte, hatte sie Angst vor ihrem eigenen Körper und ihrer Reaktion auf Roland gehabt.

Aber jetzt? Hatte er diesmal mit ganz bestimmten Absichten mit ihr geschlafen? Sicher besaß er die Vollmacht über die Ranch, aber er hatte von vornherein gewusst, dass es damit vorbei sein würde, wenn sie erst einmal mündig war. Da war es doch der nächste logische Schritt, auch sie zu gewinnen. Sie sich so gefügig zu machen, dass sie niemals versuchen würde, ihm die Ranch zu nehmen.

Den Gedanken mochte Claudia nicht weiterspinnen. Sie schämte sich, Roland so zu misstrauen, wo er doch so hart gearbeitet hatte. Aber kreiste nicht alles, was er wollte und tat, um die Ranch? Sie musste auch an sich selbst denken! Hängte sie sich vielleicht an einen Mann, der in ihr nur ein Mittel zum Zweck sah, auf dem Weg, sich die Ranch endgültig einzuverleiben?

Roland kannte sie viel besser als jeder andere. Er wusste genau, dass er sie mit seinen erotischen Spielen betören konnte. Kein Wunder, dass es ihn so hart traf, sich von ihr fernhalten zu müssen! Damit hatte sie seine Pläne vorerst gründlich durchkreuzt!

Claudia holte tief Luft und versuchte, ihren gewagten Vermutungen Einhalt zu gebieten. Alles das konnte sie schließlich nicht beweisen. Deshalb durfte sie Roland noch nicht endgültig verdammen.

Wenn sie nur wüsste, was in seinem Kopf vorging! Wenn er sich ihr doch nur mitteilen würde, ihr eingestehen, dass ihm die Ranch wichtiger als alles andere war! Das würde sie immerhin verstehen. Roland hatte Schlimmes durchgemacht. Da wäre es nur verständlich, dass die Ranch jetzt für ihn so etwas wie ein Zufluchtsort geworden war, an den er sich klammerte.

Dennoch war diese Vorstellung eigentlich absurd. Roland war ein so starker Mensch. Warum brauchte er dann einen Zufluchtsort? Aber er sprach ja nicht über das, was er erlebt hatte. Er wollte seine Probleme niemandem enthüllen. Somit wusste sie im Grunde nicht genau, wie er zu der Ranch und anderen Dingen stand.

Als Roland plötzlich erschien, war Claudia darauf nicht vorbereitet Sein Gesicht verzog sich wütend, als er das aufgeschlagene Hauptbuch auf seinem Schreibtisch sah.

„Was tust du da?“ fuhr er sie an.

Eine seltsame Ruhe erfasste Claudia. Ihre schlimmsten Befürchtungen schienen sich zu bewahrheiten. Sie blieb betont gelassen sitzen und sah ihn gefasst an. Mit sachlicher Stimme antwortete sie: „Ich sehe mir die Bücher an. Hast du etwas dagegen?“

„Schon möglich. Vor allem, wenn du dich aufführst, als hättest du mich bei etwas Unrechtem ertappt. Willst du einen Buchprüfer kommen lassen, um sicherzugehen, dass ich dich nicht betrüge? Du wirst feststellen, dass jeder Pfennig genau belegt ist. Aber nur zu!“

Roland ging um den Schreibtisch herum und blickte auf sie hinab. In seinen dunklen Augen lag ein harter Ausdruck. Claudia bemerkte, dass er seinen Hut so fest gepackt hielt, dass seine Knöchel weiß hervortraten.

Unvermittelt schlug sie das Hauptbuch zu und stand auf. In ihrer Brust war ein Schmerz, der er ihr unmöglich machte, weiter sitzen zu bleiben. Sie warf den Kopf zurück und sah Roland an. „Ich unterstelle keineswegs, dass du Geld beiseite geschafft hast. Dafür kenne ich dich zu gut. Es wundert mich nur, dass alles auf deinen Namen läuft. Monica hat schon seit Jahren keine Vollmachten mehr. Warum habt ihr mir nichts davon gesagt? Es ist doch nur recht und billig, dass ich erfahre, was auf meiner Ranch vor sich geht, zumindest sollte das so sein.“

„Sicher, aber du hattest andere Interessen.“

„Und jetzt?“ erkundigte sich Claudia herausfordernd. „Nun bin ich hier und trete mein Erbe an. Sollte da nicht alles hier auf meinen Namen geändert werden? Oder glaubst du inzwischen selbst, was man im Ort sagt, dass es ‚Roland Jacksons Ranch‘ ist?“

„Dann ändere es doch!“ stieß er heftig hervor und machte eine so ungestüme Handbewegung, dass das Hauptbuch zu Boden geschleudert wurde. „Es ist deine Ranch und dein Geld! Tu damit, was du willst! Aber hör auf, mir Vorhaltungen zu machen! Ich habe hier alles in Schuss gehalten, während du dir nicht einmal die Mühe gemacht hast, dich zu erkundigen, was ich tat!“

„Ich mache dir keine Vorwürfe!“ gab Claudia genauso erregt

zurück und fegte auch den Rechnungsstapel vom Schreibtisch. „Ich will nur wissen, warum du mir nicht gesagt hast, dass Monica dir die Vollmacht über die Ranch überschrieben hat!“

„So genau kann ich das jetzt nicht mehr erklären. Vielleicht ist mir der Gedanke einfach nicht gekommen! Ich arbeite seit Jahren wie ein Sklave. Da hatte ich keine Zeit, dich jedes Mal ausfindig zu machen, wenn etwas anlag. Darf ich die Arbeiter bezahlen, Mrs. Ashe? Sind Sie einverstanden, wenn ich einen Scheck für die Zäune ausschreibe?“

„Ach, spiel dich nicht so auf! Aber ehe du gehst, wüsste ich gern, warum die Bilanz soviel Geld ausweist, während du mich in dem Glauben gehalten hast, es gäbe keine Überschüsse, alle Gewinne wären wieder in die Ranch geflossen?“

Roland packte sie so brutal am Oberarm, dass es schmerzte. „Hast du eine Vorstellung, wie viel Geld für eine Pferdezucht erforderlich ist?“ stieß er verärgert hervor. „Weißt du, was ein guter Zuchthengst kostet? Wir züchten Reitpferde, aber wir sind inzwischen auch dazu übergegangen, Vollblutpferde aufzuziehen. Wir brauchen zwei weitere Hengste und zusätzliche Zuchtstuten Die kannst du nicht auf Kredit kaufen, Mädchen! Dafür muss man eine Menge Geld flüssig haben. Aber warum erkläre ich dir das alles? Du bist der Boss und kannst tun und lassen, was du willst!“

„Das werde ich auch!“ schrie Claudia aufgebracht und entriss ihm ihren schmerzenden Arm.

Sie sah Roland noch einmal wütend an, dann stürzte sie aus dem Raum, ehe sie in Tränen ausbrach.

„Claudia!“ hörte sie ihn rufen, als sie die Tür hinter sich zuschlug. Ohne sich umzudrehen, stürzte sie in ihr Zimmer hinauf. Sorgfältig schloss sie hinter sich ab und setzte sich in ihren Schaukelstuhl. Sie griff mechanisch nach dem Spionageroman, den sie angefangen hatte, aber die Buchstaben verschwammen ihr vor den Augen.

Ihr saß ein Kloß in der Kehle, und sie musste alle Kraft aufbieten, um nicht loszuweinen. Aber das hätte ihr auch nicht weitergeholfen. Sie musste die Dinge einfach so nehmen, wie sie waren.

Rolands heftige Reaktion auf ihre Überprüfung der Bücher konnte nur eines bedeuten: Er wollte nicht, dass sie Einblick in den Ranchbetrieb bekam, weil er verhindern wollte, dass sie ihm die Entscheidungen aus der Hand nahm. Trotz seiner Vorhaltungen wusste sie, dass er durch und durch ehrlich war und auch nicht annahm, dass sie ihm etwas anderes unterstellte. Nein, Roland hatte sie angegriffen, weil er ein Kämpfer war und die wichtigste Kampfregel beherrschte, als erster anzugreifen.

Wenn es um die Ranch ging, kann er sich schrecklich aufregen, sinnierte Claudia. Aber dadurch konnte sie wenigstens sicher sein, dass er stets das Wohl von Bar D im Auge hatte, und nicht seinen eigenen Vorteil. Wenn sie ihm doch nur ebenso wichtig wäre wie die Ranch! Mehr verlangte sie gar nicht.

Claudia hatte geglaubt, dass sie einander in den letzten Tagen näher gekommen seien. Und obwohl sie nicht einer Meinung gewesen waren, hatte sie eine tiefe Verbundenheit zwischen ihnen gespürt und gehofft, Roland empfände das Gleiche. Zwischen ihnen war mehr als nur sexuelle Spannung, jedenfalls, was sie selbst betraf. Roland hingegen war ein undurchsichtiger Mann, und sie hatte keine Ahnung, wie er zu ihr stand.

Am nächsten Morgen erwachte Claudia zeitig, aber diesmal ging sie nicht nach unten, um mit Roland zu frühstücken und ihn zu begleiten. Sie blieb im Bett, bis sie sicher sein konnte, dass er fort war.

Danach verbrachte sie den Vormittag damit, den ersten Stock auf Hochglanz zu bringen, nicht weil es einer pflegenden Hand bedurft hätte, sondern um sich zu beschäftigen. Auch während des Mittagessens blieb sie oben, um Roland nicht zu begegnen. Rickys Lachen tönte zu ihr herauf und verriet ihr, dass sie ihm Gesellschaft leistete. Sollte sie!

Sobald er wieder fort war, ging Claudia in die Küche hinunter und aß etwas im Stehen. Dann setzte sie ihre Säuberungsaktion fort. Sie hatte Rolands Zimmer übrig gelassen. Ihr wurde beklommen zumute, als sie es betrat und alles seine Persönlichkeit ausstrahlte.

Das Kopfkissen zeigte immer noch den Abdruck seines Kopfes. Sein Bett sah aus, als hätte darin eine Schlacht stattgefunden. Und die Sachen, die er am Tage zuvor getragen hatte, lagen wüst auf dem Fußboden verstreut. Als Claudia das Zimmer aufgeräumt hatte und gerade die Eichenmöbel polierte, kam Ricky herein und machte es sich auf dem Bett bequem. „Die Hausfrauennummer wird ihn auch nicht beeindrucken", erklärte sie gedehnt.

Claudia zuckte mit den Schultern. Sie musste an sich halten, um Ricky nicht anzufahren. In letzter Zeit war Ricky ihr ein ständiger Stachel im Fleisch. „Ich will ihn nicht beeindrucken, sondern halte nur Ordnung im Haus."

„Ach, komm, mir kannst du nichts vormachen! Du hast jeden Tag mit ihm verbracht, um ihm zu zeigen, wie sehr du dich für die Ranch interessierst. Aber das ändert nichts an seinen Absichten. Er nimmt, was er bekommen kann, und benutzt es, solange er kann. Doch er selbst gibt von sich aus nichts. Ich spreche aus Erfahrung, meine Liebe, das darfst du mir glauben", setzte Ricky trocken hinzu.

Angeekelt ließ Claudia das Poliertuch fallen. Mit geballten Fäusten fuhr sie herum. „Ich kann dein Geschwätz nicht mehr hören!" stieß sie hitzig hervor. „Du bist einfach eifersüchtig! Er hat nie mit dir geschlafen, auch wenn du mir das Gegenteil weismachen willst! Du hast versucht, ihn ins Bett zu bekommen, aber er hat dich immer abblitzen lassen. Jetzt ist dir endlich aufgegangen, dass er nie dein Liebhaber sein wird, und du kannst die Wahrheit nicht ertragen!"

Ricky setzte sich auf. Sie war bleich geworden, und Claudia bereitete sich auf eine Attacke vor. Bei der geringsten Kritik ging

Ricky immer gleich in die Luft. Doch zu ihrer Überraschung sah ihre Stiefschwester sie nur lange an, ohne sich zu rühren.

Langsam füllten sich Rickys Augen mit Tränen. „Ich liebe ihn schon so lange", flüsterte sie. „Kannst du dir nicht vorstellen, wie mir zumute ist? Seit Jahren warte ich auf ihn, immer in der Hoffnung, dass er eines Tages erkennt, dass ich es bin, die er wirklich liebt. Dann kommst du daher und machst deine Ansprüche geltend. Und plötzlich lässt er mich eiskalt fallen. Dabei warst du jahrelang fort. Du behandelst ihn schlecht, aber weil dir diese Ranch gehört, hat er mich weggeworfen, um dich zu umgarnen!"

„Du solltest dich besser entscheiden", antwortete Claudia sarkastisch. „Benutzt er mich oder ich ihn?"

„Er benutzt dich!" stieß Ricky wild hervor. „Du bist für mich keine Rivalin, bist es nie gewesen. Nicht einmal, als er am Flussufer mit dir geschlafen hat. Es ist diese Ranch, dieses Stück Land, das er liebt. Du bedeutest ihm nichts. Keine von uns tut das. Ich habe dir geraten, ihn danach zu fragen, aber dazu bist du ja zu feige. Du hast Angst vor dem, was er dir antworten würde."

Claudia verzog abschätzig den Mund. „Ich erkundige mich nicht nach persönlichen Dingen, solange ich keine ernsthafte Beziehung im Auge habe."

„Er ist für dich also nur ein Zeitvertreib?" fragte Ricky höhnisch. „Weiß er das?"

„Ich benutzte ihn nicht", erwiderte Claudia mit mühsam beherrschter Stimme.

Zum Glück zog Ricky es vor, wieder zu gehen, sonst hätte Claudia ihrer Stiefschwester tausend Dinge an den Kopf geschleudert, die sie später wieder bereut hätte. Erregt atmend stand sie mitten im Raum und versuchte, sich langsam wieder zu beruhigen.

Ihre Stiefschwester wusste genau, wie sie sie in Harnisch bringen konnte. Während ihrer Ehe mit David war sie etwas ausgeglichener geworden, aber seit ihrer Rückkehr nach Texas war es damit wieder vorbei.

In der nächsten Zeit ging Claudia Roland weiter aus dem Weg. Der Anruf, den sie am Nachmittag von Wanda Wallace erhielt, kam ihr deshalb sehr gelegen, vor allem, als Wanda sie an den traditionellen Samstagstanz erinnerte. Es war Samstag, und die Einladung kam Claudia gerade recht.

„Ich habe allen schon gesagt, dass du kommst", meinte Wanda aufgeräumt. „Die alte Clique wird da sein, deshalb darfst du uns nicht im Stich lassen. Es wird dir bestimmt Spaß machen. Alles geht wie immer ganz zwanglos zu. Ein Sommerkleid genügt also. Wir Älteren sollten uns sowieso langsam abgewöhnen, Jeans zu tragen, zumindest wenn wir unten herum etwas rundlicher geworden sind", setzte sie trocken hinzu.

„Es kommt mir wie eine Ewigkeit vor, seit ich zum letzten Mal ein Kleid angezogen habe", erwiderte Claudia seufzend. „Du hast mich überredet. Ich komme."

„Wir halten dir einen Platz frei", versprach Wanda.

Der Gedanke, ihre alten Klassenkameraden wiederzusehen, erfüllte Claudia mit Vorfreude. Beschwingt duschte sie und legte Make-up auf. Dann bürstete sie ihr Haar, bis es ihr seidig auf die Schultern fiel. Sie entschied sich für ein einfaches weißes Sommerkleid mit schmalen Trägern und einem weiten Rock, der ihre schmale Taille zur Geltung brachte. Dazu wählte sie einen Goldgürtel und passende Armreifen. Zierliche hochhackige Sandalen vervollständigten ihre Erscheinung. Prüfend betrachtete sie sich im Spiegel und fand, dass sie in diesem Aufzug fast wieder wie ein Teenager aussah.

Dann ging Claudia zu Lorna in die Küche und berichtete ihr, was sie vorhatte.

Die Köchin nickte. „Das ist eine sehr gute Idee. Es wird Ihnen gut tun, mal wieder unter die Leute zu kommen. Warum pflücken Sie sich nicht von dem Strauch vor dem Haus eine Gardenienblüte und stecken sie sich ins Haar? Ich finde Gardenien so romantisch."

Begeistert nahm Claudia die Idee auf. Sie pflückte sich eine der zarten weißen Blüten und atmete verträumt ihren Duft ein. Dann steckte sie sie sich hinter das Ohr und kehrte in die Küche zurück, um sich Lorna vorzustellen. Die Köchin lächelte zufrieden.

„Fahren Sie vorsichtig!" rief sie ihr noch nach.

Claudia ging zum Kombi hinaus und setzte sich hinter das Steuer. Erleichtert atmete sie auf, als von Roland immer noch nichts zu sehen war.

Den Tanz im Gemeindehaus hatte es schon so lange gegeben, wie Claudia zurückdenken konnte. Es gab dort einen großen Saal, in dem Tische und Stühle für eine größere Menge, eine Band auf einem Podium und eine kleine Erfrischungsbar Platz fanden. Für die ganz Jungen wurden nur alkoholfreie Getränke ausgeschenkt, während die Älteren sich auch mit Bier stärken konnten. Die Teenager hatten keine Chance, an ein Bier zu kommen, weil hier jeder jeden kannte und niemand ein falsches Alter vortäuschen konnte.

Bei Claudias Ankunft herrschte bereits reges Treiben, und sie musste ein ganzes Stück vom Gemeindehaus entfernt parken. Doch schon vor dem Gebäude wurde sie von ein paar Klassenkameraden begrüßt, so dass sie mit einer fröhlichen Schar eintrat.

„Hier herüber!" hörte sie Wanda rufen.

Als Claudia in die Runde blickte, entdeckte sie ihre Freundin, die sich von ihrem Platz erhoben hatte und ihr fröhlich die Richtung wies.

Claudia winkte zurück und bahnte sich dann einen Weg zu Wandas Tisch. Aufseufzend ließ sie sich auf den für sie freigehaltenen Stuhl fallen.

„Puh! Ist das ein Gedränge!" meinte sie lachend. „Mir

scheint, ich werde langsam alt. Allein das Durchdrängeln durch die Menge hat mich schon geschafft."

„Du siehst aber gar nicht erschöpft aus", sprach sie ein dunkelhaariger junger Mann galant an und beugte sich über den Tisch zu ihr vor. „Du siehst immer noch so bezaubernd aus wie damals in der Schule, als du mir das Herz gebrochen hast."

Prüfend blickte Claudia den Sprecher an und versuchte vergeblich, ihn einzuordnen.

Erst sein schalkhaftes Grinsen weckte die Erinnerung.

„Glenn Lacey!" rief sie erfreut. „Wann bist du denn nach Texas zurückgekommen?" Seine Familie war fortgezogen, als sie noch zur Schule gingen, und sie hatte nicht erwartet, ihn jemals wiederzusehen.

„Nach dem Jurastudium. Da wurde mir klar, dass Texas meine Weisheit brauchte", neckte er.

„Achte nicht weiter auf ihn", riet Rick Wallace, Wandas Mann. „Das viele Wissen, das er in sich hineingestopft hat, hat seinen Geist etwas verwirrt. Erkennst du sonst noch jemanden, Claudia?"

„Ich denke schon." Sie blickte den Tisch entlang. Ihr besonderer Freund Kyle Vemon war mit seiner Frau Hilary gekommen, und sie stand auf, um beide zu umarmen. Ihr fiel wieder ein, dass Ward Donahue und Paul Vemon sich gewünscht hatten, dass ihre Kinder später heirateten. Doch aus der Jugendfreundschaft war keine Liebe geworden, und sie hatten nie mehr als herzliche Kameradschaft füreinander empfunden.

Pamela Bowing, eine hoch gewachsene Brünette, die ihre Koboldnatur hinter einer trägen Fassade verbarg, war in der Oberschule Claudias beste Freundin gewesen, und die Begrüßung mit ihr fiel besonders stürmisch aus. Pamelas Begleiter kannte Claudia nicht. Er wurde ihr als Stuart McLendon aus Australien vorgestellt, der sich für eine Weile auf texanischen Ranchbetrieben umsehen wollte. Somit blieb Glenn Lacey der einzige Mann ohne Begleitung und wurde automatisch Claudias

Tischherr. Sie freute sich darüber, weil sie ihn sehr gern gehabt hatte und ihn immer noch sympathisch fand.

Eine Weile frischten sie alte Erinnerungen auf, doch da die Band lautstark spielte, mussten sie die Unterhaltung schließlich aufgeben.

Wanda verzog das Gesicht und deutete mit dem Kopf auf die tanzende Menge. „Seit Rockmusik wieder ‚in' ist, spielen sie immer seltener langsame, verträumte Stücke", beklagte sie sich. „Und davor war es Disco!"

„Du scheinst in die Jahre zu kommen", zog Rick sie auf. „Wir haben auch nicht nach langsamer, verträumter Musik getanzt, als wir noch zur Schule gingen."

„Damals war ich auch noch nicht Mutter von zwei wilden Bengeln!" gab seine Frau prompt zurück. Doch obwohl ihr die modernen Rhythmen angeblich nicht zusagten, zog sie ihren Mann mit sich auf die Tanzfläche.

Wenige Minuten später war der Tisch leer. Claudia tanzte erwartungsgemäß mit Glenn, und da er groß genug war, war er genau der richtige Partner für sie. Er tanzte glatt und geschmeidig, und es fiel ihr leicht, ihm zu folgen. Zu ihrer Erleichterung versuchte er keine ausgefallenen Schritte, und sie bewegten sich harmonisch im Takt der Musik.

„Bist du für immer zurückgekommen?" fragte Glenn.

Claudia blickte in seine freundlichen blauen Augen. „Das weiß ich noch nicht", antwortete sie ausweichend, weil sie ihm die ganze Geschichte nicht erzählen wollte.

„Aber du hast doch allen Grund zum Bleiben", sagte Glenn verwundert. „Schließlich gehört die Ranch dir."

Glenn schien der einzige zu sein, der so dachte.

Sie schenkte ihm ihr schönstes Lächeln. „Nun ja, es ist eben so, dass ich ziemlich lange weg war. Deshalb gehöre ich eigentlich nach Chicago. Dort habe ich mir ein neues Leben eingerichtet und einen neuen Freundeskreis gefunden."

„Ich war auch lange fort von hier", gab Glenn zu bedenken.

„Aber Texas ist für mich trotzdem die Heimat geblieben. Hierhin gehöre ich nun einmal."

Claudia zuckte mit den Schultern. „Ach, weißt du, ich habe mich noch nicht endgültig entschieden. Fürs erste kehre ich noch nicht nach Chicago zurück."

„Fein!" Glenn strahlte. „Du könntest mir eine Chance geben, mein Herz erneut zu verlieren, Claudia."

Lachend warf Claudia den Kopf zurück. „Typisch Glenn! Wann habe ich dir denn eigentlich das Herz gebrochen? Du bist doch fortgezogen, ehe ich alt genug für Verabredungen war."

Glenn dachte einen Augenblick nach. Endlich meinte er: „Ich glaube, es fing an, als ich zwölf war und du so etwa zehn. Du warst ein scheues kleines Mädchen mit großen dunklen Augen und hast die Beschützerinstinkte in mir geweckt. Als du dann zwölf warst, war ich hoffnungslos in dich verliebt. Mit deinen großen Augen hast du mich verhext!"

Er zwinkerte ihr verschwörerisch zu, und sie mussten beide lachen. Ein paar Augenblicke schwelgten sie in Erinnerungen an ihre Jugendtage.

Doch plötzlich wurde Glenn ernst. „Wanda hat mir gesagt, dass du jetzt Witwe bist", sagte er leise.

Wie stets verspürte Claudia beim Gedanken an David einen Stich in der Brust. Sie senkte die Lider, um sich ihren Schmerz nicht anmerken zu lassen.

„Ja. Mein Mann ist vor gut zwei Jahren gestorben. Und du? Hast du inzwischen geheiratet?"

„Ja, während meiner Collegezeit. Es hat aber nicht einmal bis zum Ende des Studiums gedauert. Das Ende ging ziemlich unkompliziert über die Bühne", fuhr er schmunzelnd fort. „Wir hatten uns einfach entfremdet und haben uns ohne die üblichen Kämpfe scheiden lassen. Da wir keine Kinder und keinen Besitz hatten, gab es keine Probleme. Wir haben die Scheidungspapiere einfach unterschrieben, dann hat jeder seine Sachen genommen und ist gegangen. Das war alles."

„Und seitdem hat es für dich keine Herzensgeschichten mehr gegeben?"

„Doch, zwei. Aber auch diese Beziehungen haben nicht lange gehalten. Doch ich habe keine Eile. Ich möchte mich mit meiner Praxis erst richtig einrichten, ehe ich mich wieder nach einer Frau umsehe. Und das wird wohl noch ein paar Jahre dauern."

„Aber du willst auf jeden Fall wieder heiraten?" Claudia wunderte sich über Glenns Einstellung. Die meisten geschiedenen Männer aus ihrem Bekanntenkreis waren ehescheu und zogen ein ungebundenes Junggesellenleben vor.

„Natürlich möchte ich wieder heiraten. Und Kinder will ich auch. Ich bin sehr häuslich und möchte eine große Familie haben", gestand Glenn. „Vielleicht würde ich den Sprung sogar jetzt schon wagen, wenn ich die richtige Frau fände. Aber bisher war das nicht der Fall."

Claudia war erleichtert, dass sie als Kandidatin für ihn offenbar nicht in Betracht kam. Für Glenn war sie also nur eine gute alte Freundin, nicht mehr. Das konnte ihr nur recht sein. Sie tanzte mehrmals mit ihm und amüsierte sich ausgezeichnet.

Als sie an den Tisch zurückkamen, war sie durstig und erklärte, sie brauche dringend etwas Kaltes zu trinken.

„Darum kümmere ich mich", erbot sich Kyle Vemon sofort. „Möchte jemand von den Damen vielleicht ein Bier?"

Die Frauen entschieden sich ausnahmslos für Cola. Kyle zwängte sich durch die Menge. Obwohl es hoch herging, kehrte er fünf Minuten später mit einem Tablett voller Bierflaschen und Coladosen zurück.

Die Zeit flog nur so dahin. Sie unterhielten sich und wechselten gelegentlich die Tanzpartner. Glenn lud Claudia für die kommende Woche zum Abendessen ein, und sie sagte gern zu. Die Aussicht, Roland auf diese Weise für ein paar Stunden zu entkommen, war beruhigend.

Die Stunden vergingen, und Claudia tanzte wieder mit Glenn.

Auf der Tanzfläche war jetzt mehr Platz, weil einige bereits gegangen waren. Plötzlich blickte sie quer durch den Saal direkt in Rolands dunkle Augen. Er stand etwas abseits und unterhielt sich mit niemandem.

Claudia spürte, wie ihr das Blut ins Gesicht schoss. Offenbar hatte er dort schon länger gestanden und sie beobachtet. Seine Züge waren hart und ausdruckslos. Rasch blickte sie wieder fort und tanzte weiter. Er war also hier! Na und? Sie hatte doch nichts getan, weshalb sie Schuldgefühle haben musste.

Eine Viertelstunde später brachen alle auf. Als Claudia sich von ihren Freunden verabschiedet hatte, spürte sie eine kraftvolle Hand auf ihrem Arm.

„Könntest du mich bitte mit zur Ranch nehmen?“ fragte Roland ruhig. „Einer der Männer ist mit mir gefahren und hat sich meinen Transporter ausgeborgt.“

„Natürlich“, antwortete Claudia, weil ihr gar nichts anderes übrig blieb.

Wenig später ging sie mit ihm zu dem Platz, wo sie ihren Wagen abgestellt hatte.

„Ich fahre“, erklärte er und nahm ihr einfach die Schlüssel ab, als sie ihm die Beifahrertür aufschließen wollte. Widerspruchslos stieg sie ein.

Roland fuhr schweigend. Unauffällig warf Claudia ihm einen Seitenblick zu. Sein Gesicht wurde von dem beleuchteten Instrumentenbrett erhellt, aber es war starr und verriet nichts. Sie wandte ihre Aufmerksamkeit wieder der nächtlichen Landschaft zu. Die schmale Sichel des abnehmenden Mondes erinnerte sie an den hellen Mondschein, der auf ihr Bett gefallen war, als Roland sie geliebt hatte. Der Gedanke ließ ihren Körper fiebern, und sie bewegte sich unruhig. Sie war sich Rolands Nähe plötzlich deutlich bewusst und durchlebte erneut, wie es gewesen war, in seinen Armen zu liegen.

„Halt dich von Glenn Lacey fern.“

Rolands leiser Befehl riss Claudia aus ihren sinnlichen Träumereien. Sie sah ihn verständnislos an. „Was hast du gesagt?" fragte sie, obwohl sie genau verstanden hatte.

„Ich sagte, ich will nicht, dass du mit Glenn Lacey ausgehst", erklärte er lakonisch. „Oder mit irgendeinem anderen Mann. Glaub ja nicht, dass ich zusehen werde, wie jemand anderes in dein Bett steigt, nur weil ich erklärt habe, darauf zu verzichten!"

„Wenn ich mit ihm ausgehen will, werde ich es tun!" antwortete Claudia zornig. „Für wen hältst du dich eigentlich? Du redest mit mir, als hüpfte ich mit jedem ins Bett, der Lust dazu hat. Wir sind nicht verlobt, Roland. Du hast also kein Recht, mir Vorschriften zu machen!"

Sie sah, wie seine Kinnmuskeln sich spannten. „Du magst keinen Ring von mir am Finger tragen, aber du irrst dich, wenn du glaubst, zwischen uns sei nichts. Du gehörst mir, Claudia, und ich lasse mir von niemandem etwas nehmen, das mir gehört."

Claudia wusste nicht, ob sie wütend sein oder sich freuen sollte. Dass Roland eifersüchtig war, schmeichelte ihr, aber seine herrische Art ging ihr gegen den Strich. „Du besitzt mich nicht und wirst es nie tun!" erklärte sie entschlossen.

„Fühlst du dich in deiner kleinen Traumwelt so sicher?" erkundigte er sich spöttisch, und in seiner Stimme schwang eine Warnung mit.

7. KAPITEL

Während der ganzen Rückfahrt zur Ranch sprachen sie kein Wort mehr miteinander. Dennoch war die Atmosphäre zwischen ihnen zum Zerreißen gespannt. Noch am Nachmittag war Claudia so empört und enttäuscht gewesen, dass sie geglaubt hatte, mit Roland fertig zu sein. Doch jetzt merkte sie, dass sie sich da nur etwas vorgemacht hatte. Sie konnte ihn ja nicht einmal ansehen, ohne an die Liebesnacht in seinen Armen denken zu müssen.

Als Roland vor dem Haus vorfuhr, sprang Claudia aus dem Wagen, noch ehe er ganz ausgerollt war. Sie stürmte die Stufen empor und eilte durch die Küche. Hinter sich hörte sie seine Schritte, und sie rannte zur Treppe. Obwohl es im Haus dunkel war, fand sie sich auch so zurecht. Sie hatte nur ein Ziel, ihr rettendes Zimmer zu erreichen und hinter sich abzuschließen.

Aber auch Roland war hier zu Hause. Claudia hatte die Treppe gerade hinter sich gelassen, als er sie packte und sie wie ein Kind in die Höhe hob.

„Lass mich herunter!" schrie sie und stieß mit den Füßen wild um sich.

Roland gab einen Schmerzenslaut von sich, weil sie sein Schienbein getroffen hatte.

Mit einer raschen Bewegung schob er den anderen Arm unter ihre Knie und hob sie an seine Brust. Nur schattenhaft erkannte sie die Umrisse seines Gesichts.

„Lass mich sofort los, Roland!" forderte sie noch einmal.

Er antwortete nicht, sondern erstickte ihre Proteste mit seinen Lippen.

Claudia spürte Hitze in sich aufsteigen. Wie durch einen Nebel wurde ihr bewusst, dass er sie absetzte, ohne seinen Mund von ihren Lippen zu lösen. Sie zitterte, als er sie an sich presste und sie sein Verlangen spüren ließ.

Widerstrebend riss sie sich von ihm los und flüsterte atemlos:

„Hör auf, Roland! Du hast mir doch versprochen, mich in Ruhe zu lassen! Und Monica ...“

„Lass doch Monica!“ stieß er schroff hervor. Er ergriff ihr Kinn und hob es so, dass sie gezwungen war, ihn anzusehen. „Und Ricky und alle anderen. Ich bin kein zahmer Wallach und greife zu, wenn ich herausgefordert werde. Und ich werde erst recht nicht zulassen, dass du mit einem anderen Mann losziehst!“

„Zwischen Glenn und mir ist nichts!“

„Und ich werde dafür sorgen, dass das so bleibt!“ erwiderte Roland drohend.

Er ging weiter zu ihrem Zimmer und schaltete das Licht ein Ohne ein weiteres Wort schob er sie in den Raum.

Claudia wich zurück und blickte sich Hilfe suchend um. Sie musste auf Roland einreden, um ihn aus dieser gefährlichen Stimmung zu reißen. Er sah sie aus zusammengekniffenen Augen an, und seine Nasenflügel bebten. In diesem Augenblick erinnerte er sie an einen wilden Mustang.

Als Roland stumm begann, sein Hemd aufzuknöpfen, bekam Claudia es mit der Angst zu tun und fand endlich die Sprache wieder.

„Ich werde mich nicht mit Glenn treffen, wenn du darauf hinaus willst.“

„Dafür ist es jetzt zu spät“, unterbrach er sie mit samtiger Stimme.

Mit wenigen gezielten Griffen streifte er seine Sachen ab und warf sie zu Boden. Nackt wirkte er noch bedrohlicher als angekleidet. Der Anblick seines gestählten, muskulösen Körpers ließ Claudia verstummen. Verzweifelt hob sie die Hand, um ihn abzuwehren, aber er nahm sie und zog sie an sich.

Zärtlich küsste er ihre Handfläche. Dann drückte er ihre Finger an seine behaarte Brust.

Claudia schloss die Augen, weil die Berührung sie gegen ihren Willen erregte. Das Verlangen, das sie durchströmte, ließ sie vergessen, dass sie nicht gewollt hatte, dass dies noch einmal geschah. Roland strahlte eine erregende Männlichkeit aus.

Sie spürte, wie seine Muskeln sich unter ihren Fingerspitzen bewegten und legte ihm die andere Hand ebenfalls auf die Brust, um seine warme Haut zu fühlen.

Rolands Atem beschleunigte sich, und das Herz unter ihrer Hand pochte so heftig gegen seinen Brustkorb, als wolle es ihn sprengen.

„Ja!“ stieß er heiser hervor. „Ja, berühre mich!“

Dieser sinnlichen Aufforderung konnte Claudia nicht widerstehen. Mit den Fingerspitzen ertastete sie seine Brustspitzen, die sofort hart wurden. Roland stöhnte leise auf und suchte auf ihrem Rücken nach ihrem Reißverschluss. Gleich darauf stand sie nur noch mit ihren Armbändern und der Gardenie in ihrem Haar vor ihm.

Der Anblick ihres blühenden fraulichen Körpers ließ ihn den letzten Rest Selbstbeherrschung vergessen. Er riss sie an sich und bedeckte ihren Mund mit seinen Lippen.

„Gardenien sind meine Lieblingsblumen“, flüsterte er und gab sie gerade so lange frei, um ihr die Blüte aus dem Haar zu nehmen. Dann steckte er ihr das zarte Gebilde in die Mulde zwischen ihren Brüsten und presste Claudia einen Augenblick fest an sich.

Langsam schob er Claudia auf das Bett zu, bis ihre Knie es berührte. Er verlagerte das Gewicht nach vom, und sie fielen gemeinsam auf die Decke, ohne sich voneinander zu lösen.

„Ich begehre dich so sehr!“ Aufstöhnend barg er sein Gesicht zwischen ihren Brüsten, denen der süße Duft der zerdrückten Gardenie entströmte. Mit den Lippen und der Zunge wanderte er über ihren Busen und sog an den zarten Brustspitzen, bis sie sich aufrichteten.

Eine ständig steigende Erregung ergriff Claudia. Warum war sie ihm nur so verfallen. Nicht einmal David hatte sie dazu bringen können, vor der Hochzeit mit ihm zu schlafen. Doch bei Roland schien sie keinen eigenen Willen, keine festen Moralvorstellungen mehr zu haben. Sie gehörte ihm, wann immer er wollte.

Die bittere Selbsterkenntnis änderte nichts an ihrer Hingabe. In ihrem Schoß pochte es so heftig, dass es fast schmerzte, und nur Roland konnte sie von diesem Drängen erlösen.

Als sie sich ihm entgegenbäumte, gab er ihre Brüste frei, um sich ganz über sie zu schieben.

„Sag, dass du mich begehrst", verlangte er heiser.

Es hatte keinen Sinn, das zu leugnen. Ihr ganzer Körper würde sie Lügen strafen. Claudia glitt mit den Händen zu seinen muskulösen Schenkeln und spürte, wie diese sich anspannten.

„Ja, ich begehre dich", gestand sie. „Aber das ändert auch nichts."

„Im Gegenteil, damit ist eines meiner größten Probleme gelöst", murmelte er und drückte ihre Beine auseinander. Roland presste sich auf sie, und sie schloss hingebungsvoll die Augen.

Er schüttelte sie jedoch und zwang sie, sie wieder zu öffnen. „Sieh mich an", stieß er unter zusammengebissenen Zähnen hervor. „Du darfst die Augen nicht zumachen, wenn wir uns lieben. Schau mich an, beobachte mein Gesicht, wenn ich in dich eindringe."

Wie gebannt sah sie ihn an. In seinem Mienenspiel spiegelten sich dieselben wunderbaren Gefühle wider, die sie auch empfand. Rolands Augen waren erwartungsvoll geöffnet. Es schien, als passte sich sein Gesichtsausdruck dem Rhythmus des Liebesspiels an. Tränen traten in Claudias Gesicht, und sie drängte sich dichter an Rolands Körpers, um die Erfüllung ihrer Sehnsucht zu erreichen.

„Hör auf!" bat sie und grub ihre Nägel in seine Haut. „Roland, bitte!"

„Claudia, oh, Claudia!"

Sie hörte sein Stöhnen, dann gab sie sich völlig ihren Gefühlen hin. Etwas für sie vollkommen Neues geschah, sie empfand einen Schwebezustand, ein Sich-Entfernen von der Wirklichkeit. Es war die erschütternste Erfahrung in Claudias Leben, sie genoss sie und kostete sie voll aus. Das Verlangen, das Rolands kraftvoller Körper in ihr auslöste, zeigte Claudia, dass auch er die Erfüllung erlangte. Für einen Moment war diese körperliche Empfindung die einzige Verbindung mit der Wirklichkeit.

Als Claudia langsam wieder zu sich kam, öffnete sie die Augen. Mit einer zärtlichen Bewegung strich Roland ihr das Haar aus dem Gesicht. Dann zog er Claudia wieder fester an sich. Auf Rolands Körper glänzten Schweißperlen, das Haar klebte ihm am Kopf, seine Augen glitzerten dunkel. Roland fühlte den uralten Triumph des Mannes, der über das Geheimnis der Frau gesiegt hat.

Doch seine ersten Worte waren voll liebevoller Zärtlichkeit. „Fühlst du dich gut?“ fragte er, wobei er sich etwas von Claudia löste.

Gern hätte sie ausgedrückt, dass sie sich unmöglich gut fühlen konnte. Doch statt dessen nickte sie und vergrub ihr Gesicht in seiner warmen Achselhöhle. Noch war sie zu ergriffen, um zu sprechen.

Was hätte sie Roland auch sagen sollen? Dass sie mehr nach ihm verlangte, als sie sich je hatte vorstellen können, und in seinen Armen jeden eigenen Willen, jeden Stolz verlor? Sie verstand sich ja selbst nicht mehr! Wie sollte sie sich dann ihm erklären können?

Sanft hob Roland ihr Kinn. Sie öffnete die Augen nicht, aber sie spürte den Kuss, den er auf die heißen Lippen hauchte. Dann schlang er die Arme um sie und zog sie enger an sich. Sein Atem streifte ihre Schläfe. „Schlaf ein bisschen“, murmelte er zärtlich.

Und das tat Claudia. Nach dem langen Tanzabend und Rolands leidenschaftlichen Umarmungen war sie erschöpft. Und es war herrlich, in seinen Armen zu schlafen, als gehörte sie nur dorthin.

Dennoch erwachte Claudia mit dem unbestimmten Gefühl, dass etwas nicht stimmte. Sie befand sich nicht mehr in Rolands Armen, nur noch ihre Hand lag auf seiner Brust. Der Raum war dunkel, weil der Mond kein Licht mehr verströmte. Es gab keine ungewöhnlichen Geräusche, nichts rührte sich, aber irgend etwas hatte sie geweckt. Was mochte es gewesen sein?

Plötzlich war Claudia hellwach. Ihr wurde bewusst, dass sich Rolands Körper unter ihren Fingern seltsam starr anfühlte und sein Atem nur flach kam. Sie spürte, dass sich auf seiner Haut kleine Schweißtröpfchen gebildet hatten.

Beunruhigt begann sie ihn zu schütteln. Sie wollte sichergehen, dass alles in Ordnung war.

Auf einmal setzte sich Roland im Bett auf. Mit der rechten Hand packte er die Bettdecke. Nur sehr mühsam öffnete er die Finger und ließ die Decke wieder los. Ein leiser Seufzer entrang sich seinen Lippen. Dann stand er mit eckigen Bewegungen vom Bett auf und ging langsam ans Fenster. Dort blieb er stehen und starrte stumm auf die nächtliche Landschaft hinaus.

Claudia setzte sich ebenfalls auf. „Roland?" fragte sie verwundert.

Er antwortete nicht, obwohl sie sah, dass er sich beim Klang ihrer Stimme verkrampfte.

Sie dachte an das, was Ricky gesagte hatte. Dass er manchmal Alpträume hatte und nachts durch das Haus wanderte. War das wieder so ein Alptraum gewesen? Was für Träume quälten ihn?

„Roland", begann sie erneut und stand auf. Leise ging sie zu ihm und legte die Arme um ihn. Er stand ganz steif da und schwieg noch immer. „Hast du schlecht geträumt?"

„Ja." Seine Stimme klang gepresst.

„Was war es denn?" Als er wieder nicht antwortete, drängte sie: „Hatte es mit Vietnam zu tun?"

Lange starrte er stumm vor sich hin. Dann zwang er sich zu einem erneuten „Ja."

Claudia wollte, dass er sich ihr anvertraute, aber als das

Schweigen immer drückender wurde, erkannte sie, dass er es nicht tun würde. Er hatte noch nie über Vietnam gesprochen, noch nie erzählt, warum er nach seiner Rückkehr nach Texas so ein wildes, zügelloses Leben geführt hatte. Auf einmal war es sehr wichtig für sie, zu erfahren, was ihn quälte. Sie wollte, dass er ihr Vertrauen schenkte und sie an der Last teilhaben ließ, die ihn drückte.

Langsam ging Claudia um ihn herum, um ihm in sein Gesicht sehen zu können. Sie schob sich zwischen Roland und das Fenster, legte ihre Arme um seinen Hals und massierte ihm tröstend den Nacken.

„Sag mir, was du hast", bat sie.

„Nein", entgegnete er schroff.

„Doch, bitte Roland! Du hast noch nie darüber gesprochen und bisher niemals versucht, es in die richtige Perspektive zu rücken. Es war alles in dir verschlossen, und genau das ist nicht richtig. Siehst du das nicht ein? Du lässt dich davon auffressen."

„Ich brauche keinen Amateurpsychiater", unterbrach er sie grob und schob sie von sich.

„Wirklich nicht? Sieh doch selbst, wie abwehrend du reagierst."

„Sei still!" stieß er mit belegter Stimme hervor. „Was weißt du schon von Feindseligkeit? Und von Standpunkten? Eines habe ich sehr schnell gelernt, beim Tod gibt es keine Unterschiede. Die Toten leiden nicht mehr. Es sind diejenigen, die am Leben geblieben sind, die das Grauen durchmachen. Sie wollen nicht in tausend Stücke zerrissen werden, nicht bei lebendigem Leib verbrennen, nicht gefoltert werden, bis sie nichts Menschliches mehr an sich haben. Aber weißt du was, Claudia? Von einer einzigen glatten Kugel bist du genauso tot, als wenn die Fetzen deines Körpers über einen Hektar verstreut werden. Das ist Perspektive!"

Rolands Zorn, seine tiefe Verbitterung schmerzten wie Schläge. Unwillkürlich streckte Claudia die Hände nach ihm aus, aber er wich zurück, als könne er die Nähe eines anderen Menschen nicht ertragen.

Hilflos ließ sie die Arme wieder sinken. „Wenn du darüber sprechen möchtest", setzte sie vorsichtig an.

„Nein! Niemals! Hör mir zu. Was ich gesehen und gehört habe, was ich erlebt habe, geht niemanden etwas an. Das ist meine Sache. Ich werde schon damit fertig. Vielleicht nicht so, wie es in den schlauen Büchern steht, aber ich mache das auf meine Art. Ich habe Jahre gebraucht, ehe ich eine Nacht durchschlafen konnte, ohne Magenkrämpfe zu bekommen oder von den Schreien anderer verfolgt zu werden. Die Träume kommen nicht mehr so häufig, aber ich bin nicht bereit, darüber zu reden."

„Es gibt doch aber die Organisationen von ehemaligen Soldaten."

„Ich weiß. Aber ich lebe nun einmal wie ein einsamer Wolf. Außerdem bin ich inzwischen über das Schlimmste hinweg. Jetzt kann ich wieder einen Baum hinaufblicken, ohne auf den Tod gefasst zu sein. Es stört mich nicht mehr, wenn ich hinter meinem Rücken jemandem kommen höre. Es ist vorbei, Claudia. Ich bade nicht mehr in der Vergangenheit."

„Sie ist nicht vorüber, wenn sie dich immer noch verfolgt, Roland."

Er holte rasselnd Luft. „Ich bin mit dem Leben davongekommen. Mehr konnte ich vom Schicksal nicht fordern." Roland stieß ein bitteres Lachen aus und entfernte sich weiter von ihr. „Und nicht einmal das hatte ich erwartet. Anfangs habe ich jede Nacht, jeden Morgen gebetet: Lass mich nur lebend herauskommen, lass mich das hier überstehen. Mach, dass ich nicht in blutige Fleischfetzen zerrissen werde. Dann, nach etwa einem halben Jahr, änderten sich meine Gebete. Von da ab habe ich jeden Morgen gehofft, nicht davonzukommen. Ich wollte nicht zurück. Kein Mensch sollte so etwas mitmachen müssen und dennoch jeden Morgen die Sonne wieder erblicken."

Nach einer Weile fuhr Roland stockend fort. „Ich wollte

sterben. Deshalb habe ich Dinge riskiert, die keiner, der am Leben hängt, wagen würde. Trotzdem bin ich durchgekommen. Eben war ich noch im Dschungel, und plötzlich stand ich in Honolulu. Und diese elenden Narren spazierten unter Palmen dahin und lachten und starrten mich an, als sei ich von einem anderen Stern. Ach, was soll's." Rolands Stimme erstarb.

Claudia spürte Tränen auf ihrem Gesicht und wischte sie mit dem Handrücken fort. Sie war damals zu jung gewesen, um zu verstehen, was in Vietnam vor sich ging. Später hatte sie darüber gelesen und Bilder gesehen.

Und sie erinnerte sich noch gut an Rolands Gesicht an dem Tage, als ihr Vater ihn auf die Ranch gebracht hatte. Seine gezeichneten, verbitterten Züge waren ihr Bild von Vietnam gewesen.

Aber während sie sich nur eine Vorstellung davon machen konnte, hatte er die Wirklichkeit erlebt und sie in seinen Träumen bewahrt.

Aufschluchzend stürzte sie zu Roland. Sie schlang die Arme so fest um ihn, dass er sie nicht mehr fortschieben konnte, und legte den Kopf an seine Brust. Er drückte sie an sich und spürte ihre feuchte Wange auf seiner Haut.

Behutsam trocknete er ihr die Tränen ab.

„Weine nicht", murmelte er und küsste sie auf die Lippen. „Was ich brauche, ist Trost, kein Mitleid."

„Was soll ich denn tun?" flüsterte sie verstört.

„Das hier." Er hob sie auf und küsste sie so leidenschaftlich, dass sie ganz benommen wurde und sich an ihn klammerte, als hätte sie Angst, er könnte sie fallenlassen. Doch er ließ sie nur ganz langsam an seinem Körper herabgleiten. Sie atmete tief durch, als sie spürte, wie er in sie eindrang.

„Das ist es, was ich brauche", stieß er heiser hervor. „Ich möchte mich in dich versenken. Du sollst verrückt werden, wenn ich dich liebe. Und das tust du doch, nicht wahr? Sag es mir, Claudia, dass du vergehst, wenn wir so zusammen sind!"

Sie barg ihr Gesicht an seiner Schulter, weil sie meinte, dass sie unter dem Feuer, das er in ihrem Schoß entfachte, zu glühen begann. „Ja“, stöhnte sie und gab ihm alles, was er forderte.

Von der sinnlichen Begierde ließen die beiden sich forttragen. Roland glitt zu Boden, und Claudia merkte nicht einmal, wie hart die Unterlage war, als er sie wieder und wieder nahm.

Nach einer Weile trug er sie zum Bett und wiegte sie in den Armen, bis sie einschlief.

Als Claudia wieder erwachte, schien die Sonne zum Fenster herein. Roland lag immer noch neben ihr. Seine Lippen umspielte ein schwaches Lächeln.

Sie beobachtete, wie er langsam zu sich kam und merkte, dass er nicht allein war.

Zärtlich lächelte sie ihn an. Wortlos zog er sie an sich und liebte sie erneut.

Als alles vorüber war, hob er den Kopf und sagte mit rauer Stimme: „Heirate mich.“

Vor Überraschung konnte Claudia ihn nur stumm anschauen. Darauf verzog Roland die Lippen und wiederholte seine Worte. „Warum schaust du so verblüfft drein? Ich wollte dich schon heiraten, als du fünfzehn warst. Seit dem Tage, an dem du mich geohrfeigt hast und ich dich dafür übers Knie gelegt habe.“

Rolands neue Forderungen erschreckten Claudia. Sie setzte sich auf und antwortete mit unsicherer Stimme: „Ich weiß ja nicht mal, ob ich hier bleiben soll oder nicht. Und jetzt willst du, dass ich dich heirate. Wie soll ich da zu einer Entscheidung kommen?“

„Ganz einfach.“ Roland zog sie wieder zu sich herab. „Denk nicht darüber nach, sondern tu es. Auch wenn wir abends jeden Zentimeter bis zum Bett kämpfen sollten, wenn wir erst einmal darin sind, wird das jeden Kratzer und jede blaue Stelle wettmachen. Ich verspreche dir, dass du im Bett nie mehr frieren wirst.“

Claudia war völlig durcheinander. Sie sehnte sich so nach

Roland. Aber trotz seiner leidenschaftlichen Umarmungen wollte er ihr sein Innerstes nicht offenbaren. Für ihn ging es nur um eine rein körperliche Befriedigung. Sie hatte ihn angefleht, sich ihr anzuvertrauen, aber er hatte sie abgewiesen.

Sie begann am ganzen Körper zu zittern. „Nein!“ stieß sie wie gehetzt hervor, weil sie Angst hatte, der Versuchung zu erliegen und blind ja zu sagen. Sie liebte Roland so sehr, dass es schmerzte, aber er hatte kein Wort von Liebe gesprochen. Nur, dass er sie heiraten wollte.

Er hatte nie ein Geheimnis daraus gemacht, dass die Ranch ihm alles bedeutete. Dieser Gedanke war bei ihm zur Besessenheit geworden. Vielleicht sogar in dem Maß, dass er zu heiraten bereit war, um sie an sich zu bringen. In der Nacht hatte Claudia erlebt, was Vietnam aus ihm gemacht hatte. Jetzt verstand sie besser, warum er sich so verbissen an die Ranch klammerte.

Tränen rannen über ihr Gesicht, und sie schrie fast: „Ich kann es nicht! Ich kann nicht klar denken, wenn du da bist. Du hast versprochen, mich nicht anzurühren, aber du hast dein Wort gebrochen! Ich gehe nach Chicago zurück. Noch heute. Ich kann es nicht ertragen, von dir auf diese Weise unter Druck gesetzt zu werden!“

In ihrem ganzen Leben war Claudia noch nie so unglücklich gewesen. Rolands betroffenes Schweigen machte alles noch schlimmer. Mit verbissenem Gesicht kleidete er sich an und verließ das Zimmer.

Claudia lag steif da und wischte sich immer wieder die Tränen ab, die ihr über die Wangen liefen. In ihr war ein namenloser Schmerz. Eben noch hatte sie gefordert, dass Roland sie in Ruhe ließ, doch jetzt war ihr, als sei ein Teil von ihr selbst ausgerissen worden. Sie musste all ihre Kraft und Beherrschung aufwenden, um ihm nicht nachzustürzen und sich in seine Arme zu werfen.

Es blieb ihr keine Wahl, sie musste fort von hier. Wenn sie nicht ging und sich Rolands Einfluss entzog, würde er ihre Schwäche ausnützen und sie für immer an sich binden. Dann würde sie nie wissen, ob er sie um ihrer selbst willen oder wegen der Ranch wollte.

Dass er sie körperlich begehrte, lag auf der Hand. Warum auch nicht? Zwar war sie keine Schönheit, aber sie konnte mit ihrem Aussehen zufrieden sein.

Roland war ein Mann mit ganz normalen Bedürfnissen und Wünschen. Warum sollte er also nicht mit ihr schlafen wollen? Erst wenn sie tiefer nachfasste, kamen die Zweifel und Vermutungen.

Obwohl sie Rolands Körper, seine Züge und seine Stimme bis ins letzte kannte, spürte sie genau, dass er seine Gefühle weit gehend für sich behielt. Dass er das, was ihn wirklich bewegte, mit sich selbst abmachte. Er war ein Mann, der durch die Hölle gegangen und aus dem Inferno ohne Illusionen oder Träume hervorgegangen war. Er war „heimgekehrt" und hatte dort feststellen müssen, dass es für ihn kein Zuhause mehr gab, dass er gefühlsmäßig ein Fremder geworden war.

Die Hand, die Ward Donahue ihm gereicht hatte, hatte ihm buchstäblich das Leben gerettet.

Von diesem Augenblick an hatte er all seine Kräfte in die Ranch gesteckt, die ihm Zuflucht bot und ihm die Möglichkeit gab, sich aus den Trümmern ein neues Leben aufzubauen.

Sicher konnte Claudia seine Frau werden, aber dann würde sie nie erfahren, ob er sie aus Liebe zu ihr oder zu ihrer Ranch heiratete.

Zum ersten Mal im Leben wünschte Claudia, die Ranch gehörte ihr nicht Durch das Fortgehen würde sich ihr Problem zwar nicht lösen, aber fern von Roland würde sie immerhin die Möglichkeit haben, sachlich zu überlegen, ob sie Roland heiraten und sich mit dem Umstand abfinden konnte, dass sie seine wahren Beweggründe nie herausfinden würde.

Es war das klassische Dilemma einer Erbin: Wollte er sie oder ihren Besitz? In ihrem Fall ging es nicht so sehr um das Geld, sondern um das Bedürfnis nach Sicherheit und um Gefühle, die so tief saßen, dass Roland sich ihrer vielleicht nicht einmal bewusst war.

Schließlich stand Claudia auf und begann lustlos zu packen. Sie hatte kaum damit angefangen, als die Tür aufging und Roland eintrat.

Er trug frische Sachen, und obwohl seine Miene undurchdringlich war, wirkten seine Züge müde. Mit unbeteiligter Stimme sagte er: „Komm und reite mit mir hinaus."

Claudia wandte sich ab. „Ich muss packen."

„Bitte!" Er ließ sie nicht weiterreden. Das ungewohnte „Bitte" wirkte auf Claudia wie ein Nadelstich. „Komm mit. Wenigstens noch dieses eine, letzte Mal", drängte Roland. „Wenn ich dich schon nicht zum Bleiben überreden kann, bringe ich dich nachher zum Flughafen."

Verstört seufzte Claudia und rieb sich die Stirn. Wäre ein glatter Bruch nicht besser? So machte sie sich alles nur noch schwerer. „Also gut", gab sie nach. „Dann geh aber, damit ich mich anziehen kann."

Roland sah aus, als widerstrebte es ihm zu gehen. Der Ausdruck in seinen Augen sagte ihr, dass er ihre Forderung seltsam fand, nachdem er sie so oft geliebt hatte. Doch dann nickte er und zog die Tür hinter sich zu.

Dennoch spürte Claudia seine Nähe. Instinktiv wusste sie, dass er vor ihrem Zimmer wartete. Rasch kleidete sie sich an und bürstete sich das Haar. Als sie die Tür öffnete, stieß Roland sich von der Wand ab und streckte ihr die Hand hin. Als sie sich nicht entscheiden konnte, ob sie sie nehmen sollte oder nicht, ließ er sie wortlos wieder sinken.

Schweigend gingen sie zu den Ställen und sattelten ihre Pferde. Es war noch früh am Morgen, und die Luft war angenehm kühl. Die Pferde waren voller Tatkraft und konnten es kaum erwarten, hinauszukommen.

Nachdem sie ein paar Minuten stumm nebeneinander hergeritten waren, lenkte Claudia ihr Pferd neben Rolands Hengst und fragte unvermittelt: „Worüber wolltest du mit mir reden?"

Seine Augen wurden von seinem breitkrempigen Hut überschattet, den er zum Schutz gegen die grelle texanische Sonne trug. In dem Teil seines Gesichtes, den sie ausmachen konnte, war nichts zu lesen.

„Nicht jetzt", antwortete er kurz. „Lass uns erst ein wenig reiten und uns das Land ansehen."

Damit war Claudia einverstanden. Sie liebte den Anblick der gepflegten Weiden. Ihr Herz schmerzte bei dem Gedanken, dass sie all dies nun wieder verlassen wollte. Die Zäune befanden sich in bestem Zustand. Alle Gebäude waren sauber und frisch gestrichen. Roland hielt alles ausgezeichnet im Schuss.

Selbst in den Augenblicken tiefster Unsicherheit hatte Claudia an seiner Liebe zu der Ranch nie gezweifelt.

Sie hatten die Koppeln und Scheunen hinter sich gelassen und überquerten eine Weide. Roland zügelte seinen Braunen und deutete mit dem Kopf in Richtung auf die Ranchgelände. „Für dich habe ich sie verwaltet", sagte er leise. „Ich habe gewartet, bis du zurückkommst. Darum kann ich einfach nicht glauben, dass du sie nicht willst."

Claudia schluckte. „Wie kannst du so etwas auch nur denken? Ich liebe die Ranch! Sie ist mein Zuhause."

„Dann bleib hier und mach sie zu deinem Zuhause."

„Das hatte ich immer vorgehabt", antwortete sie verbittert. „Es ist nur ... Roland, du musst doch wissen, dass du der Grund bist, warum ich weggeblieben bin!"

Er verzog ironisch die Lippen. „Wieso? Glaubst du etwa alles, was man über mich behauptet hat, als ich aus Vietnam zurückkam?"

„Natürlich nicht!" erwiderte sie hastig. „Das tat doch niemand."

Rolands Gesicht war zur Maske erstarrt. „Einige schon. Ich erinnere mich noch sehr genau, wie ein paar Leute hier versucht haben, mich für das bluten zu lassen, was man mir angehängt hatte."

Zitternd griff Claudia nach seinem Arm, den er bis zum Ellenbogen entblößt hatte. „So war es bestimmt nicht! Das musst du mir glauben. Ich war damals so wütend auf dich, dass ich nicht mehr klar denken konnte."

„Bist du es immer noch?"

„Nein." Claudia blickte ihn unsicher an. Sie brachte es nicht über sich, ihm ihre Angst zu gestehen, er könne die Ranch noch mehr wollen als sie. Wenn sie ihm ihre Zweifel offenbarte, würde er sie davon abzubringen versuchen, indem er ihre Schwäche ausnutzte und sie zu seinem willenlosen Werkzeug machte. Aber sie wollte nicht nur seine Geliebte sein, sie wollte auch seine Liebe.

„Dann denk darüber nach", sagte er mit rauer Stimme. „Vielleicht entscheidest du dich doch noch zum Bleiben."

Rasch wandte Claudia sich ab, damit Roland nicht merken sollte, wie es in ihr aussah. Wie gern würde sie bleiben. Wenn sie sich doch nur mit dem zufrieden geben würde, was er ihr bot. Mehr konnte er vermutlich keiner Frau geben. Aber sie wollte soviel mehr und hatte Angst, innerlich zugrunde zu gehen, wenn sie sich auf einen Kompromiss einließ.

„Nein", flüsterte sie gebrochen. „Ich werde nicht bleiben."

Roland lenkte Redman herum, so dass er Claudia ins Gesicht sehen konnte, und packte die Zügel. Mit grimmig verkniffenen Lippen erklärte er: „Also gut, du willst gehen. Und was ist, wenn du schwanger bist? Was wirst du dann tun? Willst du damit auch allein fertig werden? Wirst du mir sagen, dass ich Vater werde, oder wirst du das Baby einfach loswerden und so tun, als hättest du es nie in dir getragen?"

Die Worte trafen sie so tief und unvorbereitet wie Rolands Heiratsantrag vor ein paar Stunden. Sie konnte ihn nur wortlos anblicken und brachte kein Ton hervor.

Um seine Mundwinkel zuckte es. „Schau nicht so entsetzt", höhnte er. „Du bist alt genug, um zu wissen, was passieren kann, wenn ein Mann und eine Frau miteinander schlafen. Und keiner von uns hat irgendwelche Verhütungsmaßnahmen getroffen."

Claudia schloss die Augen. Wie schön musste es sein, von Roland ein Kind zu haben. Gegen alle Vernunft hoffte sie einen Augenblick lang, dass er recht hatte.

Dass sie sein Baby bereits in sich trug. Ein verträumtes Lächeln umspielte ihre Lippen.

Roland packte ihren Nacken. „Hör auf, mich so anzuschauen, sonst vergesse ich mich und nehme dich erneut."

Er brach ab, als Claudia die Augen wieder öffnete, und er das Leuchten darin sah. Seine Kinnmuskeln zuckten. „Wann wirst du Bescheid wissen?"

Stumm rechnete Claudia nach, dann sagte sie: „In etwa einer Woche."

„Und wenn du schwanger bist? Was wirst du dann tun?"

Sie schluckte ein paar Mal und dachte nach. Wenn es so war, blieb ihr keine Wahl.

Nie hätte sie es über sich gebracht, ein Kind unehelich aufzuziehen, wenn der Vater bereit war, sie zu heiraten. Eine Schwangerschaft würde alles ändern, nur nicht ihre Zweifel.

Mit matter Stimme antwortete sie: „Ich würde es dir nicht verschweigen, wenn ich schwanger sein sollte."

Roland nahm seinen Hut ab und fuhr sich erregt mit den Fingern durch das Haar.

Dann setzte er ihn wieder auf und erklärte: „Ich habe es schon einmal durchgestanden und mich gefragt, ob ich dich geschwängert habe. Deshalb werde ich es auch ein zweites Mal können. Wenigstens bist du diesmal kein halbes Kind mehr."

Betroffen merkte Claudia, dass auch ihn dieser Tag vor vielen Jahren so tief berührt hatte. Sie wollte etwas sagen, aber Roland lenkte sein Pferd von ihr fort. „Ich habe noch eine Menge Arbeit zu erledigen", brummte er. „Lass mich wissen, um welche Zeit du fort willst. Ich lass die Maschine startklar machen."

Während er davonritt, sah Claudia ihm nach. Verunsichert beschloss sie, zum Stall zurückzukehren. Die Unterredung mit Roland hatte nur bewirkt, dass sie jetzt über die möglichen Folgen ihrer leidenschaftlichen Nächte mit ihm nachdenken musste.

Sie kehrte ins Haus zurück und ging in die Küche, um zu frühstücken. Lustlos stocherte sie in ihrem Essen herum.

Schließlich rief sie die Fluggesellschaft in Houston an und buchte für den nächsten Tag. Dann ging sie wieder in ihr Zimmer hinauf. Das Packen war schnell erledigt. Der größte Teil ihrer Kleidung war immer noch in Chicago. Auf der Ranch hatten ihr die alten Sachen, die sie zurückgelassen hatte, genügt.

Die Stunden schienen sich endlos hinzuziehen. Claudia konnte das Mittagessen kaum noch erwarten, weil sie Roland dann wieder sehen würde. Sie ging nach unten, um sich nützlich zu machen. Während sie Lorna in der Küche half, spähte sie immer wieder aus dem Fenster.

Ein Pferd galoppierte in den Hof, und der Reiter sprang ab. Claudia hörte aufgeregtes Rufen, aber sie verstand nicht, um was es ging. Beunruhigt wechselte sie einen Blick mit Lorna, und die beiden Frauen stürzten gemeinsam zur Hintertür.

„Was gibt's?" rief Claudia Lewis zu, der von den Ställen auf den Transporter zurannte. „Was ist passiert?"

Er drehte sich um, und sie sah, dass seine Miene sehr ernst war. „Der Boss ist mit dem Pferd gestürzt!" rief er gepresst. „Er ist verletzt."

Claudia war, als hätte sie einen Schlag in die Magengrube bekommen. Auf unsicheren Beinen stolperte sie zu dem Transporter. Ein Arbeiter zerrte bereits eine Matratze aus den Unterkünften herbei und schob sie auf die Ladefläche. Ohne zu zögern kletterte Claudia zu Lewis in die Fahrerkabine.

Er sah ihr bleiches Gesicht, sagte jedoch nichts. In halsbrecherischem Tempo jagten sie über die Weiden dahin.

Es kam Claudia wie eine Ewigkeit vor, ehe sie die Gruppe von Männern erreicht hatten, die um eine am Boden liegende Gestalt versammelt standen.

Noch ehe der Wagen anhielt, sprang Claudia heraus. Sie kniete sich neben Roland und erschrak. Er hatte die Augen geschlossen, und sein Gesicht war leichenblass.

„Roland!" schrie sie verzweifelt und berührte seine Wange, aber er bewegte sich nicht.

Lewis kauerte sich neben sie hin. Er half ihr, Rolands Hemd aufzuknöpfen, weil ihre Hände zitterten. Erst als sie die Hand auf seine Brust legte und den Schlag seines Herzens spürte, atmete sie etwas auf und blickte Lewis Hilfe suchend an. Der Aufseher tastete Rolands Körper ab und verhielt über dem Knöchel des linken Beines. „Das Bein ist gebrochen", murmelte er.

Rasselnd sog Roland die Luft ein, und seine Lider begannen zu flattern. Claudia beugte sich über ihn. „Roland, Liebling, hörst du mich?" fragte sie angstvoll, als er die Augen benommen öffnete.

„Ja", flüsterte er kaum hörbar. „Was ist mit Redman?"

Claudia hob den Kopf und blickte sich suchend nach dem Pferd um. Es stand aufrecht da, und sie konnte keine Schwellung erkennen. „Ich glaube, ihm ist nichts passiert. Auf jeden Fall ist er in sehr viel besserer Verfassung als du. Dein linkes Bein ist gebrochen."

„Ich weiß. Ich habe gespürt, wie es knackte." Roland lächelte matt. „Auch am Kopf habe ich etwas abbekommen."

Erschrocken sah Claudia Lewis an. Eine Kopfverletzung konnte bedeuten, dass Roland eine Gehirnerschütterung hatte. Und da er lange bewusstlos gewesen war, war das sogar ziemlich wahrscheinlich. Es war also besser, ihn so schnell wie möglich ins Krankenhaus zu schaffen. Außerdem war es möglich, dass er sich auch noch Hals- und Rückenverletzungen zugezogen hatte.

Claudia hätte alles darum gegeben, wenn sie Roland die Schmerzen hätte abnehmen können! In diesem Augenblick musste sie sich eingestehen, dass sie ihn liebte. Was sie für ihn empfand, war nicht nur Verlangen oder Leidenschaft. Sie liebte ihn von ganzem Herzen. Warum wäre der Gedanke, er könnte mit einer anderen geschlafen haben, ihr sonst so schrecklich gewesen? Weshalb war sie eifersüchtig auf Ricky? Und wieso hoffte sie im stillen, dass sie ein Kind von Roland in sich trug? Sie liebte ihn schon so viele Jahre, ohne zu erkennen, was er ihr wirklich bedeutete.

Die Männer handelten rasch und umsichtig. Sie zogen Claudia sanft von Roland fort und legten ihn auf die am Boden ausgebreitete Decke. Claudia hörte ihn aufstöhnen und biss sich stumm auf die Lippen.

Lewis meinte in aufmunterndem Ton: „Dass ausgerechnet Sie vom Pferd fallen müssen, soll wohl ein Witz sein, Boss."

Roland versuchte zu schmunzeln, aber es gelang ihm nicht, weil die Männer ihn in diesem Augenblick mitsamt der Decke aufhoben. Claudia hörte ihn unterdrückte Schmerzenslaute ausstoßen. Sein Gesicht war schweißüberströmt, als er auf die Matratze auf dem Transporter gelegt wurde.

Claudia und Lewis stiegen mit nach hinten, und Claudia begann sofort, Rolands Gesicht abzutupfen.

„Fahr vorsichtig", wies Lewis den Arbeiter an, der sich ans Steuer gesetzt hatte. Der Mann nickte verstehend.

Obwohl die Fahrt äußerst behutsam vor sich ging, ballte Roland jedes Mal die Fäuste und wurde kalkweiß, wenn sie über ein Schlagloch fuhren. Er hielt sich den Kopf, als könne er so das Holpern des Wagens mildem.

Claudia saß über ihn gebeugt da. Sie litt mit ihm, aber im Augenblick konnte sie nichts für ihn tun.

Lewis suchte ihren Blick. „San Antonio ist näher als Houston", sagte er ruhig. „Wir werden ihn dorthin bringen."

Als sie zur Ranch kamen, entfernten die Männer in aller Eile zwei Sitze aus der Cessna, und Roland wurde mitsamt seiner Matratze auf den freigewordenen Platz gebettet. Claudia sah, dass seine Lider schwer wurden. Rasch nahm sie sein Gesicht in die Hände.

„Du darfst jetzt nicht einschlafen, Liebling", flüsterte sie sanft. „Mach die Augen auf und sieh mich an. Du darfst noch nicht schlafen, hörst du?"

Gehorsam sah er sie an. Sein Blick war verschwommen, und er schien Mühe zu haben, sich auf ihre Worte zu konzentrieren.

Seine bleichen Lippen zeigten den Anflug eines Lächelns. „Sieh mich an", flüsterte er.

Claudia musste an die Nacht in seinen Armen denken und fragte sich, ob auch er sich in diesem Augenblick daran erinnerte.

„Es wird schon alles gut werden", murmelte er benommen. „So schlimm ist es nun auch wieder nicht. In Vietnam habe ich ganz andere Dinge erlebt."

Der Arzt im Krankenhaus von San Antonio war derselben Meinung. Obwohl Roland eine Gehirnerschütterung hatte und zur Beobachtung dableiben musste, war sein Zustand nicht so ernst, dass eine Operation notwendig wurde.

Bis auf eine Beule am Kopf, das gebrochene Bein und ein paar Prellungen konnten keine Verletzungen festgestellt werden. Nach den Ängsten der letzten Stunden und den Strapazen des Transports brach Claudia bei dieser Mitteilung vor Erleichterung in Tränen aus und legte den Kopf an Lewis Brust.

Er zog sie an sich und drückte sie besänftigend. „Jetzt brauchen Sie doch nicht mehr zu weinen", meinte er.

„Es kam einfach über mich", schniefte Claudia.

Der Arzt lächelte und klopfte ihr auf die Schulter. „Weinen Sie sich ruhig aus", sagte er tröstend. „Es wird ihm bald wieder besser gehen, das verspreche ich Ihnen. In ein, zwei Tagen können Sie ihn mit nach Hause nehmen. Und die Kopfschmerzen von der Gehirnerschütterung werden ihn so lange im Bett halten, bis das Bein zu heilen beginnt."

„Dürfen wir jetzt zu ihm?" fragte Claudia und wischte sich die Augen. Sie wollte Roland selbst sehen, ihn berühren und ihn wissen lassen, dass sie und Lewis in der Nähe waren.

„Noch nicht. Wir haben ihn nach unten zum Röntgen und Schienen gebracht. Ich sage Ihnen Bescheid, wenn er in seinem Zimmer ist."

Claudia und Lewis warteten im Besucherraum. Um die Zeit zu überbrücken, tranken sie schal schmeckenden Kaffee aus dem Automaten in der Ecke.

Dass der Aufseher bei ihr war, gab Claudia ein beruhigendes Gefühl, obwohl sie ihn eigentlich nicht weiter kannte. Er hatte sich bisher ruhig und beherrscht gezeigt, jedoch rasch und genau da zugepackt, wo Not am Mann war. Wenn er die Nerven verloren hätte, wäre es um sie geschehen gewesen.

Lewis ließ sich auf einem der unbequemen Kunststoffstühle nieder und streckte seine langen gestiefelten Beine von sich. Damit erinnerte er Claudia an Roland.

Ihr Magen begann zu knurren, und sie sagte:

„Roland muss halb verhungert sein. Er hat heute morgen nicht gefrühstückt."

„Hunger hat er im Moment bestimmt nicht. Der stellt sich erst dann ein, wenn der Körper den Schock überwunden hat", antwortete Lewis.

„Ich schlage vor, wir beide gehen jetzt erst einmal in die Cafeteria. Etwas zu essen und ein anständiger Kaffee wird uns beiden gut tun."

„Aber Roland ..."

„Der läuft uns nicht fort." Lewis ließ sich nicht beirren. Er ergriff ihre Hand und zog sie vom Stuhl. „Ehe sie mit ihm fertig sind, sind wir längst wieder zurück. Das können Sie mir ruhig glauben. Ich habe mir schon oft genug ein Bein gebrochen und kenne mich da bestens aus."

Lewis' Vorhersage sollte sich als richtig erweisen. Obwohl sie eine Weile in der Cafeteria blieben, mussten sie noch eine weitere Stunde im Besucherraum warten.

Endlich erschien eine Schwester und teilte ihnen mit, dass Roland jetzt in seinem Zimmer sei. Sofort begaben sie sich in das angegebene Stockwerk hinauf und begegneten dem Arzt auf dem Flur.

„Es ist ein glatter Bruch. Bald wird er wieder auf den Beinen sein", versicherte er ihnen. „Sie brauchen sich also keine Sorgen zu machen. Wenn es etwas Ernstes wäre, wäre er nicht so aufsässig." Er blickte Lewis an und schüttelte in gespieltem Entsetzen den Kopf. „Roland Jackson ist der zäheste Bursche, der mir je untergekommen ist. Er wollte keine Betäubung, nicht einmal eine örtliche. Behauptet glatt, er mag so etwas nicht."

„Nein", nickte Lewis. „Das tut er auch nicht."

Als Claudia sich ungeduldig bewegte, lächelte der Arzt verständnisvoll. „Sie wollen ihn jetzt sicher sehen, nicht wahr?"

„Ja, natürlich." Claudia konnte es kaum noch erwarten, zu Roland zu kommen und sich selbst zu überzeugen, dass alles in Ordnung war.

Sie wusste selbst nicht genau, was sie erwartet hatte, als sie die Tür zu seinem Zimmer öffnete. Roland lag mit zerzaustem Haar in seinem Bett und blickte halb schläfrig, halb ärgerlich drein. Sein Bein war eingegipst und hing in einer Schlinge, die am Fußende des Bettes an einer Halterung angebracht war.

Man hatte ihn in ein Krankenhausnachthemd gesteckt, das jetzt jedoch am Boden lag. Claudia vermutete, dass er unter der Bettdecke nackt war, und sie musste unwillkürlich lächeln. Auch Lewis hörte sie hinter sich leise glucksen.

Roland drehte den Kopf vorsichtig zu ihnen hin. Vor Schmerz verzog er das Gesicht und hielt in der Bewegung inne. „Starr mich nicht so an", brummte er zu Claudia gewandt. „Komm lieber her und halt mir die Hand. Ich könnte etwas Mitgefühl gebrauchen."

Folgsam trat sie an sein Bett. Sie nahm seine Hand und küsste seine Finger. „Du hast mir einen ganz schönen Schrecken eingejagt“, schalt sie ihn liebevoll. „Dabei siehst du bis auf das Bein gar nicht verletzt aus. Du machst einfach nur ein sauertöpfisches Gesicht.“

„Es war ja auch nicht gerade ein Honigschlecken“, gab Roland trocken zurück. Er drückte ihre Hand und zog sie näher zu sich an das Bett. Sein Blick wanderte zu Lewis. „Lew, hat Redman sich böse verletzt?“

„Nein. Es ist nichts Ernstes“, versicherte der Aufseher. „Er konnte noch gut laufen. Ich behalte ihn aber sorgsam im Auge, falls es Schwellungen gibt.“

Roland vergaß seine Gehirnerschütterung und nickte befriedigt. Das hätte er lieber nicht tun sollen. Er stöhnte auf und fuhr sich mit der Hand an den Kopf. „Mein Kopf fühlt sich an, als würde er jeden Augenblick platzen. Gibt es hier denn keine Eisbeutel oder so was?“

Claudia blickte sich um und entdeckte auf dem Fußboden einen Eisbeutel, den Roland zusammen mit seinem Nachthemd auf den Boden befördert haben musste.

Sie hob ihn auf und legte ihn auf seine Stirn. Erleichtert seufzte er auf und sah Lewis wieder an.

„Kehren Sie zur Ranch zurück“, wies es den Aufseher an. „Es gibt dort vor der Auktion noch viel zu tun. Deshalb dürfen wir jetzt nicht beide ausfallen. Die schwarze Stute müsste morgen oder übermorgen kommen. Stellen Sie sie zu Irish Gale.“

Lewis hörte sich aufmerksam an, was in den nächsten beiden Tagen zu tun war. Er stellte ein paar knappe Fragen, dann ging er.

Darauf blieb Claudia allein mit Roland zurück. Er hatte ihre Hand während der ganzen Zeit nicht losgelassen und wandte sich ihr jetzt schläfrig zu.

„Du hast doch nichts dagegen, bei mir zu bleiben, oder?“

Claudia hatte nicht die Absicht gehabt zu gehen, aber dass er sie fragte, nachdem bereits alles entschieden war, war wieder einmal typisch Roland.

„Würde es einen Unterschied machen, wenn ich etwas dagegen hätte?“ erkundigte sie sich spöttisch.

Seine Augen wurden noch dunkler, und die Kinnmuskeln spannten sich.

„Nein“, erklärte er prompt. „Ich brauche dich hier.“ Er rückte auf dem Bett zurecht und stöhnte auf, als es in seinem Kopf sofort wieder zu hämmern anfing.

„Mein Unfall hat alles über den Haufen geworfen. Du kannst die Ranch jetzt nicht verlassen, Claudia. Da die Auktion unmittelbar bevorsteht, brauche ich deine Hilfe. Es gibt so viel zu tun, dass Lewis damit nicht allein fertig wird. Und letztlich geht es ja um deine Interessen, denn dir gehört die Ranch. Außerdem bist du jetzt absolut sicher vor mir, und das dürfte wohl das Entscheidende für dich sein. Im Augenblick könnte ich mich nicht einmal mit einem Kätzchen einlassen, geschweige denn mit einer Wildkatze!“

Mühsam unterdrückte Claudia ein Lächeln. Roland sah so hilflos aus, dass sie wünschte, sie könnte alles wieder ungesagt machen.

Den Gedanken, die Ranch zu verlassen, hatte sie bereits in dem Moment aufgegeben, als sie von seinem Sturz hörte. Aber das offenbarte sie ihm nicht.

Sie streifte ihm eine Haarsträhne aus der Stirn und antwortete ruhig: „Natürlich bleib ich. Dachtest du wirklich, ich würde jetzt noch gehen?“

„Das weiß ich nicht so genau“, murmelte Roland. „Ich könnte dich zumindest nicht aufhalten, wenn du gehen wolltest. Aber eigentlich hatte ich gehofft, dass die Ranch dir zuviel bedeutet, als das du sie im Stich lässt.“

Es war nicht die Ranch, die Claudia zurückhielt, sondern Roland. Aber das durfte sie ihm nicht sagen, noch nicht. Sie zog ihm die Bettdecke etwas höher und erwiderte leichthin: „Es bleibt mir ja nichts anderes übrig, als zu bleiben, und sei es nur, damit du dich hier brav aufführst.“

Er warf ihr einen schelmischen Blick zu. „Dafür ist es bereits zu spät. Aber wenn du über meine Tugend wachen willst, könntest du mir helfen, den appetitlichen Krankenschwestern zu widerstehen.“

„Du brauchst einen Tugendwächter?“ Claudia genoss es, Roland aufzuziehen, mit ihm zu flirten. Seltsam, dass sie erst jetzt, wo er hilflos im Bett lag, in der Lage war, ihn herauszufordern. Vorher war sie vor ihm stets auf der Hut gewesen.

„Im Augenblick nicht“, antwortete er schläfrig. „Da ist nicht einmal der Geist willig.“

Roland schlief bald ein. Liebevoll deckte Claudia ihn zu. Die Klimaanlage lief auf vollen Touren, und es kam ihr in dem Raum etwas zu kühl vor. Sie zog ihm die Decke behutsam bis über die Schultern hoch und setzte sich auf den Stuhl neben seinem Bett.

Was soll nun werden, überlegte sie, ohne den Blick von Rolands Gesicht abwenden zu können, das im Schlaf so friedlich aussah. An diesem Morgen hatte sich alles geändert. Statt vor Roland zu flüchten, saß sie nun an seiner Seite. Und nichts hätte sie jetzt mehr dazu bewegen können, ihn zu verlassen. Er war geschwächt und verletzt. Und er hatte recht mit seiner Behauptung, dass er sie in den nächsten Wochen auf der Ranch brauchen würde.

Schon allein mit der Auktion war eine Menge Arbeit verbunden, und Lewis war trotz seiner Tüchtigkeit kein Supermann. Schließlich konnte er nicht überall gleichzeitig sein. Außerdem musste sie sich eingestehen, dass sie Roland jetzt auf keinen Fall verlassen würde, selbst wenn sie auf der Ranch nicht gebraucht worden wäre.

Claudia war inzwischen klar geworden, dass sie Roland schon seit langem liebte. Auch David hatte sie geliebt, aber auf eine ganz andere, eher kameradschaftliche Weise. Was sie für

Roland empfand, war stärker als alles andere. Damals, mit siebzehn, hatte sie vor ihren Gefühlen für ihn Angst bekommen. Sie war geflohen, weil sie sich nicht eingestehen wollte, was er ihr bedeutete. Auch jetzt traute sie sich selbst immer noch nicht. Sie hatte erneut fortlaufen wollen, weil sie nicht sicher war, ob er ihre Gefühle überhaupt erwiderte.

In diesem Augenblick fiel ihre Entscheidung. Ganz gleich, welches Risiko sie damit einging, sie würde auf der Ranch bleiben. Sie liebte Roland und würde ihn immer lieben.

Ihr Blick wanderte durch den gedämpft beleuchteten Raum und blieb überrascht an seinem Hut hängen. Wie war er nur hierher gekommen? Sie konnte sich nicht erinnern, ihn im Flugzeug gesehen zu haben. Dennoch musste jemand ihn mitgenommen haben, denn schließlich war er da. Ob Lewis ihn hergebracht hatte? Oder hatte Roland sich unbewusst darin verkrallt? Der Gedanke entlockte ihr unwillkürlich ein Lächeln.

Gerührt griff Claudia nach dem staubigen Ding und drückte es an die Brust. Ihre ganze Zukunft stand auf dem Spiel, wenn ihr Bleiben sich als Fehler herausstellen sollte. Doch heute hatte sie erkennen müssen, dass Roland auch nur ein verletzlicher Mensch wie jeder andere war. Wie leicht konnte ein Unfall ihn von ihrer Seite reißen, und dann würde sie sich mit Reuegefühlen und Selbstvorwürfen quälen.

Roland wollte sie heiraten. Sie war sich ihrer Antwort nicht sicher und im Augenblick viel zu durcheinander, um eine so schwerwiegende Entscheidung zu treffen. Aber eines stand jetzt fest, sie würde nicht mehr fortlaufen. Damit hatte sie bisher nichts erreicht. Es war besser, sich ihrer Liebe und allem, was damit verbunden war, zu stellen. In den vergangenen Jahren hatte sie gelernt, dass sie Roland sowieso nicht vergessen konnte.

8. KAPITEL

Im Krankenhaus verhielt sich Roland musterhaft. Er war ein Patient, wie man ihn sich nur wünschen konnte, folgsam, klaglos und geduldig, solange Claudia an seiner Seite war.

Sie hatte keine Ahnung gehabt, auf was sie sich eingelassen hatte, als sie versprochen hatte, bei ihm zu bleiben.

Eine Schwester kam herein, um ihn zu wecken und Puls und Blutdruck zu messen. Roland öffnete die Augen und versuchte, sich aufzusetzen. Doch sofort spürte er die Schmerzen in seinem Kopf, und er ließ sich aufstöhnend wieder zurücksinken. „Claudia?“ fragte er mit matter Stimme.

„Ich bin hier“, versicherte sie ihm. Sie stand auf und ergriff beruhigend seine Hand.

Benommen blickte er sie an.

„Geh nicht fort.“

„Nein, bestimmt nicht. Ich habe es dir doch versprochen. Hast du das vergessen?“

Seufzend schloss er wieder die Augen und entspannte sich sichtlich.

Darauf beugte die Schwester sich über ihn und erkundigte sich freundlich: „Mr. Jackson, wissen Sie, wo Sie sind?“

„Im Krankenhaus“, gab er unwillig zurück, ohne die Augen zu öffnen.

Die Schwester, eine mollige Brünette mit einem strengen Blick, lächelte Claudia mitfühlend zu. „Wir wecken ihn jede Stunde, um uns zu vergewissern, dass er nur schläft und nicht etwa bewusstlos ist. Das ist nur eine Vorsichtsmaßnahme, aber wir wollen ganz sicher gehen.“

„Redet nicht über mich, als ob ich nicht da wäre“, ließ Roland sich unwirsch vernehmen.

Wieder suchte die Schwester Claudias Blick und rollte viel sagend mit den Augen. Claudia drückte Rolands Finger und ermahnte ihn mit gespielter Strenge: „Benimm dich, mein Lieber. Durch Missmut wirst du auch nicht schneller gesund.

Roland ließ die Augen geschlossen und drückte Claudias Hand an seine Wange.

„Für dich werde ich mich am Riemen reißen“, meinte er seufzend.

„Aber es ist wirklich nicht einfach, zu lächeln, wenn einem der Kopf zerspringt.“

Er hielt Wort. In Claudias Nähe gab er sich lammfromm. Die Schwestern merkten jedoch bald, dass er aufsässig wurde, wenn sie Claudia einmal hinausschickten. Er wollte, dass sie ständig um ihn war. Nach ein paar vergeblichen Versuchen, ihn zu bändigen, gaben die Schwestern schließlich nach. Claudia wusste natürlich, dass das Erpressung war, aber sie konnte Roland deswegen nicht böse sein. Unermüdlich kümmerte sie sich um ihn und umgab ihn mit zärtlicher Fürsorge.

Am späten Nachmittag wurde Claudia durch ihren knurrenden Magen daran erinnert, dass sie ohne Geld, Make-up und Kleider gekommen war. Ja, sie hatte nicht einmal einen Kamm dabei.

Lewis hatte ihr Sandwich bezahlt, das sie am Morgen nur zur Hälfte aufgegessen hatte, und jetzt war sie kurz vorm Verhungern. Behutsam fütterte sie Roland mit den Gelantinehäppchen, die er essen wollte. Die Erbensuppe hatte er verweigert. Als Claudia sie jetzt probierte, wusste sie, warum. Selbst in ihrem ausgehungerten Zustand brachte sie keinen Bissen herunter. Erbsensuppe hatte sie noch nie gemocht, und Roland schien ihre Abneigung zu teilen.

Es ging ihm beileibe nicht so schlecht, dass er nicht mitbekommen hätte, was um ihn herum vorging. Aus halbgeschlossenen Augen hatte er mit angesehen, wie sie die Suppe kostete und das Gesicht verzog. Mit sanfter Stimme sagte er: „Geh doch in der Cafeteria etwas essen, Claudia. Du musst ja Hunger haben. Ich werde auch brav sein, während du fort bist.“

„Ich bin wirklich schon ganz schwach“, gestand sie und setzte trocken hinzu: „Aber ich fürchte, für mein Aussehen allein wird man mir nichts geben. Ich habe nicht einmal einen Kamm dabei, geschweige denn Geld oder etwas zum Wechseln. Alles ging so schnell, dass ich gar nicht dazu gekommen bin, meine Tasche zu holen. Wir haben dich einfach aufgeladen und sind losgefahren.“

„Ruf Lewis an und sag ihm, was du brauchst. Er kann es bis zum Abend herbringen“, bestimmte Roland.

„Ich kann ihn aber doch nicht einfach herbestellen.“

„Natürlich kannst du das! Es ist schließlich deine Ranch, oder etwa nicht? Nein, lass, ich rufe ihn selbst an. Nimm dir meine Brieftasche aus der obersten Nachttischschublade und geh inzwischen essen.“

Claudia zögerte. Doch als Roland mühsam versuchte sich aufzurichten, rief sie rasch: „Also gut, ich gehe!“ Sie drückte ihn sanft auf das Kissen zurück und zog die Schublade auf. Die Brieftasche lag gleich obenauf. Sie nahm sie heraus und blickte einen Augenblick unschlüssig darauf. Aus einem ihr selbst nicht erklärlichen Grund widerstrebte es ihr, sein Geld zu nehmen.

„Nun geh schon!“ drängte Roland.

Sie gehorchte, weil ihr Hunger übermächtig wurde.

Während Claudia in der Cafeteria saß und geistesabwesend Kartoffelsuppe und Kräcker aß, erlag sie der Versuchung, Rolands Brieftasche durchzugehen. Nachdem sie sich schuldbewusst umgeschaut hatte, betrachtete sie die Schnappschüsse, die er mit sich herumtrug.

Einer schien seine Mutter zu zeigen, an die Claudia sich nicht mehr erinnern konnte. Sie war gestorben, als Roland noch klein war. Doch die Ähnlichkeit der Züge ließ die Verwandtschaft erkennen. Auf einem anderen stand sein Vater, ein hoch gewachsener, drahtiger Mann, mit einem schlaksigen, etwa zehnjährigen Jungen, der finster in die Kamera blickte.

Als Claudia die Plastikfächer weiter durchging, hielt sie verblüfft inne. Zwar hatte sie fast damit gerechnet, ein Foto von sich zu finden, aber was sie da vor sich hatte, hätte sie nicht erwartet.

Das Bild, das Roland mit sich herumtrug, war aufgenommen worden, als sie in die erste Klasse ging und noch alle Milchzähne hatte. Sie biss sich darauf verlegen auf die Unterlippe und blickte mit großen dunklen Augen in die Kamera.

Wie mochte er nur zu diesem Schnappschuss gekommen sein? Sie war doch schon mindestens zwölf oder dreizehn gewesen, als sie auf die Ranch kam. Vermutlich hatte er sich dieses Bild aus dem Familienalbum genommen.

Da war ein anderes Foto von Ward Donahue. Claudia blickte eine Weile wehmütig auf ihren Vater, denn stöberte sie erneut in Rolands Brieftasche. Er trug nur die wichtigsten Papiere bei sich: seinen Führerschein, die Pilotenlizenz und die Sozialversicherungskarte. Bis auf diese Dinge und dreiundvierzig Dollar gab es nichts weiter, das über das Wesen dieses verschlossenen Mannes hätte Aufschluss gegen können.

Claudia war auf einmal sicher, dass er in seinem ganzen Leben noch nie zu einem Menschen gesagt hatte „Ich brauche dich“. Und sie hätte ihn beinahe im Stich gelassen!

Sie holte tief Luft. Um ein Haar hätte sie den größten Fehler ihres Lebens gemacht. Jetzt war sie fast froh über Rolands Unfall, weil er sie davon abgehalten hatte, ihn zu verlassen. Damit wäre der Bruch zwischen ihnen endgültig gewesen. Doch war ihr nun bewusst geworden, dass sie ihn liebte und um seine Liebe kämpfen würde.

Obwohl Claudia sich vorgenommen hatte, Roland nicht auf ihre Entdeckung anzusprechen, entfuhr es ihr später am Abend einfach: „Wie kommst du zu dem Bild von mir, das du in deiner Brieftasche hast?“

Er lächelte sie an. „Ich habe mich gefragt, ob du der Versuchung widerstehen könntest. Offenbar war das nicht der Fall.“

Claudia schoss das Blut in die Wangen, aber sie ging nicht auf seine Neckerei ein. „Woher hast du es?“ beharrte sie.

„Ich habe es in einer Schuhschachtel mit alten Fotos gefunden. In der Dachkammer gibt es mehrere davon. Warum fragst du?“

„Weil ich nicht verstehe, warum du dir ausgerechnet dieses alte Bild ausgesucht hast.“

„Es erinnert mich an etwas“, antwortete Roland widerstrebend.

„Und an was?“

Er drehte langsam den Kopf, um sie ansehen zu können, und in seinen dunklen Augen glomm es seltsam. „Willst du das wirklich wissen?“

„Ja. Es interessiert mich, warum du ausgerechnet dieses uralte Foto genommen hast.“

„Es waren deine Augen“, murmelte er. „Genauso ernst und unsicher hast du mich angesehen, nachdem wir uns damals am Fluss das erste Mal geliebt hatten.“

Die Erinnerung durchzuckte Claudia. Sie sah alles wieder vor sich, als sei es eben erst geschehen. Roland hatte sich auf die Ellenbogen gestützt, um sein Gesicht von ihren jungen Brüsten zu nehmen, und hatte nur leise „Claudia“ gesagt.

Bis zu diesem Augenblick war ihr alles, was passiert war, fast unwirklich erschienen. Doch beim Klang seiner Stimme war ihr vieles bewusst geworden, die heißen Strahlen der Sonne über ihnen, das Kitzeln des Grases unter ihrem nackten Körper, das träge Summen einer Biene, die eine Wiesenblüte erkundete, das Zwitschern der Vögel in den nahe stehenden Bäumen.

Da war ihr das Ausmaß dessen, was sie eben getan hatte, auf einmal in seiner ganzen Tragweite bewusst geworden. Sie hatte die unbekannten Schmerzen gespürt, die immer noch von lustvollen Empfindungen begleitet wurden. Aufgewühlt von der körperlichen und seelischen Erfahrung und erfüllt von dem Wunsch, es noch einmal zu tun, hatte sie Roland mit aufgerissenen Augen angesehen. In ihr spiegelte sich die Erkenntnis, den ersten und wichtigsten Schritt getan zu haben, um eine Frau zu werden.

Claudia wusste nicht, was sie sagen sollte. Nach einer Weile seufzte Roland müde und schloss die Augen. Besorgt betrachtete sie sein blasses Gesicht. Wochenlang hatte sie an Davids Krankenbett gesessen, ehe er starb. Jetzt wurde sie schmerzlich an diese endlosen Tage erinnert.

Aber dieser Vergleich war ja zum Glück nicht treffend. Roland würde bald wieder auf den Beinen sein. Doch der Gedanke blieb. Es war furchtbar gewesen, David zu verlieren. Wenn Roland etwas passierte, würde sie das nicht ertragen.

Die folgende Nacht war fürchterlich für Claudia. Sie kam nicht einmal dazu, das Nachthemd anzuziehen, das Lewis ihr gebracht hatte. Und obwohl sie sich eine der Liegen hatte kommen lassen, die für die Betreuer der Patienten bereitstanden, blieb sie an Rolands Bett sitzen.

Roland war rastlos. Sein Kopf und sein Bein schmerzten stark, und jedes Mal, wenn er am Einschlafen war, kam eine Schwester und weckte ihn auf. Beim Morgengrauen war er gereizt wie ein Panther, und auch Claudia hätte sich über diese Praxis aufgeregt, wenn sie nicht zu müde gewesen wäre.

Möglicherweise waren es die Schmerzen, die Roland beim Dahindämmern wieder an Vietnam erinnerten, denn wieder und wieder ballte er die Hände, und ihm brach der kalte Schweiß aus.

Claudia stellte keine Fragen. Sie versuchte, Roland durch ihre bloße Gegenwart zu beruhigen. Leise sprach sie jedes Mal auf ihn ein, bis er sich wieder entspannte. Sie war fast am Ende ihrer Kräfte, aber sie war bei ihm, wann immer er die Augen aufschlug, streichelte ihm zärtlich die Hände. Obwohl er nie voll zu sich kam, reagierte er auf ihre Berührungen und beruhigte sich dabei sichtlich.

Die ganze Nacht hindurch ging es Roland sehr schlecht. Am nächsten Tag hatte er leichtes Fieber. Obwohl die Schwestern Claudia erklärten, dass das nichts Ungewöhnliches sei, blieb sie bei ihm. Immer wieder erneuerte sie die Eispackung auf seiner Stirn und rieb seinen Körper mit einem feuchten Tuch ab.

Die zweite Nacht schlief Roland durch. Claudia atmete auf, denn sie hatte sich auf die Liege gelegt und war so erschöpft gewesen, dass sie sich die ganze Zeit nicht rührte. Sie war fest eingeschlafen. Wenn er nach ihr gerufen hätte, hätte sie ihn wahrscheinlich nicht gehört.

Am Dienstagmorgen war sie erleichtert und beunruhigt zugleich, als der Arzt Roland eröffnete, er könne nach Hause zurückkehren. Zwar würde er es auf der Ranch bequemer haben, aber Claudia war nicht sicher, ob Roland schon wieder kräftig genug war, um ohne laufende ärztliche Betreuung auszukommen.

Der Arzt versicherte ihr, dass er gute Fortschritte gemacht hätte, den Rest der Woche jedoch auf jeden Fall noch im Bett bleiben müsse. Das sei sehr wichtig, denn solange seine Kopfschmerzen und Schwindelanfälle nicht vorüber wären, bestünde die Gefahr, dass er ohne das normale Gleichgewichtsgefühl nicht einmal mit Hilfe von Krücken gehen könne.

Nach dem Rückflug zur Ranch war Roland erschöpft. Sein Gesicht war erschreckend bleich, als die Arbeiter ihn nicht ohne Schwierigkeiten nach oben trugen und auf das Bett legten. Trotz ihrer Vorsicht hielt er sich vor Schmerzen den Kopf.

Lorna war ihnen aufgeregt gefolgt und verließ mit Tränen in den Augen das Zimmer.

Die Männer zogen sich zurück und überließen es Claudia, sich weiter um Roland zu kümmern.

Behutsam zog sie ihm Hemd und Jeans aus. Das rechte Hosenbein war abgeschnitten worden, damit er die Jeans über den Gips ziehen konnte. Claudia bettete das verletzte Bein vorsichtig auf Kissen, die sie an beiden Seiten mit zusammengerollten Decken abstützte. Liebevoll deckte sie Roland zu.

„Hast du Hunger?“ fragte sie besorgt, weil er bisher keinen Appetit gezeigt hatte. „Soll ich dir etwas zu trinken oder sonst etwas bringen?“

Er öffnete die Augen und sah sich in dem Raum um. Ohne auf ihre Frage zu antworten, murmelte er: „Das ist nicht mein Zimmer.“

Claudia hatte sich Gedanken über die Räumlichkeiten der Ranch gemacht und Lorna angewiesen, Rolands Sachen ins Gästezimmer zu schaffen. Sein eigenes Zimmer befand sich im hinteren Teil des Hauses und ging auf die Ställe hinaus. Da hatte Claudia befürchtet, dass Roland es schwerfallen würde, still zu liegen, wenn er das Geschehen im Hof mitbekäme.

Außerdem befand sich das Gästezimmer unmittelbar neben ihrem eigenen, so dass sie ihn besser hören konnte, falls er nach ihr rufen sollte. Hinzu kam noch, dass es als einziger Raum im Haus ein eigenes Bad hatte. Da Roland sich nur schwer fortbewegen konnte, war das ein entscheidender Gesichtspunkt. Jetzt konnte sie nur hoffen, dass er mitmachte.

Ruhig erwiderte sie: „Nein, das ist das Zimmer neben meinem. Ich möchte dich nachts in meiner Nähe haben. Und hier hast du auch gleich ein Bad“, setzte sie mit Nachdruck hinzu.

Roland dachte darüber nach. „Also gut“, meinte er schließlich. „Ich habe zwar keinen Hunger, aber bitte Lorna, mir etwas Suppe zu kochen. Das wird mich kräftigen.“

Trotz seines Zustandes hatte Roland also doch gemerkt, dass Lorna aufgeregt war. Claudia wusste, dass die Köchin ihm treu ergeben war. Erleichtert nahm sie wahr, dass Roland sich auch um andere Gedanken machte, denn bis vor kurzem hatte sie ihn dazu für unfähig gehalten.

„Wo ist Lew?“ wollte er wissen. „Ich muss mit ihm reden.“

Streng blickte Claudia ihn an. „Jetzt hör mir mal gut zu, Roland Jackson. Der Arzt hat strikte Anweisung gegeben, dich ruhig zu halten. Wenn du Schwierigkeiten machst, lasse ich dich wieder aufladen und postwendend ins Krankenhaus zurückbringen. Du darfst keinerlei Arbeit tun, dir keine Sorgen um die Ranch machen und nicht allein aufstehen. Habe ich mich klar genug ausgedrückt?"

Grimmig verzog er das Gesicht. „Aber die Auktion steht doch unmittelbar bevor."

„Und wir werden sie auch ohne dich glatt über die Bühne bringen, mein Lieber", unterbrach Claudia ihn ungerührt. „Ich verbiete dir nicht, mit Lewis zu sprechen, aber ich werde darauf achten, dass du dich mehr ausruhst als redest."

Roland seufzte. „Jetzt, wo ich hilflos wie eine Schildkröte auf dem Rücken bin, spielst du die starke Frau", gab er sich überraschend schnell geschlagen. „Aber der Gips bleibt ja nicht ewig, das solltest du nicht vergessen."

„Du erschreckst mich zu Tode", antwortete Claudia trocken und küsste ihn zart auf den Mund. Rasch richtete sie sich wieder auf, ehe er reagieren konnte. Doch ihm fielen die Lider zu, und er schlummerte ein.

Leise öffnete Claudia das Fenster, um frische Luft hereinzulassen. Dann ging sie auf Zehenspitzen hinaus und schloss behutsam die Tür hinter sich.

An der Wand vor dem Zimmer stand Ricky. Sie sah Claudia wütend an. „Du hast Lewis verboten, mich ins Krankenhaus mitzunehmen!" zischte sie. „Du wolltest vermeiden, dass ich Roland besuche. Du willst ihn ganz für dich, ist es nicht so?"

Es war zu befürchten, dass Rickys aufgebrachte Stimme Roland aufwecken würde. Deshalb packte Claudia sie am Arm und zog sie mit sich fort. „Sei still!" flüsterte sie ärgerlich. „Er schläft und braucht viel Ruhe."

„Das kann ich mir denken", gab Ricky höhnisch zurück.

Claudia hatte zwei furchtbare Tage hinter sich, und ihre Nerven waren ohnehin zum Zerreißen gespannt. „Denk, was du willst, aber halte dich ja von ihm fern!" gab sie scharf zurück.

„Wenn du es nicht tust, wirst du dein blaues Wunder erleben. Ich werde dafür sorgen, dass du ihn nicht aufregst, solange er noch in diesem geschwächten Zustand ist. Dies ist meine Ranch, und wenn du hier bleiben willst, fügst du dich besser!"

„Wie du mich anwiderst. Deine Ranch! Dein Haus! Du hast schon immer geglaubt, dass du wegen dieser blöden Ranch besser als andere bist."

Darauf ballte Claudia die Fäuste. Sie hatte genug von Rickys Eifersüchteleien und ihren Gehässigkeiten.

Ricky merkte offenbar, dass Claudia nahe daran war, die Beherrschung zu verlieren. Sie sagte kein Wort mehr und ging rasch nach unten.

Die Wut von Claudia war so groß, dass sie erst ein paar Minuten später in der Küche erschien und Rolands Suppe bestellte. Aus Erfahrung wusste sie, dass er nur kurz dahindämmem würde. Deshalb wollte sie etwas für ihn bereithaben, wenn er aufwachte.

Lornas Gesicht hellte sich erleichtert auf, als sie hörte, dass sie etwas für Roland tun konnte. Sofort begann sie, sich emsig in der Küche zu schaffen zu machen.

Eine halbe Stunde später war ein Tablett mit einer duftenden cremigen Gemüsesuppe und einem Glas Eistee gedeckt. Als Claudia es nach oben trug, begann ihr Magen sich zu melden. Sie beschloss, die Suppe selbst zu essen, falls Roland noch schlafen sollte.

Doch als sie die Tür öffnete, bewegte er sich auf dem Bett und versuchte mühsam, sich aufzusetzen. Rasch stellte Claudia das Tablett auf den Nachttisch und stützte ihn dabei. Dann schob sie ihm Kissen in den Rücken, damit er bequem saß. Nun galt es, sein Bein in eine erträgliche Lage zu bringen. Roland biss tapfer die Zähne zusammen, bis ihnen das mit gemeinsamer Anstrengung gelungen war.

Er aß die Suppe mit mehr Appetit als im Krankenhaus. Die

Schüssel war jedoch immer noch halbvoll, als er sie schließlich von sich schob und gereizt erklärte: „Es ist heiß hier drinnen."

Claudia musste zugeben, dass das stimmte. Die Fenster gingen nach Südwesten, und die grelle Nachmittagssonne schien voll herein. Auf Rolands Gesicht standen kleine Schweißtropfen.

Da es in dem alten Haus weder eine Klimaanlage noch eine Zentralheizung gab, wusste Claudia einen Moment nicht, was sie tun sollte. Die einzige Lösung war, ein Gerät für das Fenster zu kaufen. Ihr fiel ein, dass sie einen elektrischen Ventilator besaßen. Sofort ging sie ihn holen. Er würde Roland fürs erste Erleichterung schaffen, bis sie eine Klimaanlage kaufen konnte.

Sie stöpselte den Ventilator ein und schaltete ihn an. Dabei rückte sie ihn so zurecht, dass er auf Roland gerichtet war.

Aufseufzend bedeckte er die Augen mit einer Hand. „Das erinnert mich an einen Tag in Saigon", murmelte er. „Da war es so fürchterlich heiß, dass die Luft wie Sirup war. Meine Stiefel blieben im Asphalt stecken, als ich zum Hubschrauber ging. Es war so unglaublich heiß, Claudia, dass Vietnam erst an zweiter Stelle kam. Jahrelang war Schweiß auf meinem Rücken für mich, als ob eine Schlange auf mir herumkriecht, weil ich diesen Tag in Saigon nicht vergessen konnte."

Wie erstarrt stand Claudia da. Sie wagte kein Wort zu sagen. Das war das erste Mal, dass Roland ihr etwas von seinen Kriegserinnerungen erzählte. Sie war nicht sicher, ob er sich langsam daran gewöhnen wollte, über diese Dinge zu sprechen, oder ob er noch unter dem Einfluss des Fiebers stand.

Roland ließ den Arm sinken und sah sie fest an. „Das ging so bis zu einem Tag im Juli vor acht Jahren", fuhr er versonnen fort. „Es war sehr heiß. Als ich dich nackt im Fluss schwimmen sah, hatte ich Lust, es dir nachzutun. Doch dann fiel mir ein, dass ein anderer Mann dich genau wie ich gesehen haben könnte. Da hätte ich dich am liebsten durchgeschüttelt. Du weißt, was dann geschehen ist."

Nach einem kurzen Schweigen setzte er erneut an. „Und während ich dich liebte, brannte die Sonne auf meinen Rücken, und der Schweiß lief mir über die Haut, aber da dachte ich nicht an Vietnam. Alles, was ich denken konnte, war, dass du in meinen Armen zu einer leidenschaftlichen Geliebten geworden warst, dass du unter mir lagst und mich mit einer anderen Art von Hitze versengtest. Nach diesem Tag hat es mir nichts mehr ausgemacht, zu schwitzen. Ich brauchte nur zur Sonne aufzusehen und schon verspürte ich den Wunsch, mit dir zu schlafen."

Claudia schluckte trocken. Sie konnte nicht sprechen und sich nicht einmal rühren.

Auffordernd streckte Roland die Hand nach ihr aus. „Komm her." Er zog sie zu sich auf das Bett und küsste sie verlangend. „Ich möchte es jetzt tun", murmelte er an ihrem Mund und führte ihre Hand seinen Körper hinunter.

Als Claudia sein Begehren spürte, stöhnte sie leise auf. „Das geht nicht", protestierte sie schwach und befreite sich von seinen Lippen. „Du kannst dich doch nicht bewegen."

„Ich werde es auch nicht tun, sondern ganz still liegen", versprach er heiser.

„Lügner!" Claudias Stimme wurde zärtlich. „Nein, Roland, nicht jetzt."

„Du sollst doch dafür sorgen, dass ich zufrieden bin."

„Das hat der Doktor damit nicht gemeint", gab sie in gespielter Strenge zurück. „Ich soll aufpassen, dass du im Bett bleibst und dich ruhig verhältst"

„Ich werde auch ganz ruhig sein, wenn du tust, wonach mir so sehr ist"

„Sei doch vernünftig, Roland."

„Ich bin nun einmal nicht vernünftig."

Nun musste Claudia doch lachen. Sie barg den Kopf an seiner Brust, bis sie sich wieder unter Kontrolle hatte. „Mein armer Liebling", murmelte sie mitfühlend.

Roland lächelte und gab den Versuch auf, sie in sein Bett zu locken. Er fuhr ihr mit den Fingern durch das Haar und sah zu, wie die seidigen Flechten auf ihre Schultern zurückfielen. „Hast du jetzt, wo ich dich nicht mehr aufhalten kann, immer noch vor, wegzugehen?“ erkundigte er sich vorsichtig.

Ruckartig hob Claudia den Kopf. „Natürlich nicht!“ erwiderte sie entrüstet

„Du hast es kein einziges Mal in Erwägung gezogen?“

„Nein!“ Sie spielte mit seinen Brusthaaren und lächelte. „Ich werde wohl doch bleiben. Es wäre nämlich dumm von mir, wenn ich auf die Chance verzichten würde, dich herumzukommandieren.“

„Du bleibst also, um dich an mir zu rächen?“ Auch Roland schmunzelte jetzt.

„Natürlich!“ Sie streichelte seine Brustspitze, die unter der Berührung hart wurde. „Ich werde dir jeden Kuss zurückgeben und genießerisch zusehen, wie du leidest. Auch dass du mich damals übers Knie gelegt hast, werde ich dir heimzahlen. Zwar weiß ich noch nicht genau, mit welcher Münze, aber ich werde mir schon etwas einfallen lassen.“

Jetzt lachte Roland schallend. „Ich kann es kaum erwarten.“

„Dass weiß ich“, erklärte Claudia befriedigt. „Genau das wird meine Rache sein, dich warten lassen, bis du platzt.“

„Du hast mich acht Jahre warten lassen. Was willst du jetzt noch? Mich zum Mönch machen?“

„Du wärest der Letzte, bei dem ich das versuchen würde, Roland Jackson! Spiel nicht das Unschuldslamm! Wanda hat mir erzählt, was für einen Ruf du im Ort hast.“

„Weiberklatsch“, brummte Roland.

Obwohl er jetzt sehr viel besserer Stimmung war, wurde er rasch müde. Als Claudia ihm half, sich wieder hinzulegen, widersprach er nicht.

Die Klimaanlage war das erste, das Claudia beschaffen wollte. Lewis war jedoch zu sehr beschäftigt, um sie noch einmal nach

San Antonio fliegen zu können. Das wäre der nächste Ort gewesen, wo sie eine kleinere Anlage hätten kaufen können, die nicht zu viel Verlegungsarbeiten im Haus erforderte.

Somit blieb ihr als Beförderungsmittel nur das Auto. Allein die Hinfahrt würde zwei Stunden in Anspruch nehmen.

Aber da der Wetterbericht ein Fortdauern der Hitzewelle angekündigt hatte, würde sie wohl fahren müssen, denn Roland brauchte die Anlage.

Im Augenblick war Claudia jedoch noch so erschöpft, dass die lange Fahrt über ihre Kräfte gegangen wäre. Sie würde am nächsten Morgen zeitig aufstehen, um in San Antonio zu sein, wenn die Geschäfte aufmachten. Auf diese Weise konnte sie mittags wieder auf der Ranch sein und der schlimmsten Hitze entgehen.

Sie duschte ausgiebig und schaute danach wieder bei Roland herein. Er schlummerte immer noch. Solange hatte er noch nie durchgehend geschlafen. Jetzt war sie sicher, dass er auf dem Wege der Besserung war.

Nachdenklich blickte Claudia auf den Gips, der sein Bein von den Knien bis zu den Zehen umschloss. Sie wünschte, er wäre bereits abgenommen, und Roland könnte wieder auf den Koppeln sein. Zwar genoss sie das Bewusstsein, ihn für ein paar Tage in der Hand zu haben, aber auf der anderen Seite tat es ihr weh, ihn so schwach und hilflos zu sehen.

Claudia nutzte die Atempause, um sich ein wenig auf ihrem Bett auszustrecken. Sie nickte auf der Stelle ein und wurde erst durch eine gereizte Stimme geweckt, die ihren Namen rief. Benommen fuhr sie auf und sah auf die Uhr. Sie hatte fast zwei Stunden geschlafen. Kein Wunder, dass Roland nach ihr rief. Er musste schon länger wach sein und sich fragen, ob sie ihn im Stich gelassen hätte.

Auf dem schnellsten Weg eilte Claudia in sein Zimmer. Die schläfrigen Augen verrieten ihr jedoch, dass Roland eben erst aufgewacht war und sie sofort gerufen hatte. Nachdem er sie zwei Tage stets um sich gehabt hatte, hatte er sich daran gewöhnt, sie ständig zu beanspruchen.

„Wo bist du gewesen?“ fragte er sie verdrießlich.

„Ich habe geschlafen.“ Claudia gähnte. „Was willst du denn?“

Einen Augenblick lag er da und blickte missmutig vor sich hin. Dann antwortete er: „Ich habe Durst.“

Neben seinem Bett standen eine volle Wasserkaraffe und ein Glas, aber sie sagte nichts, sondern schenkte ihm ein Glas ein. Der Arzt hatte ihr gesagt, dass Rolands Kopfschmerzen ihn für ein paar Tage sehr reizbar machen würden und dass die geringste Bewegung ihm Schmerzen bereiten würde. Sie schob den Arm unter sein Kopfkissen, um ihn behutsam anzuheben und ihm das Glas an die Lippen zu halten.

Er trank in durstigen Zügen. „Es ist so schrecklich heiß hier“, meinte er seufzend, als er das Glas geleert hatte.

Claudia musste ihm recht geben. „Ich fahre morgen früh nach San Antonio und kaufe eine Klimaanlage für das Fenster“, versprach sie. „Heute musst du noch durchhalten, aber ab morgen wirst du es besser haben.“

„Das ist eine unnötige Ausgabe“, setzte Roland Stirn runzelnd an, aber sie ließ ihn nicht weiterreden.

„Sie ist nicht unnötig. Wenn du dich hier tagelang zu Tode schwitzt, dauert es viel länger, ehe du wieder fit bist.“

„Es gefällt mir aber trotzdem nicht.“

„Ob es dir gefällt oder nicht, ich sagte, ich kaufe die Anlage, und damit basta!“ erklärte Claudia bestimmt.

Aufsässig blickte er sie an. „Wie du willst. Aber wenn ich wieder auf den Beinen bin, werde ich es dir zeigen.“

„Ich habe keine Angst vor dir“, antwortete sie lachend, obwohl das nicht ganz stimmte.

9. KAPITEL

„Claudia!“

„Mrs. Ashe, was sollen wir tun?“

„Claudia, wir brauchen ...“

„Kommst du mich rasieren, Claudia?“

„Claudia, kannst du nicht endlich ...“

„Entschuldige, Claudia, aber Roland will nicht, dass ich ihm ...“

Noch nie in ihrem Leben hatten so viele Leute gleichzeitig etwas von ihr gewollt. Wohin sie sich auch wandte, überall gab es ein Problem, dessen sie sich möglichst sofort annehmen sollte.

Auf der Ranch fielen tagtäglich tausend Arbeiten an, die bewältigt werden wollten. Und obwohl Claudia nicht gewusst hätte, wie sie ohne Lewis Stovall zurechtgekommen wäre, gab es Entscheidungen, die nur sie treffen konnte, solange Roland ausfiel.

Monica wollte immerzu etwas von ihr, und auch Ricky fand ständig etwas, um sie auf Trab zu halten.

Zwar versuchte Lorna, ihr die Krankenpflege abzunehmen, aber das wollte Roland nicht. Niemand außer Claudia schien ihn richtig rasieren, füttern, waschen und umhegen können. Und niemand außer ihr konnte ihn bei Laune halten.

Von allen Stimmen, die täglich nach ihr riefen, ertönte Rolands bei weitem am häufigsten. Claudia rannte zahllose Male am Tag treppauf und treppab, um seine Wünsche zu erfüllen. Er war nicht direkt ein schwieriger Patient, aber er wollte ausschließlich von ihr umsorgt werden.

Am Tage nach seiner Entlassung aus dem Krankenhaus hatte sie eine Klimaanlage gekauft, und die angenehmere Temperatur erleichterte ihm das Liegen. Das leise Summen des Motors übertönte außerdem störende Geräusche. Er schlief viel, doch wenn er wach war, zeigte er sich ungeduldig, wenn Claudia einmal nicht gleich kam.

Sie konnte ihm deswegen nicht böse sein, schon gar nicht, da sie selbst sah, wie schmerzhaft er das Gesicht verzog, wenn er sich zu bewegen versuchte. Auch sein Bein tat immer noch weh und begann unter dem Gips zu jucken, und gegen beides ließ sich nichts tun. Es wunderte Claudia daher nicht, dass er schlecht gelaunt war. Das wäre jeder andere unter diesen Umständen auch gewesen. Für einen Mann mit seinem Temperament verhielt er sich sogar ruhiger, als sie erwartet hatte.

Doch obwohl sie Roland verstand, hatte sie am Abend von dem vielen Treppenlaufen schwere Beine. Sie hatte nicht genug Schlaf, und auch die Mahlzeiten kamen oft zu kurz. Sitzen konnte sie überhaupt nur, wenn sie über das Ranchgelände ritt oder Roland fütterte. Nach zwei Tagen war sie deshalb vollkommen erschöpft und ausgelaugt.

An diesem Abend schlief sie neben Roland ein. Sie wusste noch, dass sie ihn gefüttert und hinterher den Teller auf das Tablett zurückgestellt hatte. Dann musste sie eingenickt und gegen seine Schulter gerutscht sein.

Als sie wieder zu sich kam, war es Morgen. Roland stöhnte leise, weil er einen Krampf im Arm hatte. Er hatte sie die ganzen Stunden über an seiner Schulter gehalten und die Nacht im Sitzen verbracht. Als Claudia die Augen aufschlug, lächelte er, aber er sah müde aus und hatte vermutlich kaum ein Auge zugetan.

Der Vormittag verlief hektisch. Ein Problem nach dem anderen tauchte auf. Claudia war nach einem Kontrollritt gerade vor den Ställen angekommen, um Roland sein Mittagessen zu bringen, als ein Transporter in den Hof rollte, und eine vertraute Gestalt ausstieg.

„Mr. Vernon!“ rief Claudia überrascht. Sie ging zu ihrem alten Freund, um ihn zu begrüßen. Ein Begleiter entstieg der Fahrerkabine. Sie blickte ihn neugierig an und erkannte ihn. Es war der Mann, der bei der Begegnung vor der Apotheke bei Paul Vernon gewesen war, aber sie konnte sich an seinen Namen nicht mehr erinnern.

Paul sprang in die Bresche. Er deutete auf seinen Gast und meinte: „Sicher erinnerst du dich noch an Ira Morris, Claudia. Ich habe euch vor etwa einer Woche bekannt gemacht."

„Ja, natürlich." Claudia streckte dem Besucher die Hand hin. Er schüttelte sie, sah ihr jedoch nicht ins Gesicht. Sein Blick glitt abschätzend über die Stallungen und Scheunen und blieb schließlich auf den friedlich grasenden Pferden hängen.

„Ich habe schon viel von der Ranch gehört", sagte er. „Und eigentlich nur Gutes. Hier soll es die besten Rennpferde von Texas geben. Wie ich hörte, sind Sie jetzt auch auf die Zucht von Vollblütern übergegangen. Lässt die sich gut an?"

Noch vor ein paar Tagen hätte Claudia nicht gewusst, ob das der Fall war, doch inzwischen hatte sie notgedrungen eine Menge über den Ranchbetrieb gelernt.

„Wir haben letztes Jahr ein Fohlen verkauft, das in dieser Saison in Kalifornien groß gewonnen hat."

„Ich habe von ihm gehört", nickte Ira Morris. „Irish Venture von Irish Gale und Wanderer. Wie ich höre, hat die Stute ein weiteres Fohlen von Irish Gale geworfen. Ich würde es gern noch vor der Auktion kaufen."

„Von den Katalogpferden wird keines vorher verkauft", erklärte Claudia bestimmt.

„Gut, das verstehe ich", lenkte Morris sofort ein. „Kann ich mir das Fohlen aber wenigstens einmal anschauen?"

Claudia zuckte mit den Schultern. „Von mir aus. Aber das Fohlen ist ein weibliches Füllen, kein Hengstfüllen. Ihr Name ist Little Irish, aber Roland nennt sie Rowdy."

„Ist sie so ungebärdig?" fragte Paul Vemon.

Schmunzelnd deutete Claudia auf ein zierliches Fohlen, das auf der Weide herumtänzelte. „Rowdy ist einfach anders als die übrigen."

Schweigend sahen sie den grazilen Bewegungen des jungen Tieres zu. Erst als es neben einem anderen Fohlen ankam, fiel auf, wie groß es war. Da es so zierlich wirkte, erkannte man nicht sofort, dass Rowdy ein großes, kraftvolles Tier war. Ihr gesundes, schimmerndes Fell lenkte von dem Spiel ihrer Muskeln ab. Wer sie beobachtete, bemerkte als erstes die stolze Schönheit ihres Wuchses, die edle Wölbung ihres Nackens und die Eleganz der Bewegungen ihrer Hufe beim Laufen. Erst bei näherem Hinsehen wurde einem bewusst, dass das Tier sich mit einer fast spielerischen Geschwindigkeit voranbewegte und dass seine schlanken Läufe von stählerner Härte waren.

„Sie ist nicht verkäuflich", sagte Claudia. „Jedenfalls nicht in diesem Jahr. Roland will sie behalten."

„Wenn es Ihnen nichts ausmacht, würde ich gern mit ihm sprechen."

„Das geht leider nicht." Claudia mochte Ira Morris nicht sonderlich. Er schien ein kalter, berechnender Mann zu sein. „Roland hatte Anfang der Woche einen Unfall, und er muss das Bett hüten. Er darf nicht gestört werden."

„O, das tut mir aber leid", mischte Paul Vernon sich ein. „Was ist denn passiert?"

„Sein Pferd ist gestolpert, und mit ihm gestürzt. Dabei hat es sich auf Rolands Bein gerollt."

„Ist es gebrochen?" fragte Paul und sah sie sehr besorgt an.

„Ja. Er hat außerdem auch noch eine Gehirnerschütterung und muss ganz still liegen."

„Das ist ja wirklich schlimm! Vor allem jetzt vor der Auktion."

„Die wird er sich bestimmt nicht entgehen lassen", versicherte Claudia. „So wie ich Roland Jackson kenne, humpelt er bis dahin schon wieder herum. Ich hoffe nur, ihn wenigstens noch für den Rest der Woche im Bett halten zu können."

„Er ist halsstarrig, nicht wahr?" Paul Vernon lachte.

„Wie ein Maulesel", bestätigte Claudia.

Ira Morris trat ungeduldig von einem Fuß auf den anderen. Claudia merkte, dass Rolands Zustand ihn nicht interessierte, er dachte nur an Pferde.

Aber wenn es nach ihr ging, hatten sie bis zur Auktion keine zu verkaufen. Roland würde auswendig wissen, welche Tiere er anbieten wollte. Aber da die Druckerei die Kataloge noch nicht geschickt hatte, hatte sie keine Ahnung, welche Pferde zum Verkauf standen. Und zu Roland zu gehen, um ihn danach zu fragen, hatte sie keine Lust.

Mr. Morris' Blick glitt erneut über die Ranch. „Nur noch eines, Mrs. Ashe", sagte er unverhofft. „Ich bin geschäftlich hergekommen und weiß nun nicht, mit wem ich verhandeln soll. Wer hat hier auf der Ranch denn das Sagen, Jackson oder Sie?"

Claudia dachte einen Moment nach. „Mir gehört die Ranch", antwortete sie schließlich. „Aber Mr. Jackson leitet sie für mich. Er weiß über die Pferde besser Bescheid als ich."

„Seine Entscheidungen gelten also?"

„Worauf wollen Sie hinaus, Mr. Morris?" erwiderte Claudia ärgerlich. „Wenn Sie jetzt gleich Pferde kaufen wollen, kann ich Ihnen nur sagen, dass sie erst auf der Auktion käuflich sind. Oder hatten Sie noch ein anderes Anliegen?"

Ira Morris lächelte kalt. „Was wäre, wenn ich alles kaufen wollte? Alles, die Pferde, das Land und die Gebäude?"

Das hatte Claudia nicht erwartet. Betreten schob sie sich eine Haarsträhne aus der Stirn und blickte sich um. Die Ranch verkaufen, das alte Haus, in dem sie geboren war?

Sie kannte jeden Meter dieses Landes, jede Mulde und jede Erhöhung, jeden Geruch und jedes Geräusch. Hier hatte sie sich in Roland verliebt, und hier war sie zur Frau geworden. Sie konnte die Ranch unmöglich verkaufen.

Sie öffnete den Mund, um Morris die entsprechende Antwort zu geben, doch dann kam ihr plötzlich ein Gedanke. Wenn sie Bar D nicht mehr besaß, würde sie sich nicht mehr zu fragen brauchen, ob Roland sie oder ihren Besitz wollte. Dann könnte sie endlich sicher sein.

Aber wollte sie wirklich wissen, woran sie mit ihm war? Claudia spürte einen Stich in der Brust, als ihr klar wurde, dass die Antwort unter Umständen schmerzlicher war als die Frage. Roland würde ihr nie verzeihen, wenn sie die Ranch verkaufte.

Erneut wandte sie sich dem Besucher zu und zwang sich zu einem Lächeln. „Das ist eine schwerwiegende Frage, Mr. Morris. An so etwas habe ich bisher noch nie gedacht. Eine solche Entscheidung kann ich natürlich nicht über das Knie brechen."

„Aber Sie werden sich die Sache durch den Kopf gehen lassen?" drängte er.

„Sicher", erwiderte Claudia vage. „Ich werde darüber nachdenken."

Sie würde an nichts anderes mehr denken können, das wusste sie jetzt schon. Ohne es zu ahnen, hatte Mr. Morris sie vor die Entscheidung gestellt. Jetzt musste sie sich der Frage stellen: Was wollte sie mehr, die Ranch oder Roland Jackson? Wenn sie die Ranch behielt, würde sie vielleicht nie herausfinden, was er für sie empfand. Auf der anderen Seite konnte es sein, dass sie ihn für immer verlor, wenn sie sie verkaufte. Aber dann würde sie wenigstens ganz genau wissen, woran sie war.

Natürlich würde sie über das Angebot auch mit Roland sprechen müssen. Doch sie wusste jetzt schon, wie er reagieren würde. Er würde sich mit allen Mitteln gegen den Verkauf der Ranch stemmen. Aber als Verwalter hatte er ein Recht, zu erfahren, was vorging, obwohl sie ihn nicht aufregen wollte.

Später als gewöhnlich kam sie dazu, an sein Mittagessen zu denken. Erst war sie von Paul Vernon und Ira Morris aufgehalten worden, und dann hatte sie noch rasch geduscht, weil sie so staubig geworden war.

Während Lorna sein Tablett deckte, lehnte Claudia sich an die Anrichte und stopfte hastig ein belegtes Brot in sich hinein. Sie wunderte sich, dass Roland nicht schon längst nach ihr gerufen hatte. Vielleicht war er eingenickt. Nun ja, sie würde es gleich erfahren.

Roland schlief nicht. Als Claudia vorsichtig die Tür öffnete, drehte er mühsam den Kopf zur Seite, um sie anzusehen.

In seinen Augen lag ein harter Ausdruck, und er musterte sie stumm von Kopf bis Fuß.

Vorsichtig stellte Claudia das Tablett auf den Nachtisch und erkundigte sich: „Was ist los? Hast du wieder Kopfschmerzen?"

„Wie ich höre, willst du die Ranch verkaufen", stieß er höhnisch hervor und versuchte, sich auf den Ellenbogen aufzurichten. Durch die ruckartige Bewegung rutschte sein Bein von den stützenden Kissen, und er fiel mit einem Schmerzensschrei zurück.

Claudia rannte um das Fußende des Bettes herum und hob sein Bein behutsam wieder auf die Kissen. Hinter ihrer Stirn arbeitete es. Woher hatte Roland so schnell von der Sache erfahren? Wer hatte ihm davon berichtet? Im Hof und vor den Ställen war es lebhaft zugegangen. Da hätte eine von den Arbeitern das Kaufangebot mitbekommen können. Aber sie konnte sich nicht erinnern, dass jemand ins Haus gegangen war. Lewis hatte viel im Haus zu tun, aber sie wusste, dass er im Augenblick auf den südlichen Weiden beschäftigt war.

„Ricky hat mir davon berichtet", erklärte er, als hätte er ihre Gedanken gelesen.

„Sie hätte sich den Gang sparen können", gab Claudia betont gleichmütig zurück. Sie setzte sich auf das Bett und griff nach dem Tablett. „Ich wollte es dir sowieso erzählen."

„Wann? Nachdem der Vertrag unterschrieben ist?"

„Nein. Ich wollte es dir sagen, während du isst."

Roland schob den Löffel, den sie ihm an die Lippen führen wollte, mit einer heftigen Handbewegung beiseite.

„Hör auf, mich wie ein Baby zu füttern! Damit wären alle deine Probleme gelöst, nicht wahr? Du wirst die Ranch los, mich auch, und gleichzeitig bekämet du eine Menge Geld in die Hand, um dir in Chicago ein schönes Leben machen zu können!"

Claudia musste an sich halten, um Roland nicht zu ohrfeigen. Sie biss die Zähne zusammen und stellte das Tablett auf den Nachtisch zurück. „Ricky scheint das eigentliche Gespräch noch mit netten Einzelheiten ausgeschmückt zu haben. Erstens habe ich mich keineswegs bereit erklärt, die Ranch zu verkaufen. Zweitens würde ich vor einer solchen Entscheidung mit dir reden. Und drittens habe ich es satt, mich von dir tyrannisieren zu lassen. Von jetzt ab kannst du dich selbst füttern!" Damit sprang sie auf und stürmte aus dem Raum.

Obwohl Roland ihr aufgebracht befahl, zurückzukommen, schlug sie die Tür krachend hinter sich zu.

Oben auf der Treppe stand Ricky. Auf ihren Lippen lag ein zufriedenes Lächeln. Sie musste alles mit angehört haben. Claudia ging zornig auf ihre Stiefschwester zu und blieb vor ihr stehen.

Unter zusammengebissenen Zähnen stieß Claudia hervor: „Wenn ich dich noch einmal in Rolands Zimmer erwische, fliegst du so schnell von der Ranch, dass du Ohrensausen bekommst!"

Ricky hob spöttisch eine Braue. „Ach wirklich, Schwesterlein? Willst du das allein bewältigen?"

„Ich denke schon. Wenn nicht, habe ich genug Arbeiter, die mir dabei helfen können."

„Und wieso glaubst du, sie stünden auf deiner Seite? Du bist doch eine Fremde für sie. Ich bin mit ihnen mitgefahren, habe mit ihnen gearbeitet, mich mit einigen von ihnen sogar angefreundet."

„Das glaube ich dir gern", unterbrach Claudia sie mit schneidendem Ton. „Treue hat ja noch nie zu deinen Charakterzügen gehört."

„Etwa zu deinen? Glaubst du etwa wirklich, es sei ein Geheimnis geblieben, dass du seit deiner Teenagerzeit Rolands Gespielin bist?"

Entsetzt wurde Claudia bewusst, dass Ricky ihren boshaften Klatsch möglicherweise schon seit Jahren verbreitete. Wer weiß, was sie alles über sie erzählt hatte.

Doch dann straffte sich Claudia entschlossen und brachte sogar ein Lächeln zustande.

Sie schämte sich nicht, Roland zu lieben. Er war nicht einfach, aber er gehörte zu ihr. Da konnte es ihr gleich sein, ob die anderen davon wussten oder nicht.

„Ja", gab sie offen zu. „Ich liebe Roland, und daran wird sich nichts ändern."

„Du hast ihn so sehr geliebt, dass du fortgelaufen bist und einen anderen geheiratet hast."

„Ja, auch das stimmt. Aber ich bin dir keine Erklärungen schuldig, Ricky. Pass nur auf, dass du dich von Roland fernhältst, denn ich gebe dir keine weitere Chance mehr."

„Nun, Ricky, du kannst nicht behaupten, du seist nicht gewarnt worden", ließ sich Monica hinter ihnen ironisch vernehmen. „Wenn du dir keine Arbeit suchen und dich selbst ernähren willst, solltest du also lieber auf Claudia hören."

Überrascht warf Ricky den Kopf zurück. „Ich habe jahrelang bei der Arbeit auf der Ranch mitgeholfen. Du aber hast noch nicht einmal dein eigenes Bett gemacht. Was ist mit dir? Du lebst ja auch von der Ranch!"

„Nicht mehr lange", gab Monica leichthin zurück. „Wenn ich hier am Ende der Welt bleibe, finde ich nie mehr einen Mann."

Ricky wurde blass.

„Du gehst fort von hier?" flüsterte sie fassungslos.

„Du musst doch gewusst haben, dass ich hier nicht ewig bleiben würde", gab Monica nachsichtig zurück. „Die Ranch gehört Claudia. Und es sieht so aus, als sei sie für immer heimgekehrt. Daher wird es Zeit, dass ich mich nach einem eigenen Zuhause umsehe. Und eine Ranch konnte ich mir darunter sowieso nie vorstellen. Ich habe mich mit dem Leben hier abgefunden, aber nur aus Liebe zu Ward Donahue.“ Sie zuckte mit den Schultern. „Männer wie ihn findet man nicht oft. Seinetwegen hätte ich auch in einem Iglu gelebt, wenn er das gewollt hätte.“

„Aber Mutter, was wird aus mir?“ Rickys Stimme klang so verloren, dass Claudia trotz ihrer Gehässigkeiten plötzlich Mitleid mit ihr empfand.

Monica lächelte. „Du kannst dir auch einen Mann suchen, meine liebe Ricky. Inzwischen bist du doch auch etwas zu alt, um weiter bei deiner Mutter zu wohnen, oder? Claudia hat mir vorübergehend ihr Appartement in Chicago angeboten, und ich nehme ihr Angebot möglicherweise an. Wer weiß? Vielleicht finde ich dort einen Yankee, der meinen Texasakzent süß findet.“

Ungerührt ging Monica nach unten. Am Fuß der Treppe drehte sie sich noch einmal um und blickte zu ihrer Tochter hinauf.

„Ich schlage vor, du hörst auf, diesen Cowboy hinzuhalten. Du könntest schlechter fahren als mit dem, was er dir bietet.“ Hoch aufgerichtet ging sie davon.

Die beiden jungen Frauen blieben schweigend zurück. Claudia sah Ricky an, die zusammmengesunken am Geländer lehnte. „Was meinte sie damit?“ fragte Claudia. „Von welchem Cowboy spricht sie?“

„Ach, der ist nicht weiter wichtig“, murmelte Ricky und ging langsam den Korridor entlang zu ihrem Zimmer.

Verwirrt suchte Claudia Zuflucht in der Küche bei Lorna. Sie ließ sich auf einen Stuhl fallen und stützte die Ellenbogen auf den Tisch.

„Ricky hat Roland gesagt, ich wolle die Ranch verkaufen“, erklärte sie ohne Übergang. „Roland hat ihr das auch prompt geglaubt. Wir hatten eine Auseinandersetzung, und ich habe ihm an den Kopf geworfen, er solle sich selbst füttern. Wahrscheinlich hat er das Tablett an die Wand geklatscht. Darauf hatte ich mit Ricky eine Auseinandersetzung wegen Roland. Und Monica kam dazu und hat Ricky erklärt, sie würde die Ranch verlassen. Ricky sah aus, als hätte sie eine Ohrfeige bekommen. Ich weiß auch nicht mehr, was hier vorgeht!“ jammerte sie.

Lorna lächelte. „Ganz einfach. Sie sind so erschöpft, dass sie nur noch wie ein Roboter funktionieren und nichts mehr begreifen. Monica und Ricky haben sich schon immer Gefechte geliefert. Das ist nichts Neues. Und Monica hat schon seit langem gesagt, sie würde gehen, wenn Sie wiederkämen. Was Ricky betrifft, sie braucht einen tüchtigen, energischen Mann, der sie liebt und ihr das Gefühl gibt, zu etwas nutze zu sein.“

„Sie tut mir Leid“ murmelte Claudia. „Und das, obwohl ich ihr am liebsten den Hals umdrehen würde.“

„So Leid, dass sie ihr Roland überlassen wollen?“ warf Lorna listig ein.

„Nein!“

„Das habe ich auch nicht angenommen.“ Lächelnd wischte sich Lorna die Hände an ihrer Schürze ab. „Also sollte ich wohl lieber nach oben zu Roland gehen. Wenn er das Tablett nicht an die Wand geworfen hat, wird er es wohl mir entgegenschleudern, wenn er sieht, dass ich nicht Sie bin. Wollen Sie sich gar nicht mehr um ihn kümmern?“

„Doch. Es bleibt mir ja kaum etwas anderes übrig.“ Claudia seufzte. „Aber nicht jetzt. Erst soll er sich beruhigen. Vielleicht können wir dann miteinander reden, ohne uns anzuschreien.“

Als Lorna nach oben gegangen war, blieb Claudia noch eine Weile am Tisch sitzen und starrte ins Leere. Nicht nur Roland musste sich beruhigen, auch ihr eigenes Temperament stand seinem aufbrausenden Wesen in keiner Weise nach. Wenn sie sich selbst gegenüber ehrlich war, musste sie sich eingestehen, dass er sich im allgemeinen besser beherrschte als sie.

Die Hintertür ging auf, und Lewis Stovall lehnte sich gegen den Türpfosten.

„Kommen Sie, Claudia“, meinte er. Er hatte das „Mrs. Ashe“ in den letzten Tagen abgelegt und redete sie beim Vornamen an, seit sie so eng zusammenarbeiteten. „Es wartet eine Menge Arbeit auf uns.“

„Hat Roland Ihnen aufgetragen, mich so in Atem zu halten, dass ich nur noch arbeiten, schlafen und nach ihm schauen kann?“ erkundigte sie sich ironisch.

Lewis verzog keine Miene. „Sie sind müde, nicht wahr?“ meinte er trocken.

„Das ist stark untertrieben. Ich bin total fertig!“

„Die Plackerei hat bald ein Ende. So wie ich Roland kenne, steht er nächste Woche auf und sitzt ein paar Tage später wieder im Sattel. Ich kenne ihn.“

„Mit einem Gipsbein?“

„Ihn kann nichts lange im Bett halten. Die Gehirnerschütterung hat ihn länger außer Gefecht gesetzt als je etwas zuvor.“

Claudia stand auf und ging zur Tür. Seufzend schlüpfte sie in ihre schweren Stiefel.

Lewis sah ihr dabei zu. Als sie sich aufrichtete, entdeckte sie in seinen Augen ein amüsiertes Glimmen.

„Was ist, Lewis?“ fragte sie misstrauisch.

„Ich musste nur gerade denken, dass Sie trotz Ihres Großstadtcharmes im Herzen doch ein Mädchen vom Lande geblieben sind.“

Claudia lachte. „Ich und Charme?“

„Wenn Sie ein Mann wären, wüssten Sie, was ich meine.“

„Nun, ich bin aber kein Mann, obwohl ich hier wie einer schuften muss!“

Um Lewis Mundwinkel zuckte es belustigt. Als sie zusammen über den Hof gingen, wagte Claudia, ihm die Frage zu stellen, die sie beschäftigte, seit Roland ihr Lewis vorgestellt hatte.

„Waren Sie mit Roland zusammen in Vietnam?“

Er blickte sie ernst an. „Ich war dort, aber nicht mit Roland. Ihn habe ich erst vor sieben Jahren kennen gelernt."

Darauf wusste Claudia nichts zu sagen. Erst vor den Stallungen sagte Lewis: „Warum fragen Sie mich danach?"

„Sie sind einander sehr ähnlich." Roland und Lewis waren beide harte, verschlossene Männer, die viel Grauen und Elend gesehen hatten.

„Er hat mir nie etwas von Vietnam erzählt." Lewis Stimme war hart geworden. „Und ich spreche auch nicht darüber, jetzt nicht mehr. Die einzigen, die wussten, wovon ich redete, waren dabeigewesen, und alle bekamen zu Hause Probleme. Meine Ehe ging in die Brüche, weil meine Frau nach meiner Rückkehr nicht mehr mit mir zurechtkam."

Claudia warf ihm einen mitfühlenden Blick zu. Zum ersten Mal sah sie Lewis schmunzeln. „Lassen wir die alten Geschichten", meinte er ruhig. „Mir geht's jetzt gut. Eines Tages heirate ich vielleicht sogar wieder. Viele Männer beklagen sich über ihre Frauen, aber ohne sie geht's nun mal nicht."

„Es scheint so", antwortete Claudia lachend und fühlte sich Lewis auf einmal ganz nah.

Der Rest des Tages verlief ebenso hektisch wie der Vormittag. Einer der Hengste hatte eine Kolik, und zwei Stuten würden vermutlich noch in der Nacht niederkommen.

Als Claudia endlich ins Haus zurückkehrte, war es nach sieben. Lorna berichtete ihr, dass sie Roland sein Tablett bereits nach oben gebracht hätte.

„Er ist in einer fürchterlichen Stimmung", erklärte sie.

„Dann soll er sich darin baden", antwortete Claudia müde. „Heute kann er von mir keine Aufheiterungsversuche erwarten. Ich gehe mich duschen und dann sofort ins Bett."

„Wollen Sie denn nichts essen?"

Sie schüttelte den Kopf. „Dazu bin ich einfach zu müde. Morgen genehmige ich mir dafür ein doppeltes Frühstück."

Nachdem Claudia geduscht hatte, ließ sie sich ermattet auf ihr Bett fallen. Sie war sogar zu erschöpft, um unter die Bettdecke zu kriechen, und schlief sofort ein.

Es kam ihr vor, als hätte sie kaum die Augen zugetan, als sie unsanft gerüttelt wurde.

„Claudia, wach auf!“ hörte sie Rickys Stimme.

Benommen fuhr Claudia auf. „Was ist?“ fragte sie schlaftrunken. Ihr fiel auf, dass Ricky immer noch angekleidet war. „Wie spät ist es denn?“

„Halb zwölf. Nun komm schon! Bei den beiden Stuten haben die Wehen eingesetzt, und Lewis braucht Hilfe.“ Rickys Stimme klang gar nicht mehr feindselig, wenn es um die Ranch ging, vergaß sie stets alles andere. Es war auch nicht ungewöhnlich, dass Lewis die beiden Frauen zu Hilfe holte, statt ein paar Arbeiter.

Sie hatten schon oft beim Fohlen geholfen, obwohl das bei Claudia schon einige Jahre zurücklag.

Rasch kleidete sie sich an, und sie eilten zum Fohlenstall. Dort brannte nur bei den trächtigen Stuten gedämpftes Licht. Sie verhielten sich leise, um die Pferde nicht zu verschrecken, und sprachen nur im Flüsterton.

Lewis und der Fohlenmann, Floyd Stoddard, warteten in einer leeren Box.

Als die beiden jungen Frauen eintraten, blickte Lewis auf. „Sable müsste bald soweit sein“, meinte er. „Andalusia wird wohl noch eine Weile brauchen.“

Aber obwohl sie warteten, fohlte Sable nicht. Floyd wurde langsam unruhig. Es war bereits zwei Uhr morgens, als er sie erneut untersuchen ging und nach einer Weile mit müden Zügen in die Box zurückkam.

„Die Wehen haben eingesetzt“, berichtete er. „Aber das Fohlen hat sich gedreht und liegt jetzt in der Seitenlage. Wir müssen ihm helfen. Wascht euch die Hände.“

Die beiden Männer zogen sich bis auf die Hosen aus und

wuschen sich in heißem Seifenwasser. Dann rannten sie zu Sables Box. Ricky und Claudia rollten sich die Ärmel, soweit es ging, auf. Sie gingen sich ebenfalls waschen, obwohl sie beim Drehen des Fohlens nicht unmittelbar zupacken würden. Die herrliche dunkelbraune Stute lag auf der Seite. Ihre Seiten waren sehr stark geschwollen.

„Halten Sie ihren Kopf fest", wies Floyd Ricky an und kniete sich hinter die Stute.

Ein lautes, angstvolles Wiehern aus der anderen Box ließ sie hochfahren. Lewis unterdrückte ein Fluchen. „Claudia, kümmern Sie sich um Andalusia!"

Auch bei Andalusia hatten die Wehen krampfartig eingesetzt, aber bei ihr schien es keine unerwarteten Schwierigkeiten zu geben. Claudia ging zu Ricky zurück, die Sables Kopf mit aller Kraft nach unten hielt. Lewis drückte von außen mit, um Floyd beim Drehen des Fohlens zu helfen.

„Bei Andalusia verläuft alles normal", berichtete Claudia. „Aber sie ist jetzt auch soweit. Ich bleibe bei ihr."

Lewis Gesicht war schweißüberströmt. „Wissen Sie, was Sie tun müssen?" brummte er.

„Ja. Kümmern Sie sich nur um Sable. Ich rufe, wenn es Probleme gibt."

Als Claudia Andalusias Box wieder betrat, hob die Stute ihren grauen Kopf und wieherte leise. Matt ließ sie ihn wieder in das Heu sinken. Claudia kniete sich neben sie und streichelte sie sanft, um ihr das Gefühl zu geben, nicht allein zu sein. Das Tier sah sie aus großen dunklen Augen mit rührendem Vertrauen an.

Die Flanken der Stute verkrampften sich immer heftiger, und plötzlich erschienen scharfe kleine Hufe. Andalusia brauchte keine Hilfe. Innerhalb weniger Minuten lag das Neugeborene, immer noch von seiner glänzenden Fruchtblase eingehüllt, im Heu. Rasch schlitzte Claudia sie auf und befreite das kleine Tier.

Mit einem weichen, trockenen Tuch begann sie, es mit ruhigen, gleichmäßigen Bewegungen abzureiben. Sie kauerte sich ins Heu, als die Stute sich mühsam auf die Beine erhob, und mit gesenktem Kopf und bebenden Flanken stehen blieb.

Claudia verkrampfte sich unwillkürlich. Sie war bereit, das Fohlen aufzunehmen und es fortzutragen, falls die Stute ihr Junges nicht annehmen wollte.

Aber Andalusia blies leise durch die Nüstern und trat näher, um das zitternde kleine Wesen im Heu zu begutachten. Mit mütterlicher Liebe leckte sie das Kleine weiter trocken.

Das zierliche kastanienbraune Füllen versuchte, sich auf den Vorderläufen aufzurichten, aber seine Beine wollten ihm nicht gehorchen und gaben unter ihm nach. Nach mehrmaligen vergeblichen Versuchen gelang es ihm endlich, sich aufzustellen. Es blickte sich verwirrt um und schien nicht zu wissen, was es als nächstes tun sollte. Zum Glück war Andalusia in solchen Dingen erfahren. Sanft stupste sie das Kleine an, bis es instinktiv das Richtige tat. Wenige Sekunden später trank es auf noch etwas unsicher gespreizten Beinchen gierig seine Milch.

Als Claudia in die andere Box zurückkehrte, kniete Ricky neben einem ungewöhnlich kleinen Fohlen. Sie war dabei, es abzureiben und sprach leise auf das Tier ein. Lewis und Floyd waren immer noch mit Sable beschäftigt. Daran erkannte Claudia, dass es sich hier um eine Zwillingsgeburt handeln musste. Ihr Inneres zog sich furchtsam zusammen, denn bei Zwillingsfohlen überlebten beide oder zumindest eines häufig nicht. So zerbrechlich, wie das kleine Wesen vor ihr aussah, schien es wenig Überlebenschancen zu haben.

Bald lag auch das zweite Füllen im Heu. Es war größer als das erste, obwohl es fast die gleiche Zeichnung hatte. Es war ein lebhaftes kleines Tier. Fast sofort begann es, sich auf die Füße zu arbeiten. Verwegen hob es den Kopf, um die seltsame neue Welt in Augenschein zu nehmen.

Während Floyd sich um Sable kümmerte, kam Lewis herüber, um das Erstgeborene zu begutachten. „Ich glaube nicht, dass es kräftig genug ist, um selbst zu trinken", meinte er zweifelnd, als er sah, wie matt das Kleine dalag.

Doch auf der Ranch ließ man kein Pferd einfach sterben. Gemeinsam bemühten sie sich die ganze Nacht, es warm zu halten und zu massieren, um den Kreislauf anzuregen. Auch ein paar Tropfen Milch von seiner Mutter flößten sie ihm ein. Doch das Tier war zu schwach. Kurz nach Sonnenaufgang starb es, ohne jemals aufgestanden zu sein.

In Claudias Augen brannten Tränen, obwohl sie von Anfang an gewusst hatte, wie die Sache ausgehen würde. Es gab nichts mehr zu sagen.

Alle schwiegen und blickten ergriffen auf die leblose kleine Kreatur. Doch neben ihnen pulsierte das neugeborene Leben. Die beiden Füllen steckten ihre zarten Schnauzen in alle Nischen, um ihr kleines Reich zu erkunden.

Lewis reckte seine verkrampften Glieder. „Es war eine lange Nacht", meinte er seufzend. „Und wir haben einen langen Tag vor uns. Gehen wir ins Haus, um uns zu waschen und etwas zu essen."

Als Claudia die Haustür fast erreicht hatte, fiel ihr auf, dass Ricky ihr nicht gefolgt war. Sie drehte sich um und stellte fest, dass sie immer noch bei Lewis stand. Als sie sie rufen wollte, sah sie, wie Lewis sie am Arm packte. Die beiden hatten offenbar Streit, obwohl davon eben noch nichts zu merken gewesen war.

Plötzlich legte Lewis seinen Arm um Rickys Taille und zwang sie, zu dem kleinen Haus mitzugehen, in dem er wohnte. Verwundert verfolgte Claudia, wie die Tür sich hinter ihnen schloss.

Sieh mal einer an, schoss es ihr durch den Kopf. Lewis war also der Cowboy, von dem Monica gesprochen hatte. Und sie hatte keine Ahnung davon gehabt. Wenn sie nicht so sehr mit Roland beschäftigt gewesen wäre, hätte ihr eigentlich auffallen müssen, wie Lewis Ricky ansah. Er hatte sie auch an jenem Tag beobachtet, als Claudia mit angesehen hatte, wie Ricky Roland umarmte. Vielleicht ahnte Ricky noch nichts, aber Lewis Stovall war ein Mann, der wusste, was er wollte. Möglicherweise war es mit Rickys Lotterleben bald vorbei, überlegte Claudia schmunzelnd. Damit wäre dann auch Rickys Jagd auf Roland beendet.

„Wie ist es gelaufen?“ erkundigte sich Lorna, als Claudia erschöpft in die Küche trat.

„Sable hat Zwillinge geworfen, aber eines ist kurz darauf gestorben. Andalusias Füllen dagegen ist ein großes feuerrotes Fohlen, das dürfte Roland freuen. Er mag rötliche Pferde.“

„Da Sie gerade von Roland sprechen.“ Lorna ließ den Satz bedeutsam offen.

Claudia zuckte zusammen. „Lorna, ich kann nicht, noch nicht. Ich bin halbtot vor Müdigkeit, und er wird sich auf mich stürzen.“

„Also gut, ich werde versuchen, es ihm zu erklären“, nickte Lorna, aber sie machte ein zweifelndes Gesicht. Wenn Claudia nicht so ermattet gewesen wäre, hätte sie vielleicht nachgegeben. Doch im Augenblick war sie einfach zu fertig, um sich ihm zu stellen.

„Berichten Sie ihm von den Fohlen“, erklärte sie gähnend. „Und sagen Sie ihm, ich sei sofort zu Bett gegangen. Wenn ich ein paar Stunden geschlafen hätte, käme ich zu ihm.“

„Das wird ihm aber gar nicht gefallen“, gab Lorna zu bedenken. „Er will Sie auf der Stelle sehen.“

In Claudias Augen blitzte es koboldhaft. „Wissen Sie was? Sagen Sie ihm, ich hätte ihm verziehen. Das wird ihn so wütend machen, dass er kein Wort mit Ihnen spricht, wenn Sie Glück haben.“

„Wollen Sie jetzt wirklich nicht zu ihm gehen?“

„Nein. Ich bin einfach zu müde.“

Lorna weckte Claudia am Nachmittag, weil sie am Telefon verlangt wurde. Schläfrig stolperte sie an den Apparat.

„Hallo“, meldete Glenn sich aufgeräumt. „Ich wollte dich

nur an unsere Verabredung für heute Abend erinnern. Rat mal, wohin wir gehen?“

Claudia fiel aus allen Wolken. Die Verabredung mit ihrem Jugendfreund hatte sie völlig vergessen. „Wohin denn?“ erkundigte sie sich vorsichtig.

„Ich habe Baseballkarten für die Astros in Houston. Ich hole dich um vier ab. Wir fliegen in die Stadt und können vor dem Spiel noch irgendwo zeitig zu Abend essen. Was hältst du davon?“

„Klingt gut.“ Claudia schluckte, weil sie an Roland denken musste.

10. KAPITEL

Wenn der Gedanke an Roland nicht gewesen wäre, hätte Claudia sich gut amüsiert. Nach außen hin wirkte sie fröhlich. Sie lächelte und unterhielt sich, aber innerlich war ihr unwohl. Es war, als sei Roland als unsichtbarer Dritter mit dabei.

Immer wieder musste sie an ihn denken. Sicher wartete er jetzt darauf, dass sie zu ihm kam, weil er selbst nicht aufstehen konnte. Außerdem tat Glenn ihr leid. Er war ein amüsanter, anspruchsloser Begleiter, aber sie konnte ihm einfach nicht die Aufmerksamkeit schenken, die er verdient hätte.

Während des Baseballspiels gelang es ihr immerhin halbwegs, sich auf das Geschehen zu konzentrieren. Zwar war sie kein Baseballfan, aber es machte ihr Spaß, die Leute zu beobachten. Claudia musterte die verschiedenen Typen und versuchte, sie einzuordnen.

Ihr Blick blieb auf einem Mann mit dichtem dunklem Haar haften, und wieder meldeten sich die Gewissensbisse. Was mochte Roland jetzt tun? Ob er etwas gegessen hatte. Hatte er wieder Schmerzen?

Sie hatte ihn aufgeregt. Dabei hatte der Arzt ihr ans Herz gelegt, dafür zu sorgen, dass er sich ruhig verhielt Was war, wenn er versuchte, allein aufzustehen und dabei stürzte?

Entsetzt wurde Claudia bewusst, dass er jetzt erst recht wütend sein würde. Aber sie hätte die Verabredung mit Glenn doch nicht einfach in letzter Minute absagen können! Glenn war ein zu netter Kerl, um so eine Behandlung zu verdienen. Außerdem hatte er die Karten für das Spiel ja bereits besorgt gehabt.

Claudia spürte, dass ihr Tränen in die Augen traten. Rasch wandte sie sich ab und tat, als blickte sie über die Menge. Glenn durfte auf keinen Fall etwas von ihren Gewissensnöten merken.

Sie wünschte jetzt, sie wäre daheim und könnte sich vergewissern, dass mit Roland alles in Ordnung war, auch wenn er wütend auf sie war. Roland war ein Teil von ihr, ohne ihn lebte sie nur halb.

Ihr war klar geworden, dass Roland sie liebte, und zugleich die Ranch.

Aber immer wieder war sie zwischen beiden hin und her gerissen und wusste nicht, was sie tun sollte.

Claudia warf Glenn einen prüfenden Seitenblick zu. Ihr wurde bewusst, dass sie sich Roland beim besten Willen nicht als Zuschauer in einem Sportstadion mit einer Wurst und einer Bierdose in der Hand vorstellen konnte. Sie hatte ihn noch nie untätig erlebt. Er arbeitete so hart, bis er vor Müdigkeit fast einschlief. Und am nächsten Morgen begann der Kreislauf von neuem. Zwar las er viel, aber eigentlich nur Bücher über Landwirtschaft, Viehzucht, Vererbungslehre und Tiermedizin. Sein ganzes Leben und Denken drehte sich um die Ranch.

Plötzlich rebellierte es in Claudia. Die Ranch, immer nur die Ranch! Es wäre besser, wenn sie sie verkaufte. Damit konnte sie Roland verlieren, aber wenigstens würde sie dann wissen, was er für sie empfand. Verblüfft stellte sie fest, dass sie auf die Ranch eifersüchtiger war als auf eine andere Frau. Rickys Versuche, Roland zu betören, hatten sie zwar sehr gereizt, doch das Mitleid mit ihrer Stiefschwester hatte sich als stärker erwiesen. Ricky hafte keine Chance bei Roland, denn ihr fehlte das Entscheidende, die Ranch!

Wenn sie doch nur den Mut aufbringen könnte, Roland direkt zu fragen, was er von ihr wollte, sinnierte Claudia. Aber gerade weil sie ihn liebte, hatte sie Angst, verletzt zu werden.

Als Glenn aufstand und sich gähnend reckte, merkte Claudia, dass das Spiel vorüber war. Rasch warf sie einen Blick auf die Punktetafel, um zu sehen, wer gewonnen hatte.

„Gehen wir noch einen Kaffee trinken, ehe wir heim fliegen", schlug Glenn vor. „Ich habe nur ein Bier getrunken, aber ich möchte doch etwas wacher werden, ehe ich mich hinter den Steuerknüppel setze."

Claudia erklärte sich einverstanden. Sie verbrachten eine gemütliche Stunde im Flughafenrestaurant. Die Minuten verrannen. Claudias Gedanken waren nun ständig bei Roland. Wenn er noch wach war, würde er jetzt vor Wut zittern. Am liebsten hätte sie den Rückflug so lange wie möglich hinausgezögert.

Als sie sich angeschnallt hatten, hatte es den Anschein, als ging ihr Wunsch in Erfüllung. Glenn fluchte leise vor sich hin und schaltete den Motor wieder aus. „Der Kraftstoffdruckanzeiger reagiert nicht", murmelte er und stieg aus.

Die Kraftstoffpumpe war ausgefallen. Bis eine neue aufgetrieben und eingebaut war, war es nach Mitternacht. Glenn flog die Maschine zurück und stellte sie in den Hangar. Dann fuhr er Claudia nach Hause und gab ihr zum Abschied einen Kuss auf die Wange.

Wie eine Diebin schlich sie sich ins Haus. Sie zog die Schuhe aus und ging auf Zehenspitzen durch die dunklen Gänge.

Als sie an Rolands Zimmer vorbeikam, bemerkte sie unter seiner Tür Licht. Zögernd blieb sie stehen. Er konnte den Schalter der Nachttischlampe nicht erreichen. Wenn alle schlafen gegangen waren und vergessen hatten, seine Lampe auszuknipsen, würde sie die ganze Nacht über brennen. Viel blieb davon ja sowieso nicht mehr übrig, überlegte sie ironisch.

Warum sollte sie sich nicht eingestehen, dass sie einen Blick auf ihn werfen wollte. Seit sechsunddreißig Stunden hatte sie ihn nicht mehr gesehen, und das erschien ihr plötzlich viel zu lange.

Leise öffnete sie Rolands Tür und spähte ins Zimmer. Er lag ausgestreckt da. Also musste jemand daran gedacht haben, ihn aus seiner sitzenden Stellung zu erlösen. Seine Augen waren geschlossen, und seine Brust hob und senkte sich gleichmäßig.

Ein prickelndes Gefühl überlief sie. Wie gut er aussah! Sein seidiges dunkles Haar war zerzaust, sein Kinn voller Stoppeln, aber er strahlte Kraft und Männlichkeit aus. Er hatte einen Arm locker hinter den Kopf gelegt und wirkte völlig entspannt.

Claudias Blick wanderte über Rolands braun gebrannte Schultern und verharrte auf dem dunklen Flaum auf seiner Brust. Bewundernd betrachtete sie seinen Bauch und den nackten Schenkel, der unter der Decke herausragte. Sein Gipsbein ruhte auf dem stützenden Kissenberg.

Ganz im Bann seiner Ausstrahlung trat Claudia näher. Sie beugte sich über das Bett und tastete nach dem Schalter der Nachttischlampe. Obwohl sie dabei kein Geräusch machte, schoss Rolands rechter Arm plötzlich vor und packte ihr Handgelenk.

Er öffnete die Augen und blickte sie sekundenlang an, als wolle er sich auf sie stürzen. Dann verschwand der wilde Ausdruck wieder, und er murmelte leise: „Claudia."

Sie hätte schwören können, dass er fest geschlafen hatte. Doch seine Überlebensinstinkte waren vom Krieg hier noch geschärft. Sein Körper reagierte sogar im Schlaf sofort auf eine Veränderung der Umgebung, auf die Anwesenheit einer anderen Person. An seinen Zügen konnte sie beobachten, wie er langsam in die Wirklichkeit zurückkehrte.

Ärgerlich kniff Roland die Augen zusammen, und der

Druck seiner Finger ließ etwas nach. Noch ehe Claudia sich befreien konnte, zog er sie zu sich hinunter aufs Bett und umschlang sie fest.

„Ich habe dir doch ausdrücklich gesagt, du sollst dich von Glenn Lacey fernhalten“, stieß er wütend hervor. „Hast du das vergessen?“

Wer mochte Roland von ihrer Verabredung erzählt haben, überlegte Claudia. Aber vermutlich hatten die meisten auf der Ranch mitbekommen, dass Glenn sie abholte.

„Ich hatte vergessen, dass ich mit ihm verabredet war“, gestand sie. „Als er mich anrief, hatte er die Karten für das Baseballspiel in Houston schon besorgt. Da konnte ich ihm nicht einfach absagen. Er ist ein netter Mann.“

„Das ist mir gleich, und wenn er der nächste ist, der heilig gesprochen wird“, gab Roland drohend zurück. „Ich habe dir verboten, mit anderen Männern auszugehen, und damit ist es mir ernst.“

„Es war doch nur dieses eine Mal. Außerdem bin ich nicht dein Besitz.“

„Meinst du? Du gehörst mir, und ich werde alles tun, um dich zu behalten.“

Nachdenklich blickte Claudia ihn an. „Wirklich?“ murmelte sie verloren. Sie wusste nur zu gut, wie er reagieren würde, wenn sie die Ranch verkaufte. Dann würde er sie fallenlassen wie ein heißes Eisen.

„Du kannst es ja darauf ankommen lassen, indem du es bis zum Äußersten treibst“, schlug er herausfordernd vor. „Das tust du ja sowieso schon die ganze Zeit. Du versuchst herauszufinden, wo die Grenzen der unsichtbaren Kette um deinen Hals sind. Nun, meine Liebe, du hast sie erreicht!“

Roland packte ihr Handgelenk fester und zog sie noch näher heran. Claudia stützte sich mit dem linken Arm auf dem Bett ab und versuchte, sich zu befreien. Aber selbst im Liegen war Roland immer noch stärker als sie. Sie stieß einen leisen Schrei aus, als der Arm unter ihr nachgab, und sie auf Roland fiel.

Im selben Augenblick ließ er ihren Arm los und grub die Finger in ihr Haar, um ihren Kopf an sich zu ziehen. „Hör auf, Roland!“ meinte sie, doch er drückte seine Lippen auf ihren Mund.

Claudia versuchte, sich seinem Kuss zu widersetzen. Sie biss die Zähne aufeinander und presste die Lippen zusammen, aber als er mit der Zunge ihren Mund liebkoste, wurde ihr innerlich heiß. Alle Kraft verließ ihren Körper, und sie ließ sich matt auf ihn sinken.

Lange und leidenschaftlich küsste Roland sie, so dass ihre Lippen am nächsten Tag sicher geschwollen sein würden. Doch das war Claudia im Augenblick egal. Sie genoss seine Sinnlichkeit, die Zärtlichkeiten seiner Zunge, die kleinen Bisse, die er als Belohnung und Bestrafung zugleich benutzte.

Roland fuhr fort, ihren Hals und ihre Schulter zu küssen. Erst jetzt dachte Claudia daran, dass sie ihr Kleid oben aufgeknöpft hatte. Leise stöhnte sie auf. „Hör auf, Roland! Du kannst doch nicht ...“

Vorsichtig legte er den Kopf wieder auf das Kissen zurück, ließ sie jedoch nicht los. Er schob seine Hand unter ihren Büstenhalter und legte sie um ihre warme Brust. „Nein, ich kann nicht, aber du kannst“, murmelte er.

„Aber dein Kopf, dein Bein ...“ Sie konnte nicht weiter sprechen und schloss die Augen, weil sein Streicheln sie erregte.

„Mein Kopf und mein Bein schmerzen im Augenblick nicht.“ Roland zog sie näher und begann, sie erneut verlangend zu küssen. Vor Claudia begann sich alles zu drehen, und sie sank wieder an ihn.

Hastig zupfte er an den Trägern ihres Büstenhalters, bis sie sich lösten. Dann ertastete er den Verschluss auf ihrem Rücken und öffnete ihn geschickt, so dass ihre Brüste entblößt waren.

Claudia flüsterte ein ersticktes „Bitte“, aber sie hätte selbst nicht sagen können, ob sie ihn damit bat, aufzuhören oder weiterzumachen. Erregt seufzte sie, als er mit der Hand unter ihren Rock glitt und sie zu liebkosen begann. Und obwohl sie flüsternd ihren Protest fortsetzte, klammerte sie sich mit aller Kraft an ihn.

Auch Roland stöhnte auf und zog ihr Bein über seine Hüfte, damit sie sich auf ihn setzen sollte.

Ohne dass Claudia es gemerkt hatte, rannen ihr auf einmal Tränen über die Wangen. „Ich möchte dir nicht weh tun", schluchzte sie.

„Das wirst du nicht", lockte er. „Bitte, liebe mich. Ich habe solches Verlangen nach dir. Spürst du denn nicht, wie sehr ich dich begehre?"

Während er Claudia weiter begehrlich streichelte, hatte er ihr das Höschen abgestreift, das ihn von dem Intimsten noch trennte. Langsam schob er sie über sich, bis sie sich vereinigten.

Sie liebten sich so wild und leidenschaftlich, dass Claudia vor Wollust fast geschrien hätte. Mit jeder Faser ihres Seins war sie sich der Wünsche des Mannes unter ihr bewusst, der nur dalag und eine Frau die Wonnen seines Körpers genießen und sie das Tempo ihrer Liebe bestimmen ließ. Diese neue Rolle war für sie um so verführerischer, weil Roland so männlich, seine Kraft durch die Verletzungen nicht gemindert war. Sie liebte ihn mit Körper und Seele. Zärtlich nahm sie, was er ihr bot, und gab ihm ein Vielfaches zurück. Sie schenkte ihm das Gefühl ihrer höchsten Lust und genoss es, seine Erfüllung mitzuerleben.

Glücklich und schläfrig lag Claudia auf Rolands Brust, als sie aus halbgeschlossenen Augen die offene Tür sah. Verstört fuhr sie auf. „Roland", murmelte sie entsetzt. „Ich habe die Tür nicht zugemacht!"

„Dann schließ sie jetzt", antwortete er leise. „Und zwar von innen. Ich bin noch nicht fertig, Liebling."

„Du brauchst doch aber Schlaf."

„Es ist schon fast Morgen", unterbrach er sie zärtlich. „Wir scheinen uns mit Vorliebe in den Morgenstunden zu lieben. Eine Woche lang habe ich kaum etwas anderes getan als zu schlafen. Wir müssen miteinander reden, und das können wir genauso gut jetzt tun.“

Claudia musste ihm recht geben. Sie hätte Roland jetzt sowieso nur ungern verlassen. Vorsichtig stieg sie aus dem Bett und schloss die Tür sicherhaltshalber gleich ab.

Es wäre typisch für Ricky gewesen, einfach hereinzuplatzen, weil sie wusste, dass sie bei Roland war.

Dann streifte sie ihr bis zur Taille gerutschtes Kleid ab. Nackt kletterte sie wieder zu Roland ins Bett und schmiegte sich an ihn. Sie barg den Kopf an seiner Achsel und entspannte sich völlig. Alles in ihr war erfüllt und zufrieden.

„Claudia“, murmelte er verliebt, aber sie antwortete nicht. Enttäuscht seufzte er, als er merkte, dass sie eingeschlafen war. Doch dann zog er sie enger an sich und küsste ihr Haar, das über seine Schulter floss.

Als Claudia ein paar Stunden später erwachte, war der Arm, auf dem sie gelegen hatte, taub. Roland schlief noch fest. Behutsam hob sie den Kopf und betrachtete ihn zärtlich. Selbst im Schlaf sah er abgespannt aus. Ihre leidenschaftliche Liebesbegegnung musste ihn in seinem geschwächten Zustand ziemlich mitgenommen haben.

Langsam und vorsichtig machte sie sich von ihm frei und stand auf. Sie massierte ihren abgestorbenen Arm, um den Kreislauf anzuregen. Dann schlüpfte sie in ihr Kleid und sammelte die übrigen Sachen ein. Leise schlich sie aus dem Zimmer, damit Roland nicht wach werden sollte.

Auch sie war müde. Die paar Stunden Schlaf waren nicht genug gewesen. Dennoch duschte sie und kleidete sich für die Arbeit an.

Lorna lächelte ihr entgegen, als sie die Küche betrat. „Ich wollte Ihnen heute einen Tag Ruhe gönnen“, meinte sie heiter.

„Hat Roland je einen Ruhetag eingelegt?“ erkundigte sich Claudia trocken.

„Roland ist sehr viel kräftiger und zäher als Sie. Wir kommen schon allein zurecht Die Ranch ist zu gut organisiert, um in zwei Wochen aus dem Gleichgewicht zu geraten. Möchten Sie Waffeln zum Frühstück? Ich habe den Teig schon angerührt“

„Klingt verlockend.“ Claudia schenkte sich Kaffee ein. Sie nippte an ihrem Becher und lehnte sich an die Anrichte, weil ihre Beine sich bleiern anfühlten.

„Mr. Morris hat heute schon zweimal angerufen“, erwähnte Lorna beiläufig.

Claudia hob den Kopf so impulsiv, dass sie um ein Haar ihren Kaffee verschüttet hätte. „Ich mag den Mann nicht“, erklärte sie missmutig. „Warum lässt er mich nicht in Ruhe?“

„Heißt das, dass Sie ihm die Ranch nicht verkaufen wollen?“

Hier blieb aber auch gar nichts geheim! Geistesabwesend rieb sich Claudia die Stirn. Offenbar wussten alle auf der Ranch bereits, dass Mr. Morris ihr ein Angebot gemacht hatte. So würde sich wohl auch bald herumgesprochen haben, mit wem sie die Nacht verbracht hatte.

„In gewisser Weise ist das Angebot verlockend“, erwiderte sie seufzend. „Aber dann wiederum ...“

Lorna goss Teig in das Waffeleisen. „Ich weiß nicht, was Roland tun wird, wenn Sie die Ranch verkaufen. Sie ist doch sein Leben gewesen.“

Bei Lornas Worten verkrampfte sich Claudia. Das wusste sie auch. Zwar gehörte ihr Bar D, aber sie war im Grunde nur eine Galionsfigur. Die Ranch gehörte Roland, und er gehörte zu ihr. Das war schwerwiegender als jedes vertraglich verbriefte Recht. Roland hatte auf seine Art für die Farm bezahlt, mit seiner Zeit, seinem Schweiß und seinem Blut. Wenn sie die Ranch verkaufte, würde er sie hassen.

„Ich kann jetzt nicht klar denken“, erklärte sie gepresst. „Im Augenblick stürmt einfach zu viel auf mich ein.“

„Dann unternehmen Sie erst einmal gar nichts", riet Lorna. „Zumindest nicht, bis alles sich etwas gesetzt hat. Sie stehen im Augenblick ganz schön unter Druck. Warten Sie eine Weile! In drei Wochen sehen Sie vielleicht alles ganz anders."

Lornas Rat war vernünftig. Claudia setzte sich an den Tisch und aß ihre Waffel. Nach ein paar Minuten fühlte sie sich besser.

„Claudia!"

Rolands Stimme von oben ließ sie zusammenfahren. Der Gedanke, mit ihm reden zu müssen, verursachte ihr plötzlich Angst. Aber das war doch unsinnig, versuchte sie sich einzureden. Schließlich hatte sie bis eben in seinen Armen geschlafen. Warum reagierte sie dann so seltsam?

Weil sie fürchtete, sich in seine Arme zu werfen und ihm alles zu versprechen, was er wollte. Wenn er sie noch einmal bat, ihn zu heiraten, würde sie dahinschmelzen und ohne nachzudenken ja sagen. Und das, obwohl er ihr nie von Liebe oder seinen Erwartungen an die Zukunft gesprochen hatte.

„Claudia!" Diesmal klang seine Stimme fordernder. Mechanisch stand sie auf und ging nach oben.

Als Claudia die Tür zu Rolands Zimmer öffnete, lag er mit geschlossenen Augen und blassen Lippen da. „Ich wusste, dass es zu früh war", sagte sie leise und fühlte ihm besorgt die Stirn.

Er öffnete die Augen und lächelte gezwungen. „Ja, du hast wohl recht. Mein Kopf fühlt sich an, als wollte er jeden Moment explodieren. Mach mir eine Eispackung, ja?"

„Ich bring sie dir gleich herauf", versprach sie und strich ihm das Haar aus der Stirn. „Möchtest du etwas essen?"

„Noch nicht. Etwas Kaltes zu trinken ist das einzige, was ich jetzt brauche. Und schalte bitte die Klimaanlage ein." Als sie gehen wollte, sagte er leise: „Claudia."

Fragend drehte sie sich zu ihm um.

„Wegen Glenn Lacey ..."

Ihr schoss das Blut in die Wangen. „Ich habe dir doch gesagt, dass er nur ein Freund ist. Zwischen uns ist nichts, und ich werde auch nicht mehr mit ihm ausgehen."

„Das weiß ich. Das wurde mir heute Nacht klar, als ich merkte, dass du einen Büstenhalter anhast." Er musterte sie aus halbgeschlossenen Augen und schien sie im Geist erneut auszuziehen. „Bei mir hättest du keinen getragen, nicht wahr?" fragte er mit heiserer Stimme.

„Nein", gestand sie verlegen.

Roland schmunzelte. „Ich wusste es. Und jetzt geh und hol mir etwas zu trinken, Liebes. Im Augenblick bin ich nicht in der Verfassung für sinnliche Gespräche."

Lächelnd verließ Claudia den Raum.

Als sie zurückkehrte, war Roland zu erschöpft für eine Aussprache. Er schlug vor, das Gespräch zu verschieben. Claudia war dankbar für diese Galgenfrist. Sie wartete, bis er seinen Eistee getrunken hatte und schüttelte ihm die Kissen zurecht. Mit einer Eispackung auf der Stirn legte er sich zurück und sah zu, wie sie das Zimmer aufräumte.

„Lewis hat mir von gestern Nacht berichtet", meinte er. „Er sagt, du hättest Andalusia bei der Geburt ganz allein geholfen. War es sehr schwierig?"

„Nein. Die Stute wusste auch so, was zu tun war."

„Sie ist eine gute Mutter", murmelte Roland schläfrig. „Ein Jammer, das das andere Fohlen sterben musste. Vor ein paar Jahren hatten wir ein Zwillingspärchen, das überlebte. Aber das kleinere Füllen ist nie so groß und kräftig wie sein Gegenpart geworden, obwohl es ein liebes kleines Pferd war. Es war so zerbrechlich, dass ich es nicht zum Züchten verwenden wollte. Schließlich habe ich es dann an eine Familie verkauft, die ein sanftmütiges Tier für die Kinder suchte."

Claudia verspürte Schuldgefühle, weil sie sich noch nicht nach dem Ergehen der anderen Stute erkundigt hatte. Zögernd fragte sie: „Hat Lewis etwas von Sable erzählt? Wie geht es ihr?"

„Gut. Hast du das Fohlen schon gesehen?"

„Nur bei der Geburt. Es ist ein kräftiges kleines Ding, ziemlich groß und lebhaft. Ehe wir uns versahen, stand es schon auf den Beinen."

Roland schloss die Augen und brummte: „Höchste Zeit, dass ich endlich wieder aufstehe. Es gibt auf der Ranch viel zu tun."

Gerade als Claudia ihm versichern wollte, dass alles bestens lief, war er bereits eingeschlummert. Schlaf ist die beste Medizin, sagte sie sich. Sollte er ruhen, solange es ging. Bald würde er sowieso nicht mehr zu halten sein und vor Tatendrang bersten.

Als Claudia ins Freie trat, schlug ihr die Hitze entgegen. Obwohl sie immer noch müde war, war sie entschlossen, heute kräftig zuzupacken. Gestern hatte sie ihre Pflichten vernachlässigt, und das wollte sie jetzt wettmachen.

Zuerst ging sie in den Fohlenstall, um nach den beiden Müttern und ihren Füllen zu schauen. Floyd versicherte ihr, dass es Sable jetzt gut ginge. Dann forderte er sie auf, ihm auch in Zukunft zu helfen, wenn eine Stute niederkam.

Da Claudia ihn zweifelnd ansah, schmunzelte er. „Sie haben sich bei Andalusia tapfer geschlagen, Miss Claudia!"

„Andalusia, nicht ich", berichtigte sie ihn lachend. „Ach, übrigens, wissen Sie, wo Lewis ist?"

Floyd runzelte die Stirn und überlegte. „Das weiß ich nicht genau, aber ich glaube, es war Lewis, den ich am Morgen mit Ricky gesehen habe. Sie fuhr mit dem Laster über die Weiden." Er deutete nach Osten, wo die kleine Viehherde graste.

So, wie die Dinge jetzt standen, konnte Lewis gut bei Ricky sein, überlegte Claudia. Sie wusste nicht, ob sie froh sein sollte, dass ihre Stiefschwester sich offenbar von Roland abgewandt hatte, oder ob sie Mitleid mit Lewis haben sollte. Ricky würde ihm Kummer machen, soviel war ihr klar.

Plötzlich hörte sie einen Schrei, der ihr das Blut in den Adern gerinnen ließ. Wie versteinert stand sie da und starrte

Floyd an. Auch sein Gesicht spiegelte blankes Entsetzten wieder.

„Feuer! In den Ställen!"

„Nein!" stöhnte Claudia. Sie löste sich aus ihrer Erstarrung und rannte zur Tür. Floyd folgte ihr.

Feuer in den Ställen! Das war mit das Schlimmste, was auf einer Ranch passieren konnte. Die Tiere gerieten in wilde Panik und wehrten sich häufig gegen die Rettungsversuche. Dann war ihnen der Tod gewiss. Beim Laufen kam Claudia der Gedanke, dass Roland die Aufregung hören und versuchen könnte aufzustehen, um ihnen zu Hilfe zu eilen. Dann würde er mit Sicherheit einen Rückfall erleiden.

„Feuer!"

„So seien Sie doch still!" schrie sie den Arbeiter an, der die Warnung erneut ausstieß. Betroffen blickte er sie an, doch dann sah er Claudias Blick zum Haupthaus und schien zu verstehen.

Dicker schwärzlicher Rauch quoll aus den offenen Stalltüren. Sie konnte das angstvolle Wiehern der Pferde hören, obwohl sie keine Flammen sah.

„Hier!"

Jemand warf ihr ein nasses Handtuch ins Gesicht. Sie presste es auf Mund und Nase und stürzte hustend in das verräucherte Stallinnere. Seltsamerweise spürte sie die Hitze nicht, aber sie hatte keine Zeit, um nach Feuer Ausschau zu halten. Die Pferde gingen vor.

Die kopflosen Tiere bäumten sich in ihren Boxen auf und schlugen mit den Hufen verzweifelt gegen die Einfriedungen. Claudia tastete nach der nächst besten Tür und riss sie auf. Gegen den Rauch ankämpfend, erkannte sie, dass das Pferd in der Box Redman war, Rolands Lieblingshengst. „Ruhig, ganz ruhig", sprach sie liebevoll auf das Tier ein. Sie holte tief Luft und riss sich das Handtuch vom Gesicht, um es dem Pferd über die Augen zu legen. Es beruhigte sich immerhin soweit, dass es sich von ihr aus dem Stall in die frische Luft hinausführen ließ. Hinter ihr wurden die anderen Pferde zügig hinausgeschafft. Willige Hände halfen den verschreckten Tieren, sich wieder zu fangen.

Das Feuer wurde bald erstickt. Zum Glück war es noch nicht bis zum Heu vorgedrungen, sonst wären die Stallungen innerhalb von Minuten in Flammen aufgegangen. Ein junger Mann, den Roland erst vor zwei Monaten eingestellt hatte, hatte entdeckt, dass das Feuer in einem Abfallkasten im Geschirrraum ausgebrochen war.

Die Flammen hatten sich inzwischen bereits auf die Satteldecken und das Zaumzeug ausgebreitet. Das Geschirr war verkohlt, der Raum rußgeschwärzt, aber alle atmeten erleichtert auf, dass nicht Schlimmeres passiert war.

Erstaunlicherweise schien Roland von der Aufregung nichts mitbekommen zu haben. Vermutlich hatte das Summen der Klimaanlage den Lärm übertönt Claudia holte tief Luft. Sie musste ihm von dem Zwischenfall berichten, und ihr graute bereits jetzt davor. So wie sie Roland kannte, würde er außer sich sein. Offenbar hatte jemand achtlos ein Streichholz oder eine brennende Zigarette fortgeworfen. Bei ihm wäre so etwas nicht passiert. Er führte ein strenges Regiment und duldete keine Nachlässigkeit Lorna legte ihr aufmunternd den Arm um die Schultern. „Kommen Sie ins Haus, Claudia. Was Sie jetzt brauchen, ist ein Bad. Sie sind ja von Kopf bis Fuß schwarz."

Claudia blickte an sich herab. Ihre frische Kleidung war verrußt, und sie spürte Ascheteilchen auf ihrem Gesicht und im Haar.

Beim Duschen wurde Claudia immer unruhiger. Sie konnte fast hören, was Roland sagen würde, wenn sie ihm von dem Brand berichtete.

Zögernd betrat sie sein Zimmer. Er hatte das Radio neben seinem Bett eingeschaltet und deshalb wohl das Durcheinander nicht gehört. Als er ihr betretenes Gesicht, ihr nasses Haar und die frische Kleidung sah, runzelte er die Stirn.

„Was ist los?" wollte er wissen.

„Da war ein Feuer im Geschirrraum", setzte sie an und trat langsam näher. „Es hat sich aber nicht weiter ausgebreitet", beeilte sie sich ihm zu versichern, als sie das Entsetzen in seinen Augen sah. „Den Pferden ist nichts passiert. Es ist nur der Raum, dort ist so ziemlich alles hinüber."

„Warum hat man mir nicht Bescheid gesagt?" stieß er unter zusammengebissenen Zähnen hervor.

„Das wollte ich nicht. Du hättest doch nichts tun können. Wir haben die Pferde als erstes herausgeholt."

„Du bist in den Stall gegangen?" brauste Roland auf und verzog das Gesicht, weil sich die Schmerzen sofort wieder einstellten. Wütend ballte er die Fäuste.

„Ja. Das Feuer war zum Glück nur im Geschirrraum, aber die Pferde waren verängstigt."

„Claudia, wie konntest du nur so dumm sein?" schrie er außer sich.

Claudias Augen füllten sich mit Tränen. „Ich habe das doch nicht gewollt", stammelte sie hilflos.

„Was dann? Kann ich dich denn keine Minute aus den Augen lassen?"

„Es tut mir leid", schluchzte sie und hielt es plötzlich nicht mehr bei ihm aus. „Ich komme später wieder. Ich muss jemand nach neuem Geschirr in den Ort schicken."

„Komm sofort zurück!" befahl Roland, aber sie stürmte aus dem Raum und schlug die Tür hinter sich zu.

Am liebsten hätte sie sich in ihr Zimmer verkrochen, aber das verbot ihr der Stolz. Es gab eine Menge Arbeit zu tun, und sie würde die Bürde nicht anderen überlassen.

11. KAPITEL

Jemand hatte Lewis benachrichtigt. Der Laster kam über die Weiden herangeschossen und hielt quietschend im Hof. Lewis sprang heraus und packte Claudia am Arm.

„Was ist passiert?“ wollte er erregt wissen.

„Im Geschirrraum ist Feuer ausgebrochen“, antwortete sie müde. „Wir haben es gelöscht, ehe es sich ausbreiten konnte, aber dort ist alles verkohlt. Die Pferde sind in Sicherheit.“

„O je!“ rief Lewis entsetzt. „Roland wird einen Wutanfall bekommen.“

„Den hat er schon.“ Claudia versuchte zu lächeln. „Ich habe ihm vorhin von dem Brand berichtet. Zornausbruch ist noch eine milde Untertreibung.“

Lewis schüttelte den Kopf. „Habt ihr schon festgestellt, wie es dazu gekommen ist?“

„Im Abfallkasten muss irgendwie ein Schwelbrand entstanden sein. Es sieht jedenfalls so aus, als ob das Feuer dort begonnen hat.“

„Wer war heute morgen im Geschirrraum? Oder besser noch, wer war als letzter dort?“

Verdutzt sah Claudia ihn an. „Das weiß ich nicht. Danach habe ich mich noch gar nicht erkundigt.“

„Wenn ich den Schuldigen finde, kann er sich nach einem neuen Job umsehen. Alle wissen genau, dass in den Ställen nicht geraucht werden darf.“

Claudia war überzeugt, dass niemand zugeben würde, geraucht und das Feuer damit ausgelöst zu haben. Doch Lewis’ entschlossene Miene verriet, dass sich besser jemand stellte, sonst würde es allen schlecht ergehen.

Aber im Augenblick galt es, an andere Dinge zu denken. Sie blickte in die Runde und entdeckte Ricky, die sich gerade das Haar hochdrehte und es auf dem Kopf feststeckte.

Der Rauchgeruch hing immer noch in der heißen, stehenden Luft, und die Pferde verhielten sich weiterhin rastlos. Sie waren längst wieder in ihre Boxen zurückgeführt worden und schlugen nervös mit den Hufen um sich. Alle waren damit beschäftigt, sie zu beruhigen und sie davon abzuhalten, sich selbst zu verletzen.

Resigniert gab Claudia es auf, auf Redman einzureden. Sie führte das kraftvolle Tier aus dem Stall und ging mit ihm auf dem Hof auf und ab. Er war es nicht gewöhnt, lange im Stall zu stehen, aber da Roland ausfiel, hatte er in den letzten Tagen nicht genug Bewegung bekommen.

Vielleicht sollte sie ein wenig mit ihm ausreiten, überlegte Claudia. Sie wollte gerade nach einem Sattel rufen, als ihr einfiel, dass das gesamte Geschirr verbrannt war.

Sie legte den Kopf an den muskulösen Nacken des Pferdes und seufzte. Der Tag, der so viel versprechend begonnen hatte, war zum Alptraum geworden, und die Probleme schienen kein Ende zu nehmen.

Lewis unterzog alle Arbeiter der Ranch einem strengen Verhör. Claudia sagte sich jedoch, dass die Glut im Abfallkasten schon eine ganze Zeit geschwelt haben konnte, ehe es zur Flammenentwicklung kam. Außerdem waren einige Arbeiter immer noch irgendwo draußen auf den Weiden und würden kaum vor Einbruch der Dunkelheit zurückkehren.

Sie winkte Lewis zu sich herüber. „Bitte lassen Sie das doch bis später", erklärte sie. „Im Augenblick haben wir zu viele andere Dinge zu erledigen. Wir müssen die Versicherungsgesellschaft benachrichtigen. Bestimmt werden die ein paar Sachverständige schicken, um eine Ortsbesichtigung vorzunehmen."

Lewis hatte einen scharfen Blick. Ihm entging nicht, wie unangenehm ihr das Ganze war. Seine harten Züge nahmen einen weichen Ausdruck an.

„Nehmen Sie es nicht so schwer", sagte er leise. „Sicher ist es schlimm, dass es überhaupt zu einem Brand gekommen ist, aber der Schaden hätte sehr viel größer sein können."

„Das weiß ich", antwortete Claudia bedrückt „Aber ich hätte alles überprüfen sollen, und das habe ich nicht getan. Es war meine Schuld, dass alles so gekommen ist."

Schnell nahm Lewis ihr Redmans Leitzügel ab. „Es ist überhaupt nicht Ihre Schuld! Schließlich können Sie Ihre Nase doch nicht in alle Ecken stecken."

„Roland hätte den Brand entdeckt."

Erst wollte Lewis etwas antworten, doch dann beließ er es dabei, weil Claudia recht hatte. Roland hätte so etwas entdeckt. Nichts auf der Ranch entging ihm. Lewis presste die Lippen aufeinander und fragte: „Was hat Roland denn gesagt?"

„Eine Menge", gab Claudia ausweichend zurück und lächelte gequält.

„Zum Beispiel?"

Gegen ihren Willen füllten ihre Augen sich wieder mit Tränen. „Soll ich mit den Beleidigungen anfangen oder gleich zum Kern der Sache kommen?"

„Er war außer sich, nicht wahr?" Lewis machte ein unbehagliches Gesicht.

„Das kann man wohl sagen!"

„Das hat er nicht so gemeint, Claudia. Er hat sich einfach aufgeregt, weil ein Stallbrand sehr gefährlich ist."

„Das weiß ich. Ich bin ihm ja auch nicht böse." Sie war es wirklich nicht. Rolands Reaktion war verständlich.

Ein Großteil von dem, was er in jahrelanger harter Arbeit aufgebaut hatte, hätte in Flammen aufgehen können. Und seine geliebten Pferde wären dabei elend umgekommen.

„Bald wird er sich wieder beruhigen und sich bei Ihnen entschuldigen", versicherte Lewis. „Sie werden schon sehen."

Als Claudia ihn zweifelnd ansah, wurde er verlegen. Die Vorstellung, dass Roland Jackson sich entschuldigte, war einfach absurd. Das schien Lewis auch zu wissen.

„Es ist alles meine Schuld", meinte er niedergeschlagen. „Ich hätte da sein müssen. Statt dessen war ich ..." Er brach plötzlich ab.

„Ich weiß Bescheid." Claudia blickte auf ihre Stiefelspitzen. Eigentlich hatte sie nicht mehr sagen wollen, aber die Worte sprudelten nur so aus ihr heraus. „Enttäuschen Sie sie nicht, Lewis. Ricky hat eine Menge Schwierigkeiten gehabt, und im Augenblick würde sie zusätzliche nicht bewältigen."

Durchdringend sah er sie an. „Ich könnte sie nur enttäuschen, wenn sie es ernst mit mir meinte. Aber das tut sie nicht. Sie spielt nur mit mir und benutzt mich als Ablenkung. Obwohl ich das weiß, spiele ich mit. Wenn ich mich zum Heiraten entschließen sollte, wäre sie die Frau für mich. Aber bis jetzt bin ich einfach noch nicht soweit."

„Sind Männer je soweit?" fragte Claudia verbittert.

„Manchmal schon. Ich habe Ihnen ja schon einmal gesagt, Frauen sind eine Gewohnheit, die man nur schwer ablegen kann. Es sind die kleinen Dinge, die einem Mann unter die Haut gehen. Der Geruch eines warmen Essens, wenn er müde nach Hause kommt, oder die Rückenmassage, das Lachen, ja, sogar die Streitigkeiten. Es ist schon etwas Besonderes, wenn man sich anbrüllt und weiß, dass der andere einen trotzdem noch liebt."

Ja, da hatte Lewis recht. Am schmerzlichsten war es, sich mit einem Mann zu streiten, den man liebte, von dem man aber nicht wusste, ob er diese Liebe erwiderte. Jedes zornige Wort von Roland hatte Claudia wie ein Messerstich getroffen.

„Nehmen Sie Ricky", fuhr Lewis gedehnt fort. „Sie war zweimal verheiratet, aber mehr als ein Beiwerk war sie nicht. Niemand hat sie je wirklich gebraucht. Sie hat sich zu nichts nütze gefühlt. Warum glauben Sie, hängt sie draußen herum und kümmert sich um die Pferde. Das ist die einzige Zeit, wo sie etwas Produktives tut. Was diese Frau braucht, ist ein Mann, der ihr eine Aufgabe stellt."

„Sind Sie dieser Mann?"

Lewis zuckte mit den Schultern. „Ich habe mich lange genug nur um mich selbst gekümmert. So eine Gewohnheit legt man nicht so schnell ab. Wer weiß? Hätten Sie etwas dagegen, wenn ich es wäre?"

Überrascht blickte Claudia ihn an. „Warum sollte ich?"

„Ich bin ein ziemlich rauer Bursche und habe eine Menge hinter mir."

Jetzt musste sie doch lächeln. „Und nicht ganz unfreiwillig, nicht wahr?"

Lewis schmunzelte und sah sie dabei an.

Das Geräusch eines heranfahrenden Wagens zog ihre Aufmerksamkeit auf sich. „Wer mag das sein?" fragte Claudia und legte die Hand zum Schutz gegen die Sonne vor die Augen.

Nach kurzem Nachdenken sagte Lewis: „Ich glaube, das ist dieser Morris."

Mühsam unterdrückte Claudia einen Fluch.

„Aufdringlich ist der ja gar nicht! Mit einem Nein gibt er sich anscheinend nicht zufrieden."

„Ich war nicht sicher, ob die Antwort nein sein würde", antwortete Lewis und blickte sie viel sagend an.

„Es ist aber so!" erklärte Claudia mit Nachdruck. Sie wusste selbst nicht genau, wann die Entscheidung bei ihr gefallen war. Vielleicht hatte sie von Anfang an gewusst, dass sie es nicht über sich bringen würde, die Ranch zu verkaufen.

Dafür steckte zu viel von ihr selbst darin. Sie war sich plötzlich ganz sicher. Dieses Stück Land verkörperte ihre Vergangenheit und ihre Zukunft.

„Redman hat sich wieder beruhigt", bemerkte Lewis, als Ira Morris aus dem Wagen stieg. „Ich bringe ihn in den Stall zurück."

Mit ausdrucksloser Miene wartete Claudia, bis der ungebetene Besucher herangekommen war. „Mr. Morris", sagte sie höflich.

„Mrs. Ashe, ich habe im Ort gehört, dass Sie heute morgen hier Probleme hatten."

Seine kalten Augen musterten die Stallungen.

Wie schnell die Nachricht die Runde gemacht hat, überlegte Claudia. „Sind Sie gekommen, um zu prüfen, ob Sie Ihr Angebot nicht doch lieber rückgängig machen sollten?" erkundigte sie sich honigsüß. „Wie Sie sehen, ist der Schaden nur gering, und keines der Pferde ist davon betroffen. Aber um Ihnen die Mühe in Zukunft zu ersparen, sollte ich Ihnen besser gleich sagen, dass ich nicht verkaufe."

Ira Morris sah keineswegs überrascht aus. Seine Miene zeigte Entschlossenheit. „Treffen Sie lieber keine voreilige Entscheidung, meine liebe Mrs. Ashe. Sie haben mein Angebot ja noch gar nicht gehört. Wenn es um einen guten Preis geht, ändern viele doch noch ihre Meinung."

„Ich nicht. Ich bin in diesem Haus geboren und habe die Absicht, auch hier zu sterben."

Ohne auf ihre Erklärung einzugehen, nannte Morris eine Summe, die Claudia den Atem genommen hätte, wenn sie noch schwankend gewesen wäre. Doch so kam sie nicht einmal in Versuchung, sich die Sache zu überlegen. Sie schüttelte energisch den Kopf. „Kein Interesse, Mr. Morris."

„Mit dem Geld könnten Sie sich bis ans Ende Ihrer Tage ein schönes Leben machen."

„Ich habe auch jetzt ein schönes Leben. Ich bin da, wo ich sein möchte, und tue das, was mir Spaß macht. Warum sollte ich das für Geld aufgeben?"

Nachsichtig seufzend schob Morris die Hände in die Hosentaschen. „Denken Sie darüber nach. Ein Haus und ein Stück Land sind nichts Besonderes. Es gibt andere Häuser und anderes Land. Diese Art von Leben ist doch nicht Ihr Stil. Sehen Sie sich doch an. Sie sind eine typische Großstädterin."

„Was ich an mir sehe, Mr. Morris, ist Staub, Texasstaub, mein Staub. Sicher habe ich ein paar Jahre in Chicago gelebt, aber dabei habe ich stets an die Ranch gedacht und gewünscht, ich wäre wieder hier."

Ohne eine Miene zu verziehen, erhöhte Morris sein Angebot.

Langsam wurde Claudia ungeduldig.

„Nein, ich bin nicht interessiert, ganz gleich, was Sie mir bieten", erklärte sie bestimmt.

„Sie könnten die ganze Welt bereisen."

„Nein!"

„Sich Schmuck und Pelze kaufen."

Jede Minute fühlte Claudia ihren Ärger ansteigen. „Ich habe nicht die Absicht, zu verkaufen", erwiderte sie ungerührt. „Warum wollen Sie sich damit nicht abfinden?"

„Mrs. Ashe, wenn Sie mich dazu zwingen wollen, meinen Preis noch einmal zu erhöhen, werden Sie eine Enttäuschung erleben", drohte Morris. „Ich habe mit Ihrem Mr. Jackson gesprochen. Er hat mir in etwa gesagt, was diese Ranch wert ist. Ich interessiere mich für Zuchtpferde, mir sagt die Vorstellung zu, ein eigenes Gestüt zu besitzen. Und nicht nur das, man hat mir auch angedeutet, Sie hätten vor, in Kürze nach Chicago zurückzukehren."

Claudia war so betroffen, dass sie unwillkürlich den Atem anhielt. „Was sagen Sie da?" stieß sie fassungslos hervor und packte Ira Morris am Arm.

„Ich sagte, ich habe mit Ihrem Verwalter gesprochen. Sie haben mir selbst erzählt, er wüsste mehr über die Pferde hier als jeder andere. So war es nur verständlich, dass ich mich an ihn gewandt habe. Er hat auch durchblicken lassen, dass Sie vermutlich wieder von hier fortgehen würden."

„Wann haben Sie mit ihm gesprochen?"

„Gestern Abend. Am Telefon."

Das Gästezimmer hatte eine Telefonsteckdose. Jemand musste Roland das Telefon gebracht haben. Aber warum sollte er mit diesem Mann überhaupt sprechen? Er war doch auf der ganzen Linie gegen den Verkauf der Ranch. Oder etwa doch nicht? Was ging hier vor?

„Was hat Mr. Jackson Ihnen genau gesagt?“ erkundigte sie sich scharf.

„Wir haben nicht lange gesprochen. Er hat nur gemeint, er hätte den Eindruck, Sie wollten nach Chicago zurückkehren. Und dass Sie wohl verkaufen würden, wenn Sie den richtigen Preis bekämen. Dann haben wir über den Preis gesprochen. Nach dem, was ich von ihm gehört habe, würde ich behaupten, dass mein letztes Gebot mehr als großzügig war.“

Erregt holte Claudia tief Luft. „Nun, da hat er sich eben getäuscht. Und Sie auch!“ Sie spürte, dass sie zitterte. Was für ein Spiel trieb Roland Jackson? Das wollte sie auf jeden Fall herausbekommen. „Meine Antwort ist nein, Mr. Morris! Das ist mein letztes Wort. Tut mir leid, aber Sie vergeuden nur Ihre Zeit.“

„Das scheint mir allerdings auch so“, antwortete er kalt.

Claudia wartete nicht, bis er ging. Sie drehte sich um und rannte fast zum Haus.

Für sie gab es jetzt nur ein Ziel, Roland zu finden und ihn zu fragen, warum er Morris gesagt hatte, sie würde verkaufen. Versuchte er, ihr das Fortgehen schmackhaft zu machen? Aber das konnte nicht sein! Erst vor ein paar Stunden hatte er sie doch so geliebt, als könne er nicht genug von ihr bekommen. Aber warum hatte er Morris gegenüber dann solche Andeutungen gemacht?

Claudia sauste an Lorna vorbei, ohne sie zu sehen. Sie stürmte nach oben und riss die Tür zu Rolands Zimmer ruckartig auf.

Im ersten Augenblick traute sie ihren Augen nicht. Verständnislos starrte sie auf die verschlungenen Körper auf dem Bett. Dann begriff sie. Sie musste sich am Türrahmen festhalten, um nicht zusammenzuzucken. Das war der größte Schock ihres Lebens!

Sie hatte das Gefühl, einen Schlag in den Magen bekommen

zu haben, der ihr die Luft nahm. Kreidebleich nahm sie das Bild in sich auf, das sich ihr bot.

Ricky lag bei Roland im Bett. Sie hatte den Arm unter seinen Nacken geschoben, und mit den Lippen klebte sie an seinem Mund. Aufreizend wand sie sich auf ihm und streichelte seinen muskulösen Körper. Ihre Bluse war offen und hing ihr halb aus den Jeans, während Roland die Hand in ihrem Haar vergraben hatte.

Doch dann verlor das Schreckensbild seine Abscheulichkeit. Claudia sah genauer hin und erkannte, dass Roland Rickys Kopf nicht an sich drückte, sondern sie an den Haaren zog, um seinen Mund zu befreien. Schließlich gelang es ihm, Ricky wegzuziehen.

„Ricky, so hör doch auf!“ murmelte er. „Lass mich in Ruhe!“

In Claudia brauste etwas auf. Wie in Trance ging sie zum Bett. Rote Nebel tanzten vor ihren Augen und ließen sie alles nur verschwommen wahrnehmen. Sie packte Ricky am Kragen und riss sie von Roland fort. Die Empörung verlieh ihr eine Kraft, die sie sich nicht zugetraut hätte.

„Das reicht!“ stieß sie atemlos hervor. „Jetzt ist's genug!“

„He!“ schrie Ricky, als Claudia sie zur Tür zerrte. „Was fällt dir ein? Bist du verrückt geworden?“

Claudia war so außer sich, dass sie kein Wort sagen konnte. Sie schob ihre Stiefschwester auf den Korridor hinaus und schlug die Tür krachend hinter ihnen zu. Rolands heiserer Befehl, zurückzukommen, verhallte ungehört.

Am liebsten hätte sie Ricky die Treppe hinuntergeworfen, doch im letzten Augenblick beherrschte sie sich und verzichtete darauf.

Sie stieß ihre Stiefschwester, die lautstark zeterte und jammerte, grob vor sich her.

„Halt den Mund!“ schrie Claudia sie an und bugsierte Ricky erbarmungslos in ihr Zimmer.

„Setz dich!“ befahl sie drohend, und Ricky gehorchte. „Ich

habe dich gewarnt. Ich habe dir gesagt, du sollst ihn in Ruhe lassen. Roland gehört mir, und ich dulde es nicht, dass du dich ihm an den Hals wirfst, hast du verstanden? Pack deine Sachen und verschwinde!"

„Packen?" Entsetzt sperrte Ricky den Mund auf. „Wohin soll ich denn gehen?"

„Das ist dein Problem!" Claudia riss den Schrank auf und zog Koffer heraus. Sie warf sie auf das Bett und schlug sie auf. Mit hastigen Griffen öffnete sie Schubladen und begann, ihren Inhalt wahllos in die Koffer zu stopfen.

Ricky sprang auf. „Nun mach aber mal einen Punkt! Ich bin weiß Gott nicht allein schuld. Zu so was gehören zwei. Eine Frau war Roland noch nie genug."

„Von jetzt ab schon. Und versuche nicht, mich glauben zu lassen, er hätte dich dazu gebracht. Das nehme ich dir nämlich nicht ab."

Verstört starrte Ricky auf das Durcheinander. „Hör doch endlich auf, meine Sachen durch die Gegend zu werfen!"

„Dann pack sie selbst!"

Ricky biss sich auf die Lippe, und plötzlich liefen ihr Tränen über die Wangen.

Claudia betrachtete sie voller Verachtung.

„Aber ich weiß doch nicht, wohin ich soll", flüsterte Ricky. „Und ich habe kein Geld."

Die Tür ging auf, und Monica kam stirnrunzelnd herein. „Müsst ihr beide so einen Krach machen? Was ist denn los?"

„Sie versucht, mich hinauszuschmeißen!" stieß Ricky empört hervor, und ihr Tränenstrom versiegte.

Monica blickte zu Claudia, die mit in die Hüften gestemmten Händen dastand und unversöhnlich dreinschaute.

Sie wandte sich wieder zu Ricky und entschied: „Es ist ihr Haus. Sie hat das Recht, zu bestimmen, wer hier wohnt."

„So ist's richtig! Es war immer ihr Haus!" keifte Ricky.

„Hör auf!" fuhr Monica sie an. „Mit Selbstmitleid kommst

du auch nicht weiter. Du hast schließlich gewusst, dass Claudia irgendwann zurückkommen würde. Wenn du dich darauf nicht vorbereitet hast, bist du selbst schuld. Willst du dich wirklich für den Rest deines Lebens bei anderen einnisten?"

Obwohl Monica immer einen so unbeteiligten Eindruck machte, schien sie eine Menge mitzubekommen.

Claudia war plötzlich erleichtert. Das Leben war gar nicht so kompliziert, wie es manchmal den Anschein hatte. Alles war eigentlich ganz einfach. Sie liebte Roland, sie liebte die Ranch und war nicht bereit, eines von beiden aufzugeben. Warum quälte sie sich dann mit Gedanken über die Tiefe von Rolands Gefühlen? Irgend etwas empfand er für sie, und das genügte.

Seufzend sagte sie zu Ricky: „Du brauchst nicht sofort zu gehen. Ich habe einfach die Beherrschung verloren. Auf jeden Fall kannst du dir Zeit nehmen und dir überlegen, was du tun willst. Für immer kannst du hier aber nicht bleiben", warnte sie. „Zur Hochzeit möchtest du doch sicher fort sein, oder?"

„Hochzeit?"

Ricky wurde blass. Dann erschienen auf ihren Wangen rote Flecken. „Du scheinst dir deiner Sache ja sehr sicher zu sein."

„Ich habe allen Grund dazu", gab Claudia kühl zurück. „Roland hat mir schon vor seinem Beinbruch einen Heiratsantrag gemacht. Ich nehme den Antrag an."

„Gratuliere!" ließ Monica sich vernehmen. „Dann werden wir hier auf jeden Fall im Wege sein, Ricky, wie ich dir bereits gesagt habe, habe ich beschlossen, Claudias Angebot anzunehmen und ihr Appartement in Chicago fürs erste zu beziehen. Wenn du willst, kannst du es mit mir zusammen bewohnen. Es hat doch zwei Schlafzimmer, nicht wahr?"

„Ja." Claudia fand diese Idee gar nicht schlecht Sie blickte ihre Stiefschwester abwartend an.

Ricky kaute an ihrer Unterlippe. „Ich weiß nicht recht. Ich werde darüber nachdenken."

„Aber nicht zu lange", rief Monica. „Ich werde gegen Ende der Woche hier ausziehen."

„Du hast doch gesagt, ich sei zu alt, um weiter bei meiner Mutter zu wohnen", meinte Ricky aufsässig.

„Ich werde ja auch nur vorübergehend dort wohnen, bis sich eine andere Lösung findet. Also entscheide dich!"

„Gut, ich komme mit." Ricky setzte wieder ihre Schmollmiene auf, aber Claudia kümmerte sich nicht darum. Ihr war plötzlich sehr viel wohler. Wenn sie Ricky einfach aus dem Haus geworfen hätte, ohne dass diese eine Bleibe hatte, hätte sie später sicher Gewissensbisse bekommen. Jetzt, wo sie wusste, dass Ricky nur noch wenige Tage da sein würde, würde sie sich mit ihrer Anwesenheit abfinden, solange sie sich nicht noch einmal an Roland heranmachte.

Claudia straffte sich und wappnete sich für den letzten Kampf. Roland Jacksons Tage als Junggeselle waren gezählt. Es machte jetzt nichts mehr, wenn er sie nicht liebte. Diesmal würde sie nicht fortlaufen. Sie liebte ihn um so mehr. Wenn er die Ranch wollte, musste er sie mit in Kauf nehmen. Eines stand fest, der Gedanke, dass eine andere Frau ihn für frei hielt und zu ihm ins Bett hüpfte, war ihr unerträglich. Sie würde ihn so bald wie möglich für immer an sich binden.

Entschlossen ging Claudia zu Rolands Zimmer und stieß die Tür auf. Ihr Blick suchte das Bett, aber es war leer. Ein Schauer überlief sie. Mit angehaltenem Atem trat sie näher. Eine Bewegung zu ihrer Rechten zog ihre Aufmerksamkeit auf sich.

„Roland!" stieß sie entsetzt hervor.

Er war aufgestanden und bemühte sich, ein Paar Jeans über sein Gipsbein zu ziehen.

Sein Gesicht war schmerzhaft verzogen, und er schwankte bedrohlich. Bei Claudias Aufschrei fuhr er herum.

„Roland", murmelte sie fassungslos und blieb starr stehen.

Sehr langsam tat er einen Schritt auf sie zu und taumelte, weil sein gebrochenes Bein sein Gewicht nicht tragen konnte. Claudia sprang ihm zu Hilfe und hielt ihn mit aller Kraft aufrecht.

„Au!“ stöhnte er und presste sie wie ein Ertrinkender an sich. „Bitte geh nicht fort! Bitte, mein Liebling, verlass mich nicht wieder. Ich kann dir alles erklären.“

Aber Claudia war der schweren Last nicht gewachsen. Jeden Augenblick musste sie unter Rolands Gewicht zusammenbrechen. „Ich kann dich nicht halten“, stieß sie keuchend hervor. „Du musst ins Bett zurück.“

„Nein!“ erwiderte er gepresst. „Ich lasse dich nicht gehen. Ich konnte nicht schnell genug aus dem Bett kommen und meine Sachen anziehen. Ich hatte Angst, du könntest fort sein, ehe ich zu dir komme“, murmelte er gebrochen.

Claudia war zutiefst gerührt. Trotz seiner Schmerzen war Roland entschlossen gewesen, zu ihr zu kommen, um sie nicht zu verlieren.

„Ich gehe nicht fort“, versicherte sie ihm unter Tränen. „Ich verspreche es dir. Ich werde dich nie mehr verlassen. Bitte, Liebling, geh, wieder ins Bett zurück. Ich kann dich nicht länger halten.“

Roland sank in sich zusammen. Alle Spannung schien plötzlich aus ihm gewichen zu sein.

Claudias Knie drohten unter ihr nachzugeben. „Bitte“, drängte sie erneut. „Du musst ins Bett zurück, sonst stürzt du und brichst dir noch etwas.“

Zum Glück war das Bett nur wenige Meter von ihnen entfernt, sonst hätten sie es nicht geschafft. Roland stützte sich schwer auf Claudia, und der Schweiß lief ihm in Strömen über das Gesicht.

Als Claudia ihm endlich wieder auf das Bett geholfen hatte, schloss er die Augen und atmete schwer. Doch er ergriff ihren Arm und ließ sie nicht von seiner Seite.

„Nicht weggehen“, sagte er leise.

„Ich gehe nicht fort“, versprach sie. „Lass mich nur dein

Bein wieder auf die Kissen legen. Ach, Roland, du hättest gar nicht versuchen dürfen, aufzustehen!"

„Aber ich musste dich aufhalten. Diesmal wärst du nicht zurückgekommen, das war mir klar." Erst jetzt gab er ihren Arm frei.

Claudia ging ans Fußende des Bettes, um sein Bein anzuheben. Ihr Blick fiel auf seine Jeans, und sie fragte sich, wie er es überhaupt geschafft hatte, sie anzuziehen. Sie fand, dass es besser war, ihm die Hosen auszuziehen, solange er noch geschwächt war und sich nicht weiter dagegen sperrte. Vorsichtig streifte sie sie ihm über die Hüfte und die Beine. Roland lag mit geschlossenen Augen da und ließ es über sich ergehen.

Sie tauchte einen Waschlappen in kaltes Wasser und wischte ihm den Schweiß von Stirn und Wangen. Er öffnete die Lider und sah sie entschuldigend an.

„Ich habe Ricky nicht hergebeten", sagte Roland mit rauer Stimme. „Ich weiß, wie es ausgesehen haben muss, aber ich habe nur versucht, sie abzuwehren. Vielleicht habe ich das nicht energisch genug getan, aber ich wollte ihr nicht weh tun."

„Das weiß ich ja." Zärtlich legte Claudia ihm die Finger auf die Lippen, um ihn am Weitersprechen zu hindern. „Ich bin doch kein Dummkopf. Schon einmal hatte ich sie gewarnt, dich in Ruhe zu lassen. Als ich sie dann so auf dir liegen sah, ist bei mir eine Sicherung durchgebrannt. „Ricky und Monica ziehen am Wochenende in mein Appartement in Chicago. Deshalb kann ich mir die Reise sparen. Ich habe den größten Teil meiner Sachen noch dort und brauche sie. Sie können sie einpacken und sie mir herschicken."

Roland sog scharf die Luft ein, und in seine Augen trat ein warmer Glanz. „Du glaubst mir also?"

„Natürlich." Claudia lächelte glücklich. „Ich vertraue dir."

Einen Augenblick blickte er sie zweifelnd an, dann runzelte er die Stirn. „Du hattest gar nicht die Absicht, fortzugehen?"

„Nein."

„Warum stürmst du dann davon und lässt mich hinter dir herschreien, bis ich heiser bin?“ stieß er unter zusammengebissenen Zähnen hervor.

Verblüfft blickte Claudia ihn an. Rolands Reaktion sagte ihr eine Menge.

Wenn ihm so viel an ihr lag, war das wirklich möglich? Vorsichtig sagte sie: „Ich dachte, es sei dir gleich, ob ich gehe oder nicht, solange du die Kontrolle über die Ranch behältst.“

Er fuhr erregt auf. „Denkst du, ich hätte so lange auf dich gewartet, wenn es mir egal gewesen wäre, ob du gehst oder bleibst?“

„Ich wusste nicht, dass du auf mich gewartet hast“, erwiderte Claudia schlicht. „Denn ich hatte immer geglaubt, die Ranch sei alles, was für dich zählte.“

Rolands Kinnmuskeln spannten sich. „Die Ranch bedeutet mir eine Menge, das kann ich nicht leugnen. Ich war ganz unten, als Ward mich hierher brachte und mich wieder aufgerichtet hat. Seit Jahren schufte ich mich hier ab, weil die Ranch mich gerettet hat.“

„Warum hast du dann mit Ira Morris gesprochen?“ entfuhr es ihr. „Weshalb hast du ihm gesagt, ich würde vermutlich verkaufen, wenn er mir den richtigen Preis bietet? Und wieso hast du ihm gesagt, wie viel die Ranch wert ist?“

Roland nahm Claudias Hand und drückte sie an seine Brust. Ein Schatten überflog seine Züge, dann wurde seine Miene ausdruckslos, und er blickte fort. „Ich hatte Angst“, gestand er. „Mehr Angst als in Vietnam. Anfangs machte der Gedanke, du könntest die Ranch verkaufen wollen, mich verrückt. Ich hatte Angst, weil ich dann alles verlieren würde. Doch dann sagte ich mir, dass die Ranch dir gehört, und nicht mir. Das hattest du mir ja immer wieder klargemacht. Und wenn du hier nicht glücklich warst, war es für dich besser, sie zu verkaufen und irgendwo hinzugehen, wo du dich wohler fühlst. Als Morris mich dann anrief, erklärte ich mich bereit, mit ihm zu reden. Ich möchte, dass du glücklich bist, Liebes. Was immer es auch kosten mag, das ist mir wichtiger als alles andere.“

„Ich bin glücklich“, antwortete Claudia leise und drehte ihre Hand so, dass sie die Wärme seines Körpers an ihren Fingerspitzen fühlen konnte. „Ich werde Bar D niemals verkaufen. Du gehörst hierher, und wo du bist, will ich auch sein.“

Claudia hielt den Atem an, als der Satz vollendet war. Sie konnte Roland nicht ansehen und wartete gespannt auf seine Antwort. Die Sekunden verrannen, und er schwieg immer noch. Sie schluckte und zwang sich, sich seinem Blick zu stellen.

In seinen Augen war nichts zu lesen. „Was hast du da gesagt?“ fragte er leise.

Nun gab es kein Zurück mehr. Sie musste sich bekennen und den ersten Schritt tun. Wenn sie jetzt einen Rückzieher machte, würde Roland es auch tun. Er war ein stolzer Mann und hatte schon viel von sich preisgegeben.

Und viel riskierte sie ohnehin nicht. Ohne ihn konnte sie nicht leben, das stand fest. Also musste sie ihn zu seinen Bedingungen nehmen.

„Du hast mir einen Heiratsantrag gemacht“, sagte sie vorsichtig und beobachtete ihn. „Ich nehme ihn an.“

„Warum?“

„Warum?“ wiederholte sie erstaunt. Wusste Roland das nicht? Hatte er wirklich keine Ahnung? Ein schrecklicher Gedanke kam ihr. Hatte er es sich etwa wieder anders überlegt? „Gilt das Angebot immer noch?“ fragte sie zögernd.

Roland griff in ihr Haar und zog sie zu sich hinunter. Er sah sie so durchdringend an, als wolle er hinter ihrer Stirn lesen. „Es gilt noch“, murmelte er und suchte ihre Lippen. „Ich will nur wissen, warum du es tust. Bist du schwanger?“

„Nein!“ erwiderte sie verwirrt. „Das ist es nicht. Ich meine, ich weiß es nicht. Woher sollte ich es auch wissen? Ich hatte ja überhaupt keine Zeit, das herauszufinden.“

„Warum willst du mich dann heiraten“, beharrte Roland. „Sag es mir, Claudia.“

Plötzlich durchströmte sie Kraft und Zuversicht. Sie würde sich ihm offenbaren! Aus der Stärke ihrer Gefühle heraus konnte sie es wagen. Sie befreite ihre Finger und nahm sein Gesicht in beide Hände. „Weil ich dich liebe, Roland Jackson“, antwortete sie zärtlich. „Schon seit Jahren, seit einer Ewigkeit, wie es mir scheint. Und es macht auch nichts, wenn du mich nicht liebst und nur an die Ranch denkst. Wenn du sie haben willst, musst du mich mit in Kauf nehmen. Du wirst dich also mit dem Gedanken vertraut machen müssen, bald ein Ehemann zu sein.“

Roland blickte sie verständnislos an. „Bist du verrückt geworden?“ rief er. „Wovon redest du überhaupt?“

„Von der Ranch“, antwortete sie ruhig. „Wenn du sie haben willst, musst du mich heiraten.“

In Rolands Augen blitzte es wütend auf. Laut brüllte er: „Zum Teufel mit der Ranch! Verkauf sie, wenn es das war, was all die Jahre zwischen uns gestanden hat. Wenn du in Chicago oder Hongkong oder Bangkok leben willst, werde ich dir dorthin folgen. Du bist es, was ich immer gewollt habe, nicht die Ranch! Mein Gott, Claudia, ich habe doch eine eigene Ranch. Dad hat sie mir mit seinem gesamten Besitz hinterlassen, als er starb.“ Zärtlich strich er mit der Hand über ihren Körper. „Dachtest du, ich hätte mit dir geschlafen, weil ich die Ranch will? Hast du denn noch nicht gemerkt, dass ich verrückt nach dir bin?“

Ihr verständnisloses Gesicht sagte ihm, dass sie an diese Möglichkeit noch gar nicht gedacht hatte. Er zog sie auf das Bett neben sich und drückte sie an sich. „Hör mir jetzt gut zu“, erklärte er mit Nachdruck. „Ich will die Ranch nicht. Ich habe hier gern gelebt, und sie hat mir das Leben gerettet, und ich würde sie vermissen, wenn wir woanders lebten, aber ich kann auch ohne sie auskommen. Ohne was ich nicht leben kann, bist du! Ich habe es versucht. Acht Jahre lang habe ich von der Erinnerung an das eine Mal gezehrt, wo ich dich besessen habe. Ich hasste mich selbst, weil ich dich vertrieben hatte. Als du dann endlich zurückkamst, wusste ich, dass ich dich nie wieder fortlassen würde. Ich werde alles tun, um dich zu halten, Liebling, denn wenn du mich noch einmal verlässt, weiß ich nicht mehr weiter."

Claudia glaubte, ihr müsse das Herz stehen bleiben. Roland hatte es noch nicht ausgesprochen, aber er sagte ihr auf seine Art, dass er sie genauso liebte wie sie ihn.

„Das wusste ich nicht", flüsterte sie benommen. „Du hast mir nie etwas davon gesagt."

„Wie konnte ich auch? Du warst damals noch zu jung für das, was ich von dir wollte. Ich hatte diese Begegnung am Fluss nie gewollt, aber nachdem es dazu gekommen war, bereute ich nichts. Ich wollte dich lieben, immer wieder, bis dieser verschreckte Ausdruck in deinen Augen verschwunden sein und ich in ihnen würde lesen können, dass du mich genauso begehrst wie ich dich. Aber dazu kam es nicht mehr, denn du bist davongelaufen. Das war um so fürchterlicher für mich, weil du dann David Ashe kennen gelernt und ihn geheiratet hast. Es war gut, dass ihr eine ganze Weile nicht hergekommen seid, denn noch nie im Leben habe ich einen Mann so gehasst wie ihn."

„Du warst eifersüchtig?" Claudia traute ihren Ohren nicht.

Rolands Blick sprach Bände. „Das ist überhaupt kein Wort dafür. Ich bin halb wahnsinnig geworden."

„Du liebst mich wirklich", flüsterte sie ungläubig. „Wenn du es mir nur gesagt hättest. Ich hatte ja keine Ahnung davon."

„Natürlich liebe ich dich! Ich brauche dich, wie noch nie einen Menschen zuvor. Du warst so wild und unschuldig wie ein Füllen, und ich konnte meine Augen nicht von dir abwenden. Du gibst mir das Gefühl, wieder zu leben. Durch dich habe ich die Alpträume vergessen, die mich nachts quälten. Als ich dich liebte, war es, als seien wir füreinander geschaffen. Alles war so wunderbar und einmalig. Mein ganzer Körper war heiß, wenn ich dich auch nur berührte. Ich musste bei dir sein, dich sehen und mit dir sprechen. Und du willst keine Ahnung gehabt haben, was ich für dich empfand?“

Claudia schmiegte sich selig an ihn.

„Du hast dir aber nie etwas anmerken lassen, Roland. Und ich hatte Angst, dich spüren zu lassen, wie sehr ich dich liebte, weil ich fürchtete, du könntest meine Gefühle nicht erwidern.“

„Das tat ich aber. Wiederhole es bitte“, bat er und suchte ihre Brust. „Lass es mich noch mal hören.“

„Ich liebe dich.“ Claudias Stimme klang feierlich.

„Wirst du mir das auch sagen, wenn wir miteinander schlafen?“

„Sooft du willst.“

„Ich will es. Jetzt.“ Rolands Stimme war heiser vor Verlangen, und er küsste sie begehrend. Sofort wurde Claudia heiß, und sie verzehrte sich vollständig nach seiner Berührung. Sie merkte nicht einmal, dass er ihr Hemd aufknöpfte, und überließ sich ganz seinen Liebkosungen auf ihrer nackten Haut.

Ein letzter vernünftiger Gedanke meldete sich. „Roland“, murmelte sie. „Wir sollten das nicht tun. Du brauchst Schonung.“

„Nein, ich brauche etwas anderes, Liebling. Komm!“

„Die Tür ist offen“, gab sie schwach zu bedenken.

„Dann mach sie zu und komm zu mir zurück.“ Claudia stand auf und schloss die Tür. Erwartungsvoll kuschelte sie sich wieder an ihn. Sie streichelte ihn und überschüttete ihn mit Zärtlichkeiten. Dabei flüsterte sie immer wieder: „Ich liebe dich“, als könne sie gar nicht genug davon bekommen. Und plötzlich konnte sie nicht mehr länger an sich halten. Sie schob sich über ihn und verschmolz mit ihm in einer einzigen raschen Bewegung.

Leidenschaft erfüllte sie und sie gaben sich gegenseitig alles. Es gab nur noch sie beide, das heiße Verlangen und die Liebe, die sie vereinte.

„Hör bitte nicht auf, es zu sagen“, bat er. Sie beteuerte ihm ihre Liebe immer wieder, bis seine kraftvollen Bewegungen sie dem Gipfel entgegentrugen, und sie aufstöhnend auf seiner Brust zusammensank.

Als sie hinterher erfüllt nebeneinander lagen, strich Roland ihr sanft das Haar zurück und zog sie an sich. „Ich glaube, ich sollte noch ein paar zusätzliche Arbeiter einstellen“, murmelte er schläfrig.

„Warum?“

„Um die Lücken zu füllen. Ich weiß jetzt schon, dass ich in Zukunft nicht mehr so viel Zeit für die Ranch haben werde, weil ich morgens bestimmt nicht so schnell aus dem Bett komme. Eine Frau wie dich zufrieden zu stellen, braucht Zeit, und ich werde mich bemühen, mein Bestes zu geben.“

„Darauf sollten wir anstoßen!“

„Wir heiraten nächste Woche“, entschied Roland und vergrub sein Gesicht in ihrem Haar.

„So schnell?“ Claudia fuhr auf. „Aber du bist doch immer noch ...“

„Bis dahin bin ich wieder auf den Beinen“, versprach er. „Du wirst schon sehen, Liebling. Und frag Monica und Ricky, ob sie nicht doch noch bis zur Hochzeit bleiben wollen. Wir wollen mit ihnen nicht im Bösen auseinander gehen.“

Claudia lächelte. „Nein. Und wer weiß. Vielleicht gelingt es Lewis, Ricky hier zu halten?“

„Das bleibt abzuwarten. Die beiden haben noch eine Menge Dinge zu verarbeiten. Lewis hat sie sicher sehr gern, aber ob er mit Ricky leben will, steht auf einem anderen Blatt.“

Sie schwiegen eine Weile. Ein anderer Gedanke drängte sich Claudia auf. „Tut mir leid wegen des Brandes im Geschirrraum.“

„Dafür kannst du doch nichts.“ Roland drückte sie tröstend an sich.

„Aber du hast mich einen Dummkopf genannt.“

„Dafür entschuldige ich mich. Bei dem Gedanken, dass du dich in den brennenden Stall gewagt hast, um mit den bockenden Pferden zu kämpfen, bin ich einfach durchgedreht. Wenn dir etwas passiert wäre, hätte ich den Verstand verloren."

„Du bist mir also nicht mehr böse?"

„Ich liebe dich und könnte es nicht ertragen, wenn dir etwas zustieße."

Claudia war selig. Roland hatte sie also nur deshalb so angefahren, weil er nicht wollte, dass sie sich in Gefahr begab. Leise sagte sie noch einmal: „Ich liebe dich."

„Ich liebe dich auch", flüsterte Roland. „Willkommen daheim, mein Liebling."

Ja, sie war endlich heimgekehrt, in Rolands Arme, wohin sie gehörte.

– ENDE –

Band-Nr. 25021
6,95 €
ISBN 3-89941-021-1

Catherine Coulter

Traummänner

Liebe geht durch den Magen
Georgina kann nicht kochen – na und? Dafür macht sie gerade als Top-Model international Karriere und hat den erfolgreichen Elliot Mallory als Freund. Ihn würde sie zu gern heiraten. Doch trotz ihrer Verführungskünste, bei denen Elliot nie Nein sagen kann, wartet Georgina auf die entscheidenden Worte vergeblich. Also macht sie ihm selbst einen Antrag ...

Liebling, wir haben geheiratet?
Richtige Helden gibt's anscheinend nur in den Liebesromanen, die Chelsea schreibt. Im wahren Leben sieht es ganz anders aus! Da hilft auch nicht, dass ihre Freundin Georgina ihr ständig Männer präsentiert. Bis Chelsea dann Dr. David Winter begegnet. Er ist viel besser als jeder Held im Roman – denn er ist ein echter Mann!

MIRA®

Band-Nr. 25009
7,95 €
ISBN 3-89941-009-2

Nora Roberts

Love Affairs

Der Maler und die Lady
Schön und selbstbewusst küsst Lara den Maler Anatole auf dem Schloss ihres Vaters und verspricht ihm eine Nacht der Liebe. Und so beginnt eine heiße Affäre voller Leidenschaft und Gefahr. Denn es geht nicht nur um Lust, sondern auch um ein skrupelloses Verbrechen.

Heißer Atem
Es sind Sekunden, die für den Rennfahrer Matthew Lance den Sieg ausmachen – oder den Tod bedeuten. Doch seine Geliebte, die Fotografin Cynthia, weiß nicht, wie lange sie die Angst um ihn trotz der beglückenden Nächte noch aushalten kann.

Herz aus Glas
Die schöne Show-Produzentin Johanna Patterson muss erkennen, dass sie sich entgegen aller Vorsätze in den berühmten Schauspieler Sam Weaver verliebt hat. Aber kann ein Mann, der so umschwärmt ist, überhaupt treu sein?

MIRA®

Sandra Brown
Bittersüßes Geheimnis
Band-Nr. 25005 · 5,95 €
ISBN 3-89941-005-X

Barbara Delinsky
Begegnungen in Park Hill
Band-Nr. 25006 · 5,95 €
ISBN 3-89941-006-8

Nora Roberts
Die Sterne Mithras
Band-Nr. 25007 · 5,95 €
ISBN 3-89941-007-6

Heather Graham
Stürmische Nächte in Florida
Band-Nr. 25008 · 5,95 €
ISBN 3-89941-008-4